4.95

APWYNTIAD TERFYNOL

ROY HART
APWYNTIAD TERFYNOL

ADDASIAD
LLIFON JONES

ⓗ Y testun Cymraeg: Llifon Jones, 1996
Argraffiad Cymraeg cyntaf: 1996

Rhif Llyfr Safonol Rhyngwladol:
0-86381-366-6

Clawr: Lizzie Slatter

Cyhoeddwyd dan gynllun comisiynu'r
Cyngor Llyfrau Cymru.

Dymuna'r cyhoeddwyr gydnabod cymorth
Adrannau Cyngor Llyfrau Cymru.

Argraffwyd a chyhoeddwyd gan Wasg Carreg Gwalch,
Iard yr Orsaf, Llanrwst, Gwynedd.
☎ 01492 642031

Pennod 1

Gwelodd y fflach o olau yn y pellter. Cyflymodd, ac ymateb drwy fflicio'i ddipswits. Dyna'r symudiad olaf iddo'i wneud o'i wirfodd. Yr eiliad nesaf roedd yn farw, ac am hanner nos, pan wthiwyd ei gorff di-ben i'r mortiwari ar droli wichlyd, tybiwyd mai damwain ffordd neilltuol o anghyffredin oedd wedi achosi'i farwolaeth.

Trosai Martin Craven yn ei gwsg. Roedd yr hunllef wedi dychwelyd unwaith eto, ac yntau'n ymlusgo'n simsan allan o'i gar ac yn cerdded yn ôl ar goesau ansad i'r fan lle'r oedd y corff briwedig a gwaedlyd yn gorwedd ar fin y ffordd, gan dybio'i fod yn farw. Yna, wrth iddo sefyll drosto a chyfog ofn yn codi yn ei wddw, a'i galon yn pwmpio fel injan stêm, gwelodd y creadur yn straffaglio i godi ar ei bedwar ac yn ceisio ymestyn tuag ato, y gwaed yn glafoeri o'i enau diddannedd, ac yn mwmial 'helpwch fi, helpwch fi'. Fel gyda'r troeon blaenorol, roedd ei draed wedi'u hoelio i'r ffordd ac ni allai symud gam o'r fan; ac yna roedd yn eistedd yn ei gar, y drws yn swingio'n agored wrth iddo ymdrechu i gofio ble'r oedd yr allwedd danio a ble'r oedd lifer y brêc, a thrwy'r amser roedd y creadur yn cropian ar ei bedwar ar ei ôl yn y tywyllwch, a phan lwyddodd o'r diwedd i ffeindio'r allwedd danio wnâi hi ddim troi am hydoedd ac yna, wedi llwyddo i'w throi, wnâi'r injan ddim tanio, a hyd yn oed yn ei gwsg roedd y chwys oer anghynnes yn ei wlychu'n sopyn unwaith eto, ac roedd yn griddfan, yn gweddïo, yn rhegi, achos roedd y peth aflan wedi cropian at y car ac yn edrych i mewn arno, un llaw wlyb goch ar sil y drws. Ond yn sydyn roedd y car yn symud, gan chwyrlïo i ffwrdd mewn gwich o rwber, y drws yn dal i swingio'n agored, y goleuadau blaen yn gwanu'r tywyllwch . . .

Rhoddodd naid a chodi ar ei eistedd yn y düwch clostroffobig, yr ofn yn dal i wasgu fel gefel am ei wddw a'r chwys yn dal i lifo drosto. Brwydrai i gofio pryd roedd hyn oll wedi digwydd. Ai gynnau fach, ai ddoe, ai yr wythnos ddiwethaf, ai y llynedd? A oedd y peth wedi digwydd o gwbl? Nid ddoe, oherwydd cofiai iddo adael y swyddfa yn gynnar a galw i weld Giles Weston. Cofiai fel y bu i'r ddau ohonyn nhw grwydro o un dafarn i'r llall yn y Ddinas, ac roedd ganddo gof o Giles yn ei helpu i esgyn i'r trên yn Waterloo, ac yntau wedyn yn straffaglio oddi arno ar ei ben ei hun yn Bournemouth. Roedd ganddo frith gof o fwyta cyrri, ac roedd ei flas yn dal yn sur yn ei geg. Rhywle yn ymyl yr orsaf y bwytaodd o hwnnw, yn ôl pob tebyg, achos roedd o'n rhy chwil a simsan ar ei draed i gerdded ymhell. Beth wedyn?

Gerry Pope yn neidio allan o'r tywyllwch ym maes parcio'r Hanging Man. Roedden nhw wedi ffraeo. Roedd Pope wedi cyfri'r arian a chwyno'u bod nhw'n brin. Roedd arno eisiau'r gweddill ddydd Gwener. Neu gwae iddo fo.

Cofiodd y cyfan wedyn. Oedd, roedd y ddamwain wedi digwydd. Cawsai rywun yn Birmingham i osod bymper newydd a gril newydd ar y rheiddiadur yn ddiweddarach.

Doedd dim tystion i'r ddamwain, ond roedd Pope wedi turio'n ddwfn. Ac yn y diwedd roedd o wedi ffeindio popeth allan. Pob un dim.

Syrthiodd Martin Craven yn ôl ar ei obennydd. Ni ddaeth cwsg i'w ran am amser hir iawn, iawn.

Daeth y wawr â rhyw hen smwclaw i'w chanlyn, y glaw cyntaf yn y rhan yma o Dorset ers wythnos neu fwy. Un o'r boregodwyr cyntaf i'w deimlo ar ei wyneb oedd Tasker Hobday. Ar ei draed ers ychydig wedi saith o'r gloch, roedd 'rhen Tasker, fel yr adwaenid ef yn lleol, yn cario'i fwced plastig melyn i lawr i'r nant a ffiniai ar ei glwt o dir coediog. Cerddai'i ast ddefaid oedrannus yn llafurus wrth ei ochr, gan droi i'r naill ochr o bryd i'w gilydd pan ddeuai rhyw aroglau anghyfarwydd i'w ffroenau, ond ni fyddai byth yn crwydro ymhell iawn gan ei bod hi'n fyddar ac yn rhannol ddall ac yn ddibynnol ar 'rhen Tasker am bopeth.

Cyraeddasant y nant. Ymlwybrodd Tasker yn bwyllog i lawr y llethr llithrig. Cydiodd yn dynn mewn cangen gwernen i'w sadio'i hun ac yna mynd yn ei gwrcwd a gwyro ymlaen a thynnu'i fwced drwy'r dŵr. Roedd Tasker Hobday yn ddigon hen i gofio pan oedd y nant yn afon sylweddol, a'r unig ffordd i'w chroesi oedd drwy nofio ar ei thraws neu ddefnyddio'r bompren yn y pentref. Yn y dyddiau pell hynny roedd y dŵr fel grisial; gallai llanc ar ddiwrnod poeth o haf drochi'i ben ynddo ac yfed faint fyd a fynnai ohono. Blas haearn oedd ar y dŵr bryd hynny a byddai pobl yn dweud ei fod yn feddyginiaethol ac y mendiai unrhyw beth o boen yn y bol i bendduynnod. Heddiw roedd yn rhaid iddo'i ferwi cyn y gallai'i ddefnyddio i ymolchi hyd yn oed, a rhaid oedd mynd at 'rhen Elsie i nôl ei ddŵr yfed. Ond wedyn, doedd dim byd fel y bu.

Pan oedd ei fwced yn llawn, ymsythodd a dringo'n ôl i fyny'r geulan fwdlyd. Edrychodd o'i gwmpas yn bryderus, allan o wynt braidd. Doedd dim golwg o 'rhen Trix yn unman.

'Trixie!' gwaeddodd yn ei lais cryg. 'Ble'r wyt ti, 'mach i?'

Pan na ddaeth hi i'r golwg, rhoddodd ei fwced i lawr a galw'i henw drachefn, yn uwch y tro hwn, gan gwpanu'i ddwylo ar ffurf megaffon i'w gwneud hi'n haws iddi'i glywed.

'Trixie!' galwodd. 'Trix!'

Ond y cyfan a glywai oedd ei lais ei hun, a sŵn y glaw yn diferu'n ysgafn ymysg y coed.

Roedd Elsie Wicks hithau wedi teimlo'r glaw oer ar ei hwyneb. Codasai o'i gwely am chwarter wedi saith, ac eisoes roedd y globen o ddynes liwgar, bryd tywyll wedi dechrau ar weithgareddau'r dydd. Erbyn hanner awr wedi saith roedd hi wedi ymolchi, wedi gwisgo amdani, wedi rhoi'r tegell i ferwi ar yr Aga a bellach roedd hi allan yn y cwt ieir yn hel wyau. Roedd tri yno heddiw, felly mi fyddai 'na un ar gyfer 'rhen Tasker pan ddeuai i nôl ei fwcedaid o ddŵr am chwarter i wyth.

Ymhen dim roedd hi'n sipian ei mŵg cyntaf o de'r dydd ac yn datrys croesair bychan y *Daily Telegraph*. Fe fyddai wastad yn cadw'r croesair mawr tan amser gwely. Am chwarter i wyth, a dau wy wedi'u berwi a thair tafell o dost yn diferu o fenyn y tu mewn iddi, y croesair bychan wedi'i gwblhau a hithau wedi cymryd cip brysiog ar y penawdau, cododd oddi wrth y bwrdd a dadfachu'i rhestr waith oddi ar ochr y dreser bren.

Tair joben i'w gwneud heddiw. Gorffen y broets 'na, gosod bachyn newydd ar fodrwy ddyweddïo Mrs Craven a dechrau ar y clustdlysau 'na i Ashley's yn King's Road; roedd hi eisoes ar ei hôl hi efo'r rheiny. A byddai'n rhaid mynd i nôl neges heddiw hefyd. Fe gâi'r gwaith tŷ aros. Roedd hi'n casáu gwaith tŷ, roedd bywyd yn rhy fyr.

Cymerodd gipolwg ar ei horiawr. Deng munud i wyth. Roedd 'rhen Tasker yn hwyr. Erbyn iddo gyrraedd mi fyddai'r te wedi stiwio. Fel rheol fe fyddai 'na amser am sgwrs, ond heddiw roedd hynny allan o'r cwestiwn; roedd ganddi ormod o lawer ar ei phlât.

Nid deffro yn hollol a wnaeth Martin Craven ond rhyw droi a symud yn araf yn ei wely. Roedd y noson fawr a gawsai neithiwr wedi gadael ei hôl. Roedd rhyw gorrach bach â morthwyl niwmatig yn tyllu yn ei benglog a gallai deimlo'i dafod yn dew a ffwriog yn ei geg ac yn dal i flasu o wisgi sur a chyrri surach.

Swingiodd ei draed i lawr ar y carped. Daliai'r ffigur swrth yn y gwely arall i chwyrnu ymlaen. Edrychodd arni'n gorweddian yno yn ei phyjamas coch, ei cheg yn agored. Gofynnodd iddo'i hun tybed a wyddai hi gymaint roedd o'n ei chasáu hi. Unwaith bu dros ei ben a'i glustiau mewn cariad â hi, ond roedd hynny amser maith yn ôl. Pâr o goesau hirion brown a rhaeadr sgleiniog o wallt hir melyn fu'n gyfrifol am dynnu ei sylw ati yn y lle cyntaf. A phan fflachiodd hi ei llygaid arno dros ei gwydryn gwin a gwthio'i bol allan yn ddeniadol, a gofyn iddo, 'Ac am faint chi wedi bod yn Oslo, Mistaar Craven?', roedd o wedi teimlo'r gwaed yn rhuthro i'w lwynau a rhyw ysgafndod rhyfedd yn meddiannu'i ben. Fe gymerodd hi lawn hanner blwyddyn iddo ddod ato'i hun. Ond erbyn hynny roedd o'n briod â hi ac roedd hi'n rhy hwyr i wneud dim ynglŷn â'r peth, er ei fod bellach yn ystyried gwneud rhywbeth hefyd. Oherwydd fe wyddai rŵan fod ganddi gariad, roedd ganddo brawf o hynny. Mi fu ganddo yntau feistres neu ddwy yn ei dro hefyd, ond roedd hynny'n wahanol, a doedd o erioed wedi cael ei ddal. Roedd hi wedi cael ei dal, ac roedd y dystiolaeth ganddo. Y cyfan oedd wedi'i atal hyd yn hyn oedd ei fod yn poeni am amodau'r ddeddf honno, Deddf Eiddo Gwraig Briod, ond fel y dywedasai Giles wrtho ddoe, pe byddai o'n gallu profi fod Dagmar wedi bod yn chwarae o gwmpas efo rhywun arall, mi fyddai 'na siawns go lew y byddai'r barnwr yn y Llys Ysgaru yn llai tueddol o ochri gyda'r wraig.

O bryd i'w gilydd, roedd wedi'i ddychmygu'i hun yn rhoi tro ar ei chorn gwddw. Doedd lladd rhywun ddim mor anodd, wedi'r cyfan, ac yn sicr mi fuasai wedi bod yn rhatach na chael ysgariad. Ond nid rŵan. Mi fyddai'r heddlu yn tsecio arno, yn gweithio'n ôl, ac roedd ganddo ormod o bethau i'w celu.

Cododd ar ei draed gan ddymchwel y lamp erchwyn gwely wrth wneud hynny. Rhochiodd hithau a symud yn flin yn ei gwely. Cododd y lamp a'i gosod yn ôl yn ei lle. Symudodd o gwmpas ychydig i'w sicrhau'i hun fod popeth yn gweithio fwy neu lai fel y dylai, yna aeth am gawod oer i'r ystafell molchi a'i deimlo'i hun yn cael ei ysgytio yn ôl i ganol yr hil ddynol. Bu'n rhaid iddo eillio gyda mwy o ofal nag arfer. Rasel henffasiwn oedd ganddo, ac roedd ei law yn crynu fel deilen.

Bu Hughie Lee hefyd allan yn y glaw a oedd wedi peidio erbyn hyn ac wedi ildio i heulwen ddyfrllyd heb unrhyw gynhesrwydd ynddi.

'Mi gest ti dipyn o lwc, felly,' meddai'i chwaer, a eisteddai yn nrws yr hen fws unllawr rhydlyd y byddent yn ei ddefnyddio i fynd o gwmpas y wlad. Gollyngodd y daten y bu hi'n ei phlicio i'r bwced rhwng ei choesau.

'Do,' meddai. 'Tipyn bach.' Dringodd y ddau ris pren a chamu heibio i'r bwced. Gosododd y ddwy gwningen ar y bwrdd gerllaw'r drws, agor y drôr islaw ac estyn ei gyllell flingo.

'Mi welais i dylluan ar d'ysgwydd di pan ddoist ti i mewn neithiwr,' meddai hi dros ei hysgwydd.

'Paid â siarad lol,' meddai yntau, heb edrych arni.

'Ond mi wnes i, wir yr,' mynnodd hithau. 'Un fawr frown. Ac ro't ti'n hwyr. Yn hwyrach na fuost ti 'rioed.'

'Ie, wel,' meddai, gan geisio'i bodloni a'i thewi. 'Ro'dd gen i dipyn o fusnes i'w wneud neithiwr, ti'n gweld.'

'Ond mi ro'dd gen ti dylluan, Hughie. Un fawr frown. Yn ista ar d'ysgwydd di.' Roedd goslef ei llais yn dangos pryder difrifol. Roedd hi wedi codi o'i chornel ger y drws ac wedi dod i sefyll yn ei ymyl. 'Ro'dd ganddi gyrn hefyd.'

'Jest y ddwy gwningen 'ma welaist ti, siŵr o fod,' meddai yntau, gan chwerthin a mynd ymlaen â'i flingo deheuig. 'Mi fedri di neud pâr o fenig neis i ti dy hun allan o'r rhain.'

Ond chymerai hi mo'i throi. 'Mae gweld tylluan yn golygu pobol, Hughie, nid cwningod. Mi wyddost ti hynny'n iawn.' Dwysaodd ei phryder. 'Dwyt ti ddim mewn trwbwl na dim byd felly, wyt ti, Hughie?'

'Nac'dw,' atebodd yn wawdlyd, gan gynhyrchu rhyw sŵn cras yr oedd wedi'i fwriadu i fod yn chwerthiniad arall. 'Nac'dw, siŵr iawn. P'un bynnag, roeddet ti'n cysgu pan ddois i'n ôl, dy gyrten wedi'i dynnu a phob dim. Allet ti ddim fod wedi gweld dim byd.'

'Does dim rhaid i mi weld, yn nag oes, Hughie? Dw i jest yn gwbod, yn tydw i?'

Ac roedd hynny'n berffaith wir. I fyny yn Birmingham, Annie Wallgo fyddai'r plant lleol yn ei galw hi. Yn Henffordd cyhuddwyd hi o fod yn wrach, a daeth yr heddlu i'w holi oherwydd fod merch fach ar goll, jest am fod rhywun wedi gweld Annie'n siarad â hi unwaith. Roedd Annie wedi dweud wrth yr heddlu fod yr eneth fach yn yr afon. Ac yno'r oedd hi.

Ac roedd hi'n iawn ynglŷn â'r dylluan ar ei ysgwydd neithiwr hefyd.

'Falle y dylen ni feddwl am symud ymlaen unwaith eto,' meddai, gan ddechrau ar y gwningen arall.

'Dw i'n licio'n fan'ma,' meddai hithau'n gwynfannus. 'Hwn ydi'r lle gora y buon ni ynddo fo 'rioed. Dw i 'di cael llond bol ar drafaelio.'

'Pobol y ffordd fawr ydan ni, hogan,' haerodd. 'Mae trafaelio yn ein gwaed ni.'

'Wyddost ti be dw i'n feddwl?' meddai hi gan syllu i fyny arno. 'Dw i'n meddwl dy fod ti'n trio d'ora i dynnu 'meddwl i oddi ar y dylluan 'na.'

'Ol-reit,' meddai'n flinedig, gan roi ei gyllell i lawr a throi i'w hwynebu. 'Mi *roedd* 'na dylluan.' Cydiodd yn ei breichiau a llanwodd ei llygaid ag ofn. 'Ond dwyt ti ddim i boeni, ti'n dallt, achos doedd y peth yn ddim byd i'w neud efo ni. Ac os daw'r polîs yma, dwyt ti ddim i sôn dim byd am dylluan. Ti'n cofio fel ro'dd hi efo'r eneth fach 'na yn yr afon, a'r holl helynt gawson ni bryd hynny, yn dwyt?' Rhoddodd fys o dan ei gên a chodi'i hwyneb i orfodi ei llygaid mawr gofidus i edrych arno. 'Rwyt ti *yn* cofio hynny, yn dwyt ti, Annie? Felly'r tro yma, dwyt ti ddim i ddeud un dim. Iawn?'

Amneidiodd yn ufudd. 'Mi a' i'n ôl i blicio'r tatws 'cw,' meddai, gan ei rhyddhau'i hun yn anfodlon. 'Mi wna i lobscows i ni.'

'Ie,' meddai. 'Dyna fasai ora. A dim chwaneg o sôn am dylluanod. Cofia di hynny.'

Roedd Nicholas Chance wedi codi ers toc wedi pump o'r gloch. Erbyn hanner awr wedi chwech roedd o wedi goruchwylio'r godro, wedi paratoi coffi a thost iddo'i hun erbyn saith, ac am chwarter i wyth roedd yn eistedd yn ei swyddfa yng nghefn ei ffermdy helaeth yn didol y biliau y gallai'u talu oddi wrth y rhai y gallai'u rhoi o'r neilltu am ychydig eto.

Ychydig cyn wyth o'r gloch clywodd ei wraig yn dod i lawr y grisiau ac yn mynd i'r gegin. Clywodd ei sodlau haearn yn atseinio ar y llawr teils a sŵn cwpan a soser wrth iddi dywallt coffi iddi'i hun. Weithiau fe ddeuai hi i mewn i'w weld cyn mynd allan, weithiau ddim. Roedd yn dibynnu ar ei hwyl. Heddiw fe ddaeth i'w weld. Roedd hi wedi'i gwisgo ar gyfer marchogaeth, fel y byddai hi gan amlaf yn y boreau.

'Rhyw awr fydda i,' meddai o ymyl y drws, chwip yn y naill law a het galed yn y llall. 'Oedd gen ti isio rhywbeth o'r pentre?'

'Nac oes, dim diolch,' rhochiodd yn swta. 'Wn i ddim sut ddiawl rwyt ti'n gallu ffeindio'r amser, wir.'

'A be mae hynna'n ei olygu?' gofynnodd, ei cheg

hardd yn tynhau yn un llinell fain chwerw.

'Mae'n golygu 'mod i'n trio 'ngorau i ffermio'r blydi lle 'ma,' meddai. 'Mi fasai'n braf cael mymryn o help o bryd i'w gilydd.'

'Mi ddwedais i wrtha' ti ar y cychwyn cynta, 'rhen lanc, dydi'r holl fwd a baw anifeiliaid 'na ddim at fy nant i. Mi wnes i ddweud, yn do?'

'Hyd at syrffed.'

'Felly rho'r gorau i gwyno,' meddai. 'Wela i di tua hanner awr wedi wyth,' ychwanegodd, ond collwyd y geiriau olaf wrth iddi dynnu'r drws ynghau ar ei hôl.

Pan oedd yn siŵr ei bod wedi mynd gwthiodd ei law i boced ei hen siaced a hongiai ar gefn ei gadair-swifl a thynnu amlen las ohoni, yr amlen a ddaethai gyda'r post cyntaf y bore hwnnw. Yna, gan dynnu'r fasged sbwriel yn nes â blaen ei esgid, rhwygodd yr amlen a'i chynnwys yn ofalus. Gwyliodd yr anfoneb a'r dderbynneb a'r amlen yn disgyn yn ddarnau mân i'r fasged.

Dyna un bil y bu'n rhaid iddo'i dalu.

Estynnodd Elsie Wicks ddarn o wifren blatinwm drwchus o'r coffr-wal henffasiwn yn ei hystafell wely, torri chwarter modfedd ymaith â phâr o bliars, yna rhoi'r gweddill yn ôl yn y coffr a chau'r drws trwm. Wedi troi'r allwedd yn y clo, a sbinio'r cyfuniad ddwywaith, cododd ar ei thraed a gwthio pen y gwely yn ôl yn erbyn y pared i orchuddio'r coffr.

Yr ennyd honno clywodd 'rhen Tasker yn gweiddi'n groch o'r gegin gefn. Sylwodd ei bod hi'n bum munud i wyth.

'Elsie!' gwaeddodd Tasker drachefn yn wichlyd. 'Lle ddiawl wyt ti?'

'Fan'ma,' llafarganodd yn siriol. 'Dw i'n dod.' Brysiodd yn ôl ar hyd y lobi.

Safai Tasker ar y mat fymryn y tu mewn i ddrws y gegin. Roedd o'n crynu drosto, a'i fochau cochion

arferol cyn wynned â'i farf heddiw. Roedd ei gi yn
sownd wrth ddarn o linyn, a daliai'i fwced plastig melyn
hyd braich grynedig oddi wrtho.

'Mae'r hen ladi wedi ffeindio hwn,' crawciodd. 'Be
wyt ti'n feddwl y dylwn i' wneud?'

Symudodd Elsie Wicks yn nes ato a syllu i mewn i'r
bwced. Ynddo gallai weld rhan uchaf helmed
beiciwr modur, un goch â miswrn du, braidd yn wlyb a
budr ei chyflwr. Gofynnodd iddi'i hun beth oedd ystyr
yr holl ffwdan.

'Ei gwisgo hi,' meddai'n gellweirus. 'Mi gadwith dy
glustiau di'n gynnes yn y gaea.'

'Dim ffiars o beryg,' atebodd yntau gan ddal y bwced
yn uwch. 'Mae pen rhywun yn sownd y tu mewn iddi.
Yli.'

Ac, am y tro cyntaf yn ei bywyd, bu bron i Elsie Wicks
lewygu.

Pennod 2

Gwasgodd Roper ei droed yn ysgafn ar y brêc wrth adnabod y ffigur yn y siaced felen oedd yn prowlan ar hyd ymyl y rhostir ar ochr arall y ffordd. Llywiodd ei Sierra i'r ymyl a stopio ychydig lathenni y tu ôl i'r rhes o gonau traffig a dringo allan. Tywynnai haul gwelw ond roedd y gwynt oer a chwythai ar draws y rhostir yn gwneud i'r bore deimlo'n fwy fel diwedd gaeaf na chanol gwanwyn. Roedd o'n ŵr canol oed, yn fain ac yn syth fel brwynen. Wrth groesi'r ffordd botymodd ei gôt law yn erbyn y gwynt miniog. Wedi'i barcio ar y glaswellt ar fin y rhostir roedd Land Rover gwyn y Prif Arolygydd Brake â'i oleuadau rhybuddio melyn yn wincio, a'r tu ôl i hwnnw gar Panda, car y plismon lleol yn ôl pob tebyg. Ymhellach yn ôl ar hyd y ffordd roedd ffigur arall mewn siaced felen yn chwilota, ac, ymysg y conau, ddau arall yn dal tâp mesur rhyngddynt dros lecyn o'r lôn lle'r oedd olion gwaed anghynnes iawn yr olwg i'w gweld. Ymysg y llwyni ar fin y rhostir gallai weld dau gwnstabl mewn capiau fflat yn symud.

'Bore da, Charlie,' meddai Roper, gan ddod i fyny o'r tu ôl i Brake wrth i hwnnw fynd i lawr yn ei gwrcwd i godi rhywbeth oddi ar y glaswellt. Penderfynodd nad oedd y peth — ffurel bach plastig gwyrdd tebyg i bwyntl carrai esgid — o ddim diddordeb a lluchiodd ef i ganol y ffordd. Roedd y Prif Arolygydd Brake yn perthyn i'r Adran Draffig a pheth anghyffredin oedd ei weld allan yn gwneud ei waith troed ei hun. 'Damwain fawr?'

'Bore da, syr,' meddai Brake gan godi a nodi rhywbeth ar ei glipfwrdd. 'Rydan ni'n dal i drio gweithio pethau allan. Wyddwn ni ddim eto i sicrwydd i ba gyfeiriad roedd o'n trafaelio hyd yn oed. Rydan ni'n meddwl mai ar gefn motor-beic roedd o, y cr'adur.'

'Dim ond meddwl?' Cynigiodd Roper ei baced sierŵts. Tynnodd Brake un allan. Taniodd Roper hi iddo, gan gysgodi'r fflam rhag y gwynt oddi ar y rhostir, yna tanio un iddo'i hun.

'Dydan ni ddim wedi ffeindio'i feic o hyd yma,' meddai Brake gan chwythu mwg. 'Na'i ben o chwaith, o ran hynny.'

'Wyt ti o ddifri?'

'Yn hollol o ddifri,' meddai Brake. 'Y cyfan sy gynnon ni ydi corff a rhywfaint o waed ar y lôn yn fan'cw.' Cyfeiriodd â'i sierŵt at y llecyn lle'r oedd y ddau gwnstabl yn dal i fesur yr olion y tu ôl i'r rhes conau. 'Dim pen, dim pwt o ddim i ddweud pwy oedd o, dim byd. Roedd o'n gwisgo dillad lledr cynnes, felly mwy na thebyg mai ar fotor-beic roedd o. Mi gafodd ei ben o 'i dorri'n glir i ffwrdd. Toriad glân rhyfeddol. Welais i erioed ddim byd tebyg yn fy myw.'

Tynnodd Roper wyneb. Dim ond cwta ugain munud oedd wedi mynd heibio ers iddo gael ei frecwast. Roedd ei waith ei hun yn ddigon atgas, ond ni fyddai wedi'i ffeirio am jobyn Brake am bensiwn.

'Falle mai dod i fyny'n rhy gyflym y tu ôl i lorri efo'i borden ôl i lawr ddaru o,' awgrymodd Roper. 'Ac anghofio brecio.'

'Rhywbeth mwy miniog nag ymyl borden ôl lorri,' meddai Brake. 'Roedd y boi yn y mortiwari o'r farn ei fod o wedi cael ei sleisio i ffwrdd efo rhywbeth tebyg i dwca gerfio. Ond beth bynnag yr aeth o ar ei draws, mae'n rhaid ei fod o'n mynd fel cath i gythraul.' Oedodd i weiddi ar Sarjant Mallory i ddod i ateb ei radio y gellid ei chlywed yn crawcian yn fetelaidd drwy ffenestr agored ei gar. Ymhellach ymlaen i lawr y ffordd, chwifiai un o gwnstabliaid Brake ar ddwy ddynes oedd yn marchogaeth eu ceffylau yn araf ar hyd yr ymyl werdd a'u gorchymyn i ddefnyddio canol y ffordd. Pan oeddent o fewn ychydig i'r conau traffig, aeth un ar y blaen i'r llall. Roedd hi'n tynnu am bum munud i wyth a'r ffordd yn dechrau prysuro gyda dyfodiad yr awr frys foreol.

'Wel, well i mi'i throi hi,' meddai Roper. 'Pob lwc.'

'Diolch,' meddai Brake. 'Ac os digwyddwch chi weld pen o gwmpas yn rhywle,' ychwanegodd yn sychlyd, 'wnewch chi ddim anghofio mai fi sy biau fo, yn na wnewch?'

Cerddodd Roper yn ôl i'w gar. Roedd y sarjant lleol yn dal i eistedd hanner i mewn a hanner allan o'i gar ac yn siarad ar ei radio.

Ychydig lathenni o'i Sierra, pasiodd y ddwy ddynes ef ar bâr o geffylau brown nobl, gan fynd heibio'n ddigon agos iddo allu teimlo'r gwres yn codi oddi ar yr anifeiliaid. Edrychai'r merched, yn eu britsys a'u siacedi twîd trwsiadus fel pâr perffaith, y math a welwch chi mewn cylchgronau lliwgar yn hysbysebu persawr, yn rhy olygus a difrycheulyd i fod yn real. Pryd tywyll oedd un a'r llall yn bryd golau; dywedodd y benfelen rywbeth — roedd ganddi acen dramor o ryw fath — a chwarddodd y llall, chwerthiniad gyddfol dwfn dynes hyderus, sicr iawn ohoni'i hun. Wedi mynd heibio i'r conau a char Roper aethant yn ôl ar y glaswellt ac yna cyflymu a throi oddi ar y ffordd a charlamu i ffwrdd ar draws y rhostir.

Wrth esgyn i'w Sierra cafodd gipolwg, yn nrych y drws, ar Sarjant Mallory yn cau drws ei gar yn glep ac yn brysio'n ôl at Brake. Bwclodd Roper ei wregys diogelwch a gyrru ymlaen i'r Pencadlys i ddechrau diwrnod arall o waith, gan feddwl dim mwy am y peth. Nid bod ganddo gymaint â hynny i'w wneud. Bu pethau'n dawel iawn yn ddiweddar.

Camodd allan o'r lifft ar y trydydd llawr a chaeodd y drysau'n swnllyd y tu ôl iddo. Aeth yn syth at y peiriant coffi ymhellach i lawr y coridor — prin y gallai weithredu heb y baned blastig honno i ddechrau'r dydd — rhoi ei ddarn deg ceiniog yn y twll a deialu ei ddewis o goffi, llaeth a siwgr. Cliciodd y peiriant, gwneud sŵn chwyrndroi, petruso am ennyd, yna perfformio.

'O, Douglas. Bore da. Mae gen i joben i ti,' meddai llais milwrol croyw wrth ei ysgwydd. Y Prif Gwnstabl Cynorthwyol (Troseddau) oedd yno, neu yr Ysbryd Gwibiog fel y'i gelwid ef ymysg y dynion yn y cantîn, yn bennaf oherwydd y ffordd y byddai'n poeri ei orchmynion fel bwledi ac am mai ef, yn ôl y sôn, oedd yr unig fod dynol a allai symud ar gyflymder golau. Roedd o'n ŵr tenau, wynebfain, anaml ei wên, ond eto, ym marn Roper, roedd o'n blismon go-iawn nad oedd yn malio baeddu'i ddwylo o bryd i'w gilydd, ac roedd y ddau ohonyn nhw'n cyd-dynnu'n bur dda.

'Rhyw hanner milltir i'r gorllewin o Appleford. Ar y rhostir. Brake a'r plismon lleol yn disgwyl amdanat ti. Sipsi wedi dod ar draws corff ar y briffordd neithiwr. Dim pen ganddo fo.'

'Felly y clywais i,' meddai Roper. 'Mi basiais i'r fan ar fy ffordd i mewn y bore 'ma. Mi ges i air â Brake.'

'Da iawn,' meddai'r PGC. 'Felly mi wyddost ti bopeth. Cadw mewn cysylltiad.' Oedodd, ond dim ond er mwyn creu effaith ddramatig. 'Y peth ydi, mae'n ymddangos eu bod nhw newydd ffeindio'r pen. Yn y lle anghywir hollol. Od, yntê?' A chyda hynny roedd o wedi mynd, yn brasgamu ymlaen i lawr y coridor a throi i'r dde, gan greu'r argraff ei fod wedi llwyddo i ddiflannu drwy wal ei swyddfa.

Am naw o'r gloch yr un bore, yng nghwmni'r Ditectif Sarjant George Makins, roedd Roper yn ôl ar fin rhostir Appleford ac yn siarad â Brake a Sarjant Mallory.

Mallory, y plismon lleol, oedd wedi dod ar draws y corff am bum munud ar hugain i hanner nos neithiwr, er nad ef oedd y cyntaf i'w weld.

'Boi o'r enw Hughie Lee,' meddai Mallory, gŵr ifanc, cydnerth, haerllug braidd, ac yn llond ei iwnifform. Roedd y sglein ar y streipiau ar ei lawes yn dangos mai newydd gael ei ddyrchafu yr oedd. Siaradai ag acen leol ac roedd tinc dirmygus i'w lais. 'Sipsi. Mi ddaeth o a'i chwaer i'r cyffiniau 'ma ryw dair wythnos yn ôl. Maen nhw'n byw mewn hen siadri o fws rhwng Downlands Farm a thŷ Elsie Wicks; hi ydi'r ddynes ffoniodd ar ôl i'r hen Tasker ffeindio'r pen.' Trodd a chyfeirio â'i fys. 'Mi welais i Lee yng ngolau'r car pan oeddwn i ar fy ffordd adre am damaid o swper. Roedd o i lawr yn ei gwrcwd yn fan'cw, tua hanner ffordd i lawr y rhes cons 'na, fwy neu lai ar ochr y ffordd. Ro'n i'n meddwl mai chwilota drwy sach sbwriel oedd o.'

Ond nid sach sbwriel oedd hi, ond corff wedi'i wisgo mewn dillad lledr du ac esgidiau lledr uchel. Dillad beiciwr modur. Pan welodd oleuadau Mallory, roedd Lee wedi neidio ar ei draed ac wedi rhedeg i ffwrdd; ond yn yr ychydig eiliadau hynny, roedd Mallory wedi adnabod Lee ac wedi galw arno wrth ei enw a'i ddenu allan o'r llwyni lle'r oedd o'n ceisio llechu.

Aethent yn ôl at y corff gyda'i gilydd. Lee gyda chryn amharodrwydd. Dim ond bryd hynny y sylwodd Mallory fod pen y corff ar goll. Fe sylwodd hefyd fod pocedi brest siwt ledr undarn y dyn yn agored. Roedd wedi gwthio'i law yn ofalus i mewn iddynt a'u canfod yn wag, er bod yna amryw o allweddi ar ddolen ym mhoced crys y corff. Ar ôl defnyddio'i radio i alw am ambiwlans ac i hysbysu'r Adran Draffig, roedd Mallory wedi archwilio Lee, gan redeg ei ddwylo drosto ond gan wneud iddo hefyd wagio'i bocedi i gyd a hyd yn oed mynnu'i fod yn tynnu'i esgidiau. Swniai hyn braidd yn llawdrwm i Roper, ond wedyn roedd Sarjant Mallory yn edrych y teip.

Roedd Lee yn lân, chwedl y jargon, ar wahân i ddarn o wifren efydd ysgafn, y math a ddefnyddir i hongian darluniau, a phâr o bliars. Ar ôl i'r ambiwlans fynd â'r corff i ffwrdd, a'r dasg o archwilio'r llecyn wedi'i throsglwyddo i ofal sarjant a chwnstabl o'r Adran Draffig, aethai Mallory â Lee yn ôl i'r llwyni lle bu'n ceisio cuddio yn gynharach. Am hanner awr a mwy bu Mallory'n chwilota drwy'r llwyni â fflachlamp, ei reddf yn dweud wrtho mai dim ond Lee a allai fod wedi gwagio pocedi'r corff, er gwaethaf ei wadu taer.

'Tipyn o dderyn brith ydi o, Sarjant?' gofynnodd Roper. 'Y Lee 'ma?'

'Tydyn nhw i gyd, yn tydyn, syr?' meddai Mallory yn wawdlyd, gan beri i Roper ei hoffi'n llai fyth. 'Pum munud ar ôl iddyn nhw gyrraedd rhywle ac mae'r lle'n edrych fel tomen sbwriel. Does 'na ddim dwywaith nad ydi o'n gwneud tipyn go lew o botsian; ac am ei chwaer o, y cwbwl sy ganddi hi rhwng ei chlustiau ydi blocyn o bren.'

Erbyn hyn doedd gan Roper fawr o feddwl o Sarjant Mallory. Roedd o'n rhy hunanhyderus, yn rhy fyrbwyll ac yn amlwg yn rhy dueddol o neidio i gasgliadau. 'Ydach chi wedi'i ddal o'n potsio?'

'Nac ydw, syr,' addefodd Mallory. 'Mae o'n rhy blydi clyfar. Ond mi wna i. Dim ond mater o amser ydi o.'

Gadawsai Mallory i Lee fynd ar ei ffordd am hanner awr wedi hanner nos. Yna aethai i ymuno â'r ddau blismon traffig oedd wedi gosod goleuadau perygl a chonau i gau rhan o'r lôn. Fe ddaeth hi'n un o'r gloch y bore a hwythau'n dal heb ddod o hyd i ben y gŵr truan na'i feic modur yn unman. Am ddau o'r gloch penderfynwyd rhoi'r gorau iddi am y nos a dod yn ôl yn y bore i archwilio'r lle yn fwy trylwyr yng ngolau dydd.

Dyna pryd, fwy neu lai, roedd Roper wedi cyrraedd y llecyn ar ei ffordd i'w waith a stopio i sgwrsio â'r Prif

Arolygydd Brake. Pan welsai Mallory yn nrych ei gar yn dychwelyd at Brake, newydd dderbyn neges oedd y sarjant fod un Tasker Hobday, neu, yn hytrach, ei gi, wedi ffeindio yr hyn y gellid tybio'n ddigon rhesymol oedd pen y beiciwr modur, yn dal yn sownd solet yn ei helmed.

'Ble mae o rŵan?'

'Yn dal yn nhŷ Mrs Wicks, syr. Do'n i ddim yn rhyw siŵr iawn be i'w wneud efo fo. Ac mi feddyliais y byddech chi'n siŵr o fod isio cymryd golwg arno.'

'Ddaru chi, wir,' meddai Roper â chryn deimlad. 'Mae'n debyg nad oes gen i fawr o ddewis.'

Cafodd ei gip cyntaf ar fyngalo unig, treuliedig Elsie Wicks o'r ffordd fawr. Roedd y tŷ unllawr to llechi wedi'i leoli mewn llannerch ymysg y coed, a phan fyddai'r coed yn eu dail fe fyddai o'r golwg bron yn llwyr. Roedd dreif hir, serth yn arwain at y tŷ, lôn drol mewn gwirionedd, gyda graean mewn mannau a gwelltglas a phridd rhychiog mewn mannau eraill. Ym mhen draw'r lôn safai clamp o gar Volvo coch ymhell o fod yn newydd, gyda mwd wedi sychu yn drwch ar ei olwynion ac ar waelodion ei ddrysau ac mewn gwir angen côt newydd o baent a chodi ambell dolc.

O fynd yn nes ato, edrychai'r byngalo yn fwy treuliedig fyth hyd yn oed. Roedd lliw annymunol tu hwnt ar y drws ffrynt, rhyw liw gwyrdd golau wedi'i beintio yn weddol ddiweddar yn ôl pob golwg. Roedd rhywun wedi ceisio trwsio rhan isaf y drws drwy osod darn o galedfwrdd drosto, ac eisoes roedd pennau'r hoelion yn dechrau dangos rhwd. Diferai'r dŵr i lawr o'r lander tyllog uwchben un o'r ffenestri ac roedd y plastr yn dod i ffwrdd o amgylch ffenestr arall.

Defnyddiodd Mallory'r cnociwr rhydlyd a daeth dynes wedi'i chastio yn y mowld arwrol i ateb y drws. Gyda chroen llyfn ac esgyrn mawr, roedd hi ymhell dros chwe throedfedd o daldra, ac yn meddu ar doreth o wallt du wedi'i hel yn ôl ar ei gwegil a'i sicrhau â chlip cragen crwban, un go-iawn yn ôl pob golwg. Cyflwynodd Mallory y ddau dditectif iddi a dangosodd Roper a Makins eu cardiau gwarant.

Roedd hi'n amlwg yn falch eu bod wedi cyrraedd. 'A dweud y gwir,' meddai, gan agor y drws gwyrdd yn lletach a brasgamu o'u blaenau i lawr y lobi fach dywyll â hem ei ffrog laes ysgarlad yn fflapian o gwmpas ei fferau, 'fasai hi ddim bwys gen i petaech chi'n dweud mai Brenin China a'i frawd ydach chi, dim ond i chi fynd â'r peth ofnadwy 'na o 'nhŷ gwydr i gynted ag y medrwch chi. Paned o de i bawb, ie? Dw i 'di bod yn yfed y stwff ers hanner awr wedi saith y bore 'ma.'

Hebryngodd hwy i'r gegin lle'r oedd bwrdd ffawydd gwyn wedi'i amgylchynu â chwe chadair yn cymryd y lle bron i gyd. Edrychai'r cadeiriau cefnau crwn yn hen iawn, wedi'u llunio gan grefftwr yn ddi-os ac yn werth ceiniog neu ddwy mewn arwerthiant hen bethau. Wrth y bwrdd, lle'r oedd lliain bwrdd wedi'i daenu dros un pen, eisteddai stwcyn byrdew â llond pen o wallt gwyn a barf wen wedi'i thorri'n sgwâr. Wrth iddynt ddod i mewn edrychodd i fyny'n ddisgwylgar, ar ganol tanio cataid o dybaco. O flaen y lle tân haearn henffasiwn gorweddai ci defaid oedrannus. Edrychodd i fyny'n gysglyd gan ddangos mymryn o ddiddordeb, yna cau'i lygaid drachefn a phwyso'i ên yn ôl ar ei balfau.

Cyflwynwyd Roper i Hobday, un o'r bobl hynny sy rywsut o'r un taldra p'un ai ydynt yn sefyll neu'n eistedd. Pwtyn coesgam sionc ydoedd, tua deg a thrigain oed ac yn frwdfrydig ei gyfarchiad wrth ysgwyd llaw.

Tra oedd y wraig siriol yn gwneud y te, aeth Mallory â Roper a Makins allan i'r ardd anniben ac i mewn i'r tŷ gwydr blêr. Safai bwced plastig melyn Tasker Hobday ar y llawr cerrig fymryn y tu mewn i'r drws. Heb fod ymhell i ffwrdd yn rhywle roedd ieir yn clwcian.

'Os codwch chi'r miswrn ychydig,' awgrymodd Mallory, 'mi allwch chi weld y trwyn a mymryn o farf.'

Cododd Roper ei drowsus i fyny ryw fodfedd a mynd yn ei gwrcwd yn ymyl y bwced. Un blaen, goch tywyll, ddrudfawr yr olwg, oedd yr helmed, gyda phridd llaith yn glynu wrthi yma ac acw. Roedd amryw o grafiadau dwfn i'w gweld hefyd, a chwpl o dolciau newydd yr olwg ar ei chorun. Roedd y miswrn wedi'i wneud o blastig du tryleu, y math y gallwch chi weld allan ohono ond nid i mewn drwyddo — y math sy'n achosi braw a dychryn i glercod banc pan welant un yn agosáu at eu ffenestri.

Cymerodd anadl hir ddofn a'i baratoi'i hun. Yna, gan wthio un bys rhwng y miswrn ac ochr y bwced, teimlodd am waelod y miswrn a'i godi'n ofalus. Fel y dywedasai Mallory, y cyfan y gallai'i weld oedd blaen trwyn ac ychydig o flew mwstás a barf. Gallasai fod wedi codi'r helmed allan a chymryd golwg go-iawn ar weddill yr wyneb, ond doedd ganddo fawr o awydd gwneud hynny mor gynnar â hyn ar y dydd, a gorau po leiaf y byddai rhywun yn cyffwrdd â'r helmed a'i chynnwys dychrynllyd ar hyn o bryd p'run bynnag. Gwthiodd y miswrn i lawr drachefn a chodi ar ei draed, ei stumog yn dal i gorddi. Roedd gwaed yn dal i ddiferu i'r gwlybaniaeth a'r baw yng ngwaelod y bwced, ac yng nghynhesrwydd llaith y tŷ gwydr wrth i'r haul esgyn yn uwch, roedd y cyfan yn dechrau drewi.

Pasiodd Mrs Wicks y mygiau te o amgylch y bwrdd yn ei chegin. Roedd George Makins wedi picio allan i'w gar i ddefnyddio'i radio. Roedd angen fen o'r mortiwari i ddod i fynd â'r bwced oddi yno.

'Yr hen ladi ffeindiodd o,' meddai Tasker Hobday, gan chwifio'i bibell i gyfeiriad ei gi defaid oedd yn dal i orwedd ar ei hyd ar y rỳg o flaen y tân. 'Ro'n i wedi mynd i lawr at yr afon i nôl fy nŵr golchi. Pan ddois i fyny'n ôl roedd yr hen ast wedi diflannu. Mi waeddais arni ond doedd 'na'm golwg ohoni yn unman. Tydi'i golwg hi ddim cystal â hynny rŵan ac mae'i chlyw hi'n dechrau mynd hefyd, felly mi es i chwilio o gwmpas y lle a galw'n uwch. Ro'n i'n gwbod na fedrai hi ddim bod ymhell achos mae ganddi dipyn o wynegon yn ei choesau ôl, a dim ond am funud neu ddau y bûm i ffwrdd oddi wrthi p'run bynnag. Yna mi glywais i hi'n udo, rhyw udo isel, fel y bydd hi'n ei wneud pan ddaw hi ar draws twll llwynog. Wel, mi ges i hyd iddi reit handi wedyn. A dyna lle'r oedd hi, i fyny at ei chanol yn y nant ac yn pawennu'r peth coch 'ma. Roedd o'n edrych yn debyg i bêl i mi, ond doedd o ddim yn nofio yn y dŵr. Mi elwais arni i ddod ata i ac mi ddaeth. Ond yna dyma hi'n mynd yn ôl ac yn dechrau udo eto, wyddoch chi, fel petai hi'n trio tynnu fy sylw, fel petai o'n rhywbeth pwysig, felly. Wel, mi dynnais i fy sgidia a'm sana a thorchi godre 'nhrowsus a phadlo i mewn i weld be oedd y peth coch 'ma. Ond roedd 'rhen Trixie wedi cynhyrfu'r dŵr a chodi lot o fwd a fedrwn i mo'i weld o'n iawn, felly mi godais i o i fyny a gweld mai helmed motor-beic oedd hi. Roedd hi'n andros o drwm, fel petai ganddi fricsen neu ddwy wedi'u stwffio i mewn iddi, a dyma hi'n llithro allan o 'nwylo yn ôl i'r dŵr. Mi ges i fy socian i lawr fy ffrynt i gyd. Dyna pryd gwelais i fod 'na dipyn o gnawd ac asgwrn yn sticio allan o'r gwaelod. Mi ges i goblyn o fraw am funud bach, coeliwch chi fi. Ond mi wyddwn fod yn rhaid imi ddweud wrth rywun, felly mi wagiais i 'mwced, stwffio'r peth 'ma i mewn iddo a'i gwadnu hi'n ôl yma i gael tipyn o gyngor gan Elsie.'

'Ac mi ffoniais innau Sarjant Mallory yn syth bin,' meddai Mrs Wicks.

Cymerodd Roper lymaid o'i de oedd yn llawn siwgr ac yn ddigon cryf i doddi barrau heyrn. 'Glywsoch chi unrhyw beth allan o'r cyffredin neithiwr, Mrs Wicks? Rhyw sŵn a allasai fod yn ddamwain draffig, falle, i fyny'n fan'cw ar y ffordd?'

'Dim byd,' meddai hithau. 'Ond a dweud y gwir, 'chydig fydda i'n ei glywed o'r traffig i lawr yn fan'ma. Dyna oedd un o'r rhesymau pam yr arhosais i yma ar ôl i'r gŵr druan oedd gen i fynd i'w aped.'

'Be amdanoch chi, Mr Hobday?'

Ond na, doedd yntau chwaith ddim wedi clywed dim byd anarferol; ond roedd o wedi treulio'r rhan fwyaf o'r noson cynt yn chwarae dominos yn yr Hanging Man i lawr yn y pentref, milltir go dda oddi yma. Roedd o a'i gi wedi cychwyn am adref toc wedi un ar ddeg o'r gloch. Roedd o wedi cyrraedd yn ôl yn ei gaban am oddeutu ugain munud wedi un ar ddeg a doedd o ddim wedi clywed dim byd ar ôl hynny heblaw ei radio.

'Ddaru chi ddim digwydd gweld corff yn gorwedd ar ochr y ffordd? Fe allasai edrych fel sachaid o sbwriel. Tua dau gan llath i fyny'r ffordd oddi yma, i gyfeiriad Dorchester.'

Ysgydwodd Hobday ei ben. Pan fyddai'n dychwelyd o'r dafarn mi fyddai wastad yn troi oddi ar y ffordd i lawr dreif Elsie Wicks, achos roedd ganddi wastad olau ynghynn uwchben ei drws ffrynt ac mi fyddai hwnnw'n ei helpu i ffeindio'i ffordd. Yna mi fyddai'n cwblhau'i siwrnai gan ddefnyddio'r llwybr wrth yr afon.

'Basiodd 'na fotor-beic chi rhwng y dafarn a dreif Mrs Wicks?'

Gwasgodd Hobday ei wefusau at ei gilydd yn dynn a meddwl yn galed, gan gnoi ar ei getyn.

'Naddo,' meddai o'r diwedd, gan ysgwyd ei ben yn araf. 'Dim i mi gofio, beth bynnag. Yr unig fotor-beic y galla i gofio'i weld neithiwr oedd un yn sefyll yng nghornel y maes parcio.'

'Pa faes parcio?' gofynnodd Roper, yn dechrau dangos diddordeb.

'Yr Hanging Man,' meddai Hobday, fel pe bai'n meddwl y dylasai Roper fod wedi gwybod hynny. 'Yn pwyso'n erbyn wal y lle dynion.'

'Faint o'r gloch oedd hynny? Allwch chi gofio?'

'Alla i ddim dweud yn union,' meddai Hobday yn ymddiheurol. 'Ychydig cyn un ar ddeg, mae'n debyg. Fydda i byth yn cymryd rhyw lawer o sylw o'r amser, heblaw pryd bydd y tafarnau'n agor a chau. Does gen i ddim rheswm i wneud, 'dach chi'n gweld.'

Daeth Makins yn ôl i'r tŷ. 'Popeth wedi'i drefnu,' meddai. 'Mae'r fen ar ei ffordd.'

'Faint gymerith hi?' gofynnodd Mrs Wicks gan godi ar ei thraed i lenwi mẁg arall ar ei gyfer.

'Rhyw hanner awr,' meddai Makins gan agor ei gôt law ag un llaw a chymryd y mẁg oddi arni â'r llaw arall. 'Diolch.'

'Gorau po gynta, wir,' meddai hithau, ac aeth rhyw ias drwyddi. 'Mae gen i hen deimlad annifyr y bydd yr hen fwced 'na'n rhoi hunllefau i mi am weddill fy oes.'

Disgwyliodd Roper nes bod Makins a Mrs Wicks yn eistedd wrth y bwrdd.

'Welsoch chi berchennog y motor-beic 'na, Mr Hobday?'

'Na, dw i ddim yn credu,' atebodd Hobday, gan grafu'i foch flewog yn feddylgar â choes ei getyn. 'Ond wedyn roedd 'rhen Dick a minnau yn y snỳg; mae 'na wastad danllwyth o dân yn fan'no. Mae'n eitha posib ei fod o wedi mynd i un o'r bariau eraill, wrth gwrs. Mi fydd 'rhen Maurice siŵr o fod yn gwbod.'

'Maurice Hapgood,' eglurodd Mrs Wicks. 'Fo ydi landlord yr Hanging Man. Yno ers blynyddoedd. Nabod pawb.'

Gwnaeth Roper nodyn o hynny. Yma yn y wlad fel hyn, gellid dibynnu ar landlord tafarn fel arfer i fod yn llygaid ac yn glustiau'r gymdogaeth a'r byd y tu hwnt. Ond, ar y llaw arall, roedd y byd yn llawn o fotor-beics, a phob un, os nad oeddech chi'n gyfarwydd iawn â nhw, yn debyg iawn i'w gilydd. A mwy na thebyg fod yna ddwsin neu fwy wedi trafaelio'r ffordd hyn neithiwr, ac fe allai unrhyw un o'r rhain fod wedi stopio yn nhafarn yr Hanging Man i wlychu'i big. Mwy nag un, hwyrach.

Wedi gorffen eu te, arweiniodd Hobday a'i gi defaid Roper a Makins drwy ardd gefn ddi-lun Mrs Wicks, ac yna drwy ffens fregus ac i mewn i'r coed, gan glebran yn ddi-dor drwy gydol yr amser. Roedd o wedi treulio blynyddoedd yn y Llynges fel llongwr cyffredin, ar longau difa ffrwydron yn bennaf. Roedd yn byw ar ei bensiwn rŵan, ei bensiwn Llynges a'i bensiwn henoed. Caban bach ganddo heb fod ymhell. Neis a phreifat, felly. Deffro yn y bore i sŵn yr adar bach yn tiwnio. Dim byd tebyg iddo. Hen galon iawn oedd 'rhen Elsie. Clyfar hefyd. Yn gwneud gemau, modrwyau a broetsys a breichledau, y math yna o beth. Yn anfon lot o'r stwff i Lundain. Yn ei gynllunio fo'i hun, wyddoch chi. Gwnâi dipyn o drwsio hefyd, ond dim ond i'r bobl leol.

A dyna hi'r afon, o leia roedd hi'n arfer bod yn afon unwaith, dim ond ffrwd bellach. Ac yn fan'na, yn union yn fan'na, y byddai o'n llenwi'i fwced bob bore, a draw yn fan'cw y ffeindiodd o Trixie yn udo ac yn sblasio yn y dŵr.

Roedd o'n llecyn cysgodol, o'r neilltu, ynghanol clwstwr o goed, â charped o ddail y llynedd yn pydru yn y lleithder.

Cymerodd Roper gipolwg ar y llethr serth ar ei chwith, i gyfeiriad y ffordd. Roedd popeth yn awgrymu bod yr helmed wedi rholio a bowndio i lawr y deg troedfedd ar hugain cyn glanio yn y dŵr. Ond roedd y ddamwain wedi digwydd ddau gan llath ymhellach i lawr y ffordd.

'Fan hyn oedd hi,' meddai Hobday.

Cyrcydodd George Makins ar lan yr afon a throi ychydig o'r dail llaith drosodd. Roedd smotiau tywyll i'w gweld ar amryw ohonynt. Cyn i Hobday a'i gi chwalu pethau wrth droedio'r fan yn gynharach, gellid tybio i'r dail hynny fod wedi'u lleoli yn agos at ei gilydd. Buasai'n well pe buasai'r hen ŵr wedi gadael popeth fel yr oedd heb symud dim, ond wedi'r cwbl, gweld helmed goch yn y dŵr a wnaeth o yn y lle cyntaf, a doedd ganddo ddim rheswm i'w chysylltu hi â damwain ffordd na wyddai o ddim oll amdani, yn ôl a ddywedodd. Chwilfrydedd oedd wedi'i ddenu ati, chwilfrydedd oedd wedi peri iddo gerdded i mewn i'r dŵr a'i chodi hi. Y rheol aur, hyd yn oed i Roper, oedd sylwi ar bopeth a pheidio â chyffwrdd â dim, ond ar yr achlysur hwn, roedd y rheol yna wedi'i thorri ac roedd hi bellach yn rhy hwyr i wneud dim ynglŷn â'r peth.

'Gwaed ydi o?' gofynnodd Roper.

'Mae'n edrych yn debyg,' meddai Makins. Gan aros yn ei gwrcwd, ymestynnodd i boced fewnol ei siaced dan ei gôt law a thynnu dwy amlen blastig fechan allan. Gollyngodd ddwy o'r dail i mewn i un ohonynt a chau'r sêl rhwng ei fys a'i fawd. Fe fyddai matsio'r gwaed o leiaf yn cadarnhau nad oedd Hobday wedi gwneud camgymeriad ynglŷn ag union lecyn ei ddarganfyddiad.

Tynnwyd sylw Roper at ffens derfyn haearn rydlyd, draw ar y chwith iddo, o'r golwg, bron, y tu ôl i ragor o goed a llwyni. Y tu hwnt i'r ffens roedd porfa las i'w gweld a chaeau troi, ac yn y pellter niwlog ffermdy unig â chlwstwr o adeiladau allanol y tu ôl iddo.

'Tir pwy ydi hwnna, Mr Hobday?' gofynnodd Roper.

'Downlands Farm,' meddai Hobday. 'Lle Mr Chance. Y fferm fwya am filltiroedd.'

Dychwelodd Roper a Makins i'r ffordd fawr. Roedd yr haul yn gynhesach nawr, ac yma ar y tir uwch roedd yr olaf o'r gwlybaniaeth a adawyd ar ôl y glaw yn sychu'n gyflym.

'Be nesa?' gofynnodd Makins.

'Dw i ddim yn siŵr,' meddai Roper. 'Falle y byddai hi'n eitha peth inni gael gair â'r sipsi 'na.' Edrychodd ar ei oriawr. Roedd hi bron yn hanner awr wedi deg. 'Ond dw i'n meddwl mai'r peth calla fyddai inni gael sgwrs arall efo Charlie Brake gynta.' Roedd e wedi dod ar draws achosion digon rhyfedd yn ei ddydd, ond roedd hwn yn od anghyffredin, a dweud y lleiaf. Yr unig beth y gellid ei ddweud i sicrwydd ynglŷn â'r busnes oedd eu bod yn delio â rhywbeth amgenach na damwain ffordd gyffredin.

'Mae hi'n edrych fel petai yntau isio gair â ninnau hefyd,' meddai Makins.

A doedd dim amheuaeth am hynny, achos Brake oedd y ffigur yn y pellter oedd yn chwifio'i glipfwrdd arnynt yn wyllt.

'Mae pethau'n mynd yn rhyfeddach fesul munud,' meddai Brake, wedi i Roper a Makins ei gyrraedd. 'Roedden ni'n cymryd yn ganiataol y byddai o a'i feic wedi dod i stop fwy neu lai yn yr un man ar ôl y glec, ond nid felly y bu hi.'

'Sut gwyddost ti?' gofynnodd Roper.

'Achos rydan ni newydd ffeindio'r beic,' meddai Brake.

Pennod 3

Gosododd Brake ei glipfwrdd ar foned ei Land Rover. 'Fan hyn oedd y corff,' meddai, gan bwyntio at groes ar ei fraslun o fap â blaen ei feiro. Yma roedd y ffordd yn arwain bron yn syth o'r gorllewin i'r dwyrain, ac yn cysylltu yn ei phen dwyreiniol â'r A351 i Poole a Bournemouth, y ffordd yr oedd Roper yn gyrru ar hyd-ddi y bore hwnnw pan welsai Brake a'i dîm. Heblaw pan oedd y tywydd yn ddrwg iawn, defnyddiai'r ffordd honno yn aml oherwydd y tu allan i'r oriau brys roedd y traffig yn ysgafn a'r perygl o dagfeydd yn llawer llai. Ar ochr ogleddol y ffordd roedd y rhostir, ac i'r de a'r tu ôl iddynt fyngalo Elsie Wicks, Downlands Farm a sawl tŷ arall. Rhyw filltir i'r dwyrain rhedai'r ffordd drwy ganol pentref Appleford.

'A lle mae'r beic?'

'Fan'ma,' meddai Brake, gan wthio'i feiro ryw ddwy fodfedd tua'r gorllewin ar y map i gyfeiriad Dorchester. Cododd ei feiro a'i defnyddio i bwyntio i lawr y ffordd. 'Yma, lle mae dau o 'nynion i rŵan. Ar fy ffordd i gymryd sbec ar y lle ydw i, fel mae'n digwydd.'

'Mi ddown ni efo ti,' meddai Roper. Cerddasant y tri chanllath neu fwy ar hyd ymyl y lôn orllewinol, i'r fan lle'r oedd dau aelod o dîm Brake, sarjant a chwnstabl, hyd at eu canol yn y llwyni trwchus a wahanai'r ffordd oddi wrth wastadedd o dir pori y tu ôl iddi. Rhwng y llwyni a'r tir roedd ffens bren gadarn.

Edrychai'r beic modur — Honda coch, ei olwyn flaen

wedi camu ac yn pwyso yn erbyn un o byst y ffens — fel petai wedi llwyddo i wau drwy'r llwyni heb wneud fawr ddim difrod iddynt. Roedd hi'n amlwg mai trafaelio i gyfeiriad y gorllewin yr oedd ac wedi glanio yn y fan hyn allan o olwg y ffordd.

'Damwain od ar y naw oedd hi,' meddai'r sarjant o dîm Brake gan grafu'i ben. 'Taro rhywbeth, cael ei luchio oddi ar ei feic a'r beic yn mynd yn ei flaen ar ei liwt ei hun ac yn diweddu yn fan'ma.'

'A'i ben o'n dal yn sownd yn ei helmed bron i chwarter milltir i ffwrdd ffordd acw,' atgoffodd Roper o, gan amneidio i gyfeiriad byngalo Elsie Wicks. 'Felly roedd hi'n ddamwain hynotach na hynna hyd yn oed.'

'Wyddoch chi be dw i'n feddwl?' meddai Brake yn ddifrifol.

'Mae gen i syniad go lew,' meddai Roper. 'Roedd rhywun wedi gosod darn o wifren gaws ar draws y ffordd.'

Dyna'r unig ateb a wnâi synnwyr.

Tra oedd yn archwilio ymyl y lôn orllewinol ger y fan lle darganfu y corff, stopiodd George Makins wrth yr arwydd ffordd 'Gwartheg yn Croesi', tynnu ei fysedd i lawr y postyn llwyd a chanfod tolc bychan yn yr aliwminiwm a gweld bod peth o'r paent wedi dod i ffwrdd. Ar ochr arall y ffordd, daeth un o ddynion Brake o hyd i'r hyn a edrychai, ar yr olwg gyntaf, fel petai rhywun wedi naddu cylch main â chyllell o gwmpas bedwen arian bron yn union gyferbyn â'r arwydd Gwartheg yn Croesi. Roedd y ddau nod tuag uchdwr y frest, ac yn cryfhau theori'r wifren. Fel ar y rhan fwyaf o ffyrdd gwledig, doedd dim lampau stryd ar y darn gwastad yma, ac fe fyddai'r wifren wedi bod yn anweladwy nes ei bod hi'n rhy hwyr.

Daeth y sarjant yn ôl o'r Land Rover, lle'r oedd wedi treulio'r deng munud diwethaf yn cael ei gysylltu ar ei radio â'r DVLA yn Abertawe i geisio gwybodaeth ynglŷn â'r beic modur.

'Unrhyw lwc?' gofynnodd Brake wrth i'r sarjant ymuno â hwy.

'Gerald Michael Pope,' meddai'r sarjant. 'Mi brynodd o'r beic yn ail-law ychydig ar ôl 'Dolig.' Agorodd ei lyfr poced. 'Dau ddeg un A, Jubilee Walk, Dorchester.'

Go brin i Roper a Brake glywed y cyfeiriad. Roedd yr enw'n ddigon. Roedd golwg chwerw ar Brake, a'i wyneb yn llym.

'Oes rhywbeth yn bod?' gofynnodd Makins gan dorri ar y distawrwydd.

'Oes, myn brain i,' meddai Roper. 'Os mai o 'di'r un 'dan ni'n meddwl ydi o.'

'Pope "Taro a Dianc",' meddai Brake. 'Roedd o'n arfer bod yn blismon.'

'Plismon llwgr, yn ôl pob tebyg,' ychwanegodd Roper. 'Ond fe adawodd y Ffôrs cyn i ni allu'i ddal o. Ble mae'r allweddi 'na y daethoch chi o'r mortiwari neithiwr, Sarjant?' gofynnodd i Mallory.

'Yn y sêff, gartre,' meddai Mallory.

'Ewch i'w nôl nhw,' meddai Roper. 'Gynted ag y gallwch chi.'

'Sarjant oedd o,' meddai Roper wrth i Makins droi trwyn y car i gyfeiriad Dorchester a newid i fyny un gêr. 'Un o fechgyn Brake ar Draffig. Andros o foi brwd. Mi fyddai'n llenwi llyfr poced cyfa mewn wythnos. Treuliai hanner ei amser yn y llys yn rhoi tystiolaeth.'

'Un o'r bois gor-eiddgar 'ma, ie?'

'Fyddet ti ddim wedi sylwi,' meddai Roper. 'Mi fyddai'n gweithio llawer ar ôl oriau gwaith. Y gred oedd ei fod o'n llercian o gwmpas ceir wedi'u parcio y tu allan i dafarnau, ac yn gwylio yn y gobaith o weld rhyw greadur yn honcian allan ac yn dringo i'w gar. Yna, byddai'n aros iddo ddod â'r car allan i'r stryd o'r lle parcio, fflachio'i gerdyn gwarant, rhoi prawf anadl iddo a'i arestio. Gwnâi lawer o'i waith allan o iwnifform ac yn ei gar ei hun. Dyna Sarjant Pope i ti.'

'Cas,' cytunodd Makins. 'Ond rydan ni'n cael ein talu am fod ar ddyletswydd bedair awr ar hugain y dydd, ydan ni ddim?'

'Ydan, wrth gwrs, 'rhen lanc,' meddai Roper, wrth i Makins arafu y tu ôl i dractor swnllyd, aros am fwlch diogel yn y traffig a thynnu allan i'w oddiweddyd. 'Ond fyddwn ni ddim yn cymryd cil-dwrn, yn na fyddwn?'

'Oedd o'n gwneud hynny, felly?'

'Roedd gynnon ni le i gredu hynny. Mi glywson ni am ddau achos. Un person yn dod i mewn i gwyno, un arall yn sgrifennu llythyr cas iawn at y Prif Gwnstabl. Ond mae'n bur debyg mai dim ond dechrau'r stori oedd hynny.'

Roper ei hun fu'n arwain yr ymchwiliad cyfrinachol i weithgareddau Sarjant Pope, ar ôl i Pope wadu'r ddwy drosedd honedig yn daer. Llwyddodd i ddod allan ohoni, yn ddi-gosb i bob pwrpas, ar y ddau gownt. Roedd y ddau achwynwr wedi adnabod Pope yn rhwydd, un hyd yn oed wedi gallu adrodd ar ei gof y rhif ar ysgwydd ei diwnig. Ond y broblem oedd fod y ddau ŵr bonheddig wedi'u cyhuddo yn y gorffennol gan Pope o droseddau gyrru difrifol, un ohonynt ddwywaith, ac ar bob achlysur wedi'u cael yn euog a'u dirwyo'n llym. Ac felly, fel yr awgrymodd Pope ei hun ar y pryd, roedden nhw'n ei adnabod yn dda, yn rhy dda. Pobl yn dal dig, meddai. Roedd y peth yn digwydd drwy'r amser. Trio talu'r pwyth yn ôl roedden nhw, dyna'r cyfan.

Yn ôl y naill achwynwr, roedd Pope yn ei iwnifform ac ar gefn ei feic modur swyddogol pan grybwyllwyd y cil-dwrn honedig. Honnai'r llall fod y peth wedi digwydd am ddau o'r gloch y bore pan oedd Pope yn ei ddillad sifil ac yn ei gar ei hun. Nid oedd tyst gan Pope ar yr un o'r ddau achlysur, ond roedd yr un peth yn wir am ei gyhuddwyr. Yn ddiweddarach penderfynodd un dynnu'i honiad yn ôl wedi i Pope fygwth dwyn achos enllib preifat yn ei erbyn.

Cyn belled ag y gwyddai Pope, roedd y ddau fater wedi'u rhoi o'r neilltu a'u hanghofio. Ond yn ddistaw bach, roedd yr ymchwilio i weithgareddau Pope wedi parhau. Roedd Roper ei hun wedi archwilio'i gyfrif banc, a holi ynglŷn â'i ad-daliadau morgais, manylion ei dreth incwm, a hyd yn oed yr ad-daliadau misol y byddai'n eu gwneud ar ei amrywiol gardiau credyd. Erbyn diwedd un wythnos o ymchwilio, gwyddai i'r geiniog faint roedd car newydd Pope wedi'i gostio a pha gwmni ariannol oedd wedi benthyca'r arian iddo. Doedd o ddim wedi canfod dim byd amheus; ond wedyn go brin y byddai plismon yn derbyn cil-dwrn ar ffurf siec, p'run bynnag, a byddai'n annhebygol iawn o dalu swm sylweddol o arian parod dros gownter banc.

Chwe mis yn ddiweddarach, flwyddyn yn ôl bellach, roedd Pope wedi ffraeo â'i wraig, wedi ymddiswyddo o'r heddlu, ac wedi diflannu. Ychydig oedd wedi gweld ei eisiau, achos cydweithiwr amhoblogaidd fu Pope erioed; un roedd yn well ganddo'i gwmni'i hun, meddai rhai; llwynog cyfrwys, meddai eraill. Ac mewn swydd oedd yn gofyn am o leiaf rywfaint o frawdgarwch ac ymddiriedaeth ymhlith cyd-swyddogion, doedd ymddygiad o'r fath ddim yn plesio.

'Ond pam roedden nhw'n ei alw fo'n "Taro a Dianc"?' gofynnodd Makins.

'Am y byddai o'n ymdrin â mwy o'r troseddau hynny nag unrhyw fath arall,' meddai Roper. Ac roedd hynny'n berffaith wir. Daethai Pope ar draws mwy o ddamweiniau taro a dianc na gweddill plismyn Brake gyda'i gilydd. Gallasai hynny fod yn ddim byd mwy na stribed o gyd-ddigwyddiadau, wrth gwrs, ond, yn ystadegol, roedd rhywbeth o'r fath yn eithriadol o anghyffredin. Ac ychydig iawn o'r damweiniau hynny oedd wedi'u datrys, hefyd, a'r ffeiliau arnynt yn dal yn agored.

Ac yn awr, er yn farw, roedd Pope yn ôl. Ac nid damwain ffordd fu'n gyfrifol am ei dranc neithiwr.

Lôn fach gul, dywyll oddi ar High West Street yng nghanol Dorchester oedd Jubilee Walk, ei dau ben wedi'u cau i gerbydau gan folards haearn du. Roedd y rhifau 21A, B, ac C yn brintiedig o dan tair cloch wrth ochr drws mahogani newydd yr olwg a agorai'n syth allan i'r palmant ac a wasgwyd rhwng siop dillad ail-law ar y naill ochr a thŷ bwyta Chineaidd ar y llall.

Triodd Roper y ddwy allwedd Yale a gawsai gan Mallory yn gynharach. Roedd yr ail yn ffitio. Gorweddai pentwr o lythyrau ar y mat y tu mewn i'r drws. Plygodd Roper i'w codi. Roedd enw Roper ar ddwy o'r amlenni, y naill yn fil trydan mewn coch, a'r llall oddi wrth Gyllid y Wlad. Cadwodd y rheiny a gollwng y gweddill yn ôl ar y mat.

Roedd y grisiau'n ddigarped, a'r waliau wedi'u papuro â phapur boglynnog oedd wedi derbyn llyfiad o baent emwlsiwn pinc gan rywun i geisio twtio tipyn arno.

Y tu allan i ddrws 21A ar y landin roedd mat arall. Ymestynnodd Roper am y swits golau. Naill ai'r oedd angen bylb newydd neu roedd y ffiws wedi chwythu. Oddi uchod yn rhywle deuai sŵn clecian teipiadur.

Agorodd yr ail allwedd Yale ddrws gwyn 21A. Dilynodd Makins o i mewn. Roedd hi'n amlwg mai swyddfa Pope oedd yr ystafell dywyll hon. Ar draws y gornel ger y ffenestr, safai desg nobl newydd â chadair-swifl gromiwm a lledr y tu ôl iddi yn wynebu'r drws, a chadair llai ysblennydd o'i blaen. Safai cabinet ffeilio dur llwyd yn erbyn y pared gyferbyn â'r drws, ac arweiniai drws arall ar y dde i ystafell arall yng nghefn yr adeilad. Roedd yr arlliw o arogl bwyd Chineaidd wastad yno, mae'n debyg, ac yn rhan o naws y lle.

Agorodd Makins y bleind slatiau ar y ffenestr a edrychai allan ar y stryd a gadael rhywfaint o oleuni i mewn. Roedd y carped gwyrdd di-lun yn dangos ôl traul, a'r waliau o'r un pinc llychlyd â waliau'r grisiau, fel petai rhywun wedi prynu galwyni o baent pinc ac yn benderfynol o ddefnyddio pob diferyn ohono.

Aeth Roper y tu ôl i'r ddesg. Roedd y calendr peiriannol wedi'i osod ar gyfer heddiw. Biliau a chylchnegeseuon oedd yr ychydig lythyrau yn y fasged ffeilio ar ochr y ddesg. Roedd y biliau i gyd wedi'u cyfeirio at Pope. Wrth ochr y fasged sbwriel wag ar y llawr, roedd tegell trydan, wedi'i blygio i soced yn y wal.

Gwasgodd y botwm ailchwarae ar beiriant ateb y ffôn, a dechrau chwilota drwy'r ddesg. Dim ond y geriach swyddfa arferol — staplydd, tyllwr papur, siswrn, Prittstick, selotâp, nifer o feiros rhad yn cael eu cadw gyda'i gilydd gan fandyn lastig, a phaced o glipiau papur. Daliai'r peiriant ateb i chwyrndroi. Roedd amryw o alwadau mewnol wedi'u recordio, a thri o'r galwyr wedi rhoi'r ffôn i lawr heb adael neges. Daethai galwad arall oddi wrth rywun o'r enw Lennie ynglŷn â theledu Pope. Byddai'n costio pedwar ugain punt i'w atgyweirio. A oedd Pope am iddo wneud y gwaith? Gofynnodd rhywun arall, dynes a swniai fel Gwyddeles ac a alwai'i hun yn Kathleen, i Pope ei ffonio hi'n ôl yn y gwaith yn y bore.

'Mae'n edrych fel petai o'n byw yma,' meddai Makins, oedd wrthi'n chwilota drwy ddroriau'r cabinet ffeilio. 'Mae'r drôr yma'n llawn o fwyd tun,' ychwanegodd, gan ddal tun o gawl tomato i fyny.

'Beth am y lleill?'

'Pob un yn wag,' meddai Makins.

Daeth llais merch o'r peiriant ateb. Sharon oedd hi o garej y Six Ways, a phwysleisiai mewn llais trwynol a chwynfannus nad oedd Pope wedi talu'i fil am y gwaith a wnaethpwyd ar ei fotor-beic y mis diwethaf. Rhag ofn ei fod wedi anghofio, cant a deunaw o bunnoedd, gan gynnwys TAW, oedd y cyfanswm, ac mi fyddai'n dda gan Mr Banks petai'n ei dalu yr wythnos hon neu byddai'n rhoi'r mater yn nwylo'i gyfreithiwr.

Agorodd Roper ddrôr arall. Y tu mewn roedd blwch cardbord a'i lond o bapur ysgrifennu personol newydd ei argraffu, gyda sampl o'r papur wedi'i lynu wrth y caead. Agorodd y drôr yn lletach i ddarllen y pennawd printiedig ar y sampl.

'Wel, wel, pwy fasai'n meddwl,' mwmialodd.

'Be sy?' gofynnodd Makins.

'Ditectif preifat ydi o,' meddai Roper. 'Neu dyna mae o'n ei ddweud yn fan'ma.'

'Y cena powld.'

'Ie wir,' meddai Roper.

Aeth Makins yn ôl i'r ystafell gefn. Clywid sŵn metel yn cael ei ysgwyd. Yna dychwelodd Makins at Roper.

'Ga i fenthyg yr allweddi 'na am funud bach?'

Estynnodd Roper hwy iddo. 'Be sy 'na drwodd yn fan'na?'

'Dau gabinet metel. Wedi'u cloi.'

Aeth Makins i ffwrdd unwaith eto. Roedd gweddill droriau'r ddesg yn wag, ar wahân i un yn cynnwys blwch o gardiau busnes ac amlenni i fatsio'r papur ysgrifennu newydd. Os oedd Pope yn dditectif preifat, roedd hi'n amlwg nad oedd ganddo lawer o waith ar y gweill.

'Syr,' galwodd Makins. 'Dowch i edrych ar hwn.'

Aeth Roper heibio i'r ddesg ac i mewn i'r ystafell fach gefn. Roedd y llawr yn ddigarped a'r waliau eto'n binc. Roedd basn ymolchi mewn un gornel, a'r unig ddodrefn oedd dau gwpwrdd metel gwyrdd a bwrdd bach bregus yn ymyl y basn. Cabinet ffeilio pum silff fu'r cwpwrdd yr oedd Makins wedi'i agor ar un adeg, ond roedd tair o'r silffoedd wedi'u tynnu a'u rhoi yng ngwaelod y cwpwrdd. Ar ben y rhain roedd gwely plyg, a phentwr o ddillad gwely wedi'u plygu rywsut-rywsut yn ei ymyl. Ar y silff uwchben roedd ffwrn microdon, dysgl gaserol Pyrex, amrywiaeth o lestri rhad a chyllyll a ffyrc mewn jar jam. Roedd y cyfan fel petai'n cadarnhau awgrym Makins fod Pope, am ryw reswm neu'i gilydd, yn byw yma.

Ar y silff uchaf roedd casgliad o offer ffotograffig, camera Pentax 35-milimetr henffasiwn â lens delesgopig, blwch yn cynnwys ffilmiau du a gwyn gyda dau rolyn ar goll, tanc datblygu bychan ar gyfer ffilmiau 35-milimetr, dau hambwrdd datblygu bychan, amrywiol boteli o gemegau datblygu a phrintio — eto ar gyfer ffilmiau du a gwyn — a phapur printio.

'Pwy sy'n defnyddio ffilmiau du a gwyn y dyddiau 'ma?' meddai Makins.

'Ditectifs preifat, mae'n siŵr,' meddai Roper. 'Mae'n golygu y gallan nhw wneud y gwaith i gyd eu hunain heb orfod ei ymddiried i neb arall. Ac mae hynny'n handi ac yn saffach lle mae lluniau budron yn y cwestiwn.' Estynnodd y camera a'i lens drom o'r cwpwrdd, arbrofi gyda'r botwm ailwindio, ei ganfod yn rhydd, ac yna agor y cefn. Roedd y camera'n wag.

Erbyn hyn roedd Makins wrth y cwpwrdd arall. Roedd silffoedd hwn i gyd wedi'u tynnu allan a'r cabinet wedi'i droi'n wardrob ar gyfer yr ychydig ddillad roedd gan Pope yn y lle. Ar y llawr yng ngwaelod y cwpwrdd safai helaethwr ffotograffig, un rhad, tila yr olwg, ond yn ddigon da i'w bwrpas ac yn brawf pellach fod Pope yn gwneud ei brosesu a'i brintio i gyd ei hunan. Canfu Makins ddarn o galedfwrdd y tu ôl i'r cwpwrdd a gosododd ef dros ffrâm y ffenestr. Roedd yn ffitio i'r dim ac yn tywyllu'r ystafell yn gyfan gwbl. Hon, felly, y byddai Pope yn ei defnyddio fel ystafell dywyll. Agorai'r ffenestri budron allan ar ddihangfa dân haearn, iard fechan a chefnau hyll yr adeiladau yn y stryd gyfagos.

' . . . Dydi hi ddiawl o bwys gen i,' ffrwydrodd llais

sarrug dyn wedi gwylltio o'r swyddfa ffrynt. 'Jest gwnewch yn siŵr y byddwch chi yno.'

'Ond er mwyn y nefoedd,' meddai llais gwrywaidd arall yn ddolefus. 'Mae'r banciau i gyd ar gau rŵan!'

'Mi ddylech chi fod wedi cofio ynghynt, yn dylech? Wela i chi yn y maes parcio. Hanner awr wedi wyth. Dowch â nhw!'

Daeth clic sydyn, ac ar wahân i'r sŵn chwyrndroi aeth y peiriant yn fud drachefn.

Brysiodd Roper a Makins yn ôl i'r swyddfa ffrynt. Ailwindiodd Roper y tâp ychydig fodfeddi a chwarae'r darn olaf eto. Roedd gormod o amser wedi mynd heibio iddo allu cofio llais Pope, ond roedd hi'n debygol mai'r llais a swniai agosaf fyddai llais y cyn-sarjant. Ac roedd ei lais wedi swnio'n fygythiol. Nid neges gyffredin ar beiriant ateb oedd hwn. Sgwrs danbaid oedd hi, ac am ryw reswm roedd Pope wedi gweld yn dda i'w recordio. Ac roedd hi'n ymwneud ag arian. Felly tybed a oedd Pope wedi dychwelyd at ei gastiau honedig ac yn hawlio arian trwy fygwth?

'Esgusodwch fi,' meddai llais croyw dynes yn llym o'r tu ôl iddynt, 'ond be aflwydd 'dach chi'n ei wneud yn fan'ma? A sut daethoch chi i mewn?'

Trodd Roper. Roedd hi'n sefyll wrth ddrws y landin, bag llaw dan un fraich, brîffces llwythog yn ei llaw arall. Roedd hi oddeutu deugain oed, yn llond ei chroen ac yn gwisgo siwt lwyd ffasiynol.

'Wel?' gofynnodd hi. 'Dwedwch pwy ydach chi.'

'Heddlu, madam,' meddai Roper, gan estyn ei gerdyn gwarant a'i ddal hyd braich oddi wrtho. 'Ditectif Uwcharolygydd Roper, CID; a dyma'r Ditectif Sarjant Makins.'

Camodd y ddynes ymlaen yn wyliadwrus ac archwilio'i gerdyn, yna un Makins.

'A phwy ydach chi, madam?' gofynnodd Roper wrth gadw'i gerdyn. Roedd golwg mwy bodlon arni'n awr, a'i chwilfrydedd pryderus wedi troi'n ddiddordeb.

'Shirley Cracknell,' meddai. 'Mrs. Mae gen i asiantaeth ysgrifenyddol i fyny'r grisiau. Ar fy ffordd allan ro'n i; clywais leisiau a gweld fod y drws ar agor. Yna mi welais i chi'ch dau yn chwilota o gwmpas. Wedi bod yn camfihafio mae o?'

'Pwy, felly, Mrs Cracknell?' gofynnodd Roper yn glên.

'Mr Pope,' meddai. 'Faswn i ddim yn synnu chwaith. Does gen i ddim syniad eto be mae o'n ei wneud yma na sut mae o'n ennill ei damaid. A fi ydi'i landlord o.'

'Ond mae'n debyg eich bod chi wedi'i holi ynglŷn â be oedd o'n bwriadu'i wneud â'r lle cyn ichi'i osod o iddo?'

'O, do, wrth gwrs,' meddai hithau. 'Dweud ddaru o'i fod o'n bwriadu dechrau busnes glanhau siopau a swyddfeydd, a'r cyfan roedd arno'i eisiau oedd desg a ffôn a rhywle i gadw'i waith papur. Dw i'n cofio meddwl ar y pryd fod 'na rywbeth yn od yn y peth achos roedd o mor ofnadwy o eiddgar i gael y swyddfa arbennig hon, sy â dwy stafell yn perthyn iddi, pryd y gallai fod wedi cymryd un o'r swyddfeydd un stafell i fyny'r grisiau am hanner y rhent.'

Doedd Mrs Cracknell ddim wedi bod yn amheus o Mr Pope ar y cychwyn, dim ond yn chwilfrydig. Anaml y byddai hi'n ei weld na'i glywed yn cyrraedd yn y bore ac roedd yr un peth yn wir am ei ymadawiad fin nos. Fe fyddai hi'i hunan yn cyrraedd am hanner awr wedi wyth bob bore ac yn gadael, fel rheol, oddeutu hanner awr wedi pump, os na fyddai ganddi waith i'w gwblhau. Gweithiai ar ei phen ei hun yn ei busnes teipio a phrosesu geiriau. Roedd y busnes yn ffynnu ac weithiau byddai'n rhaid iddi weithio ymlaen tan ddeg neu un ar ddeg o'r gloch y nos. Ar yr adegau hynny, roedd hi wedi sylwi'n aml fod y goleuadau ynghynn yn 21A ac yn dal ynghynn pan basiai'r drws ar ei ffordd adref. Gallai gofio clywed Pope yn mynd allan yn o hwyr ar ddau achlysur, deg neu hanner awr wedi deg, ond rhyw hanner awr yn unig y bu o allan i gyd; ac weithiau, pan oedd hi'n cychwyn am adre, byddai'n cyfarfod Pope yn dod yn ôl. A'r troeon hynny, roedd o yn ei ddillad motor-beic, fel neithiwr yn wir — er mai ar ei ffordd allan roedd o neithiwr a hithau'n dod i mewn; cadwai'i fotor-beic yn yr iard gefn.

'Faint o'r gloch oedd hyn neithiwr, Mrs Cracknell?'

Crychodd ei haeliau. 'O,' meddai, gan godi'i hysgwyddau. 'Tua hanner awr wedi deg, siŵr o fod. Roedd 'na dipyn o chwant bwyd arna i ac mi es draw i'r caffi am ddysglaid o gawl a rôl. Pan gyrhaeddais i'n ôl roedd o ar ei ffordd i lawr y grisiau. Roedd o'n gwisgo'i helmed a phopeth.'

'Ddaru o siarad â chi?'

'Dim ond mwmian rhywbeth, fel arfer. Dydi o fawr o siaradwr.'

Mi fu hi wrthi'n gweithio'n hwyr iawn neithiwr, y gwaith roedd ganddi yn y brîffces rŵan, ac roedd hi bron yn hanner nos cyn iddi gychwyn am adref. Doedd hi ddim wedi clywed Pope yn dychwelyd.

'Ers faint mae o yma?'

'Rhyw bedwar mis; wythnos cyn 'Dolig oedd hi.'

'Fydd o'n talu'i rent mewn pryd?'

'Talu 'mlaen llaw. Diwrnod cynta bob mis.'

'Arian parod 'ta siec?'

Oedodd Mrs Cracknell, felly mwy na thebyg mai arian parod ydoedd ac nad oedd Arolygwr Trethi ei Mawrhydi yn gwybod amdano.

Yna cyfaddefodd a dweud, 'Arian parod. Dau gant y mis,' ac edrychai'n falch nad oedd Makins wedi ysgrifennu hynny i lawr yn ei lyfr poced.

'Wyddoch chi rywbeth amdano?'

'Na wn i,' meddai. 'Dim llawer. Ar wahân i'r ffaith ei fod o wedi cael ysgariad.'

'A doedd o'n ddim trafferth?'

'Dim felly. Mi fydda i'n clywed ei radio fin nos ond wedyn mae yntau'n siŵr o fod yn clywed fy nheipiadur innau'n clecian hefyd; felly does dim pwynt cwyno.'

Roedd Roper a Makins wedi archwilio digon ar y lle i wybod nad oedd radio yno, felly mae'n rhaid mai'r hyn a glywsai Mrs Cracknell oedd y set deledu, bellach yng ngofal y Lennie 'ma, pwy bynnag oedd hwnnw, yn cael ei hatgyweirio.

Wyddai Mrs Cracknell fawr ddim byd arall am ei thenant. Talai'r rhent yn brydlon a bihafiai'i hun; doedd hi'n amlwg ddim wedi ystyried y gallai fod yn byw yma'n ogystal, ac, am y tro, wnaeth Roper mo'i goleuo hi.

'Ylwch,' meddai hi. 'Mae'n rhaid imi fynd rŵan, ond ydy hi'n bosib i chi roi rhyw awgrym bach i mi pam rydach chi yma, 'ta ydi hi'n gyfrinach fawr? Be'n hollol mae o wedi'i wneud?'

'Mae Mr Pope wedi marw, Mrs Cracknell,' meddai Roper. 'Damwain ffordd, ger pentref Appleford. Rywbryd yn hwyr neithiwr.'

'Nefoedd,' meddai gan welwi. 'Y cr'adur bach.'

Gwyddai Maurice Hapgood, landlord yr Hanging Man ym mhentref Appleford, mai plismyn oeddynt yr eiliad y cerddasant i mewn i'r bar. Roedd yr hynaf o'r ddau, Llundeiniwr yn ôl ei acen ac yn gyfrwys yr olwg, wedi archebu dwy rôl gaws a phicl a hanner o chwerw, a'r un bachgennaidd pryd golau wedi gofyn am lager shandi a dwy frechdan samwn a chucumer. Roedden nhw wedi mynd ar eu hunion at y lle tân a dyna lle'r oedden nhw'n awr yn clebran yn isel â'i gilydd, ac roedd gan y pen golau ei lyfr nodiadau ar agor yn ymyl ei blât, ac edrychai'r cyfan yn swyddogol a phwysig iawn.

'Falle'i fod o'n rhywbeth i'w wneud â'r ddamwain 'na neithiwr,' sibrydodd Jackie, gwraig Hapgood, a safai wrth ei ochr y tu ôl i'r cownter yn sychu'r gwydrau oedd newydd eu golchi gan ei gŵr yn y sinc gerllaw.

'Falle wir,' cytunodd Hapgood. 'Falle mai nhw 'di'r ddau fu'n siarad â 'rhen Tasker y bore 'ma.'

Y ddamwain oedd ar wefusau pawb yn y pentref heddiw. Yn hwyr neithiwr y digwyddodd hi, yn ôl y sôn, ychydig cyn hanner nos. Dyn heb ben. Y sipsi 'na oedd wedi'i ffeindio fo, y Lee 'na, hwnnw oedd yn byw efo'i chwaer hanner-pan ychydig y tu draw i fferm Mr Chance. Roedd rhai eisoes yn dweud fod Lee â'i fys yn y brwes yn rhywle — doedd 'na ddim dwywaith nad oedd o wedi'i ddal yn dwyn oddi ar y corff, beth bynnag, achos roedd 'rhen Wally Pickles wedi gweld Sarjant Mallory yn archwilio Lee yng ngolau lampau blaen ei gar Panda, a fyddai'r heddlu byth yn gwneud hynny heb reswm go lew, yn na fydden? Ar ei ffordd adre o'r dafarn roedd Wally, a nes iddo glywed gweddill y stori y bore 'ma, doedd o ddim wedi sylweddoli mai corff oedd y peth 'na a edrychai fel sachaid o sbwriel yn un twmpath ar fin y lôn. Oedd, cytunai pawb, roedd dwyn oddi ar gorff marw yn swnio'n union fel rhywbeth y buasai Lee yn ei wneud. Edrychwch fel roedd o a'i chwaer wedi gwneud y fath lanast ar y clwt tir 'na roedden nhw'n sgwatio arno, wedi'i droi o'n domen sbwriel, yn doedden? Trefnu deiseb fyddai orau, a chael gwared ohonyn nhw . . .

A thra oedd y drafodaeth yn mynd yn ei blaen y bore hwnnw, daethai Tasker Hobday i mewn i'r bar gan adael ei hen gi clafrllyd wedi'i glymu wrth un o'r meinciau y tu allan. Fo oedd wedi ffeindio pen y corff. Yn sownd solet yn un o'r helmedau motor-beic 'na. Yn y nant. Na, wir yr, fo wnaeth. Roedd yr heddlu wedi cael gair ag o. Roedd o'n dyst pwysig.

'Tyrd yn dy flaen, y diawl c'lwyddog,' fu ymateb gwawdlyd Hapgood ar y cychwyn, achos doedd neb tebyg i 'rhen Tasker am stori gelwydd golau.

'Na, ar 'y marw,' gwichiasai Tasker, gan ei setlo'i hun ar stôl wrth y bar. 'Gwir pob gair. Yr hen ladi ffeindiodd

o. Mi siarsion nhw fi i gadw'r peth yn gyfrinachol.'

'Pwy?'

'Y Glas, debyg iawn,' atebasai 'rhen Tasker yn ddig.

Am unwaith roedd yr hen fachgen yn dweud y gwir plaen bron iawn. Ac fe adroddodd ei stori drosodd a throsodd i bwy bynnag oedd yn fodlon gwrando ac yn debygol o brynu peint iddo am y fraint o gael ei chlywed. Gadawsai Hobday am ei gaban am ddau o'r gloch, ei lygaid yn bŵl a'i gerddediad yn fwy ansad nag erioed. Roedd o hanner y ffordd adref cyn sylweddoli nad oedd ei ast ddefaid wrth ei ochr, a bu'n rhaid iddo droi a honcian yr holl ffordd yn ôl i'w rhyddhau hi o'r fainc y tu allan i'r dafarn.

'Os eith y ddau acw'n o handi, mi gawn ni gau'n gynnar,' sibrydodd Mrs Hapgood, gan wyro i lawr yn ddianghenraid o isel i gymryd gwydryn arall oddi arno a chaniatáu iddo'r wefr o gael cip pleserus i lawr yr hollt rhwng ei bronnau; a phryd hynny anghofiodd y tafarnwr yn llwyr am stori Tasker. Oherwydd roedd y Mrs Hapgood hon newydd gymryd lle'r hen un, dynes fain, grintachlyd oedd wedi ymadael â'r byd hwn am y lle gwell hwnnw y bu'n pregethu'n gyson amdano. Roedd hon ugain mlynedd yn iau nag o, ac wedi gwneud iddo deimlo fel hogyn ifanc unwaith eto. Am ddynes hardd a lluniaidd fel hon y bu Maurice Hapgood yn breuddwydio gydol ei oes, ac roedd eu mis mêl cyffrous egnïol yn Marbella wedi'i adael yn ŵr lluddedig ond yn greadur hapus iawn. Ac yn ddiweddar roedd hi wedi sôn am gael un o'r gwelyau dŵr 'na.

'Mi a' i i alw *stop tap* yn y bar cyhoeddus,' mwmialodd o.

'Paid â bod yn rhy hir,' sibrydodd hithau, gan bwnio'i goes â'i phen-lin yn awgrymog.

Ymsythodd y ddau, a'r eiliad honno dyma'r gloch dros ddrws y bar yn tincian a dau ŵr arall mewn cotiau glaw yn dod i mewn, y naill yn bryd golau a'r llall yn bryd tywyll fel yn achos y ddau wrth y tân. Ac er i Hapgood edrych yn awgrymog ar y cloc ar y wal i wneud yn siŵr eu bod yn sylweddoli ei bod hi'n ddau funud i dri o'r gloch ac o fewn trwch blewyn i amser cau, ofer fu'r ymgais i'w darbwyllo i beidio ag aros. Archebodd yr un gwallt golau, Cymro ifanc, sudd oren, a'r llall hanner o Guinness o'r gasgen. A chyn iddyn nhw hyd yn oed droi i ymuno â'r ddau arall wrth y lle tân, roedd Hapgood wedi dyfalu mai dau blismon arall oedden nhw ac, er mawr siom a dicter iddo, roedd hi'n ymddangos fel petaen nhw wedi setlo yno am y prynhawn.

Pennod 4

Sipiai'r Prif Arolygydd Price, sef y newydd-ddyfodiad gwallt golau, ei sudd oren tra pwysai'r Ditectif Sarjant Rodgers, y newydd-ddyfodiad gwallt tywyll, ymlaen dros ei wydryn Guinness. Ar wahân i'r pedwar ohonynt, a dynes yn sychu gwydrau y tu ôl i'r bar, roedd y lle yn wag.

'Dau ddeg un A, Jubilee Walk, Dave,' meddai Roper wrth Price. 'Dos â swyddog archwilio efo ti.'

'Am be 'dan ni'n chwilio?'

'Dw i ddim yn siŵr,' meddai Roper. 'Mi fu George a minnau'n chwilota ond welson ni ddim cownt o'r gwaith roedd o'n ei wneud yn unman — dim ffeiliau, dim byd. Go brin y bydd angen ichi godi'r lloriau na dim byd felly, ond mae'n rhaid fod 'na rywbeth yno a all roi rhyw glem i ni be'r oedd Pope yn ei wneud.'

'Ar wahân i fod yn dditectif preifat, 'dach chi'n feddwl?'

'O bosib,' meddai Roper. 'O sgwrs ffôn y clywson ni bwt ohoni ar ei beiriant ateb, mae'n bosib ei fod o'n blacmelio rhywun, a phwy a ŵyr nad y rhywun hwnnw osododd y wifren 'na ar draws y ffordd. Ac os gallwch chi ddod o hyd i luniau neu negatifs ffotograffig, gorau oll, fe allen nhw fod yn ddefnyddiol iawn.'

'Roedd o'n gwneud ei ffoto-prosesu i gyd ei hun yn ôl pob tebyg,' eglurodd Makins. 'Ond mi fethon ni â dod o hyd i luniau.'

'Falle'i fod o'n eu rhoi nhw i bwy bynnag oedd yn ei

logi i'w tynnu,' cynigiodd Price. 'Dyna mae'r ditectifs preifat 'ma'n ei wneud fel arfer, yntê?'

'Mae'n dibynnu pa mor onest ydyn nhw,' meddai Roper. 'Ond afal drwg oedd Pope pan oedd o'n gweithio i ni. Falle nad oedd o wedi newid. A Peter,' meddai gan droi at DS Rodgers. 'Dw i am i ti ddod o hyd i atgyweiriwr setiau teledu o'r enw Lennie rhywbeth neu'i gilydd. Synnwn i ddim nad oes ganddo siop drydanol gerllaw swyddfa Pope yn rhywle. Fe all fod yn fêt i Pope hyd yn oed. Yna hola lle mae garej y Six Ways a dos yno. Gofyn am weld Mr Banks a ffeindia allan pa mor dda roedd o'n nabod Pope a pha waith ddaru o'i wneud ar ei fotor-beic. Wyddost ti ddim, hwyrach y doi di ar draws rhywbeth fydd o help i ni.'

Pan adawodd Price a Rodgers am ugain munud wedi tri nid aeth Roper a Makins ddim pellach na'r cownter. Doedd dim golwg o'r ddynes, ac roedd y dyn fu'n gweini arnynt yn gynharach yn hongian lliain sychu dros goesau'r pympiau.

'Sori, foneddigion, dw i wedi cau,' meddai'n bigog, cyn iddynt gyrraedd y bar hyd yn oed.

'Mr Hapgood?' meddai Roper.

'Ie, dyna chi.'

'Plismyn ydan ni, syr.'

'O, ie,' meddai Hapgood, heb ei synnu, gan daflu cipolwg arwynebol ar gerdyn gwarant Roper. Fyddai heddwas ddim fel arfer yn gollwng y cerdyn allan o'i ddwylo. 'Beth bynnag 'dach chi'i isio, gobeithio na chymerith o ddim yn hir, achos dw i wedi trefnu i fod yn rhywle.'

'Ychydig funudau yn unig, syr,' meddai Roper. 'Ydi'r enw Pope yn golygu rhywbeth i chi?'

Ysgydwodd Hapgood ei ben. 'Dim byd o gwbl,' meddai. Roedd o yn ei bumdegau diweddar, yn ŵr annymunol, cadnoaidd yr olwg ac yn colli'i wallt; roedd yn amlwg ar frys i fynd.

'Gawsoch chi rywun i mewn yma neithiwr mewn dillad motor-beic? Dyn mawr, tua chwe throedfedd? Helmed goch?'

Ysgydwodd Hapgood ei ben drachefn.

'Beth am eich staff?'

'Dim ond fi a'r wraig sy 'ma; ar wahân i ddydd Sadwrn a dydd Sul.'

'Falle y gallen ni gael gair â Mrs Hapgood 'ta, syr,' meddai Roper, er dicter amlwg i Hapgood. 'Hwyrach ei bod hi wedi'i weld.'

'Dw i ddim yn meddwl,' meddai Hapgood.

Disgwyliai Roper. Disgwyliai Hapgood.

'Mi fasen ni *yn* hoffi cael gair efo'ch gwraig, syr,' meddai Makins.

Rhythodd Hapgood arno, yna trodd a diflannu drwy'r bwa yn ymyl y til. Bu i ffwrdd am sawl munud.

'Mae hi ar ei ffordd,' meddai'n sarrug wedi iddo ddychwelyd o'r diwedd.

Tra oeddent yn disgwyl, gofynnodd Roper iddo eto am y dyn yn y siwt ledr, ond roedd hi'n amlwg nad oedd Hapgood wedi'i weld, na'r motor-beic y dywedasai Hobday iddo'i weld neithiwr yn y maes parcio gerllaw toiledau'r dynion.

Cawsant well lwc gyda Mrs Hapgood. Hyd yn oed yn ei slipers roedd y wraig fronnog, bryd tywyll, gor-hoff o golur, sawl modfedd yn dalach na'i sbrigyn o ŵr. Roedd hi'n amlwg na wyddai fod ei blows wen ffriliog yn hongian dros ei sgert yn y cefn a'i bod hi wedi'i botymu'n gam yn y ffrynt.

Rhyw ddeng munud cyn amser cau neithiwr, gan fod y til yn y bar cyhoeddus a'r til yn y bar salŵn yn brin o newid, roedd hi wedi mynd i fyny'r grisiau i nôl dau fagaid o arian cochion. Ar ei ffordd allan o'r swyddfa roedd hi wedi teimlo drafft a sylweddoli fod hanner uchaf y ffenestr yn dal ar agor. Aeth yn ôl i'w chau.

'A dyna pryd gwelsoch chi'r dyn 'ma?'

'Ie,' meddai. 'Dyna chi.' Safai ag un fraich wedi'i phlethu'n dynn drwy fraich ei gŵr fel petai'n chwilio am gefnogaeth foesol, er ei bod hi'n ymddangos mai arno ef oedd ei hangen mewn gwirionedd. 'Roedd o mewn du i gyd ac yn gwisgo helmed am ei ben. Roedd o'n siarad â rhywun mewn car.'

'Pa fath o gar? Ydach chi'n cofio?'

Wyddai hi ddim, ond rhyw liw golau oedd arno; llwyd neu wyrdd neu rywbeth felly. Allai hi ddim bod yn sicr achos yr unig olau yn y maes parcio oedd y golau a ddeuai o ffenestri'r dafarn. Dim ond ar benwythnosau y bydden nhw'n goleuo'r llifoleuadau, pan oedd hi'n wirioneddol brysur. Dim ond dau neu dri o geir oedd allan yno neithiwr.

'Oedd y golau ymlaen yn y swyddfa pan welsoch chi o, Mrs Hapgood?'

'Nac oedd,' meddai. 'Ro'n i wedi'i ddiffodd o pan gychwynnais i allan y tro cynta.'

Golygai hynny, gan ei bod hi yn y tywyllwch ei hun, y gallai hi weld y dyn yn y maes parcio yn weddol glir. Cawsai'r argraff ei fod yn dal. Roedd yn pwyso un fraich ar do'r car ac yn gwyro i mewn drwy ffenestr y gyrrwr. Meddyliodd am ennyd mai ceisio torri i mewn neu rywbeth felly yr oedd, a gwyliodd ef am ychydig rhag ofn; ond yna, wrth i'w llygaid gynefino â'r tywyllwch, gwelodd fod rhywun yn eistedd yn y car a bod y ddau ohonyn nhw'n siarad â'i gilydd. Wedi'i bodloni, aeth i lawr y grisiau a rhoi'r newid yn y til heb feddwl dim mwy am y peth.

'Welsoch chi'r motor-beic o gwbl?'

'Naddo,' meddai. 'Sori.'

'Beth am y car? Oedd o'n un mawr? Bach?'

Cododd ei hysgwyddau. 'Anodd dweud.'

'Oes gynnoch chi go' o'i weld o o'r blaen, yma neu yn y cyffiniau?'

'Alla i ddim dweud. Ond roedd o'n sgleinio yn y ffrynt

— yn loyw, wyddoch chi.'

'Fu Mr Craven i mewn neithiwr?' gofynnodd ei gŵr, fel petai rhywbeth wedi'i daro.

'Welais i mono fo,' meddai hithau.

'Beth am y Mr Craven 'ma?' gofynnodd Roper.

'O, dim byd arbennig,' meddai Hapgood. 'Mi fydd o'n galw i mewn weithiau ar ei ffordd adre o Lundain. Mae o'n byw heb fod ymhell i ffwrdd. Fo ydi'r unig un yn yr ardal y galla i feddwl amdano efo car llwyd â lot o gromiwm ar ei flaen. Merc. Braidd yn grand, fel fo'i hun.'

'Ond ddaeth y Mr Craven 'ma ddim i mewn neithiwr.'

Naddo. Ymddangosai'r ddau yn bur sicr o hynny.

'Wyddoch chi be ydi'i gyfeiriad o?'

'Furzecroft,' meddai Hapgood. 'Byngalo. Lle mawr. Tua hanner milltir i lawr y ffordd heibio i dŷ Mrs Wicks. Mae 'na arwydd ar y giât. Allwch chi mo'i fethu o. Ond fydd o ddim yn cyrraedd yn ôl o Lundain cyn hanner awr wedi wyth fel rheol.'

Ysgrifennodd George Makins y cyfeiriad yn ei lyfr poced.

'Ac mae 'na gwpwl o'r enw Lee yr hoffen ni gael gair â nhw. Wyddoch chi lle cawn ni afael arnyn nhw?'

'I'r un cyfeiriad. Ychydig cyn cyrraedd lle Elsie Wicks,' meddai Hapgood, ei wyneb a'i lais yn dangos atgasedd amlwg. 'Dilynwch ffens Downlands Farm nes cyrraedd lle mae'r coed yn dechrau, fymryn yr ochr yma i le Elsie Wicks. Rhywle yn fan'na maen nhw, allan o olwg y ffordd. A chythraul o lanast maen nhw'n ei wneud o'r lle hefyd.'

'Sipsiwn ydyn nhw,' eglurodd Mrs Hapgood. 'Wedi bod yn ddim byd ond trwbwl ers y diwrnod y daethon nhw yma. Maen nhw'n dweud mai brawd a chwaer ydyn nhw, ond wel . . . wyddoch chi,' ychwanegodd yn awgrymog.

Ni fuont yn hir cyn dod o hyd i Lee a'i chwaer. Roedd eu bws llwyd hynafol wedi'i barcio mewn man agored ryw ddeg troedfedd ar hugain yn ôl o'r ffordd. Pan gyraeddasant roedd merch ifanc mewn jîns a chrys-T melyn wrthi'n pegio dillad ar lein wedi'i gosod rhwng dwy goeden, a'r unig annibendod y gallai Roper ei weld oedd sach blastig ddu ar gyfer sbwriel yn pwyso yn erbyn un o'r olwynion ôl. Safai'r ferch â'i chefn main tuag atynt a dillad gwlyb dros ei hysgwyddau, gan hymian yn hapus wrthi'i hun yn heulwen egwan y prynhawn.

Ond yna cliriodd Roper ei wddw i gyhoeddi'r ffaith ei fod o a Makins yno a throdd hithau ar ei sawdl yn sydyn, ei llygaid yn fawr ac yn llydan agored, a chipiodd y golch oddi ar ei hysgwyddau a'i ddal yn erbyn ei chrys melyn.

'Mae hi'n ol-reit, 'mach i,' meddai Roper, gan godi'i law i'w sicrhau, ond gan aros lle'r oedd yn wyneb ei hofn amlwg. 'Plismyn ydan ni.' Estynnodd yn araf a gofalus i mewn i'w siaced a thynnu'i gerdyn gwarant allan a'i ddal hyd braich oddi wrtho. Camodd hithau'n ôl nes cael ei hatal gan liain gwlyb ar y lein ddillad.

'Cerwch chi o 'ma,' meddai'n fyr ei gwynt, gan gydio'n dynnach yn y dillad gwlyb. 'Cerwch, ffwrdd â chi.'

'Miss Lee, ie?' gofynnodd Roper.

Amneidiodd a llyncu'i phoer, gan ddal i edrych fel petai hi ar fin dianc.

'Be 'di d'enw cynta di, 'mach i?'

'Annie,' meddai, ei llygaid tywyll gwyliadwrus yn neidio o'r naill i'r llall.

'Ydi dy frawd o gwmpas, Annie?'

Ysgydwodd ei phen yn wyllt. Ond yna dechreuodd ei gwep newid yn araf deg. Ymlaciodd a daeth golwg bodlon digyffro i'w hwyneb.

'Ti'n mynd i fod yn lwcus,' meddai.

'Ydw i?' gofynnodd Roper.

Ymlwybrodd y ferch yn nes, gan ddal i gofleidio'r

dillad gwlyb. Dangosodd Roper ei gerdyn iddi drachefn ond roedd ei golwg wedi'i hoelio ar ryw bwynt y tu hwnt i'w ysgwydd dde. Stopiodd o fewn llathen iddo.

'Ti'n mynd i fod yn lwcus,' meddai drachefn, yn fwy taer. 'Mae 'na wennol newydd lanio ar d'ysgwydd di. Petha lwcus ydi gwenoliaid. Pan mae rhywun yn cael gwennol ar ei ysgwydd, mae hynny'n arwydd lwcus ofnadwy.'

Yn ôl disgrifiad creulon Mallory, rhywun â blocyn o bren rhwng ei chlustiau oedd Annie Lee. Yr hyn a welai Roper oedd ysbryd gwirioneddol rydd, un o'r rhai lwcus hynny y bydd y byd yn mynd heibio iddynt a'u gadael yn gwbl ddiofid.

'Isio gair â dy frawd ydan ni, Annie. Oes gen ti syniad lle mae o?'

Cymylodd ei hwyneb drachefn. ' 'Dach chi ddim 'di dod yma i'n symud ni 'mlaen, ydach chi? 'Dan ni byth a hefyd yn cael ein symud.' Edrychodd yn erfyniol a thruenus arno â'i llygaid tywyll. 'Dyma'r lle gora fuon ni ynddo 'rioed. A 'dan ni ddim yn dwyn na dim byd felly.'

'Na, Annie,' sicrhaodd Roper hi. 'Yn sicr dydan ni ddim wedi dod yma i'ch hel chi o 'ma. Yma ynglŷn â'r ddamwain ddigwyddodd neithiwr ydan ni. Glywaist ti amdani?'

Ysgydwodd ei phen.

'Mae dy frawd yn be 'dan ni'n ei alw'n dyst, ti'n gweld,' eglurodd Roper yn amyneddgar. 'Dim ond isio gair efo fo ydan ni, dyna'r cwbwl.'

Llanwyd ei hwyneb â dychryn drachefn. ' 'Dach chi ddim yn mynd â fo i ffwrdd eto ydach chi?'

Agorodd Roper ei geg i ateb, ond torrwyd ar ei draws gan lais yn bloeddio, 'Hei, chi'ch dau! Be 'dach chi'n wneud efo hi!' a sŵn beic yn ratlo wrth ddynesu'n gyflym gan sgidio i stop wrth ei ymyl a dyn, Lee ei hunan mae'n amlwg, ar ei gefn.

'Gwadnwch hi,' meddai, gan gyfeirio â'i fawd dros ei

ysgwydd i gyfeiriad y ffordd. 'Heglwch hi!'

'Heddlu,' meddai Roper, gan godi'i gerdyn oedd yn dal yn ei law, a'i ddal yn ddigon agos i Lee allu gweld pob gair ac atalnod. Roedd Makins wedi cymryd cam sydyn ymlaen a chydio'n gadarn yng nghyrn y beic.

'Bygrwch hi o 'ma,' meddai Lee.

'Gan bwyll rŵan,' rhybuddiodd Roper ef. 'Gwyliwch chi'r tafod 'na, neu mi fyddwch i mewn ar eich pen.'

'Am be?'

'Am rwystro plismon rhag gwneud ei waith, yn un peth,' meddai Roper. Cadwodd ei gerdyn. 'Rŵan, gadewch inni ddechrau eto, iawn? Hughie Lee ydi'ch enw chi, yntê?'

'Be am hynny? Does arna i ddim isio un dim i'w wneud â chi'r cops. Ac os 'dach chi isio'n symud ni o fan'ma, mi fydd yn rhaid ichi gael un o'r gorchmynion llys 'na. A thitha,' meddai, gan gyfeirio at ei chwaer. 'Paid â sefyll yn fan'na'n cofleidio'r dillad gwlyb 'na neu mi fydd yr hen beswch 'na'n dod yn ôl eto. Cer i'w taenu nhw.'

'Oes 'na rywle y gallwn ni gael gair, Mr Lee?' gofynnodd Roper wrth i'r ferch droi draw.

'Mae'n dibynnu be sy gynnoch chi mewn golwg,' atebodd Lee yn sarrug. 'Os mai wedi dod ynglŷn â'n symud ni o 'ma ydach chi, mi awn ni pan fyddwn ni'n teimlo fel mynd. Dw i'n gwbod fy hawlia.'

'Yma ynglŷn â'r ddamwain ffordd 'na neithiwr ydan ni. Dw i'n deall i'r plismon lleol eich ffeindio chi'n mynd drwy bocedi'r corff.'

'Wel do'n i ddim, myn diawl,' gwadodd Lee. O'r diwedd daeth i lawr oddi ar gefn ei racsyn o feic a thynnu godre'i drowsus o'i sanau. 'Dwyn oddi ar y meirw fasai peth felly.'

'Mi hoffen ni gael gair â chi'r un fath, Mr Lee,' meddai Makins.

'Fel fynnoch chi,' meddai Lee gan godi'i ysgwyddau,

yn llai ymosodol yn awr. 'Well i chi ddod i mewn, debyg. Jest cadwch eich lleisiau i lawr. Does arna i ddim isio iddi hi glywed. Mae hi'n dychryn yn rhwydd, 'dach chi'n gweld.' Symudodd yn araf i gyfeiriad y bws, gan wthio'i feic a'i bwyso yn erbyn yr olwyn flaen cyn dringo'r ddau ris pren oedd wedi'u gosod ar y gwelltglas islaw'r drws. Dilynodd Roper a Makins ef i mewn. Edrychai popeth yn ffres a glân a disglair. Roedd y ffenestri y tu ôl i'w llenni cotwm blodeuog i gyd yn agored, ac yng nghefn y bws roedd gwely bwnc â chyrten arall, wedi'i gau yn rhannol, yn ei ymyl. Ychydig y tu mewn i'r drws roedd bwrdd cegin wedi'i folltio i'r llawr a gyferbyn â hwnnw hen soffa dreuliedig, hithau hefyd wedi'i bolltio i'r llawr, ei chefn a'i breichiau wedi'u gorchuddio â defnydd lliwgar brodiog. Oddi tani roedd pentwr o ddillad gwely yn tystio i'r ffaith ei bod hi'n cael ei defnyddio fel gwely yn ogystal. Ar y llawr yn ymyl y bwrdd roedd rhywbeth ag aroglau bendigedig arno'n ffrwtian mewn sosban ar stof nwy symudol fechan.

'Steddwch, os 'dach chi isio,' meddai Lee, gan gyfeirio at y soffa ac estyn cadair iddo'i hun oddi wrth y bwrdd.

Eisteddodd Roper yn ofalus ar un pen i'r soffa, gan deimlo sbring yn gwthio'n boenus yn erbyn ei ben ôl, ac aeth Makins i eistedd ar y pen arall.

'Ers pryd ydach chi a'ch chwaer yma, Mr Lee?'

'Tair wythnos, pedair hwyrach.'

'A chyn hynny?'

'Y lle diwetha y buon ni ynddo am sbel go lew oedd Henffordd. Cyn hynny, Birmingham. Mynd i fyny yno o Gernyw ddaru ni.'

'Mi fyddwch chi'n symud gryn dipyn felly?'

'Does gynnon ni fawr o ddewis,' meddai Lee. 'Mae pobol yn cael rhyw syniadau rhyfedd am bobol fel ni.'

'Oes gynnoch chi record droseddol?'

'Mi fasai gen i un,' meddai Lee, 'petai'ch mêts chi'n

cael eu ffordd eu hunain. Maen nhw wedi trio'u gorau glas. Yn enwedig y Mallory diawl 'na.'

'Be amdano fo?'

'Mae o wastad yn prowlan o gwmpas y lle 'ma. Yn y nos, gan amla. Yn chwilio am rywbeth wedi'i ddwyn, medda fo, ac yn ei lordio hi o gwmpas y lle a sbio drwy'n petha ni.'

'Ydi o, wir?' meddai Roper, gan godi'i ael mewn syndod. 'Fydd o'n dod â gwarant chwilio efo fo?'

'Welais i'r un. Dim unwaith. Ond fydda i byth yn codi helynt, o achos Annie.'

'Sut ydach chi'n ennill eich bywoliaeth?'

'Mi wna i unrhyw beth,' meddai Lee. 'Palu, torri gwrych, tipyn o arddio. Beth bynnag ddaw i law. A fydda i ddim yn byw ar bwrs y wlad chwaith. Popeth dw i'n ei gael, dw i'n ei ennill yn onest.'

'Mae gynnoch chi bethau neis yma,' sylwodd Roper, ei lygaid yn crwydro o'r llestri a'r gwydrau hardd sgleiniog i'r ddau degell copr a thancard arian Fictoraidd y byddai wedi costio cyflog wythnos iddo i'w brynu mewn arwerthiant.

'Ddaru ni mo'u dwyn nhw, os mai dyna 'dach chi'n feddwl,' meddai Lee yn swta. 'Perthyn i'n tad ni oedden nhw.'

'Fyddwch chi'n hel o gwmpas tai hefyd?'

'Ro'n i'n arfer gwneud,' meddai Lee. 'Ond dydi o mo'i werth o'r dyddia yma.'

'Mae'r bobol leol yn cwyno'ch bod chi'n gadael y lle 'ma'n flêr ac yn hel llanast.'

'Wel, palu c'lwydda maen nhw,' meddai Lee. Ac roedd hynny'n berffaith wir, mae'n debyg. Doedd dim arwydd o'r llanast o gwmpas y bws y bu Hapgood yn sôn amdano.

'A'r ferch 'na tu allan, mae hi *yn* chwaer i chi, ydi hi? O ddifri?'

'Ydi, wrth gwrs ei bod hi,' cyfarthodd Lee, wedi

gwylltio drachefn am ennyd. 'Pum munud oed oedd hi pan aeth Dad a finna â hi i lawr at yr afon a'i bedyddio hi gyda'n gilydd. Dyna pam mae hi fel mae hi heddiw. Mi lithrodd allan o ddwylo'r hen go. Bron iddi foddi. Ddaru o 'rioed fadda iddo'i hun am hynny. Mi drion nhw ddweud wrtha' ni yn yr ysbyty ei bod hi wedi marw, ond wnâi'r hen foi ddim derbyn hynny. Mi wnaeth iddyn nhw fynd yn ôl a thrio eto. Ond mae hi'n ddigon hapus, wyddoch chi. Does 'na'm drwg o fath yn y byd ynddi.'

'Does 'na fawr o debygrwydd rhyngoch chi.' Ar wahân i'r ugain mlynedd o wahaniaeth yn eu hoedran roedd gwahaniaethau eraill yr un mor amlwg i'w gweld rhyngddynt. Roedd ei groen a'i wallt o yn oleuach na'u rhai hi, ei lygaid yn llwyd a'i wyneb yn sgwâr. Roedd ei chwaer yn dywyllach a'i hwyneb yn hirgrwn ac yn fwy esgyrnog, a'i gên yn fain.

'Mi briododd yr hen go ddwywaith. Y tro cynta mi gafodd fi. Un o'r tu allan oedd Mam, a ddaru hi ddim cynefino o gwbl â bywyd y sipsiwn, er iddi'i sticio fo am ddeunaw mlynedd hefyd. Pan aeth hi i ffwrdd mi briododd yr hen foi eto. Dyna pryd y cafodd o Annie. Mae hi o waed coch cyfa. Romani pur.'

'Mi ddwedodd hi wrtha i ei bod hi wedi gweld gwennol yn eistedd ar f'ysgwydd.'

'Falle'i bod hi,' meddai Lee. 'Does neb a ŵyr, yn nag oes?'

'Ydi'r ddawn ganddi? Y gallu i rag-weld pethau?'

'Dydi hynny'n ddim o'ch busnes chi, yn nac'di?' meddai Lee, gan dynnu'i draed yn ôl i wneud lle i'w chwaer oedd ar ei ffordd i mewn i'r bws. 'Beth am i ti wneud paned fach o de i ni ac i'r gwŷr bonheddig 'ma,' meddai wrth iddi fynd heibio iddo. 'Mi ddoi di o hyd i garton o lefrith ym mag 'y meic i.' Trodd hithau a mynd allan drachefn.

'Be oeddech chi'n ei wneud ar y ffordd neithiwr, pan welodd Sarjant Mallory· chi?'

'Meddwl ro'n i fod rhywun wedi lluchio sachaid o sbwriel ar y lôn. Ro'n i'n mynd i'w symud hi. Meddwl ei bod hi'n beryglus, yn fan'no lle'r oedd hi.'

Daeth Annie Lee yn ôl gyda charton o laeth. Stopiodd yn ymyl ei brawd ac agorodd yntau o iddi.

'Ond nid sachaid o sbwriel oedd hi, yn nage?'

Ysgwydodd Lee ei ben. 'Dyn oedd o,' meddai.'Dyn mewn siwt ledr. Doedd ganddo fo ddim pen. Roedd hi'n edrych fel petai o wedi cael ei dorri i ffwrdd.'

'Ac roeddech chi'n mynd drwy'i bocedi.'

'Dw i 'di dweud wrtha chi'n barod. Fydda i ddim yn dwyn.'

'Yn ôl Sarjant Mallory, roeddech chi yn eich cwrcwd yn ymyl y corff.'

'Dim ond am ryw dair eiliad, dyna'r cwbwl,' atebodd Lee yn llym. 'Newydd blygu i lawr o'n i, a dyma Mallory yn troi i fyny. Faswn i ddim wedi cael amser i symud dim byd, hyd yn oed petawn i isio gwneud. Beth bynnag, mi wnaeth i mi wagio 'mhocedi, a ffeindiodd o'r un dim, yn naddo?'

'Gwifren a phâr o bliars,' atgoffodd Roper o.

'Be sy gan wifren a phâr o bliars i'w wneud â dyn yn gorwedd yn farw ar y lôn?' gofynnodd Lee yn ddirmygus.

Llawer iawn, penderfynasai Roper sawl awr yn ôl; ond ymataliodd rhag hysbysu Lee o'r ffaith honno eto.

'Ar eich ffordd adre ar ôl bod yn gosod maglau ar y rhostir oeddech chi?'

'Falle.' Estynnodd Lee bwrs baco o boced ei siaced. Gwagiodd beth o'r tybaco ar bapur Rizla a mynd ati i rolio sigarét iddo'i hun. Yn ei chwrcwd wrth ei ochr, tynnodd ei chwaer y sosban oddi ar y stof nwy a rhoi tegell roedd hi newydd ei lenwi o botel blastig fawr yn ei lle. Os clywodd hi rywfaint o'r sgwrs dawel fu rhwng ei brawd a Roper, ni ddangosai unrhyw arwydd o hynny.

'Am faint oeddech chi wedi bod allan?'

'Rhyw awr,' meddai Lee. 'Ar 'yn ffordd yn ôl i fan'ma oeddwn i pan ddaeth y Mallory 'na heibio.'

'Glywsoch chi rywbeth? Tra oeddech chi ar y rhostir?'

Ysgydwodd Lee ei ben, ei lygaid ar i lawr wrth iddo ganolbwyntio ar rolio'i sigarét.

'Welsoch chi rywbeth?'

'Roedd hi'n dywyll, yn doedd?'

'Goleuadau car?' awgrymodd Makins. 'Mae'n rhaid eich bod chi wedi gweld goleuadau ceir yn mynd heibio ar y ffordd.'

'Wel?' pwysodd Roper, pan nad atebodd Lee, a edrychai fel petai'n canolbwyntio'n ormodol ar ffurfio'i sigarét.

'Alla i ddim cofio,' meddai Lee yn brennaidd, gan redeg blaen ei dafod ar hyd glud y papur sigarét a dal i edrych i lawr yn benderfynol.

'Glywsoch chi sŵn motor-beic?'

'Fedra i ddim dweud hynny chwaith,' meddai Lee, gan daro'r sigarét rhwng ei wefusau a theimlo pocedi'i siaced am fatsys. 'Y cwbwl wn i amdano ydi be ffeindiais i ar y lôn.'

'Cyn-blismon oedd o,' meddai Roper. 'Pope oedd ei enw.'

Oedodd y fatsien yn llaw dde Lee am ennyd, fodfedd oddi wrth y blwch. Aeth yr ennyd heibio.

'Chlywais i 'rioed sôn amdano,' rhochiodd Lee. 'Dydi'r enw'n golygu dim i mi.' Symudodd ei law a thanio'r fatsien gan oleuo'i wyneb yn y cysgod; ond erbyn hynny roedd hi'n rhy hwyr ac roedd unrhyw arwydd o adnabyddiaeth a allasai fod yn ei lygaid ennyd ynghynt wedi diflannu.

'Mae gan ein cyfaill yn y bws rywbeth ar ei feddwl, ddwedwn i,' meddai George Makins, pan oedd Roper ac yntau ar eu ffordd yn ôl i'w car ac allan o glyw. 'Pan grybwylloch chi'r enw Pope, mi rewodd yn stond.'

'Do,' meddai Roper. 'Mi sylwais innau hefyd.'

Rwyt ti 'di gwneud rhywbeth drwg, yn dwyt?' cyhuddodd hi, gan osod mŵg o de i lawr wrth ei benelin mor egr fel y bu bron i'r te golli dros yr ymyl.

'Naddo, siŵr iawn,' meddai.

'Felly pam oedd gen ti dylluan ar d'ysgwydd pan ddoist ti'n ôl neithiwr? A pham ddaru ti ddweud yr holl g'lwydda 'na wrthyn nhw?'

'Wnes i ddim dweud c'lwydda.'

'Roedd c'lwydda'n diferu oddi arnat ti ym mhobman,' mynnodd hithau yn ffyrnig. 'Welais i nhw.'

Tynnodd hi i lawr i eistedd ar ei lin. 'Yli, hogan,' meddai. 'Mi ffeindiais i gorff dyn wedi'i ladd ar y lôn neithiwr. Mi ddylwn i fod wedi meindio 'musnes, ond wnes i ddim. Dyna'r cwbwl sy 'na, does 'na ddim mwy i'r peth.'

'Felly pam dweud celwydd?' gofynnodd, gan ei rhyddhau'i hun a sefyll drosto'n ddig. 'Mi fyddan nhw'n ôl. Gei di weld. Roedd yr hyna o'r ddau yn d'amau di. Ro'n i'n gallu'i weld o yn ei lygaid.'

'Dwyt ti ddim yn gywir bob tro. Dim bob tro.'

'Rhan fwya o'r amser mi ydw i,' meddai hi. 'Ac mae ganddo yntau rywfaint o ddawn gweld hefyd. Mae o'n gwbod petha.'

'Blydi plismon ydi o, siŵr iawn,' glaswenodd. ' 'Run fath â phob un ohonyn nhw.'

'Nid hwnna,' meddai hithau. 'Mae o'n ol-reit. Roedd ganddo wennol ar ei ysgwydd pan gyrhaeddodd o. Mi welais i hi'n blaen. Felly cymer di bwyll.'

Pennod 5

Am bump o'r gloch y noson honno canfu Roper ei hun yn awyrgylch oeraidd ac aseptig y mortiwari, yn curo ar ffenestr yr ystafell archwilio. Eisteddai Wilson, y patholegydd, ar stôl uchel wrth y fainc weithio ym mhen pellaf yr ystafell, ac edrychodd i fyny o'r nodiadau roedd yn eu hysgrifennu a chodi'i law yn siriol. Ger y sinc roedd ei gynorthwywraig yn bwydo offer i mewn i awtoclâf ac yng nghanol yr ystafell roedd un o'r gweinyddion yn arllwys dŵr ar fwrdd dur di-staen tyllog.

Aeth Roper i mewn. Roedd yn gas ganddo'r lle. Fe'i hatgoffai o'i farwoldeb bregus ei hunan.

'Mynd i gael paned oeddwn i rŵan,' meddai Wilson. 'Oes gynnoch chi awydd un?' Roedd yn ŵr hwyliog, dymunol, ac estynnodd ei law i Roper.

'Dim diolch,' meddai Roper, wrth i law gynnes Wilson gau am ei un o.

Gwenodd Wilson. Gwyddai am atgasedd Roper tuag at y lle. 'Yn y stafell gefn y byddwn ni'n ei gael o,' ceisiodd ei berswadio. 'Nid yma.'

'Dwy lwyaid o siwgr,' meddai Roper.

'Glywaist ti hynna, Henry?' galwodd Wilson ar y cynorthwywr wrth y bwrdd dur. 'Un te arall, dwy lwyaid o siwgr.'

Caeodd y cynorthwywr ffroenell ei bibell ddŵr a mynd allan i'r coridor. Trodd Wilson yn ôl at y fainc lle'r oedd helmed goch Pope yn gorwedd. Roedd hi wedi cael ei thynnu'n rhydd â llif gron, a'i thorri'n haneri cyfartal, o'r top i'r gwaelod, fel wy Pasg siocled.

'Fe dorrwyd ei ben o i ffwrdd rhwng y cerfical cynta a'r ail,' meddai Wilson, gan edrych ar Roper dros ei sbectol ymyl euraid. 'Go brin fod y creadur bach wedi teimlo dim byd.'

'Meddwl ydan ni fod rhywun wedi gosod gwifren ar draws y ffordd.'

'Mi fasai hynny'n gwneud synnwyr,' meddai Wilson. 'Mae'n rhaid ei fod o'n taranu mynd.'

'Tua faint?'

Crychodd Wilson ei aeliau'n feddylgar. 'Saith i wyth deg milltir yr awr,' meddai.

'Oes 'na bosibilrwydd ei fod o wedi marw o rywbeth arall yn gynharach?'

'A rhywun yn ceisio celu'r ffaith?' Ysgydwodd Wilson ei ben. 'Dw i'n amau hynny'n gry. Mi fu farw'n ddyn eitha iach, wyddoch chi, ar wahân ei fod o'n smocio gormod o sigaréts. Y pryd bwyd ola gafodd o oedd cawl tomato a bara gwenith cyfan. A thua hanner awr ynghynt roedd o wedi yfed sawl peint o gwrw, sy'n golygu'i fod o fwy na thebyg yn gyrru efo gormod o alcohol yn ei waed. Dw i'n clywed ei fod o'n gweithio efo chi ar un adeg.'

'Gwaetha'r modd,' meddai Roper. 'Ond mi neidiodd cyn i ni allu'i wthio fo.'

Aethant draw i'r ystafell oer gyda'i gilydd er mwyn i Roper wneud yn siŵr ei fod yn archwilio i farwolaeth y dyn cywir. Agorodd cynorthwywr arall y drôr a thynnodd Wilson y gorchudd gwyn i lawr cyn belled â brest lydan welw Pope. Ar wahân i rwymynnau cotwm trwchus, wedi'u lapio o amgylch ei wddw a'i ysgwyddau hyd at labedau'i glustiau, edrychai'n rhyfeddol o gyfan.

'Staplau a darnau o wifren lawfeddygol,' eglurodd Wilson. 'Fo ydi pwy oeddech chi'n ei feddwl oedd o, ie?'

'Ie, heb os,' meddai Roper. Ychydig flynyddoedd yn hŷn, ei farf ychydig yn wynnach, Gerald Pope ydoedd yn ddiamheuaeth. Doedd angau ddim wedi ei harddu o gwbl. Roedd yn dal i edrych fel y cofiai Roper ef — braddug o fwli milain.

Erbyn chwech o'r gloch roedd Roper yn ôl yn ei swyddfa yn y Pencadlys, ei ddesg yn drwch o ffotograffau, rhai ohonynt wedi'u tynnu gan y sarjant o dîm Brake ym man y drosedd, oherwydd trosedd fu hi yn bendant; eraill, Polaroids lliw, wedi'u tynnu gan Wilson yn ystod ei archwiliad *post-mortem* y prynhawn hwnnw ac yn dangos pob manylyn erchyll o'r corff di-ben a'r pen di-gorff. Ond ar hyn o bryd roedd Roper yn astudio Map Ordnans o'r rhan o'r ffordd a arweiniai o bentref Appleford i gyfeiriad y gorllewin. Wedi'i farcio â chroesau mewn beiro goch i ddynodi'r mannau lle daethpwyd o hyd i'r amrywiol bethau — y corff, y pen, y beic modur Honda, yr arwyddbost a'r goeden lle clymwyd yr arf angheuol, sef darn o wifren — gellid gweld rhyw fath o drefn yn yr hyn a edrychai y bore hwnnw, allan ar y ffordd, fel anhrefn llwyr.

Edrychai'n debygol yn awr fod corff Pope, ac efallai ei ben yn ogystal, wedi trafaelio dan eu momentwm eu hunain am yn agos i ugain troedfedd y tu hwnt i lle'r oedd y wifren wedi'i chlymu rhwng yr arwyddbost a'r goeden. Wedi i'r beiciwr gael ei gipio oddi arno, daliasai'r beic modur i drafaelio ymlaen am ddau gant naw deg tri metr ychwanegol, ei fomentwm ac effaith gyroscopic ei olwynion yn ei gadw'n unionsyth. Yna, wrth iddo arafu, roedd wedi troi oddi ar y ffordd a phlymio drwy'r llwyni nes cyrraedd y llecyn lle daethai swyddogion Brake o hyd iddo y bore hwnnw.

Dyna'r ffeithiau moel. Ond dim ond rhai o'r ffeithiau, y mecaneg sylfaenol. Yn fwy cymhleth na hynny oedd y cyfraniad dynol fu'n gyfrifol am ddod â'r mecaneg hwnnw i fod.

Os oeddynt yn gywir yn tybio mai ar gyfer Pope yn benodol y gosodwyd y wifren ar draws y ffordd, a doedd ganddynt ddim prawf pendant o hynny hyd yma, yna roedd hi'n dilyn bod y llofrudd yn gwybod y byddai Pope yn trafaelio ar hyd y ffordd honno neithiwr a pha bryd y byddai'n dueddol o gyrraedd y llecyn arbennig hwnnw. Byddai'n rhaid amseru gosod y wifren yn berffaith. Pe byddai'n cael ei rhoi yn ei lle yn rhy gynnar, fe fyddai yna bosibilrwydd y byddai cerbyd trymach yn dod ac yn torri drwyddi. Yn ôl Mallory, ychydig o drafnidiaeth fyddai ar y ffordd ar ôl saith o'r gloch fel rheol, ond hyd yn oed wedyn mi fyddai'n rhaid gosod y wifren yn ei lle yn gyflym ac yna'i thynnu i lawr yr un mor gyflym, rhag ofn i rywun arall ddioddef yr anffawd a fwriadwyd ar gyfer Pope. Felly, fe fyddai'n rhaid i'r llofrudd wybod o fewn munud, fwy neu lai, pryd y byddai Pope yn mynd heibio. Ac, hyd yn oed wedyn, roedd elfen o siawns yn y peth. O bell, liw nos, roedd un beic modur yn edrych ac yn swnio fel unrhyw feic modur arall, a beth petai Pope wedi cael ei oddiweddyd gan gar, neu beth petai car yn dod o'r cyfeiriad arall ac yn torri'r wifren cyn i Pope ei hun ei chyrraedd?

Ond, ar y llaw arall, o bentref Appleford hyd at ryw filltir fwy neu lai y tu hwnt i'r fan lle daethpwyd o hyd i'r corff, roedd y ffordd yn hollol syth, ac fe fyddai hynny'n lleihau'r elfen honno o siawns. Petai'r wifren wedi cael ei chlymu am y fedwen arian yn gyntaf, fe ellid ei gadael yn gorwedd yn rhydd ar draws y ffordd tan yr eiliad olaf un — hynny yw nes gweld golau blaen sengl Pope — ac yna'i chodi gan rywun yn sefyll wrth yr arwyddbost a'i chlymu'n gyflym am y postyn. Ac yna'i thynnu hi i lawr yr un mor gyflym unwaith y byddai wedi gwneud ei gwaith, rhywbeth y gellid ei gyflawni mewn dim amser. A chyda'r holl lwyni o gwmpas fe fyddai'r dihiryn wedi gallu diflannu o'r golwg mewn hanner eiliad.

Ac yma, mewn ardal amaethyddol fel hon, doedd dim prinder gwifrau. Gwifren ffensio, gwifren clymu byrnau, ac yn achos Hughie Lee gwifren efydd ar gyfer gwneud maglau i ddal cwningod allan ar y rhostir. Hyd yn oed pe gwyddai Roper pa fath o wifren a ddefnyddiwyd, fe fyddai olrhain ei tharddiad bron yn amhosibl, oni bai ei fod yn ddigon lwcus i ddod ar draws y darn arbennig hwnnw o wifren dan sylw, wrth gwrs.

Hyd yn hyn ni ellid ond dyfalu'r cymhelliad y tu ôl i'r llofruddiaeth, er, o ystyried gorffennol Pope a'r gwaith roedd o wedi'i ddewis ar ôl gadael yr heddlu, roedd mwy na digon o gymelliadau, mae'n debyg. Roedd yna ddigonedd o dditectifs preifat gonest a chydwybodol a enillai eu tamaid yn gyfreithlon, ond roedd yna ambell un gwael o gwmpas hefyd ac yn gweithio fel y gwnâi Pope, allan o swyddfeydd dwy a dimai a chyda dim ond eu henwau a'u rhifau ffôn ar bapur ysgrifennu i ddweud pwy oeddent, a'r rhifau hynny wedi'u cadw allan o'r llyfr ffôn fel na fedrent gael eu holrhain gan neb ond yr awdurdodau. Roedd yn gwestiwn a oedden nhw'n cael digon o waith i ennill eu bywoliaeth, ond fe fyddai rhywun yn llygad ei le yn tybio y byddai llawer o'r gwaith hwnnw yn waith na fyddai'r cyfrifol ymysg y proffesiwn yn cyffwrdd ag ef.

Daeth DS Rodgers yn ôl am hanner awr wedi chwech. Roedd o'n un o'r gwŷr traed gorau yn y sir, ac yn ystod y prynhawn roedd wedi treulio tipyn ar ei esgidiau, ac roedd yr ymdrech wedi talu. Trwy gerdded o un siop radio a theledu i'r llall, roedd o'r diwedd wedi llwyddo i ddod o hyd i Lennie, perchen un o'r lleisiau ar beiriant ateb Pope.

Ei enw llawn oedd Leonard Arthur Martin, a chadwai fusnes un dyn mewn garej breifat mewn stryd gefn ar gyrion deheuol Dorchester. Roedd peth o'i waith yn gyfreithlon, ond ym marn Rodgers roedd llawer ynglŷn â'r gŵr nad oedd yn gyfreithlon o gwbl. Arbenigedd Mr Martin oedd atgyweirio peiriannau fideo, ac roedd Rodgers wedi gweld, cyn i Mr Martin gau drws ei stordy'n frysiog, bentwr o chwe pheiriant yn dal yn eu blychau gwreiddiol yn union fel y'u seliwyd gan eu gwneuthurwyr Japaneaidd, a chan fod y chwe blwch yn union yr un fath â'i gilydd —

'Wedi'u dwyn,' awgrymodd Roper. 'Ac yntau'n eu dosbarthu nhw.'

'Mwy na thebyg,' meddai Rodgers. 'Ac roedd o'n wyliadwrus iawn gydol yr amser.'

Ar ei ffordd allan o Dorchester, roedd Rodgers wedi galw i mewn yng ngorsaf yr heddlu i gael gair ag un o'r swyddogion lleol. Darganfu fod Mr Martin yn digwydd bod o dan wyliadwriaeth, a'i fod eisoes wedi treulio dau gyfnod yn y carchar am dderbyn nwyddau wedi'u dwyn. Roeddynt yn bwriadu ymweld ag o'n swyddogol y peth cyntaf yn y bore.

Er yn anfodlon i wneud hynny, roedd Lennie Martin wedi sôn am Gerald Pope. Roeddynt wedi cyfarfod ar hap un amser cinio mewn tafarn yn Dorchester ryw chwe mis yn ôl. Roedd Pope newydd gael ysgariad ac yn chwilio am rywle i fyw yn y dref. Roedd Lennie Martin wedi dweud wrtho fod cyfeilles iddo, hithau hefyd newydd gael ysgariad, yn chwilio am letywr. Aeth Martin â Pope i'w gweld, a'r diwrnod canlynol symudodd Pope i mewn. Ond, ymhen deufis, oherwydd fod Pope yn anwadal â'i rent, roedden nhw wedi ffraeo a hithau wedi dangos y drws iddo. Daethai Pope i gysgu i garej Martin dros dro nes byddai wedi dod o hyd i rywle addas yn y dref i gynnal ei fusnes, er nad oedd erioed wedi crybwyll wrth Martin beth oedd y busnes hwnnw.

Yn ystod yr wythnosau hynny, ychydig cyn y Nadolig diwethaf, treuliasai Martin a Pope y rhan fwyaf o'u nosweithiau yn y dafarn yng nghwmni'i gilydd. Tua'r adeg honno hefyd, cawsai Pope afael ar gariad newydd. Gwelsai Martin hwy yng nghwmni'i gilydd unwaith neu ddwy, a'r tro olaf iddo'u gweld oedd ychydig ddiwrnodau yn ôl. Ni wyddai Martin ei henw ond credai'i bod hi'n gweithio fel gweinyddes mewn tŷ bwyta rywle yn Dorchester.

Ychydig ddyddiau cyn y Nadolig, roedd Pope wedi benthyca fen Martin ac wedi symud ei bethau o'r garej i'w swyddfa newydd yn Jubilee Walk. Dros wyliau'r Nadolig a'r Flwyddyn Newydd, fu dim golwg o Pope yn unman, a'r tro nesaf i Martin ei weld roedd ganddo glais egr ar ei foch ac archoll ar ei wefus.

'Ddwedodd o wrth Martin sut y cafodd o nhw?'

'Cariad newydd ei gyn-wraig,' meddai Rodgers. 'Mae'n debyg iddyn nhw daro ar ei gilydd yn y dafarn ar Nos Galan; mi drodd Pope yn gas a phan aeth o allan i'r maes parcio yn nes ymlaen roedd y cariad newydd 'ma'n disgwyl amdano a dyma fo'n rhoi cweir iawn iddo fo.'

Os oedd hyn yn wir, fe fyddai'n eithaf peth cael gair neu ddau â'r gyn-Mrs Pope a'i hanwylyd newydd.

Ond yn ddiweddar, prin roedd Martin wedi siarad â Pope o gwbl, ar wahân i'r diwrnod hwnnw pan ddaeth Pope â'r set deledu ato i'w thrwsio. Wythnos yn ôl oedd hynny, ac er gwaethaf y ffaith i Martin adael sawl neges ar ei beiriant ateb nid oedd wedi clywed gair gan Pope. Roedd Martin yn amau fod Pope yn brin o arian unwaith yn rhagor. Rai wythnosau fe fyddai ganddo lond ei waled, wythnosau eraill fawr ddim.

Yn wahanol i weithdy Martin, roedd garej y Six Ways yn cyhoeddi ei bodolaeth mewn hysbyseb fframiog yn y Tudalennau Melyn, ac er nad oedd ei pherchennog, Mr Banks, mor wybodus ynglŷn â Gerald Pope ag yr oedd Lennie Martin, roedd o wedi bod yn fwy na pharod i ddweud yr hyn a wyddai.

Yn ôl Banks, arferai Pope fod yn gwsmer cyson ar un adeg, gan alw yn y garej o leiaf ddwywaith yr wythnos am betrol. Daethai Banks i'w adnabod, nid yn dda ond yn ddigon da i gael gair a sgwrs pan fyddai'n galw i mewn. O'r sgyrsiau hynny, cawsai Banks yr argraff fod Pope yn ddyn y gellid dibynnu arno, ac felly pan ddaeth Pope â'i feic modur i mewn a'r olwynion ôl yn fflat ryw bum wythnos yn ôl, roedd Banks wedi cytuno ar unwaith i wneud cymwynas ag ef drwy osod teiar newydd arni ar fyr rybudd. Pan ddaethai Pope i nôl ei feic ddwyawr yn ddiweddarach, roedd Banks wedi picio allan am ei ginio. Perswadiodd Pope y ferch yn y swyddfa i adael iddo fynd â'r beic oddi yno ar yr amod y byddai'n dychwelyd y diwrnod canlynol i dalu â cherdyn credyd. Ni allai dalu yn y fan a'r lle gan iddo adael ei waled yn ei swyddfa. Gan ei bod hithau wedi'i weld yn sgwrsio â'i bòs a'i fod yn wyneb cyfarwydd iddi, roedd hi wedi cymryd Pope ar ei air.

Ac roedd Mr Banks yn dal i ddisgwyl am ei arian tra oedd Pope yn amlwg wedi ffeindio rhywle arall i brynu'i betrol. Gan iddo gofio Pope yn crybwyll ei fod yn byw yn Dorchester, ceisiodd Banks olrhain ei rif ffôn drwy alw Ymholiadau Llyfrau Ffôn ond, yn unol â gofynion y gyfraith, fe wrthododd y cysylltydd roi cyfeiriad Pope iddo.

A chan na fyddai Pope byth yn ateb ei ffôn yn bersonol, dim ond â'r peiriant ateb roedd Banks erioed wedi siarad, a gwnâi hynny iddo deimlo'n fwy rhwystredig bob tro.

Dyna pam roedd Mr Banks yn dal yn ŵr dig iawn, iawn.

Erbyn saith o'r gloch roedd Roper a Makins ar eu ffordd i weld y gyn-Mrs Pope. Gan ei bod hi'n dal i fyw yn y tŷ y bu'n ei rannu â Pope, ac wedi cadw'r un rhif ffôn, fu hi ddim yn anodd i'w ffeindio.

Hebryngodd hwy drwodd i'w hystafell fyw.

'Be mae o wedi'i wneud rŵan?' gofynnodd yn ddifater. 'Wedi bod yn colbio rhywun arall, 'debyg?'

'Mae o wedi marw, Mrs Pope,' meddai Roper, gan ddod at graidd y mater ar unwaith. 'Damwain ffordd draw yn Appleford neithiwr. Mae'n ddrwg gen i.'

Disgwyliai iddi ddangos rhyw arwydd o sioc — neu

alar hyd yn oed — ond roedd hi'n amlwg bod unrhyw emosiwn neu bryder a deimlai ynglŷn â Pope wedi hen ddiflannu flynyddoedd ynghynt a'r unig newid yn ei hymarweddiad oedd iddi godi'i haeliau mewn syndod. Roedd ganddi geg sbeitlyd ac edrychai fel menyw galed. Efallai mai Pope oedd wedi'i gwneud hi felly, ond p'run bynnag, roedd hi'n amlwg nad oedd hi'n malio dim ei fod allan o'i bywyd am byth.

'Wel, diolch am adael i mi wbod,' meddai gan godi'i hysgwyddau'n ddifater, fel petai rhywun wedi dweud wrthi fod ei phais yn y golwg. 'Ga i gynnig paned neu rywbeth i chi?'

'Dim diolch, Mrs Pope,' meddai Roper.

'Rainey,' cywirodd. 'Nid Pope. Dw i wedi bod yn defnyddio f'enw fy hun ers yr ysgariad.' Ac nid dyna'r unig newid iddi'i wneud, yn ôl pob golwg. Roedd yna arwydd GWERTHWYD ar bostyn y giât y tu allan i'r tŷ. Ac ar ei ffordd i mewn, roedd Roper wedi sylwi ar bâr o slipers dyn hanner o'r golwg dan sedd y ffôn yn y lobi.

'Mi fyddwch chi'n deall wrth gwrs y bydd yn rhaid i mi ofyn ychydig o gwestiynau,' meddai Roper. 'Wnawn ni mo'ch cadw chi'n hir.'

'Wn i ddim byd o'i hanes o bellach,' meddai hi. 'Y tro diwetha i mi'i weld o oedd toc wedi hanner nos ar Ddydd Calan. Welais i mono ar ôl hynny, diolch i'r drefn. Wn i ddim lle'r oedd o'n byw hyd yn oed.'

'Yn Dorchester,' meddai Roper. 'Roedd o'n rhentu swyddfa ddwy stafell. Rydan ni'n credu'i fod o'n cysgu yno hefyd.'

'Swyddfa?' meddai. 'Gwneud jobyn onest o waith o'r diwedd, oedd o?'

'Ditectif preifat,' meddai Roper.

'Ie, mwn,' meddai'n wawdlyd. 'Ro'n i'n amau mai rhywbeth amheus fasai o.'

'Wyddoch chi a oedd ganddo elynion?'

'Digonedd ohonyn nhw, ddwedwn i,' meddai hi, gan

fethu â chadw'r gwawd o'i llais. 'Fi a 'nghariad newydd i ddechrau cychwyn. Oni bai am y ffaith nad oedd Stan isio codi helynt, mwy na thebyg y byddai Gerry dan glo y funud hon am ymosod arno ac achosi niwed corfforol. Mi giciodd Gerry o yn ei wyneb, wyddoch chi; ond tipyn o hen fraddug fuodd o erioed.'

Fersiwn tipyn yn wahanol o'r hanes a gafwyd gan Lennie Martin. Yn ôl Martin, Pope oedd y dioddefwr. Stan oedd un Stanley Docker, cariad newydd Mrs Pope-Rainey ac yn byw yno gyda hi, yn ôl pob tebyg. Roedd hi wedi pwyso arno i fynd at yr heddlu i ddwyn cwyn yn erbyn Pope ond roedd o wedi gwrthod.

Fel sy'n digwydd yn aml mewn achosion o'r fath, unwaith roedd hi wedi dechrau rhestru'i chwynion yn erbyn ei chyn-ŵr doedd dim taw arni. Camgymeriad fu'r briodas o'r cychwyn. Roedd o'n greadur oriog a chelwyddog, yn ferchetwr ac yn rhy hoff o'i ddiod. Doedd yr oriau anghymdeithasol roedd o'n eu gweithio ddim wedi helpu chwaith. Ymhell cyn i'r ysgariad ddod drwodd yn derfynol, roedd o wedi rhoi'r tŷ ar werth heb yn wybod iddi; ond roedd hanner y tŷ yn perthyn iddi hi ac roedd hi wedi rhoi'i throed i lawr ac wedi'i dynnu oddi ar y farchnad yn syth bin. Ac yna yn ddiweddarach, wedi iddi gael ei gorfodi i gytuno i'w werthu neu dalu hanner y gwerth iddo fo, roedd o wedi'i ffonio hi bob nos Wener i weld a oedd ganddi hanes prynwr. Ac fel roedd hi'n digwydd, roedd hi wedi trefnu i'w werthu heddiw ddiwethaf.

Eisteddai Roper wrth ochr Makins ar y soffa gan wrando ar ei geiriau hallt, dialgar a gwylio'i hwyneb main a'r ffordd roedd ei cheg yn plycio bob tro y crybwyllai enw Pope. Daeth yn ymwybodol yn fuan iawn mai teimladau o gasineb chwerw iawn oedd ganddi tuag at ei chyn-ŵr. Fe'i trawodd y byddai hi wedi gohirio gwerthu'r tŷ tan y funud olaf un er mwyn cadw Pope yn dlawd gyhyd â phosibl; ac fe esgorodd y syniad yna ar un arall. Roedd y tŷ yn werth tua phedwar ugain mil, eu hanner yn eiddo i Pope. Ac os nad oedd gan Pope berthnasau, go brin y byddai'n rhaid i'w gyn-wraig eu rhannu â neb. Ac roedd llawer un wedi llofruddio am lawer llai na deugain mil o bunnoedd.

Ac yn awr roedd y tŷ wedi'i werthu a, thrwy gyd-ddigwyddiad cyfleus, roedd Pope yn farw. Er yn annhebygol, doedd y cysylltiad ddim yn amhosibl.

'Mae angen rhywun i adnabod corff eich cyn-ŵr yn ffurfiol, Mrs Rainey,' meddai Roper, wrth i Makins ac yntau baratoi i adael.

'Peidiwch ag edrych arna i,' meddai hi. 'Dydi o'n ddim byd i'w wneud â fi bellach. Mi fydd yn rhaid i chi ffeindio rhywun arall i wneud hynny.'

Gadawsant toc wedi wyth o'r gloch. Roedd hi'n dywyll erbyn hyn ac yn glawio unwaith eto, a doedden nhw'n ddim nes at ddatrys y llofruddiaeth ag yr oedden nhw y bore hwnnw.

Dychwelodd Price i'r Pencadlys am naw o'r gloch, gan ddod â phad blotio mewn cas lledr oddi ar ddesg Pope i'w ddangos i Roper. Roedd Swyddog Archwilio Man y Drosedd ac yntau wedi treulio'r prynhawn a'r gyda'r nos yn chwilota drwy swyddfa Pope. Â chraffter arbennig, roedd y Swyddog Archwilio wedi sylwi ar rif ffôn wedi'i nodi'n frysiog ar gornel dde uchaf y pad. Wedi'i ysgrifennu'n ysgafn, ac wedi'i rwbio i ffwrdd bron yn gyfan gwbl, prin y gellid ei weld yng ngolau llachar y lamp ar ddesg Roper hyd yn oed; dyna, mae'n debyg, pam nad oedd Roper ei hun wedi sylwi arno, pan oedd Makins ac yntau yn swyddfa Pope yn gynharach.

'Wyt ti wedi trio'i ddeialu eto?'

'Naddo, ddim eto.'

Gofynnodd Roper am linell allan a deialodd y rhif. Yr unig beth y gellid ei ddweud i sicrwydd oedd mai rhywle yn Llundain ydoedd. Canodd y ffôn deirgwaith y pen arall, yna daeth clic ynghyd â'r eiliad honno o ddistawrwydd sy'n rhagflaenu peiriant ateb yn ei switsio'i hun ymlaen.

'Cwmni Craven a Helibron,' cyhoeddodd llais benywaidd diwylliedig yn beraidd. 'Mae'r swyddfa ar gau tan naw o'r gloch bore fory, ond os ydych yn dymuno gadael neges neu roi archeb, gwnewch hynny ar ôl y dôn, os gwelwch yn dda. Diolch.'

Rhoddodd Roper y ffôn yn ôl yn ei grud ac ysgrifennu 'Craven a Helibron' ynghyd â'r rhif ar ei bad nodiadau. Efallai y byddai'n werth trio'r rhif eto yfory.

'Neb yna?' gofynnodd Price.

'Peiriant ateb,' meddai Roper. 'Ac roedd o'n swnio'n lle crand iawn. Allan o fyd arferol Pope.'

Yr unig beth arall o bwys y daethai Price o hyd iddo oedd pâr o finocwlars drudfawr yn hongian ymysg dillad Pope. Roedd y Swyddog Archwilio ac yntau wedi tynnu pob drôr o ddesg Pope ac o'r cwpwrdd ffeilio, wedi'u troi â'u pennau i lawr ac edrych oddi tanynt a'r tu ôl iddynt, wedi tynnu pob dilledyn o'r cwpwrdd dur y byddai'n ei ddefnyddio fel wardrob a mynd drwy'r pocedi, wedi taenu'r dillad gwely ar y llawr a'u harchwilio'n fanwl, wedi tynnu'r cypyrddau a'r cabinetau oddi ar y waliau, ac wedi codi ymylon y carped — yn wir roeddynt wedi mynd drwy'r lle â chrib mân.

Nid oeddynt wedi canfod dim byd o gwbl i'w cyfeirio i unman arbennig. Os oedd Pope yn cadw cofnodion o'i fusnes o gwbl, yna mae'n rhaid mai yn rhywle arall roedd yn gwneud hynny. Ond roedd popeth yn eu harwain i gredu nad oedd ganddo unman arall — ar wahân i'r ffaith fod Lennie Martin wedi dweud wrth DS Rodgers fod gan Pope gariad, ond hyd yn oed wedyn roedd hi'n weddol amlwg nad oedd wedi bod yn byw gyda hi.

'Pan welith hi'r stori yn y papurau newydd fory, fallé y daw hi ymlaen,' meddai Price yn obeithiol.

'Ddaw hi ddim os yw hi'n briod,' meddai Roper.

Gadawodd Price am adref am ddeg o'r gloch, a Roper hanner awr yn ddiweddarach. Cyn belled ag yr oedd ef yn y cwestiwn, diwrnod ofer fu heddiw. Hyd yn hyn doedd ganddyn nhw ddim ond dau berson y gellid eu drwgdybio. Mrs Pope, Miss Rainey gynt, oedd un. A'r llall oedd y sipsi, Hughie Lee, oedd wedi'i ddal yn plygu dros y corff yn hwyr neithiwr a gwifren efydd a'r pliars angenrheidiol i'w thorri yn ei feddiant. Cofiai Roper hefyd sut roedd bysedd Lee wedi oedi am ysbaid dros ei flwch matsys wedi iddo grybwyll enw Pope wrtho. O'r ddau, Lee oedd y mwyaf tebygol o fod wedi cyflawni'r drosedd, ond pa gymhelliad fuasai ganddo a sut yn y byd y daeth i gysylltiad â Pope yn y lle cyntaf? Yn sicr nid drwy gysylltiad Pope â'r heddlu oherwydd dim ond yma yn Dorset y bu Pope yn blismon ac, os oedd Lee yn dweud y gwir, doedd ef na'i chwaer erioed wedi bod yn agos i'r sir tan dair wythnos yn ôl, ac roedd Pope wedi gadael yr heddlu flwyddyn ynghynt. Ond roedd hi'n amlwg bod enw Pope yn gyfarwydd i Lee, felly doedd dim dwywaith nad oedd yna gysylltiad yn rhywle, pa mor fregus bynnag oedd y cysylltiad hwnnw.

Dim ond pan oedd yn cau drws y garej ar ôl cyrraedd adref yn Bournemouth y cofiodd rywbeth yn sydyn. Pan oedd wedi ysgrifennu'r enwau Craven a Helibron ar ei bad nodiadau ddwyawr yn gynharach, nid oedd wedi meddwl llawer am y peth. Ond yn awr sylweddolodd yn sydyn arwyddocâd posibl yr enw Craven.

Dyna'r union enw roedd landlord yr Hanging Man wedi'i gynnig fel gyrrwr y car y gwelsai'i wraig o ffenestr eu swyddfa neithiwr. Y gyrrwr roedd hi wedi'i weld yn siarad â'r gŵr yn yr helmed beic modur — yn siarad â Gerry Pope, hwyrach.

Pennod 6

Am yr ail fore yn olynol torrodd Roper ei siwrnai ar gyrion Rhostir Appleford; heddiw oherwydd iddo sylwi ar gar heddlu Mallory wedi'i barcio hanner ar y gwelltglas ger y fan lle'r oedd Lee a'i chwaer yn gwersyllu.

Stopiodd ychydig lathenni y tu hwnt iddo, dringo allan a cherdded yn ôl. Roedd y Panda'n wag, ffenestr drws y gyrrwr wedi'i hagor ryw ddwy fodfedd a'r allwedd danio yn dal yn y clo. Gan dybio fod Mallory wedi gadael y cerbyd ar hast, efallai mewn ymateb i alwad frys, trodd Roper i mewn i'r llwyni a cherdded yn gyflym i gyfeiriad y clwt tir agored lle'r oedd y bws.

Neu yn hytrach, lle bu'r bws. Achos doedd dim bws yno heddiw, dim ond staen du seimlyd ar y gwelltglas ac amryw o sachau sbwriel plastig wedi'u lluchio i'r perthi gerllaw. A dynes mewn het galed a siaced dwîd drwsiadus yn eistedd ar gefn ceffyl cochddu yn rhannu jôc â Sarjant Mallory, y ddau ohonynt yn canolbwyntio gymaint ar ei gilydd fel na chlywsant Roper yn dynesu. Adnabu'r ddynes fel y dywyllaf o'r pâr perffaith a saethodd heibio iddo ar y briffordd fore ddoe.

'Bore da, Sarjant,' meddai Roper yn llym, yng nghefn Mallory. 'Be sy'n mynd ymlaen?'

Chwyrlïodd Mallory i'w wynebu, y wên y bu'n ei rhannu â'r ddynes yn diflannu oddi ar ei wyneb.

'Well i mi fynd,' meddai'r ddynes, gan synhwyro trwbl. Daliai i wenu a chododd ei chwip at big ei het i gyfarch Roper. Yna rhoddodd ysgydwad i'r awenau, pwnio'r ceffyl â'i phen-lin a'i droi i anelu tuag at y ffordd. Gwyliodd Roper hi'n mynd.

'Pwy ydi honna?' gofynnodd gan droi i wynebu Mallory wrth i sŵn pedolau'r ceffyl atseinio ar wyneb y ffordd.

'Mrs Chance, syr,' meddai Mallory. 'Ei gŵr hi sy biau'r fferm drws nesa.'

'Wela i,' meddai Roper yn araf. 'A be am y cwestiwn cynta ofynnais i chi? Be ddiawl sy'n digwydd yma? Ble mae Lee a'i chwaer?'

'Maen nhw wedi mynd, syr.'

'Mi alla i weld hynny drosof fy hun, Sarjant,' cyfarthodd Roper. 'Y pwynt ydi, pam aethon nhw?'

'Ofn, siŵr o fod,' meddai Mallory.

'Ac ofn be oedd arnyn nhw? Roedden nhw'n iawn pan welais i nhw ddiwetha. 'Ta ddaru chi ddigwydd cael gair â nhw ar f'ôl i?'

Roedd hi'n amlwg fod Mallory wedi gwneud hynny. Roedd ei wep ddichellgar yn dweud y cyfan. 'Mi ddylen ni fod wedi arestio Lee,' meddai'n sarrug. 'Fasai o ddim wedi mynd i unman wedyn, yn na fasai?'

'Pan fydda i isio'ch cyngor chi, Sarjant, mi ofynna i amdano. *Ddaru* chi fynd i ymweld â Lee ar ôl i mi fod?'

'Mi gadwais i lygad arno,' addefodd Mallory yn anfoddog.

'Peidiwch â hollti blew efo fi, 'ngwas i,' meddai Roper yn dawel. Er ei fod yn ddyn amyneddgar wrth natur ac yn ddigyffro fel rheol, doedd o ddim wedi cymryd at Mallory o'r cychwyn cyntaf. 'Pan fydda i'n dweud ymweld, ymweld fydda i'n ei olygu.'

'Mi fûm i'n ei weld neithiwr,' cyfaddefodd Mallory o'r diwedd.

'Ac roedd y bws yn dal yma bryd hynny, wrth reswm?'

Amneidiodd Mallory.

'A doedd o ddim yn debygol o fynd i unman heb y bws, oedd o?'

Cododd Mallory ei ysgwyddau. 'Nac oedd, mae'n debyg.'

'Ond eto roeddech chi'n dal i deimlo'r rheidrwydd i gael gair ag o?'

Dim ateb gan Mallory.

'Unwaith y galwoch chi i'w weld o, ie? 'Ta dwywaith? Teirgwaith? Gwneud niwsans ohonoch eich hun, ie, Sarjant?'

'Roedd o dros ei ben a'i glustiau yn y busnes motor-beic 'na.'

'Oes gynnoch chi dystiolaeth i brofi hynny? Oes? Yn gwbod rhywbeth nad ydw i ddim, ydach chi?'

'Nac ydw, syr,' meddai Mallory'n anfoddog, gan edrych tua'r llawr. 'Ddim yn hollol.'

'Felly sawl gwaith fuoch chi'n gweld Lee a'i chwaer ar ôl i mi fod? Yn fanwl.'

'Teirgwaith,' addefodd Mallory o'r diwedd. 'Y ddau dro cynta i mi alw roedd Lee allan.'

'Meddwl y basech chi'n cael tipyn o sbort, ie? Wel, mi rydach chi wedi gwneud llanast o bethau,' meddai Roper yn ddicllon, heb aros am ateb gan Mallory oherwydd doedd dim angen ei glywed. 'Roedd arna i isio gair neu ddau arall â'r brawd Hughie a rŵan, am eich bod chi wedi penderfynu chwarae rhan y plismon llawdrwm, dydi o ddim yma, yn nac ydi? Felly dyma be wnewch chi: ewch chi'n ôl i'ch car a rhoi neges ar y radio. Mae arna i isio gwbod lle mae'r bws 'na, ond dim ond isio *gwbod* sy arna i. Does arna i ddim isio i neb gael ei arestio, a does neb i boeni Lee a'i chwaer o hyn ymlaen, na hyd yn oed siarad â nhw. Y cyfan sy arna i isio'i wbod ydi lle mae'r bws a dim byd arall. Dallt? A'r tro nesa, clowch eich car pan fyddwch chi'n ei adael o. A phan fyddwch chi'n teimlo'r awydd i hel merched, gwnewch hynny yn eich amser eich hun. Iawn?'

Daliodd Makins ddrysau'r lifft yn agored i Roper ymuno

ag ef.

'Mae golwg fel petai rhywun wedi dwyn eich lle parcio arnoch chi,' sylwodd, gan wasgu'r botwm ar gyfer y trydydd llawr.

'Mi gododd Lee a'i chwaer eu pac yn ystod y nos,' meddai Roper. 'Y blydi Sarjant Mallory 'na wedi'u dychryn nhw i ffwrdd.'

'Pam aflwydd wnaeth o hynny, neno'r dyn?'

'Paid â gofyn i fi,' meddai Roper.

Am ddeg o'r goch, ei lid wedi gostwng a'i bwysedd gwaed wedi dychwelyd i'w lefel arferol, gwnaeth alwad ffôn arall i Gwmni Craven a Helibron yn Llundain. Fe'i hatebwyd gan yr un llais benywaidd peraidd, yn y cnawd y tro hwn.

'Mi hoffwn i gael gair â Mr Craven, os gwelwch chi'n dda.'

'Mae'n ddrwg gen i, mae o mewn cyfarfod ar hyn o bryd. Mi fydd o yno drwy'r bore, mae arna i ofn. Fasech chi'n licio gadael neges? Neu ga i ddweud wrtho'ch bod chi wedi galw?'

'Na. Mi ffonia i'n ôl yn nes ymlaen,' meddai Roper. 'Mater personol ydi o. Gyda llaw, fedrwch chi ddweud wrtha i be ydi natur busnes eich cwmni?'

'Broceriaid stoc ydan ni,' meddai'r llais, wedi saib o syndod.

'Wela i,' meddai Roper, wedi'i synnu ei hun. 'Diolch. Da boch chi.'

'Be ddwedson nhw?' gofynnodd Makins, oedd yn eistedd ar yr ochr arall i'r ddesg ac yn yfed coffi.

'Broceriaid stoc,' meddai Roper.

'Be fyddai Pope yn ei wneud efo'r math yna o bobol?'

'Nid prynu cyfranddaliadau,' meddai Roper. 'Mae hynny'n saff.' Ond yn sicr roedd yna gysylltiad yn rhywle. Efallai nad car Craven a welsai Mrs Hapgood y tu ôl i'r Hanging Man y noson o'r blaen, ond roedd hi'n siŵr o fod yn fwy na chyd-ddigwyddiad bod Craven yn byw o fewn tafliad carreg i bentref Appleford, a bod rhif ffôn ei fusnes yn Llundain wedi'i sgriblan ar bad blotio yn swyddfa ddwy a dimai Pope yn Dorchester.

'Dw i'n credu'i bod hi'n bryd i ni fynd i ymweld unwaith eto,' meddai Roper, gan godi ar ei draed a dadfachu'i gôt law oddi ar y stand gotiau. 'Lle Craven i ddechrau.'

'Ond mae Craven yn Llundain, ydi o ddim? Yn ôl Hapgood fydd o ddim yn cyrraedd adre nes bydd hi'n naw o'r gloch y nos.'

'Digon gwir,' cytunodd Roper. 'Ond mae'n bosib bod ganddo wraig, ac mi fasai'n well gen i gael gair â hi'n gynta.'

Deng munud o siwrnai oedd hi o'r Pencadlys i Appleford. Roedd dylni'r bore cynnar wedi datblygu'n law erbyn hyn. Edrychai fel petai'r tywydd wedi cau i mewn am y dydd ac wedi dod â rhyw felancoli llwyd a phrudd i'w ganlyn i feddiannu ehangder mawr y rhostir.

Stopiodd Makins y car lathen neu ddwy y tu hwnt i giât dderw lydan wedi'i gosod dan fwa haearn â'r enw Furzecroft wedi'i weithio i mewn i'w rwyllwaith ac wedi'i beintio'n wyn. Clamp o fyngalo hardd oedd y tŷ yn y cefndir, yn debyg i dŷ ransh o friciau coch, gyda garej ddwbl ar wahân draw ar y dde ymysg y coed. Edrychai fel petai'n werth miloedd. Ac roedd rhywun gartref oherwydd roedd Range Rover gwyrdd tywyll wedi'i barcio o flaen y feranda a goleuadau i'w gweld yn un o'r ffenestri.

Caeasant y giât lydan y tu ôl iddynt a chamu'n frysiog drwy'r glaw i fyny'r dreif, gan eu teimlo'u hunain yn cael eu chwythu ymlaen gan chwa sydyn o wynt cryf o'r rhostir. O amgylch y feranda cysgodol roedd paneli addurnedig wedi'u gosod yn y gwaith brics, ac ar y wal uwchben y drws ffrynt, larwm effeithiol iawn yr olwg, un fyddai'n debygol o atal hyd yn oed y lleidr mwyaf proffesiynol.

Merch bengoch lysti a atebodd gnoc Makins ar y drws. Gan ei bod yn gwisgo oferôl pinc a phâr o esgidiau tenis gwyn a sanau coch ac yn cydio mewn clwt ac aerosol o gŵyr dodrefn yn ei llaw rydd, go brin mai hon oedd Mrs Craven; na merch Mr a Mrs Craven chwaith, os oedd yna ferch o gwbl. Roedd ochrau a gwaelod ei thrwyn yn goch a dolurus.

'Ie?' meddai, gan snwffian yn wlyb.

'Heddlu, Miss,' meddai Makins, gan ddangos ei gerdyn gwarant.

Syllodd arno â llygaid cochion. 'Be'n union 'dach chi isio, felly?'

'Y ddamwain ar y ffordd echnos, Miss. Rydan ni'n chwilio am dystion. Oes bosib i ni gael gair â'r penteulu, os gwelwch yn dda? Ddylai'r mater ddim cymryd yn hir.'

'Bi a' i i weld,' meddai, gan snwffian yn ddychrynllyd drachefn. Gadawodd y drws ffrynt yn agored ac ymlwybro'n ôl ar hyd y cyntedd gan ddiflannu i mewn i ystafell ar y chwith. Clywyd lleisiau'n mwmial yn isel, ei llais hi a lleisiau dwy ddynes hŷn, cyn iddi ddychwelyd drachefn, gan chwilota ym mhoced ei hoferôl am hances boced bapur.

'Well ichi ddod i bewn,' meddai, y ddau air olaf bron yn anhyglyw yn yr hances.

'Wedi dal annwyd ydach chi?' gofynnodd Makins yn gyfeillgar, gan sychu gwadnau'i esgidiau ar y mat a chamu i mewn o flaen Roper.

'Bae o gen i ers wythnosau,' cwynodd hithau yn ddigon clên wrth iddi gau'r drws y tu ôl iddynt. 'Fedra i yn 'y byw gael gwared ohono fo.'

Hebryngodd hwy ar hyd y cyntedd. Bron na allai Roper deimlo ansawdd y carped drwy'i esgidiau. Yn erbyn y wal safai bwrdd-soffa rhosbren nobl, celficyn o flynyddoedd cynnar y bedwaredd ganrif ar bymtheg, yn ôl pob tebyg, gyda ffiol wydr las Emille Gallé ar un pen iddo, a ffôn, peiriant ateb a pheiriant ffacs ar y pen arall.

'Y plisbyn, Mrs Craven,' meddai'r ferch.

'Dowch i mewn,' gwahoddodd llais. Ond nid Mrs Craven oedd wedi'u gwahodd i mewn ond dynes arall. Mrs Craven oedd y benfelen osgeiddig yn y siwmper angora goch a'r trowsus du tyn. A'r ddynes arall oedd y Mrs Chance bryd tywyll hardd a welwyd ddiwethaf yn chwerthin yng nghwmni Sarjant Mallory, ac yn edrych cyn hardded oddi ar ei cheffyl ag y gwnaethai arno. Roedd hi'n amlwg yn barod i gychwyn oddi yno, ac yn gwisgo'i chôt yrru groen dafad dros ei hysgwyddau fel clogyn. Safai'r ddwy gerllaw bwrdd coffi bychan a phâr o gwpanau a soseri a phlât o fisgedi arno.

Archwiliodd Mrs Chance y sarjant pryd golau, bachgennaidd yr olwg, â llygad eofn ac edmygol. 'Ar fin cychwyn am adre oeddwn i, os nad oes gynnoch chi isio gofyn rhywbeth i mi hefyd.'

'Dim ond gwneud ychydig o ymholiadau ydan ni, Madam,' meddai Makins. 'Ynglŷn â'r ddamwain ar y briffordd nos Lun. Rydan ni'n chwilio am dystion.'

'Mae'n ddrwg gen i,' meddai. 'Alla i mo'ch helpu chi.'

'Dw i ddim yn credu y galla innau chwaith,' meddai'r benfelen.

Tramorwraig oedd hi, o Sgandinafia, fwy na thebyg. Edrychai braidd yn nerfus, a dyna pryd y sylweddolodd Roper mai hi oedd y ddynes arall oedd wedi'i basio ar gefn ceffyl yn gynnar bore ddoe pan oedd wedi stopio i siarad â'r Prif Arolygydd Brake.

'Ydach chi'n byw yn lleol . . . ?' gofynnodd Makins i Mrs Chance, gan adael y marc cwestiwn yn hofran yn yr awyr.

'Mrs Chance,' meddai. 'Rhyw hanner milltir i lawr y ffordd. Downlands Farm.' Daliai i edrych ar Makins fel petai awydd arni gymryd cyllell a fforc ato, rhywbeth yn debyg i'r modd y bu hi'n llygadu Sarjant Mallory yn gynharach. 'Vanessa Chance. A Mrs Craven ydi'r foneddiges yma.'

Daeth cysgod o wên i fin Mrs Craven. Safai â'i dwylo wedi'u plethu'n dynn, a'i llygaid yn bryderus. Roedd hi'n ystafell helaeth ac yn ymestyn o ffrynt y tŷ drwodd i'r cefn. Fel y ddwy ddynes, edrychai'r dodrefn fel petaent wedi'u tynnu'n syth allan o gylchgrawn lliwgar, a go brin mai copi ydoedd y Lowry a hongiai dros y lle tân na'r cerflun efydd Chiparus o ddawnsferch ar y silff ben tân garreg. Gadewai'r ffenestr-bictiwr anferth yn y cefn ormod o'r golau dydd llwyd i mewn gan wneud i'r ystafell deimlo'n oeraidd a digysur. Ym mhen pellaf yr ardd roedd helygen wylofus a chlwstwr o gawn tal yn nodi lle'r oedd y nant yn rhedeg drwy'r tir.

'Tybed welodd eich gwŷr rywbeth?' gofynnodd Makins.

'Faint o'r gloch ddigwyddodd y ddamwain?' gofynnodd Mrs Chance, gan dynnu pâr o fenig gyrru o boced ei chôt.

'Rhywbryd rhwng un ar ddeg a hanner awr wedi,' meddai Makins. 'Hyd y gwyddon ni.'

'Mae'n bosib fod y gŵr wedi gweld rhywbeth,' meddai hi. 'Roedd o ar ei ffordd adre o'r pentre tua'r adeg yna.' Tynnodd yn araf ar un o'r menig gyda llawer o gau dwrn a phlygu bysedd, gan wneud y weithred fymryn yn erotig, fel strip-brofocio o chwith, yna dilyn yr un drefn â'r faneg arall.

'Gartre roedd fy ngŵr ˙i,' meddai Mrs Craven. 'Fe gyrhaeddodd e tua un ar ddeg o'r gloch, os cofia i'n iawn.'

'Mi fedrwch chi wastad ofyn iddyn nhw, yn medrwch?' meddai Mrs Chance. 'Mae f'un i gartref drwy'r dydd.'

'Mrs Craven?' gofynnodd Makins.

'Fydd e ddim i mewn tan heno,' meddai hi, yn ei llediaith hyfryd. 'Mae e'n gweithio yn Llundain. Naw o'r gloch yw'r amser gorau. Neu'n hwyrach, hyd yn oed.'

'Wel, diolch ichi am eich trafferth,' meddai Makins.

'Mae'n ddrwg gen i am darfu arnoch chi.'

'Peidiwch â phoeni dim,' mwmialodd Mrs Chance yn hudolus. 'Doedd o'n ddim trafferth. Rydach chi wedi dod â thipyn o lewyrch i'n bywydau bach ni. Mi a' i â chi at y drws. Mi gewch chi alw i'n gweld ni unrhyw bryd liciwch chi,' ychwanegodd, gan wneud i hyd yn oed hynny swnio fel gwahoddiad rhywiol o'r math mwyaf digywilydd. Edrychai Mrs Craven, a safai drwy gydol yr amser â'i breichiau wedi'u plethu'n dynn ac yn ei chofleidio'i hun, fel petai hi'n falch o'u gweld yn mynd.

Cychwynnodd Makins, Roper a Mrs Chance am y drws fwy neu lai ar yr un pryd a bu mymryn o ddryswch pan stopiodd Makins yn sydyn a throi gan daro yn erbyn Mrs Chance. 'Enw'r gŵr a laddwyd oedd Pope,' cynigiodd yn obeithiol, fel petai newydd gofio ac yn crybwyll y ffaith wrth fynd heibio; er mai crybwyll enw Pope yn fwriadol oedd prif amcan eu hymweliad â'r tŷ. 'Dydi'r enw ddim yn digwydd canu cloch, 'debyg?'

Roedd yn amlwg nad oedd yn canu dim byd i Mrs Chance, ond fe allasai'r enw olygu rhywbeth i Mrs Craven. Gwelodd Roper, oedd wedi cadw'n fud yn y cefndir gydol yr amser ers dod i mewn i'r tŷ — oherwydd peth anghyffredin iawn fyddai i Dditectif Uwcharolygydd fynd i chwilio o ddrws i ddrws am dystion i ddamwain ffordd — wep Mrs Craven yn plycio fymryn a'i breichiau plethedig yn tynhau.

'Chlywais i erioed mo'r enw o'r blaen,' meddai Mrs Chance. 'Sori.'

'Na finne chwaith,' meddai Mrs Craven, oedd yn dal heb symud o'i safle ger y bwrdd coffi ac yn amlwg yn bwriadu gadael i Mrs Chance eu hebrwng at y drws.

'Wnewch chi ddweud wrth eich gŵr am ein disgwyl ni heno 'ta, Mrs Craven?' meddai Makins.

'Gwnaf,' meddai, gan lwyddo i ddod â chysgod arall o wên i'w min ond heb symud fodfedd oddi wrth y bwrdd coffi a dal i sefyll â'i dwylo ymhleth. 'Gwnaf. Wrth

81

gwrs.'

Arweiniodd Mrs Chance hwy yn ôl drwy'r cyntedd, gan adael peraroglau persawr drudfawr yn hofran y tu ôl iddi. Allan ar y feranda tynnodd y drws ynghau y tu ôl iddynt.

'Tybed fasech chi'n malio agor y giât a'i chau wedyn ar f'ôl i?' meddai, gan wenu'n ddymunol ar Roper. Roedd hi'n amlwg yn ei ystyried yn was bach tawedog i Makins. 'Mi fasai'n f'arbed i rhag gwlychu ddwywaith.'

'Dim o gwbwl, Madam,' meddai Roper, ei wyneb yn brennaidd. Roedd hi'n berffaith amlwg bod Mrs Chance wedi hen arfer â chael dynion i ruthro i ufuddhau iddi.

'Diolch,' meddai, ac wrth iddi dynnu'i chôt yn dynn amdani a rhedeg i'r Range Rover, gwyrasant hwythau yn erbyn y glaw a brysio'n ôl ar hyd y dreif. Pasiodd hwy yn ei cherbyd ac aros ryw lathen neu ddwy o fewn cyrraedd y giât tra swingiodd Makins hi'n agored ac yna'i chau drachefn ar ei hôl. Gyrrodd Mrs Chance i ffwrdd yn gyflym drwy'r glaw gan dasgu dŵr i bobman a chodi'i llaw arnynt drwy'r ffenestr mewn arwydd o ddiolch.

'Wel?' meddai Roper, gan ei setlo'i hun yn sedd y teithiwr tra chwiliai Makins am ei allwedd danio.

'Roedd Mrs Craven ar binnau ynglŷn â rhywbeth. Ddwedodd hi fawr ddim, yn naddo? Ac roedd hi'n edrych fel petai hi wedi clywed am Pope.'

Ond doedd hynny ddim yn afresymol, chwaith, o gofio bod rhif ffôn swyddfa'i gŵr wedi'i nodi ar bad blotio Pope. Ac er ei bod hi'n bur annhebygol y buasai gan Pope y math o arian sbâr wrth gefn i fentro chwarae ar y farchnad stoc, doedd hi ddim yn hollol amhosibl na fu Craven ac yntau yn gwneud rhyw fusnes arall â'i gilydd. Ac, os felly, fe allai Craven fod wedi crybwyll enw Pope mewn sgwrs â'i wraig. Ond os bu cysylltiad o'r fath rhwng Pope a Craven, pam aros yn dawedog ynglŷn â'r peth?

'I ble rŵan?' gofynnodd Makins.

'Downlands Farm,' meddai Roper.

'Dim llawer o bwynt, oes 'na?' meddai Makins.

'Mi ddwedson ni'n bod ni'n gwneud ymholiadau o ddrws i ddrws yn chwilio am dystion,' meddai Roper. 'Does arnon ni ddim isio gadael neb allan, yn nac oes?' Ond yn bwysicach na hynny, roedd pen Pope wedi'i ddarganfod dafliad carreg yn unig o dir Chance.

Gwnaeth Makins dro driphwynt a gyrru'n ôl i gyfeiriad y pentref, y glaw'n dyrnu ar do'r car a'r sychwyr yn pendilio'n swnllyd. Roedd goleuadau amryw o geir ynghynn, ac roedd y rhostir bron o'r golwg yn y glaw trwm a edrychai fel petai'n bwriadu parhau am byth bythoedd.

Roedd giât Downlands Farm yn agored, gan alluogi Makins i droi'n syth oddi ar y ffordd fawr a gyrru i fyny'r lôn gul a thros bompren lle croesai'r lôn y nant. Yna arafodd am ychydig i wasgu'r car heibio i dractor coch di-yrrwr a chart o ryw fath wedi'i fachu y tu ôl iddo. Edrychai'r tractor fel petai wedi'i adael oherwydd y tywydd yn hytrach nag wedi'i barcio.

Roedd y lôn gul wedi'i tharmacio, ond yn llawn tyllau ac mewn dirfawr angen ei hatgyweirio. Fel byngalo Mrs Wicks, safai'r ffermdy hynafol ar dir isel, gan edrych yn llwyd a digalon yn y mwrllwch, fel rhyw hen gaer hynafol yn y glaw. Roedd y Range Rover gwyrdd wedi'i barcio gerllaw'r drws ffrynt.

'Yr un drefn ag o'r blaen?' gofynnodd Makins, gan dynnu ar lifer y brêc. ' 'Ta ydach chi'n ôl yn rhedeg y sioe?'

'Na,' meddai Roper. 'Gwna di'r holi i gyd; mi wrandawa innau. A gwna bwynt o ffeindio allan be fedri di am y Craveniaid. Yn gynnil ac yn ddistaw bach.'

'Iawn,' meddai Makins.

Dringasant allan o'r car gan gau'r drysau'n glep y tu ôl iddynt, gwyro'u pennau a rhedeg yr ychydig lathenni at y tŷ. Erbyn cyrraedd y drws ffrynt roeddynt yn wlyb diferu.

Mrs Chance ei hun a atebodd ganiad Makins ar gloch y drws. 'O, helô,' meddai, gan wenu ei gwên ddisglair ddrygionus. 'Dyna sydyn. Dowch i mewn allan o'r tywydd. Tydi hi'n ofnadwy? Mi a' i i alw ar y gŵr.'

Gan gau'r drws y tu ôl iddynt a'u gadael i sychu'u traed ar y mat, aeth i ffwrdd i lawr y cyntedd i gyfeiriad cefn y tŷ. Roedd cip sydyn o gwmpas yn ddigon i ddweud wrth Roper fod digonedd o arian yma hefyd, ond yn wahanol i gartref y Craveniaid, arian hen oedd yma, efallai wedi'u casglu gan y teulu dros genedlaethau o amaethu'r fferm. Roedd popeth yn nhŷ'r Craveniaid yn ymffrostgar, y celfi a'r dodrefn wedi'u prynu fel buddsoddiadau, mae'n debyg, gyda'r bwriad o'u gwerthu drachefn ar adeg briodol. Ond yma, nid addurn yn unig oedd y stand gotiau nobl hynafol; yn hytrach fe gâi ei defnyddio'n feunyddiol. Hongiai côt groen dafad Mrs Chance wrth ochr siaced weithio dyn ac, ar silff ar y gwaelod, safai dau bâr o welingtons gwyrdd. Gyferbyn â'r stand gotiau, ar gist dderw gerfiedig addurnfawr, o gyfnod Cromwell yn ôl pob golwg, roedd ffôn gwyrdd a phentwr blêr o lyfrau ffôn yn ei ymyl.

Daeth drafft oer am ennyd wrth i lais pell Mrs Chance weiddi '*Nicholas!*', yna ciliodd y drafft pan glywyd sŵn ei thraed yn cychwyn yn ôl. Symudai'n osgeiddig, fel dawnswraig, godre'i gwallt a gwaelod ei slacs yn dal yn wlyb ar ôl y wib i'r Range Rover o dŷ'r Craveniaid.

'Dowch i dwymo,' meddai, gan grynu a rhwbio'i dwylo yn erbyn ei gilydd wrth eu harwain i lolfa ar y chwith lle'r oedd tân nwy croesawgar yn gloywi'n goch. 'Mae'r gŵr yn gaeth yn y sgubor ar y funud, rhyw helynt efo'r gweithwyr, ond fydd o ddim chwinciad. Ga i gymryd eich cotiau, 'ta ydi'n well gynnoch chi sefyll yn fan'na'n stemio?'

'Mi stemiwn ni,' meddai Makins. 'Rydan ni braidd yn

brin o amser. Diolch, 'run fath.'

Gwyrodd Mrs Chance, a chynnig sigarét i'r ddau ohonynt o flwch mahogani a orweddai ar y bwrdd coffi. Gwrthododd y ddau. Estynnodd un iddi'i hun a thynnodd Roper ei daniwr allan a'i thanio iddi.

'Diolch,' meddai, gan wenu a chwythu mwg. 'Hen arferiad budr, ond fedra i yn fy myw roi'r gorau iddo. Gwirion, yntê? Hen fusnes od oedd y ddamwain 'na. Mi fûm i lawr yn y pentre yn gynharach y bore 'ma ac mi ddwedodd y ddynes yn y siop bapur newydd sut roedd pen y gŵr truan 'na wedi cael ei dorri'n glir i ffwrdd. Darn o wifren wedi cael ei thynnu ar draws y ffordd neu rywbeth.'

Edrychodd Makins a Roper ar ei gilydd. Yr unig ffordd y gallai'r newydd am y wifren fod wedi mynd ar led oedd naill ai drwy ddyfalu ysbrydoledig ar ran rhywun neu drwy i Sarjant Mallory agor ei geg yn yr Hanging Man; a'r olaf o'r ddau bosibilrwydd oedd y mwyaf tebygol. Roeddynt wedi gofyn i'r ddau bapur newydd lleol ac i'r orsaf radio gyhoeddi'r newydd fel damwain draffig ac i beidio â damcaniaethu ynglŷn â'i hachos. Hyd yma roeddynt i gyd wedi gwneud hynny.

Roedd hi'n amlwg yn siomedig pan na chafodd gadarnhad na gwadiad o'r si, un o'r clecs bach mwyaf blasus a glywyd yn Appleford eleni, mae'n siŵr. Cynigiodd de iddynt — neu goffi? — ond gwrthodasant ill dau unwaith yn rhagor. Roedd hi'n sicr yn fwy cymdeithasgar na Mrs Craven a dyfalodd Roper yn fuan mai ei bywyd yn y lle unig hwn oedd yn gyfrifol am ei pharablu bywiog di-baid. Y Mrs Chance bryd tywyll, lygadfyw oedd yr unig beth a edrychai fel pe na bai'n rhan annatod o Downlands Farm. Roedd popeth arall yn ffitio i'w le mor berffaith â darn o jig-so — y dodrefn hynafol hardd, y peintiadau olew yn eu fframiau euraid ar y parwydydd, y gist o oes Cromwell yn y cyntedd, y carpedi treuliedig ond cysurus yr olwg. Roedd Mrs

Chance allan o'i chynefin yma. Merch y dref oedd hi, merch soffistigedig yn fwy cartrefol yn y goleuadau llachar nag ar fuarth fferm; ac yn briod â'r gŵr anghywir, fwy na thebyg, er mai dim ond dyfalu ar ran Roper oedd hynny.

Roedd hi'n fwy na pharod i sôn am Mrs Craven. Ei henw oedd Dagmar. Norwyes oedd hi. Yn arfer gweithio yn y byd teledu draw yno — cyflwynwraig neu rywbeth felly. Ac yn fodel cyn hynny. Roedd Martin a hithau wedi cyfarfod yn Oslo ac yn briod ers tua wyth mlynedd bellach. Wedi ffoli ar ei gilydd, y ddau ohonyn nhw. Ac yn drewi o arian, wrth gwrs. Roedd gan Martin swydd bwysig yn y Ddinas, partner mewn cwmni o froceriaid stoc. Roedd ganddyn nhw ddau Fercedes. Un iddo fo ac un iddi hi. Siaradai heb gasineb na drwgdeimlad o fath yn y byd; ond yna, cyn iddi gael cyfle i ddweud rhagor am y Craveniaid, clywyd sŵn drws yn cau'n glep, wedi'i gipio gan y gwynt, mae'n debyg, a sŵn traed rwberaidd ar y llawr cerrig yn y cyntedd.

'Dyma'r gŵr,' meddai, wrth i ddyn ddod i mewn drwy'r drws. Roedd o tua phymtheg ar hugain oed, ac yn gwisgo cap gwlanen, welingtons a siaced gŵyr. Edrychai'n llym ac ystyfnig — ei olwg naturiol, o bosib.

'Sut aeth pethau?' gofynnodd ei wraig, gan gyfeirio, mae'n debyg, at yr anghydfod yn yr ysgubor.

'Sobor,' meddai'n swta; yna, yr un mor swta wrth Roper a Makins, 'Be alla i 'i wneud i chi'ch dau?'

'Plismyn ydyn nhw, Nick. Maen nhw yma ynglŷn â'r ddamwain ar y ffordd nos Lun.'

'Wn i ddim byd amdani,' meddai Chance. 'Sori.'

'Mi ddigwyddodd eich gwraig grybwyll y gallech chi fod wedi bod ar eich ffordd yn ôl o'r pentre tua'r adeg y lladdwyd gyrrwr y beic modur, syr,' prociodd Makins.

Anelodd Chance edrychiad at ei wraig a ddylai fod wedi'i tharo hi'n gelain yn y fan a'r lle. 'Fûm i ddim ar gyfyl y pentre nos Lun.'

'Wel, dyna lle dwedaist ti roeddet ti'n mynd,' atebodd ei wraig.

'Mi newidiais fy meddwl,' meddai. Yna, gan droi'i sylw yn ôl at Makins, dywedodd, 'Petawn i wedi gweld rhywbeth mi faswn i wedi dod ymlaen cyn hyn, yn baswn?'

'Enw'r dyn a gafodd ei ladd oedd Gerald Pope, syr,' meddai Roper, gan dybio'i bod hi'n bryd iddo yntau roi cynnig arni. 'Doeddech chi ddim yn digwydd ei nabod o, 'debyg?'

Bu distawrwydd am ennyd. Roedd hi'n ymddangos fod gan yr enw Pope y grym i achosi sawl math o adwaith sydyn yn y cyffiniau yma. Yn achos Hughie Lee, roedd o wedi achosi i'w fysedd gael eu parlysu, yn achos Mrs Craven, tyndra amlwg yn ei hwyneb a'i breichiau plethedig, ac yn achos Nicholas Chance yr anallu i amrantu, ac fe wyddai Roper, cyn iddo lefaru hyd yn oed, fod Chance ar fin dweud celwydd.

'Sori,' meddai, gan godi'i ysgwyddau'n ddidaro. 'Chlywais i erioed sôn amdano.'

Pennod 7

Aethant am ginio i'r Hanging Man, gan ddewis y bar cyhoeddus am fod y drws ar agor ac yn ymyl lle'r oedd Makins wedi parcio'r car. Ers awr a mwy roedd hi wedi bod yn pistyllio bwrw'n ddi-baid.

A hithau newydd droi hanner dydd, yr unig bobl eraill yn y bar oedd pedwar dyn yn gwargrymu dros fwrdd yn y gornel gerllaw'r bwrdd dartiau ac yn mwmian yn ffyrnig â'i gilydd rhwng cegeidiau o gwrw.

'Gwastraff amser eto,' sylwodd Makins yn ddigalon, gan gymryd tamaid o'i rôl gaws a'i golchi i lawr â llymaid o shandi. Yn ddiweddar, roedd pobl wedi sylwi fod George Makins yn dueddol o gael pyliau o'r felan. Dynes oedd yn gyfrifol, yn ôl cleber y cantîn. Roedd hi â'i chrafangau mor ddwfn yn George druan nes ei fod o wedi mynd i bendroni a synfyfyrio'n aml. Yn ddiweddar hefyd, daethai'n berchen ar ffôn symudol, a chlywyd ef yn yngan y geiriau 'benthyciad dros dro' a 'morgais' i mewn iddo pan dybiai nad oedd neb o'i gwmpas i'w glywed. Felly roedd y cyfan yn swnio'n o ddifrifol.

'Ddim yn hollol,' meddai Roper, yn fwy gobeithiol. 'O'r hyn ddwedodd Mrs Chance, mae'n sicr ein bod ni wedi cael gafael ar y Craven cywir. Go brin fod 'na lawer o'r enw Craven yn gweithio yn y farchnad stoc.'

'Dw i o'r farn fod y sipsi 'na'n nabod Pope, hefyd,' meddai Makins. 'A dw i'n dal i ofyn i mi fy hun i ble'r aeth o.'

'Paid â phoeni am y peth,' meddai Roper. 'Os stopith

o efo'r bws 'na'n rhywle lle mae 'na bobol, mi fydd 'na ryw hen swnyn yn siŵr o gwyno o fewn yr awr, p'un ai oes 'na gyfiawnhad i'r gŵyn ai peidio. Mi ddaw o i'r fei.'

Cododd y lleisiau o gwmpas y bwrdd arall. Testun y drafodaeth ddicllon oedd Nicholas Chance, un arall o drigolion Appleford, os oedd greddf Roper yn gweithio'n iawn, nad oedd yn gwbl ddieithr i Gerald Pope.

'Mi ddylen ni alw'r Undeb i mewn. Mi sortian nhw'r diawl allan.'

'Waeth i ni heb, ddim. Allan nhw wneud dim bellach,' atebodd llais sarrug. 'Criw o gadi-ffans ydyn nhw'r dyddia yma.'

'Mi ddwedodd wrtha i'i fod o ar fin torri.'

'Ie, dyna ddwedodd o wrtha innau hefyd. Y cythral c'lwyddog,' meddai llais arall yn wawdlyd. 'Y trwbwl ydi, mae be mae o'n ei wneud yn gwbwl gyfreithlon.'

'Dydi hynna ddim yn fy helpu i, yn nac'di?' grwgnachodd yr ieuengaf o'r pedwar, Jacko wrth ei enw ac yn amlwg yn ganolbwynt yr holl helynt. 'Tri mis o gyflog yn lle notis, a dyma fi ar y clwt o ddydd Llun nesa ymlaen. A minnau wedi gweithio i'r bastad 'na ers dwy flynedd.'

'Ac yntau wedi cael yr holl bres 'na ar ôl ei dad hefyd.'

'Dw i'n dweud fod y wraig 'na sy ganddo fo wedi'i helpu o i gael gwared â'r rheiny. Wel, pryd gwelodd neb honno'n gwneud dim byd ond dringo i'r Range Rover 'na a mynd i jolihoetio i rywle? Y? Byth ar gyfyl y lle, yn nac'di?'

'Synnwn i ddim nad oes ganddi foi arall na ŵyr 'rhen Nick ddim byd amdano.'

'Mi welodd y musus 'cw hi bnawn Sadwrn diwetha yn y dre. Roedd hi efo'r boi 'na sy'n byw yn Furzecroft.'

'Y Craven 'na?'

'Ie, hwnnw. Roedd y ddau ohonyn nhw'n dod allan o ryw dŷ bwyta. Yn chwerthin a chadw reiat, yn ôl y musus . . . '

Cleber lleol a mân siarad oedd hyn oll, wrth gwrs, nad oedd yn debygol o arwain Roper ddim nes at ganfod llofrudd Gerry Pope, ond eto roedd hi wedi bod yn werth clustfeinio. Swniai fel petai'r pedwerydd dyn, yr un ifanc, wedi cael ei ddiswyddo gan Chance am nad oedd y fferm yn ffynnu, neu am fod Chance, neu'i wraig efallai, yn gwario arian yn gyflymach nag roedd yn dod i mewn ac yn ceisio cyfyngu ar y bil cyflogau. Yr hyn oedd yn fwy diddorol oedd y posibilrwydd y gallai Mrs Chance fod yn cyboli â Craven tra, ar yr un pryd, byddai'n marchogaeth ac yn cymryd ei the deg gyda'i wraig.

Roeddynt yn ôl yn y Pencadlys ychydig funudau wedi un o'r gloch. Am hanner awr wedi, daeth y newydd fod heddwas o'r enw Stokes wedi dod ar draws Lee a'i chwaer. Roedd Cwnstabl Stokes wedi gweld bws unllawr llwyd wrth browlan rhai o'r lonydd diarffordd yn ei gar heddlu. Roedd y bws wedi'i barcio ymysg y coed ar ymyl ogleddol Fforest Wareham, ac er nad oedd Stokes wedi mentro'n ddigon agos i weld y rhif cofrestru, roedd y bws o'r lliw cywir ac yn sicr doedd o ddim yno'r diwrnod cynt. Roedd y llecyn fymryn oddi ar yr A35 a rhyw hanner milltir i'r de o bentref Bloxworth. Hanner awr yn ddiweddarach, daeth Stokes ar y ffôn. Gŵr pryd tywyll o gwmpas y deugain oed, a merch ifanc, rywle yn ei hugeiniau a chyda gwallt du i lawr at ei chanol, oedd i'w gweld o gwmpas y bws.

'Ardderchog,' meddai Roper. 'Da iawn, 'ngwas i.' Felly doedd Lee a'i chwaer ddim wedi symud ymhell, rhyw bymtheng milltir yn unig. Yn bwysicach fyth, roedden nhw'n dal yn y sir. 'Cadwch lygad arnyn nhw, ond peidiwch â mynd yn rhy agos. Ac os symudan nhw eto, mae arna i isio gwbod.'

Ffoniodd DS Rodgers am bedwar o'r gloch. Ers naw o'r gloch y bore hwnnw roedd o wedi bod ar grwydr o amgylch Dorchester unwaith yn rhagor, gan alw i mewn ym mhob tŷ bwyta, caffi, snacbar, a thŷ tafarn yn y gobaith o ddod o hyd i gariad diweddaraf Pope. Daeth ar draws un weinyddes arbennig oedd yn neilltuol o amharod i siarad ag ef.

'Mrs Barr ydi'i henw. Gweithio yn y Blue Bird. Tŷ bwyta ydi o ar ochr orllewinol y dre. Doedd dim dwywaith nad oedd hi'n anesmwyth ynglŷn â rhywbeth. A Gwyddeles oedd hi.'

'Ond doedd hi ddim yn nabod Pope?'

'Felly dwedodd hi,' meddai Rodgers. 'Ond mi ges i ryw hen deimlad ynglŷn â hi.'

'Fel petai hi'n dweud celwydd?'

'Ie, felly'n union,' meddai Rodgers. 'Alla i ddim bod yn siŵr, cofiwch.'

Ond roedd Roper yn trystio greddf Rodgers bron cymaint ag roedd yn trystio'i reddf ei hun, ac os oedd Rodgers yn amau bod rhywun yn dweud anwiredd, yna fwy na thebyg mai dweud anwiredd yr oedd e. Fe allasai Mrs Barr fod yn nerfus oherwydd iddi gael ymweliad annisgwyl gan blismon yn ei gweithle, ond doedd Rodgers mo'r teip i ddychryn neb, ar wahân i ddihirod, ac mi fuasai wedi'i holi mor synhwyrol a diffwdan â phosib. Ni fyddai neb byth yn llwyddo i ganfod dim byd defnyddiol wrth holi o ddrws i ddrws heb wenu yn gyntaf. Ond wedyn, gwraig briod oedd hi, *Mrs* Barr, a phwy a wyddai nad oedd yna ryw Mr Barr yn rhywle, yr oedd yn rhaid cadw rhai cyfrinachau tywyll rhagddo. Dyfalu pur oedd hyn oll, wrth reswm, ac os mai Mrs Barr oedd y ddynes ddiweddaraf ym mywyd Pope roedd ganddi berffaith hawl i gadw'r wybodaeth honno iddi'i hun, er mor rhwystredig oedd hynny.

Byddai'r rhan fwyaf o ymchwiliadau i lofruddiaeth yn dilyn patrwm arbennig. Roeddech chi'n canfod pwy oedd y dioddefwr ac yn siarad â'r bobl oedd yn ei adnabod — gwraig, perthnasau, cyfeillion, cydweithwyr, cymdogion, gelynion hyd yn oed — ac yn y pen draw fe fyddai'r llofrudd tebygol yn siŵr o sefyll allan. Yn yr achos hwn doedd yna neb i siarad ag ef. Doedd cyn-wraig Pope ddim wedi'i weld ers misoedd, a doedd ganddo ddim perthnasau eraill yn ôl yr hyn a ddywedodd hi; ei unig gydymaith hysbys oedd y Lennie Martin amheus hwnnw, a'i unig gymydog oedd Mrs Cracknell, ei landlord.

Mewn gair, creadur ar ei ben ei hun fu Pope, ac fe ellid sgriblan y cyfan y gwyddai Roper amdano ar gefn amlen. Cyn-blismon. Wedi bod yn briod, wedi cael ysgariad, wedi byw am gyfnod byr gyda dynes oedd wedi'i gymryd i mewn fel lletywr, wedi treulio rhai wythnosau wedi hynny yn cysgu yng ngweithdy Lennie Martin, yna wedi symud i mewn i 21A Jubilee Walk, lle'r oedd wedi'i sefydlu'i hun fel rhyw dipyn o dditectif preifat.

Ond, fel bob tro arall, roedd yr hyn na wyddai Roper am Pope yn fwy perthnasol. Roedd y ddau gabinet ffeilio di-ffeiliau a'r papur ysgrifennu a'i enw arno, newydd ei argraffu a bron heb ei gyffwrdd, wedi tystio mai newydd ei sefydlu'i hun mewn busnes yr oedd Pope. Ac os felly, o ble'r oedd yn cael ei arian? Yn ôl yn y garej lle prynasai'i feic modur, roedd wedi talu amdano ag arian parod, ac ar yr un pryd wedi talu premiwm blwyddyn ymlaen llaw ar bolisi yswiriant cyfun ar ei gyfer, eto mewn arian parod. Chwe mil o bunnoedd bron iawn. O ble daethai'r arian yna? Mi fyddai'r ffaith iddo dreulio pymtheng mlynedd yn y Ffôrs yn golygu y câi rywfaint o bensiwn, ond dim ond digon i gadw corff ac enaid ynghyd ac yn sicr nid yn ddigon iddo allu'i luchio am chwip o feic modur ail-law. Ac roedd o wedi talu'r rhent i Mrs Cracknell yn rheolaidd.

Roedd ganddo ddisgwyliadau, wrth gwrs. Pan fyddai'i wraig wedi cwblhau gwerthiant y tŷ mi fyddai'n debygol o gael oddeutu £40,000, ond nid arian sychion oedd disgwyliadau. Fe allai, wrth gwrs, fod wedi benthyca ar sail y disgwyliad hwnnw, ond doedd ei fanc yn Dorchester ddim wedi rhoi benthyg ceiniog iddo; a chan nad oedd ganddo ond cyfeiriad busnes mewn swyddfa wedi'i rhentu i dderbyn y beiliaid pe byddai'n methu â thalu, prin y byddai wedi llwyddo i gael benthyciad o unrhyw le arall heblaw ar gyfradd llog uchel iawn, iawn.

Roedd hyn oll yn awgrymu y gallasai Gerald Pope fod â ffynhonnell arall o incwm na wyddai neb amdani, ac fe fyddai Roper yn synnu'n arw petai o wedi dod o hyd iddi'n onest.

Am bump o'r gloch ymunodd Roper â DS Rodgers yn Dorchester, y ddau ohonynt yn cwrdd dan gysgodlen wyntog a gwlyb y tu allan i siop fara, ychydig lathenni o'r stryd gefn lle'r oedd gweithdy Lennie Martin.

Roedd y bechgyn o CID Dorchester wedi bod yn gweld Martin y bore hwnnw, ond roedd hi'n amlwg fod ymweliad Rodgers brynhawn ddoe wedi'i rybuddio oherwydd roedd y silffoedd yn wag heblaw am ychydig o bethau a dderbyniwyd yn gyfreithlon i'w hatgyweirio.

'Dyma fo rŵan,' meddai Rodgers, wrth i fen fach felen â'i harwydd cyfeiriad yn fflachio adael y llif traffig a throi i gyfeiriad y stryd gefn.

Cyn gynted ag yr aethai o'r golwg, agorodd Roper a Rodgers eu hambarelau a cherdded yn gyflym ar ei ôl. Gan ei fod ar frys i fynd i mewn allan o'r glaw, ni welodd Martin mohonynt yn dod wrth iddo ddatgloi'r ddôr fechan yn nrysau dwbl y garej a chamu i mewn.

Caeodd Roper a Rodgers eu hambarelau a'i ddilyn. Wrth deimlo'r drafft ffres y tu ôl iddo, trodd Martin ar ei sawdl, ei wyneb yn llawn dychryn.

'O,' cwynodd, wrth adnabod Rodgers ac ymlacio drachefn. 'Chi'r cops sy 'na. Mi faswn i'n meddwl y basech chi wedi dysgu'ch gwers y bore 'ma. Be 'dach chi isio rŵan?'

'Dim ond gair, Lennie,' meddai Roper, gan ddangos ei gerdyn gwarant.

Darllenodd Martin y cerdyn. 'Uwcharolygydd, ie? Dim ond rhyw blydi arolygydd ges i'r bore 'ma. Ac mi aeth hwnnw o 'ma'n waglaw hefyd.' Chwifiodd ei fraich o gwmpas y gweithdy. 'Sbïwch chi hynny liciwch chi. Does dim byd wedi newid yma ers bore 'ma.'

'Fel dwedais i, Lennie,' meddai Roper. 'Wedi galw am sgwrs fach ydan ni, dyna'r cwbwl.'

Crychodd Martin ei aeliau'n amheus. 'Sgwrs am be?'

'Gerry Pope,' meddai Roper.

'Dw i wedi dweud y cwbwl wn i wrth eich mêt fan hyn,' meddai Martin, gan amneidio i gyfeiriad Rodgers. 'Jest rhywun y digwyddais i daro arno mewn tafarn oedd o.'

'Faset ti'n licio clywed mwy, Lennie?' gofynnodd Roper. 'Rydan ni'n credu iddo gael ei fwrdro.'

'Ond mi ddwedsoch chi ddoe —' ebychodd Martin mewn syndod, gan fethu â dod o hyd i eiriau wrth i'w lygaid syn rythu ar Rodgers. 'Arswyd y byd. Ddwedsoch chi ddim ei fod o wedi cael ei *fwrdro*.'

'Jest rhyngon ni mae hynna, Lennie,' meddai Roper. 'Felly mi fasen ni'n ddiolchgar petait ti ddim yn sôn wrth neb.'

'Ie, iawn,' meddai Martin, gan ddal i edrych yn syn a dryslyd, ond yn amlwg yn falch eu bod yn barod i ymddiried ynddo. 'Sonia i'r un gair wrth neb. Dw i bron â marw isio paned. Be amdanoch chi'ch dau? Dim ond mŵg a chwdyn fydd o, cofiwch.'

'Gwych, Lennie,' meddai Roper. 'Rwyt ti'n haeddu medal am gynnig. Roedd ganddo rywbeth yn ymylu ar barch tuag at droseddwyr pitw fel Lennie. Os oedden nhw'n cael gwared ag ychydig beiriannau fideo ar y slei, doedden nhw ddim yn ymosod ar hen wragedd, ac mi fyddent yn codi'u dwylo'n ddigon ufudd pan gaent eu dal a byth yn dal dig wedyn.

Eisteddodd Roper ar y stôl bren uchel wrth fainc weithio Martin a gwnaeth Rodgers ei hun yn gyfforddus ar set deledu oedd â'i hwyneb i waered ar y llawr. Plygiodd Martin ei degell trydan i mewn, estyn tri mŵg, a derbyn sierŵt gan Roper.

'Ym mha dafarn y cwrddaist ti o?' gofynnodd Roper, gan gynnau'i daniwr.

'Y Red Lion,' meddai Martin. 'Jest digwydd taro arno. Mi glywais i o'n gofyn i'r ferch y tu ôl i'r bar a wyddai hi am rywun efo stafell i'w gosod. Mi rois innau 'mhig i mewn a dweud fod gen i hanes rhywun, ac mi ddatblygodd pethau o fan'no rywsut.' Gwyrodd ei ben moel i danio'r sierŵt oddi ar daniwr Roper, a chwythu mwg. 'Yna pan ddaru o ddim talu'i rent am ryw bythefnos, mi giciodd hi o allan.'

'Oedd hi'n ddrwg arno am arian?'

'Weithiau,' meddai Martin, gan symud draw ac estyn dros y fainc am hen dun taffis, agor ei gaead a thynnu tri chwdyn te allan. 'Weithiau mi fyddai ganddo lond ei waled, dro arall allai o ddim fforddio paced o ffags.'

'Wyddost ti sut roedd o'n eu cael nhw, pan oedd ganddo lond ei waled?'

'Wnes i ddim holi,' meddai Martin, gan ollwng un cwdyn te i bob mŵg.

'Oedd ganddo fo job?'

'Cysylltiada, ddwedwn i. Roedd ganddo lot o gysylltiada.'

'Wnest ti symud rhywbeth iddo fo o gwbwl?'

'Ei geriach a'i eiddo personol, 'dach chi'n feddwl?' gofynnodd Martin, gan roi perfformiad gwych o ddiniweidrwydd.

'Tyrd rŵan, Lennie,' ceryddodd Roper. 'Plismon ydw i a chrwc wyt tithau; rydan ni ar yr un ochr bron iawn.'

'Unwaith neu ddwy,' addefodd Martin o'r diwedd, a chyda pheth amharodrwydd.

'Fel be?'

'Peirianna CD. Y rhai bach personol 'na. Dau ddwsin.'

'Mynd yn dda, oedden nhw?'

'Fel slecs,' meddai Martin. 'Plant yn benna. Ond ganddyn nhw mae'r pres y dyddia yma, yntê?' Trodd o'r neilltu a thynnu plwg y tegell o'i soced a thywallt y dŵr berwedig i'r mygiau. 'Siwgr?'

'Dwy lwyaid,' meddai Roper.

'Un i mi,' meddai Rodgers.

'Dw i'n deall iddo gysgu yma am sbel,' meddai Roper.

'Do. Am bythefnos. Cyn 'Dolig oedd hi. Mi ddaeth â gwely plyg yma. Roedd o'n cadw'i ddillad yn y cwpwrdd 'na'n fan'cw. Talu ugain punt yr wythnos imi am y fraint. Yn ystod y dydd, roedd o allan ar ei feic gan amla; fin nos mi fydden ni'n mynd am beint efo'n gilydd i'r Lion — wel, ar y nosweithiau pan nad oedd o wedi trefnu cwrdd â rhywun, hynny yw.' Tywalltodd laeth o garton i'r mygiau a rhoi mŵg yr un i Roper a Rodgers.

'Pwy fyddai o'n ei gyfarfod?' gofynnodd Roper, gan sipian ei de.

'Dynes, gan amla,' meddai Martin. 'Felly roedd o'n dweud. Mi fyddai hi'n ffonio yma i'r gweithdy weithiau. Popeth yn rhyw slei bach rywsut. Ond bob tro y byddai hi'n ffonio, fyddai o byth yn dod i'r Lion y noson honno. Fel dwedais i wrth eich mêt, dw i'n meddwl mai gweinyddes mewn caffi oedd hi. Pryd bynnag y byddai hi'n ffonio roedd 'na wastad sŵn llestri a chyllyll a ffyrc ac ati i'w glywed yn y cefndir. Ac unwaith, pan atebais i hi, mi glywais i rywun yn gofyn iddi ar gyfer pwy oedd rhywbeth neu'i gilydd a hithau'n dweud bwrdd chwech.'

'Ddaru hi roi'i henw o gwbwl?'

'Dim unwaith,' meddai Martin. 'Jest gofyn: ydi Gerry yna. A phetawn i'n dweud na, mi fyddai hithau wastad yn dweud y byddai hi'n ffonio'n ôl yn nes ymlaen. Mi wnes i ofyn am ei henw unwaith, fel y gallwn i roi neges, ond mi ddwedodd hithau y basai o'n gwbod pwy oedd wedi ffonio. Wedi priodi, mae'n debyg,' ychwanegodd yn ddoeth, 'a Pope oedd ei thamaid dros ben.'

'Oedd 'na rywbeth arbennig ynglŷn â'i llais?'

'Dim ond mai Gwyddeles oedd hi,' meddai Martin. 'Ie, Gwyddeles yn ddi-os.' Cymerodd lymaid o'i de. 'Dydach chi ddim yn meddwl ei bod hi wedi gwneud amdano, ydach chi? Un o'r creims pasionél 'na?'

'Go brin,' meddai Roper. 'Ond mi fasai'n werth cael gair â hi. Pryd ffoniodd hi ddiwetha?'

'Rhyfedd i chi ofyn hynna,' meddai Martin. 'Pnawn dydd Llun, tua pump o'r gloch. Doedd hi ddim wedi ffonio yma ers misoedd, ddim ers iddo fo symud allan. Ond mi wnaeth bnawn Llun. Roedd hi wedi ffonio'i swyddfa a gadael neges ar ei beiriant ateb yn gofyn iddo'i ffonio hi'n ôl. Mi ddwedodd ei bod wedi ffeindio'i lyfr nodiadau. Rhywbeth i'w wneud â'i fusnes. Roedd hi'n meddwl ei bod hi'n bwysig iddo wbod lle'r oedd o.'

'Ddwedaist ti mo hynny wrtha i ddoe,' meddai Rodgers.

'Wnaethoch chi ddim gofyn, yn naddo?' atebodd Martin, gan suddo'i drwyn i'w fẁg drachefn.

Gwnaeth Roper yr un fath, gan gofio bryd hynny iddo glywed llais Gwyddeles ar beiriant ateb Pope, yn gofyn iddo'i ffonio hi yn ei gwaith. Doedd y peth ddim wedi ymddangos yn bwysig ar y pryd, ond nawr roedd yn edrych yn bwysig iawn, oherwydd roedd y ddynes hon, pwy bynnag oedd hi, wedi chwarae rhan flaenllaw ym mywyd Pope yn ystod y misoedd diwethaf.

'Wyt ti'n siŵr ei bod hi wedi dweud y geiriau "llyfr nodiadau"?'

'Yn berffaith siŵr,' meddai Martin, gan grychu'i dalcen mewn ymgais i gofio rhagor. ' "Llyfr nodiadau bach coch", dyna ddwedodd hi. Roedd hi'n poeni rhag ofn y byddai o'i angen o ac yn meddwl ei fod o wedi'i golli.'

Gwybu Roper drwy'r amser y byddai Pope yn siŵr o

fod wedi cadw cofnodion o ryw fath. Doedd o ddim wedi meddwl y gallasai'r cofnodion hynny fod yn rhai symudol, rhywbeth y gallai Pope ei gadw yn ei boced.

'Welaist ti Pope efo llyfr bach coch ryw dro, Lennie?'

'O bryd i'w gilydd,' meddai Martin. 'Welais i 'rioed y tu mewn iddo, cofiwch. Mi fyddai'n ei dynnu o allan pan oedd o isio iwsio'r ffôn, fel rheol.'

'Glywaist ti o'n siarad ar y ffôn o gwbwl?'

'Dweud fyddai o mai galwadau preifat oedden nhw. Mi fyddai wastad yn mynd â'r ffôn i'r stafell fach gefn ac yn cau'r drws ar ei ôl.'

'Beth am y ddynes 'ma? Welaist ti hi o gwbwl?'

'Dim ond o bell,' meddai Martin. 'Alla i ddim bod yn siŵr mai hi oedd y ddynes ar y ffôn, wrth reswm. Ond deirgwaith neu bedair mi welais i o efo'r un ddynes. Yn sgwrsio. Roedd o ar gefn ei fotor-beic a hithau ar y pafin, fel petaen nhw wedi digwydd taro ar ei gilydd.'

'Fedri di'i disgrifio hi, wyt ti'n meddwl?'

Sugnodd Martin ar ei ddannedd yn feddylgar. 'Bryd tywyll. Cyffredin. Dim byd neilltuol ynglŷn â hi. Tua pum troedfedd chwe modfedd, mae'n siŵr gen i. Ddwywaith pan welais i hi roedd hi'n gwisgo côt law las golau — efo belt. Gwallt neis hefyd. Llaes, wyddoch chi. Oddeutu tri deg wyth i ddeugain oed.'

Roedd o'n well disgrifiad o'r hanner nag roedd Roper wedi meiddio gobeithio'i gael, a gofynnodd iddo'i hun tybed a oedd o'n ffitio un Mrs Barr, y ddynes oedd yn gweini ar fyrddau yn nhŷ bwyta'r Blue Bird. Roedd cipolwg sydyn ar DS Rodgers yn ddigon i gadarnhau bod hynny'n debygol.

'Pryd gwelaist ti Pope ddiwetha i siarad ag o, Lennie?'

'Wythnos ddiwetha,' meddai Martin. 'Dydd Llun. Pan ddaeth o â'i deli i mewn. Mi ges i olwg iawn arni, a ffeindio fod y gylchedd dderbyn wedi mynd yn ffliwt. Mi driais i gysylltu ag o ynglŷn â'r peth fwy nag unwaith, ond y cwbwl ges i bob tro oedd ei blydi peiriant ateb.'

'Beth am cyn hynny?'

'Rhyw fis yn ôl. Ond ddim i siarad ag o. Y tro hwnnw oedd yr ail neu'r drydedd waith imi'i weld o efo'r ddynes 'na. A chyn hynny Dydd Calan oedd hi. Roedd rhywun wedi rhoi cweir iawn iddo. Llygad du, gwefus wedi'i thorri, andros o grasfa.'

'Cariad ei gyn-wraig, ie ddim?'

'Dyna ddwedodd Pope. Mwy na thebyg ei fod o'n gofyn amdani, cofiwch. Hen ddiawl cas oedd o ar ôl peint neu ddau.'

'Ddwedodd Pope wrtha ti mai cyn-blismon oedd o, Lennie?'

Bu ond y dim i Martin dagu ar ei gegaid te. 'Blydi hel,' meddai. 'Fo? Roedd o'n fwy o grwc o'r hanner na fûm i erioed!'

Ac roedd hynny, yn ôl pob tebyg, yn gystal disgrifiad o gymeriad Pope ag unrhyw un.

Cytunai'r Prif Gwnstabl Cynorthwyol â Roper. Rywfodd neu'i gilydd roedd yn rhaid perswadio'r Wyddeles, cyfeilles Pope, i ddod ymlaen. Anfonwyd adroddiad wedi'i baratoi ar fyr rybudd i'r gorsafoedd radio a theledu yn datgan bod yr heddlu bellach yn ystyried marwolaeth Pope fel digwyddiad amheus, ac yn erfyn ar i unrhyw un a allai roi cyfrif o oriau olaf yr ymadawedig, gysylltu â nhw.

'Mr Docker?' gofynnodd Roper, gan ddangos ei gerdyn gwarant. Roedd hi'n saith o'r gloch yr hwyr a Rodgers ac yntau'n galw ar y gyn-Mrs Pope unwaith yn rhagor.

'Ie,' meddai'r dyn yn wyliadwrus, gan graffu'n fanwl ar y cerdyn.

'Pwy sy 'na?' galwodd Mrs Pope o'r gegin.

'Polîs,' galwodd Docker dros ei ysgwydd. 'Be yn union 'dach chi isio?' gofynnodd yn sarrug, gan droi'n ôl at y ddau heddwas.

'Dim ond gair, syr,' meddai Roper. 'Gwneud ymholiadau ydan ni i farwolaeth cyn-ŵr Mrs Pope.'

'Mynd i ryw drafferth garw, ydach chi ddim?' grwgnachodd Docker, gan agor y drws yn lletach a disgwyl tra oedd Roper a Rodgers yn sychu'u hesgidiau ar y mat. 'O ystyried mai dim ond syrthio oddi ar ei fotor-beic ddaru o.' Fel Pope, llabwst o ddyn milain yr olwg ydoedd, yn gwisgo slipers a'i grys yn llydan agored dros ehangder o fest wen.

'O, chi sy 'na, Mr Roper,' meddai llais Mrs Pope o ddrws y gegin. Roedd hi'n sychu ei dwylo â lliain. 'Ga i gynnig paned o de neu rywbeth i chi?'

'Fyddwn ni ddim yma'n hir,' meddai Roper. 'Ond diolch i chi, 'run fath.'

'Mi fydda i efo chi yn y munud,' meddai hi, gan droi i ffwrdd drachefn. 'Wrthi'n rhoi'r tatws yn y popty ydw i.'

Hebryngodd Docker hwy i'r lolfa a cherdded ar draws yr ystafell i droi sain y teledu i lawr. Roedd sigarét yn mudlosgi mewn blwch llwch ar fraich y gadair ac roedd hi'n amlwg iddo fod yn eistedd ynddi i wylio rhyw gêm gwis ddi-nod.

'Efo pwy ydach chi isio siarad?' gofynnodd, gan godi'r sigarét fyglyd. 'Fi 'ta Dolly?'

'Y ddau ohonoch chi, a dweud y gwir, syr,' meddai Roper. 'Ond falle y byddai'n bosib i ni'n dau gael gair bach yn gynta. Rydan ni'n deall ei bod hi wedi mynd yn ddrwg rhyngoch chi a Mr Pope y tu allan i dŷ tafarn, wedi bod yn cwffio yn y maes parcio. Ydi hynny'n wir?'

Cododd Docker ei ysgwyddau reslwr. 'Roedd o'n gofyn amdani.'

'Sut felly?'

'Mi aeth Dolly a minnau o dafarn i dafarn i drio'i osgoi o. Roedd o'n ein dilyn ni ar y blydi beic 'na. Ble bynnag y bydden ni'n mynd, mi fyddai yntau'n troi i fyny ryw ddau funud yn ddiweddarach. Ond, y lle diwetha'r aethon ni, roedden ni'n meddwl ein bod ni wedi'i golli o.

Yna, tua pum munud i hanner nos, dyma fo'n dod i mewn. Mi ordrodd gwrw, yna cerdded ar draws aton ni ac eistedd i lawr wrth ein bwrdd ni a dechrau dweud hen bethau cas a ffiaidd am Dolly wrtha i. Siarad yn ei gŵydd hi fel pe bai hi ddim yna. Wel, erbyn hyn roedden ni wedi cael llond bol a dyma ni'n penderfynu mynd. Y cwbwl roedden ni wedi edrych ymlaen ato oedd cael noson fach dawel allan ond roedd o wedi difetha popeth efo'i hen wep hyll yn troi i fyny ym mhobman. Mi aethon ni allan a cherdded i'r maes parcio. Wedi inni gyrraedd, mi ffeindion ni fod ei feic o wedi'i barcio reit o flaen 'y nghar i a fedrwn i ddim tynnu allan. Mi ddwedais wrth Dolly am fynd i mewn i'r car tra o'wn innau'n mynd yn ôl i'r dafarn i wneud iddo ddod allan i'w symud. Ond pan drois i rownd, roedd o'n sefyll reit tu ôl i mi.

'Mi ddwedais wrtho am symud y beic neu mi faswn i'n ei symud o fy hun, gan fygwth gyrru'r car drosto fo yn y fargen. Mi ddwedodd yntau y basa fo'n licio 'ngweld i'n trio. Wel, mi afaelais yn y beic, ac mi gydiodd Pope yno' i ac mi rois innau swaden iddo. Wel, dim ond hyn a hyn mae dyn yn gallu'i ddiodde, yntê? Mi trawodd fi'n ôl, ac mi aethon ni 'mlaen o fan'na. Mi faglais i unwaith a thra oeddwn i ar lawr dyma fo'n trio cicio 'mhen i mewn, ac mi fasai wedi gwneud hefyd heblaw bod Dolly wedi'i beltio fo efo'i bag. Mi godais ar 'y nhraed a mynd ati i'w bannu o go-iawn. Peth gwirion i'w wneud, wrth gwrs, ond fel dwedais i, roedd o'n gofyn amdani. Wedi i mi'i lorio fo, mi symudais y beic a gyrru'n ôl i fan'ma.'

'Wedi meddwi'r oedd o?'

'Doedd o ddim yn dangos,' meddai Docker. 'Ond un fel'na oedd o; po fwya roedd ganddo fo'n nofio yn ei du mewn, mwya sad ar ei draed roedd o'n mynd. A chyn i chi ofyn, y cwbwl ro'n i wedi'i gael oedd pedwar hanner peint, ac mi adewais i'r rhan fwyaf o ddau o'r rheiny ar ôl wrth geisio'i osgoi o pan adawson ni'r llefydd eraill.'

'Welsoch chi o ar ôl hynny o gwbwl?'

'Dim unwaith,' meddai Docker. 'Pan adewais i o'r tro hwnnw, mi ddwedais i wrtho petawn i'n ei weld o fewn decllath i Dolly, y baswn i'n gwneud yn siŵr na cherddai o ddim am chwe mis. Os 'dach chi isio gwbod sut un oedd o mewn gwirionedd, mi ddylech chi siarad â Dolly.'

'Fedrwch chi ddweud wrtha' ni lle'r oeddech chi nos Lun, Mr Docker?' gofynnodd Roper. 'Rhwng wyth o'r gloch a hanner nos, dwedwch?'

'Fan hyn roedd o,' meddai Mrs Pope, o ymyl y drws y tu cefn iddo.

'Ie,' meddai Docker.

'Trwy gydol y gyda'r nos?'

'Mi ddaeth yn ôl yma toc wedi naw o'r goch,' meddai Mrs Pope — roedd Roper yn dal i feddwl amdani fel Mrs Pope. Roedd hi wedi dod i sefyll wrth ochr Docker, ei hosgo yn ffyrnig amddiffynnol.

'Aethoch chi ddim allan wedyn?'

'Dim ond am ychydig funudau,' meddai Docker. 'Picio yn y car i'r siop ddiod leol i brynu sigaréts.'

'Faint o'r gloch oedd hynny?'

'Rhyw ugain munud wedi deg.'

'Ac roedd o'n ôl yma ymhen deng munud,' meddai Mrs Pope.

'Ydi hynny'n gywir, Mr Docker?'

'Hyd y galla i gofio,' meddai Docker.

'Rydach chi'n siarad ag o fel petai o wedi gwneud rhywbeth,' meddai Mrs Pope gan roi'i phig i mewn drachefn.

'Mi fu'ch cyn-ŵr farw dan amgylchiadau amheus, Mrs Pope,' meddai Roper. 'Rydan ni'n gorfod holi ac ymchwilio i nifer o bosibiliadau. Mae'n ddrwg gen i, ond mae'n rhywbeth y mae'n rhaid i ni ei wneud. I ba siop ddiodydd aethoch chi, Mr Docker?'

'I Bannerman's,' meddai Docker. Roedd yn dechrau cynhyrfu nawr wrth i'r posibilrwydd y gallai o gael ei amau o fod yn gysylltiedig â marwolaeth Pope suddo i mewn. 'Mi allwch chi fynd draw yno i ofyn, os liciwch chi. Troi i'r chwith wrth y drws ffrynt, yna cymryd y tro cynta ar y dde. Maen nhw'n 'y nabod i.'

'Pa fath o amgylchiadau amheus?' gofynnodd Mrs Pope, gan dorri i mewn eto bron cyn i Docker orffen siarad. 'Ddoe, mi ddwedsoch chi mai damwain oedd hi.'

'Mi dorrwyd pen eich cyn-ŵr i ffwrdd, Mrs Pope. Rydan ni'n bur sicr erbyn hyn iddo gael ei lofruddio.'

O'r diwedd fe ddangosodd hi rywfaint o emosiwn, a chydiodd ym mraich Docker wrth i'w llygaid agor led y pen mewn arswyd. Edrychai Docker yr un mor syfrdan. Roedd yn amlwg nad actio'r oeddynt. Fe fyddai'n rhaid galw yn y siop ddiodydd i gadarnhau alibi Docker, wrth gwrs, ond roedd Roper eisoes wedi dyfalu ei fod yn dweud y gwir ac mai gwastraff amser fyddai hi.

Pennod 8

Toc wedi wyth o'r gloch roedd Roper yn ôl yn y Pencadlys. Dilynodd George Makins o i mewn i'w swyddfa tra oedd yn dal i hongian ei gôt ar y stand gotiau. Roeddent wedi cael ymateb i'r cyhoeddiad yn y wasg.

'Dynes ag acen Wyddelig. Gogledd Iwerddon, ddwedwn i,' meddai Makins. Roedd hi wedi ffonio ddwywaith, am hanner awr wedi chwech ac am hanner awr wedi saith. Roedd wedi ceisio'i pherswadio i siarad ag ef, ond roedd hi wedi mynnu cael siarad â'r prif dditectif oedd yn ymwneud â'r achos. Dywedasai Makins wrthi am ffonio'n ôl am hanner awr wedi wyth. Fel Lennie Martin, clywsai Makins leisiau a sŵn llestri yn y cefndir.

'Oedd hi'n swnio'n ddiffuant?'

'Oedd, dw i'n siŵr o hynny.'

Ni allai Roper ond gobeithio'i bod hi. Roedd gofyn am gymorth drwy gyfrwng y wasg yn nodedig am ddenu galwadau ffug gan bobl a gâi ryw gic allan o weld yr heddlu'n cael eu hanfon i bob cyfeiriad ar unwaith. Ond y tro hwn, un person yn unig oedd wedi galw. Gwyddeles, a doedd y gair Gwyddeles ddim wedi'i grybwyll o gwbl yn y datganiad swyddogol. Roedd yn debygol hefyd mai gweinyddes oedd hi, fel y tybiasai Lennie Martin. Roedd Rodgers, hefyd, yn ei daith o amgylch tai bwyta Dorchester, wedi dod ar draws gweinyddes o Wyddeles yr oedd ei disgrifiad yn ffitio'r ddynes roedd Martin wedi'i gweld ar fwy nag un achlysur yng nghwmni Pope. Ac, os mai'r un ddynes oedd y merched yma, mwy na thebyg fod llyfr nodiadau Pope ganddi yn ei bag llaw y funud hon, ac fe roesai Roper y byd am gael cip ar y llyfr bach hwnnw.

Am hanner awr wedi wyth ar ei ben canodd y ffôn. Trodd ei dâp-recordydd ymlaen â'r naill law a chodi'r derbynnydd â'r llall. Gan ddefnyddio'r ffôn arall ar ben arall y ddesg, deialodd Makins rif ffôn tŷ bwyta'r Blue Bird yn ddistaw.

'Noswaith dda,' meddai Roper. 'Yr Uwcharolygydd Douglas Roper yma. Sut alla i'ch helpu chi?'

Bu ysbaid hir o ddistawrwydd, gyda sŵn llestri a sosbenni yn torri ar y tawelwch o bryd i'w gilydd, y synau cegin roedd Martin a Makins wedi'u clywed. Cododd Makins ei law a rhoi arwydd bawd ar i lawr. Roedd y llinell ffôn i'r Blue Bird yn brysur.

'Helô,' meddai Roper drachefn yn dawel, gan ymdrechu'n galed i ennill ei hymddiriedaeth cyn iddi golli'i hyder a rhoi'r ffôn i lawr. 'Oes 'na rywbeth yr hoffech chi 'i ddweud wrtha i?'

Clywodd hi'n tynnu'i hanadl yn sydyn. 'Chi ydi'r dyn sy'n ymchwilio i ddamwain Gerry?'

'Ie,' meddai. Roedd Martin yn llygad ei le. Gwyddeles o Ogledd Iwerddon oedd hi, isel ei llais, ond yn meddu ar acen y gallech ei thorri â chyllell.

'Mae gen i rywbeth oedd yn perthyn iddo fo. Llyfr bach. Efo lot o rifau ffôn ac ati ynddo. Wn i ddim beth i'w wneud ag o rŵan.' Ochneidiodd yn hir. Clywodd Roper hi'n llyncu'i phoer. Dilynodd ysbaid arall o ddistawrwydd. 'Mae'n ddrwg gen i,' meddai, gan snwffian. 'Dw i wedi f'ypsetio'n ofnadwy.'

'Dw i'n siŵr eich bod chi,' meddai Roper, gan ganiatáu saib arall. Yn y cefndir gallai glywed sŵn tebyg i foron yn cael eu torri ar fwrdd. 'Beth am i ni gwrdd yn rhywle am sgwrs fach?' awgrymodd yn obeithiol wedyn. 'Dw i'n siŵr y gallech chi fod o help mawr i ni.'

Distawrwydd arall. Ewyllysiodd hi i beidio â rhoi'r ffôn i lawr.

'Mi bostia i o i chi.'

'Mi allai fynd ar goll yn y post, yn gallai?'

'Petawn i'n cael eich cyfeiriad chi — '

'Mi fasai'n well tasen ni'n gallu cwrdd yn rhywle,' meddai, gan dorri ar ei thraws cyn iddi fynd yn rhy hoff o'r syniad o bostio'r llyfr. 'Mi fasai hynny o help mawr i ni ac mi faswn i'n licio cael ychydig funudau i sôn am Gerry. Allwn ni wneud hynny, 'dach chi'n meddwl?'

'Ylwch, mae'n rhaid i mi fynd,' meddai hi. 'Ffonio o 'ngwaith ydw i. A dw i'n andros o brysur.'

'Rhowch eich rhif ffôn i mi ac mi'ch ffonia i chi'n ôl.'

Saib hir arall.

'Na,' meddai. 'Na, mi fasai'n well gen i beidio.'

'Beth am i mi'ch codi chi ar ôl ichi orffen gweithio?'

'Na,' meddai. 'Dydi hynny ddim yn bosib, chwaith. Rhaid i mi fynd rŵan, wir.'

'Plîs,' erfyniodd arni, cyn iddi allu torri'r cysylltiad. 'Mi ddo i i'ch cyfarfod chi ar 'y mhen fy hun ac wna i ddim sgrifennu dim byd i lawr. Wna i ddim gofyn am eich enw hyd yn oed — dw i'n addo. Dim ond llyfr nodiadau Gerry a phum munud o'ch amser. Gewch chi ddweud pa bryd ac ymhle. Jest rhyngoch chi a fi fydd hyn. Chi ydi'r unig un a all ein helpu ni, yn ôl pob golwg. Wnewch chi hynny?'

Galwodd rhywun yn y cefndir am ddwy stecen.

'Mae'n rhaid i mi fynd,' meddai, ei llais yn dynodi'i bod hi'n ysu am gael rhoi'r ffôn i lawr. 'Wir, mae'n rhaid i mi.' Daeth rhagor o sŵn platiau. 'Fory,' meddai'n swta, pan oedd Roper ar fin rhoi'r ffidil yn y to. 'Y lôn fach gul lle'r oedd swyddfa Gerry — '

'Mi wn i amdani.'

'Tua deg o'r gloch. Mi fydd yn rhaid i mi fynd allan yn y bore i nôl neges. Mi'ch gwela i chi'n fan'no. Mi ddo i â'r llyfr bach.' Daeth clic sydyn ac aeth y lein yn farw.

Gwasgodd Roper fotwm y crud yn gyflym a deialu rhif bwyty'r Blue Bird.

Fe'i hatebwyd gan yr un llais tawel Gwyddelig, a phasiodd y derbynnydd i Makins.

'Sori,' meddai Makins. 'Rhaid 'mod i wedi deialu'n anghywir. Mae'n ddrwg gen i.' Rhoddodd y derbynnydd yn ôl i Roper a gosododd yntau o'n ôl ar ei grud.

'Roedd Rodgers yn iawn, felly?'

'Oedd, dw i bron yn sicr,' meddai Roper. Unwaith eto doedd o ddim yn gam sylweddol ymlaen, ond os na ddeuai'r Wyddeles i Jubilee Walk am ddeg o'r gloch bore fory, o leiaf roedd gan Roper syniad go dda ble i ddod o hyd iddi pe byddai angen.

Awr yn ddiweddarach roedd Makins ac yntau ar eu ffordd yn ôl i Appleford, i weld Mr Craven y brocer stoc y daethpwyd o hyd i rif ffôn ei swyddfa ar bad blotio Gerry Pope. Ers iddi ddechrau nosi roedd y glaw trwm didostur wedi dychwelyd unwaith yn rhagor, a phistylliai i lawr ar do'r car gan lifo i lawr y sgrin wynt fel gelatin yn toddi. Edrychai fel petai'r tywydd wedi cau i mewn am y nos.

Daethant i Furzecroft. Heno roedd y giât dan y bwa ar agor gan ganiatáu i Makins yrru'n syth ymlaen bron at y drws ffrynt a pharcio y tu ôl i Fercedes lliw arian a safai wrth waelod y grisiau cerrig.

Dringasant allan yn gyflym a rhedeg yr ychydig lathenni i fyny'r grisiau i gysgod y feranda. Ar wahân i lamp-goets gerllaw'r drws ffrynt a llygedyn o olau y gellid ei weld drwy banel gwydr y drws, roedd y tŷ mewn tywyllwch.

Bu'n rhaid i Makins bwyso'i fawd deirgwaith ar y botwm cyn cael ymateb o'r diwedd i sain y gloch. Yn sydyn trodd y llygedyn golau yn olau disgleiriach. Yna gellid gweld cysgod dyn yn dod ac yn oedi i gynnau golau'r cyntedd cyn agor y drws a sefyll yno yn ei ŵn gwisgo du.

'Ie?' cyfarthodd y dyn yn flin. 'Be 'dach chi isio?'

'Mr Craven, ie, syr?'

'Ie.' Gŵr main, hunanhyderus ydoedd, ac roedd ganddo dywel pinc gwlanog o gwmpas ei wddw dan goler y gŵn gwisgo. Roedd ei wallt yn wlyb a'i fferau gwynion noeth yn weladwy uwchben pâr o slipers lledr di-sawdl. Roedd hi'n amlwg eu bod wedi cyrraedd ac yntau yn y gawod.

'Heddlu, syr,' meddai Roper, gan ddangos ei gerdyn gwarant a'i gyflwyno'i hun a Makins. 'Gwneud ymholiadau ydan ni i farwolaeth gŵr o'r enw Mr Gerald Pope.'

Bu distawrwydd am ennyd, ennyd rhy hir. Yng ngolau'r lamp-goets trodd wyneb Craven yn wyliadwrus yn sydyn, ond diflannodd yr edrychiad ymhen eiliad neu ddwy.

'Dydi'r enw'n golygu dim i mi,' meddai'n swta, ar ôl taflu cipolwg brysiog ar y cerdyn. 'Mae'n ddrwg gen i.'

'Mi ddaethon ni o hyd i'ch enw a'ch rhif ffôn ar bad yn ei swyddfa, syr,' dyfalbarhaodd Roper, gan helaethu fymryn ar y ffeithiau. 'Meddwl oedden ni falle'ch bod chi wedi gwneud busnes ag o.'

'Wela i,' meddai Craven, gan ochneidio'n flin yn wyneb dyfalbarhad penderfynol Roper. 'Wel, well i chi ddod i mewn 'ta. Mae hi'n blydi rhewi allan yn fan'ma.'

Symudodd o'r neilltu wrth iddynt sychu eu traed ar fat y drws, yna'u harwain i'r lolfa lle bu Roper yn siarad â gwraig Craven a Mrs Chance y bore hwnnw. Safai gwydryn wisgi gwag a phlât brechdanau llawn briwsion ar un pen i'r bwrdd coffi.

'Mi ddwedson ni wrth Mrs Craven y bydden ni'n galw heno, syr,' meddai Roper, i dorri'r iâ ychydig.

'Dw i ddim wedi'i gweld hi heno 'ma,' meddai Craven. Safai yn ymosodol ger y lle tân, ei ddwylo wedi'u stwffio i bocedi'i ŵn gwisgo. 'Mae hi allan yn rhywle. Be ddwedsoch chi oedd enw'r boi 'na?'

'Pope, syr,' meddai Roper. 'Gerald Michael Pope. Fo oedd y beiciwr modur gafodd ei ladd draw ar y ffordd 'cw'r noson o'r blaen.'

'Ie, mi glywais i am hynny,' meddai Craven yn swta. 'Ond dw i'n dal ddim yn nabod y dyn. Mi ddwedsoch chi fod f'enw a'm rhif ffôn ar bad sgrifennu?'

'Pad blotio, syr,' meddai Roper.

Syllai Craven i lawr ar ei draed yn fyfyriol gan wthio'i wefus isaf allan, fel petai'r ffaith fod ei enw ar bad blotio, yn hytrach nag ar bad ysgrifennu, yn gwneud byd o wahaniaeth. 'Na,' meddai o'r diwedd. 'Dydi o ddim yn canu cloch. Sonioch chi rywbeth am fusnes?'

'Rhif ffôn yn Llundain oedd o, syr.'

'O, mae hynny'n wahanol,' meddai Craven, ei hwyl yn newid yn sydyn a chynnil i un o fod yn awyddus i gynorthwyo, fel petai wedi gweld y ddihangfa roedd Roper yn ei chynnig iddo. 'Os oedd o'n rhywbeth i'w wneud â 'musnes i, mi alla i ffeindio hynny allan yn ddigon rhwydd. Dowch efo fi,' meddai, gan frasgamu heibio iddynt, allan o'r ystafell ac ar draws y cyntedd i ystafell arall gerllaw'r gegin dywyll. Ymestynnodd ei law heibio i bostyn y drws am y swits golau, ac aethant i mewn.

Stydi oedd yr ystafell, wedi'i charpedu'n foethus a chyda desg hardd hynafol ger y ffenestr lydan, un pared wedi'i leinio â silffoedd llawn llyfrau, a chonsol cyfrifiadur yn sefyll yn erbyn y pared gyferbyn. Cododd Craven y gorchudd llwch oddi ar y cyfrifiadur a'i allweddell a tharo cyfres o switsys. 'Modem,' eglurodd. 'Mae'n fy nghysylltu i'n syth â chyfrifiadur y swyddfa yn Llundain. Fydda i ddim chwinciad.'

Gloywodd y sgrin yn wyrdd. Gwyliodd Roper a Makins wrth i Craven dapio rhif ffôn ei swyddfa ar y pad rhifau ar allweddell y cyfrifiadur, er taw'r dyn yr oedd

Roper yn ei wylio'n bennaf. Roedd hi'n rhyfedd, a dweud y lleiaf, fod ei agwedd wedi newid mor sydyn o fod yn elyniaethus i fod yn barod i helpu. A digwyddasai'r newid hwnnw wedi i Roper egluro mai rhif Craven yn Llundain oedd ar bad Pope. Tybed, meddyliai, a fyddai wedi bod mor barod i helpu petai'r rhif hwnnw wedi cysylltu'r galwr â Furzecroft, ei gartref? Roedd yn amau hynny rywsut. A phan oedd wedi crybwyll enw Pope ar garreg y drws gynnau, roedd o'n weddol sicr fod Craven wedi'i adnabod, ac erbyn hyn roedd yn fwy sicr nag erioed oherwydd ar hyn o bryd roedd Craven yn chwarae rhan ac yn cogio hynny fedrai.

Rholiai stribed o enwau i fyny'r sgrin. Mwmiai Craven hwy'n uchel wrth iddynt ddod i'r golwg, gan grychu'i aeliau wrth ganolbwyntio.

'Peters . . . Peterson . . . Pinto . . . Potter . . . Ond dim Pope chwaith.' Gwasgodd un o'r botymau a stopiodd y rhestr enwau ar y sgrin gyda Pinto ar frig y rhestr a Potter ar y gwaelod, ynghyd â manylion eu cyfranddaliadau a'u gwerth unigol yn ôl prisiau terfynol y farchnad stoc y prynhawn hwnnw. Roedd y meistri Pinto a Potter yn amlwg yn wŷr bonheddig cefnog iawn, ac yn sicr mewn cynghrair llawer iawn uwch na Pope. 'Falle mai jest holi ynglŷn â thelerau roedd o,' awgrymodd Craven yn glên. 'Byddwn ni ddim ond yn cadw cofnod o'r rhai sy'n prynu. Gallai fod wedi nodi f'enw i lawr am mai hwnnw ydi'r enw cynta yn y bartneriaeth: Craven a Helibron. Oedd ganddo arian i'w buddsoddi, y Pope 'ma?'

'Nac oedd, syr,' meddai Roper. 'Ddim hyd y gwyddon ni. Newydd ddechrau fel ditectif preifat oedd o. Roedd ganddo swyddfa yn Dorchester.'

Lledodd Craven ei ddwylo mewn ymgais i ymddiheuro. Edrychai'r un mor ddiffuant ag actor gwael mewn drama neuadd bentref. 'Mae'n ddrwg gen i,' meddai. 'Dydi'r enw'n golygu dim i mi, mae arna i ofn. A ches i erioed ddim byd i'w wneud â ditectifs preifat. Fu erioed angen un arna i.'

Ond nid oedd Roper wedi ei argyhoeddi. Os oedd Craven yn adnabod Pope, doedd o ddim yn mynd i gyfaddef hynny nes gallent ei herio â phrawf pendant o'r ffaith, ac ar hyn o bryd roedd hynny cyn belled i ffwrdd ag erioed.

Fore Iau am ddeg o'r gloch roedd Roper yn loetran yn lôn gul ddi-haul Jubilee Walk. Roedd y glaw wedi peidio o'r diwedd, er bod y dŵr yn dal i ddisgleirio'n dywyll ar y palmentydd ac yn cronni'n byllau seimlyd yn y cwterydd.

Ddwywaith yn ystod y munudau diwethaf roedd dynes mewn côt law las golau ac yn tynnu troli siopa wedi mynd heibio i geg y lôn fach gul a agorai ar y Stryd Fawr. Ar y ddau achlysur taflodd gipolwg i lawr Jubilee Walk, dal llygaid Roper am ennyd a throi draw drachefn yr un mor gyflym, fel petai hi'n ei bwyso a'i fesur ac yn ceisio penderfynu a allai ymddiried ynddo cyn magu'r hyder i ddod ato. Disgwyliai Roper yn amyneddgar, ei gerdyn gwarant yn barod ym mhoced ei gôt law. Aeth y ddynes heibio i ben y lôn unwaith yn rhagor, a'r tro hwn edrychodd yn fwy treiddgar arno. Ar ei ffordd yn ôl, o'r diwedd, trodd i mewn i'r lôn a gwneud ei ffordd yn araf tuag ato rhwng y bolards haearn du, ei throli siopa gwag yn honcian symud dros y cerrig coblog.

Nid gwraig ysgarlad mohoni, dim ond gwraig tŷ gyffredin allan yn gwneud ei siopa. Roedd hi tua deugain oed, yn drwsiadus yr olwg gyda gwallt tywyll hir, ac esgidiau ffasiynol am ei thraed. Yr unig beth nodedig amdani oedd anesmwythder ei hosgo a'i hymarweddiad.

'Bore da,' meddai Roper gyda gwên fach glên, wrth iddi stopio rhyw lathen neu ddwy oddi wrtho. Tynnodd ei gerdyn gwarant allan a'i ddangos. 'Douglas Roper ydw i. Diolch am ddod.'

Camodd y ddynes ymlaen yn wyliadwrus, taro'r bag llaw dan y fraich a dynnai'r troli siopa, ac astudio'r cerdyn yn fanwl. Darllenodd e'n ofalus, gan gymharu wyneb Roper â'r llun a ddaliai yn ei law.

'Mae hi *yn* iawn, yn tydi,' gofynnodd yn bryderus, 'imi beidio rhoi f'enw i chi?'

'Mi liciwn wbod be ydi o, wrth gwrs,' meddai yntau, 'ond yn sicr wna i mo'ch gorfodi chi i'w roi o. Mi ddwedsoch chi fod gynnoch chi rywbeth oedd yn perthyn i Gerry.'

'Oes,' meddai. 'Ei lyfr nodiadau.' Tynnodd ei llaw oddi ar fagl coes y troli siopa ac ymestyn i'w bag llaw. Yr hyn a ddaeth allan oedd llyfr poced, coch a threuliedig, y math roedd Woolworth's yn ei werthu yn eu miloedd, y meingefn wedi'i drwsio â selotâp wedi hen felynu.

Cymerodd ef ganddi, ond nid agorodd ef.

'Fedrwch chi ddweud wrtha i sut y cawsoch chi o?'

'Ei adael o ar ôl bnawn dydd Llun ddaru o.' Llefarai â'r un llais tawel di-anadl ag y gwnaethai ar y ffôn y noson cynt. 'Mi wnaeth ddwy alwad ffôn ac mi adawodd y llyfr ar bwys y ffôn; mi ffeindiais innau o ar ôl iddo fynd, a phan ffoniais i ddweud wrtho, y cwbwl ges i oedd ei beiriant ateb. Mi adewais i neges, ond wnaeth o ddim ffonio'n ôl; yna mi glywais ei hanes ar y radio neithiwr a deall bod yr heddlu'n chwilio am dystion am eu bod nhw'n trin ei farwolaeth fel un amheus, 'dach chi'n gweld. Ro'n i'n mynd i'w rwygo fo'n ddarnau a'i luchio i ffwrdd yn rhywle achos fedrwn i mo'i gadw fo, ac yna dyma fi'n meddwl, wel, wyddoch chi . . . os nad damwain oedd hi, rhaid fod rhywun wedi gwneud amdano fo a'i fod o wedi, wel, cael ei ladd gan rywun, ac fe allai'r rhywun hwnnw fod wedi gwneud busnes ag o, 'dach chi'n gweld. Y peth oedd, roedd o wedi dechrau fel ditectif preifat, ac mae rhywun yn cwrdd â phobol od iawn yn y busnes hwnnw, mi ddwedodd hynny wrtha i fwy nag unwaith, a dyma fi'n meddwl falle y gallai enw'r person fod wedi'i sgrifennu i lawr yn fan'na'n rhywle.'

Yna tawodd yn sydyn, y dagrau'n cronni yn ei llygaid wrth iddi ildio o'r diwedd i'w theimladau, a phlymiodd llaw i mewn i'w bag ac estyn llond dwrn o hancesi papur crychlyd. 'Ro'n i'n ei garu, 'dach chi'n gweld. Ro'n i'n meddwl y byd ohono. Dyn da oedd o. *Andros* o ddyn da. Does gynnoch chi ddim syniad.'

Disgwyliodd Roper yn gydymdeimladol. Amynedd roedd ei angen arno nawr. Os mai dihiryn diegwyddor fu Gerry Pope yn ystod ei oes roedd yna un o leiaf yn galaru ar ei ôl.

'Roedd o'n arfer bod yn blismon ei hunan unwaith,' snwffiodd, gan ddabio'i llygaid ac yna'i thrwyn. 'Sarjant oedd o, dw i'n meddwl.'

'Ie,' meddai Roper. 'Dyna oedd o. Ro'n i'n ei nabod.'

'Wir?' meddai, gan edrych i fyny arno o'r newydd, ei llygaid dagreuol yn disgleirio. 'Wyddwn i mo hynny.'

Roedd hi wedi dod ati'i hun gryn dipyn erbyn hyn. Roedd y ffaith eu bod ill dau wedi adnabod Gerry Pope wedi sefydlu rhyw *rapport*, agosatrwydd bron iawn, rhyngddynt. Synhwyrai hefyd fod angen siarad â rhywun arni, offeiriad, meddyg, dieithryn mewn bws hyd yn oed, unrhyw un a fyddai'n fodlon gwrando arni'n agor ei chalon ac yn arllwys ei thrafferthion. Roedd hi'n briod yn sicr. Gallai weld modrwy briodas drwy ei maneg, a phetai hi'n ddynes yn byw ar ei phen ei hun heb ddim i'w gelu, ni fyddai wedi mynnu eu bod yn cwrdd yn llechwraidd fel hyn. Dynes â chyfrinach oedd hi, a phwysau'r gyfrinach honno'n ormod iddi, yn enwedig nawr a'i chariad yn farw.

'Dw i'n siŵr y gallech chi fod o help mawr i ni, wyddoch chi,' meddai ef, gan geisio achub ar y cyfle i ddefnyddio'r fantais emosiynol y tybiai roedd ganddo drosti nawr. Daeth chwa o wynt oer llaith i lawr y lôn fach gul a chwythu bag plastig gwag roedd rhywun wedi'i daflu o'r neilltu a'i godi'n uchel nes ei fod yn hofran fel parasiwt uwch eu pennau cyn disgyn yn ôl i lawr yn araf i bwll o ddŵr.

'O, wn i ddim,' protestiodd hithau, ond gallai Roper weld ei bod yn gwanhau ac wedi dod ati'i hun yn ddigon da i fentro gwthio'r hancesi poced yn ôl i'w bag.

'Mae 'na gaffi bach rownd y gornel yn fan'cw,' meddai Roper. 'Deng munud. A falle y gwnâi paned o goffi fyd o les i chi. Beth amdani?'

Cymerodd y ddynes gipolwg i fyny'r lôn fach gul, gan bendroni'n bryderus. Yna edrychodd i fyny arno'n ddigalon â'i llygaid coch a dweud, 'Ie. O'r gorau. Ond dim ond deng munud. Wedyn mi fydd yn rhaid i mi wneud fy siopa. Bydd, yn-y-wir.'

Cyrchfan i dwristiaid oedd y caffi bach henffasiwn gyda'i ddistiau isel a'i feinciau derw. Yr adeg hon o'r bore hwy oedd yr unig gwsmeriaid, a chwsmeriaid cyntaf y dydd hefyd, mae'n debyg, a daethpwyd â'u coffi iddynt gan weinyddes yn ei harddegau nad oedd ganddi fawr o ddiddordeb yn ei gwaith. Llifai anwedd i lawr y ffenestri.

Estynnodd Mrs Barr, oherwydd yn sicr ddigon dyna'i henw, i'w bag am becyn o sigarennau a thynnu un allan. Taniodd Roper hi iddi. Yna cynigiodd un iddo ef ond gwrthododd ac estyn un o'i sierŵts ei hunan.

'Ga i ofyn ble ddaru chi'i gyfarfod o?' gofynnodd, gan dynnu blwch llwch gwydr yn nes a'i osod rhyngddynt.

'Yn Birmingham,' meddai'n hiraethus. 'Rhyw ddwy flynedd yn ôl. Er nad cyfarfod wnaethon ni fel y cyfryw. Roedden ni'n cadw caffi bach, y gŵr a minnau. Mi ddaeth Gerry i mewn, yn gynnar yn y bore oedd hi, tua naw o'r gloch. Mi arhosodd yno tan amser cinio, gan dreulio'r bore'n edrych allan drwy'r ffenest. Dechrau efo brecwast o facwn ac wy a threulio gweddill y bore'n yfed coffi. Galwyni ohono. Unwaith mi ofynnodd am gael defnyddio'r tŷ bach, yna mi ddaeth yn ôl a gofyn am chwaneg o goffi. Gwylio'r oedd o, dyna ddwedodd y gŵr, a doedd o ddim yn licio'i olwg o ryw lawer chwaith, roedd o'n edrych fel petai o'n edrych allan am rywun. Felly pan es i i weini arno wedyn, mi wnes i ryw fath o jôc o'r peth a gofyn iddo os mai disgwyl ei gariad oedd o. Rhaid ichi fod yn ofalus wrth ofyn cwestiynau fel 'na, 'dach chi'n gweld, rhag ofn i chi'u hypsetio nhw. Ond roedd o'n edrych braidd yn amheus i minnau, hefyd, a dweud y gwir, ac roedd arna i dipyn o'i ofn. Ond doedd o ddim dicach. Plismon oedd o, meddai. Ac mi ddangosodd ei gerdyn adnabod i mi, tebyg i'r un ddangosoch chi i mi gynnau, efo'i lun arno a phopeth, felly ro'n i'n gwbod fod popeth yn iawn, heblaw nad un o blismyn Birmingham oedd o. Mi wyddwn i hynny achos roedden ni wastad yn cael ditectifs i mewn yn holi am bobol roedden nhw'n chwilio amdanyn nhw. Roedd ganddyn nhwythau gardiau fel yna hefyd, ond efo bathodyn gwahanol.

'P'run bynnag, mi ddwedodd wrtha i fod heddlu Birmingham wedi'i alw fo i mewn i'w helpu nhw achos fyddai neb yno'n nabod ei wyneb. Mi eglurodd fod yr heddlu'n gwneud peth felly weithiau. Gweithio'n gudd oedd o, meddai . . . gwyliadaeth?'

'Gwyliadwriaeth?' awgrymodd Roper.

'Ie,' meddai hi. 'Dyna'r gair. Dyna ddwedodd o roedd o'n ei wneud. Yna ar wyliadwriaeth. Gwylio allan am rywun. Rhywun roedd heddlu Birmingham wedi bod ar ei ôl ers misoedd.'

Oedodd i gymryd ei hanadl, yna cymerodd lymaid o'i choffi a tharo llwch oddi ar ei sigarét i'r blwch llwch.

'Ddaliodd o bwy bynnag roedd o'n chwilio amdano?' gofynnodd Roper.

'O, wn i ddim, ond pan adawodd o mi adawodd ar dipyn o frys. Un funud roedd o yno a'r funud nesa roedd o allan yn y stryd. Y cwbl oedd ar ôl oedd papur pumpunt dan ei soser. Mi groesodd y ffordd ar gymaint o frys fel bu bron iawn iddo gael ei daro i lawr gan gar. Welson ni mono fo wedyn. Wn i ddim i ble'r aeth o. Roedd hi'n amser cinio erbyn hynny, 'dach chi'n gweld, ac roedd hi wedi mynd yn brysur arnon ni.'

'Ydach chi'n meddwl mai gwylio rhyw le arbennig oedd o? Siop neu rywle felly?'

'Doedd 'na ddim byd arbennig yno i'w wylio,' meddai, gan godi'i hysgwyddau'n flinedig. 'Rhyw le wedi gweld dyddiau gwell oedd o. Y rhan fwyaf ohono wedi cael ei glustnodi i gael ei dynnu i lawr. Pan gaeodd y ffatri drydanol i lawr y ffordd mi roeson ni'r ffidil yn y to a symud allan. O fan'no'r oedd y rhan helaetha o'n busnes amser cinio ni'n dod, 'dach chi'n gweld. Roedd pethau wedi mynd mor ddrwg yn y diwedd fel nad oedden ni'n gwneud digon i dalu'r rhent hyd yn oed. Ac roedd y cyfan yn troi'n rêl slym, p'run bynnag. Roedd gas gen i'r lle.'

'Ond mae'n rhaid ei fod o wedi bod yn gwylio rhywbeth, os 'dach chi'n dweud ei fod o yno am bron i deirawr yn edrych allan drwy'r ffenest.'

'Wel, fel dwedais i, doedd 'na ddim byd arbennig yno i'w wylio,' meddai dros ei chwpan. 'Siop ail-law oedd drws nesa i ni ar y naill ochr, a neuadd eglwys ar yr ochr arall; ac roedd y neuadd wedi'i chloi. Bu felly ers blynyddoedd. Un o'r llefydd cenhadol 'na oedd o.'

'Beth am gyferbyn â chi?'

'Fawr ddim byd,' meddai. 'Rhyw fath o weithdy trwsio ceir. Eu hailbeintio a'u gwneud nhw i fyny ar ôl damweiniau. Y math yna o le. A drws nesa i hwnnw, lle gwerthu teiars. Hen lefydd blêr a hyll, y ddau ohonyn nhw. Ro'n i'n falch pan oedd raid i ni symud allan. Oeddwn, wir. Mae hi fel nefoedd i lawr 'ma o'i gymharu â'r hen le ofnadwy hwnnw.'

'A phryd daethoch chi ar draws Gerry wedyn?' gofynnodd Roper.

'Rhyw bythefnos cyn 'Dolig diwetha,' meddai. 'Yma yn Dorchester.'

Fis Awst diwethaf y symudodd hi a'i gŵr o'r caffi, a'r fflat uwch ei ben, ac eisoes roedd y teirw dur a'r gweithwyr dymchwel wedi dechrau ar eu cyrch yn erbyn y gweithdy ceir gyferbyn. Â'r ychydig arian oedd ganddynt, roeddynt wedi symud tua'r de, a mynd i fyw am ddeufis gyda'i chwaer hi ym Mryste tra oedd ei gŵr yn chwilio am waith. Ond doedd dim gwaith i'w gael, ac yn sicr doedd ganddynt mo'r arian i feddwl am agor caffi newydd.

'Felly mi brynodd o un o'r snacbars symudol 'na, rheiny sy'n edrych fel faniau hufen iâ, wyddoch chi. Ar ddydd Mercher mi fyddai'n aros yma ac acw ar fin y ffordd i werthu, ac ar benwythnosau yn parcio y tu allan i un o'r meysydd pêl-droed.' Prin y ceisiai guddio'r diflastod yn ei llais. Gwehilion y busnes arlwyo oedd snacbars symudol yn ei thyb hi, mae'n amlwg; neu efallai mai'i gŵr oedd testun ei diflastod mewn gwirionedd.

'Doedd eich gŵr ddim yn nabod Gerry, wrth gwrs,' meddai Roper.

Ysgydwodd ei phen.

'Ydach chi'n siŵr?'

'Yn berffaith siŵr,' meddai. 'Tasai o'n gwbod, mi fasai'n fy lladd i. Mi fûm i'n ystyried ei adael o ers hydoedd. Roedd Gerry a minnau wedi dechrau chwilio am le, a dweud y gwir.'

'Rhyw droi i fyny wedyn wnaeth Gerry, ie?'

'Yn lle dw i'n gweithio,' meddai. 'Dod i mewn ddaru o un amser cinio a dyma ni'n nabod ein gilydd. Ac mi ddechreuson ni sgwrsio. Wyddoch chi. Ac mi aeth pethau ymlaen o fan'na rywsut. Doedden ni ddim wedi bwriadu i ddim byd ddigwydd. Jest digwydd ddaru o.'

Roedd hi'n dechrau mynd yn emosiynol unwaith yn rhagor a phenderfynodd Roper roi hoe iddi.

'Hoffech chi gael coffi arall?' gofynnodd.

'Os gwelwch chi'n dda,' meddai hi, a thynnodd yntau sylw'r weinyddes oedd wrthi'n ddiwyd yn archwilio cyflwr ei hewinedd ac yn amlwg wedi'i synnu bod cwsmeriaid yn dal yn y lle.

'Mi welsoch chi Gerry ddydd Llun, felly,' sylwodd Roper, wedi i'r weinyddes ddychwelyd i'w lle y tu ôl i'r cownter.

'Do, yn y pnawn,' meddai. 'Ar ddydd Llun y bydden ni'n cwrdd fel arfer. Fydda i ddim yn gweithio tan y gyda'r nos ar ddydd Llun. Gweithio shifftiau o ryw fath ydw i, 'dach chi'n gweld.'

'Faint o'r gloch oedd hi arno'n gadael? Ydach chi'n cofio?'

'Hanner awr wedi pedwar. Tua hynny.'

'A dwedsoch chi iddo wneud cwpwl o alwadau ffôn cyn mynd.'

'Ffonio'r un lle ddwywaith ddaru o,' meddai. 'Y tro cynta doedd y person roedd o isio siarad ag o ddim yno, felly mi ffoniodd yn ôl yn nes ymlaen.'

'Glywsoch chi rywfaint o'r sgwrs ar ôl iddo lwyddo i fynd drwodd?'

'Naddo,' meddai. 'Wnes i ddim. Ro'n i yn y gegin ac yntau yn y lolfa. Ac roedd o wedi cau'r drws.'

Eisteddasant yn ôl wrth i'r coffi gyrraedd ac ychwanegodd y weinyddes y gost at y bil.

'Galwadau pell oedden nhw,' meddai hi, wrth i'r weinyddes eu gadael. 'Rhywun yn Llundain, dw i'n meddwl.'

'Fo ddwedodd hynny wrtha' chi?'

'Ie, dw i'n siŵr mai Llundain ddwedodd o. Ac mi roddodd ddwybunt i mi i dalu amdanyn nhw. Roedd o wastad yn dda iawn fel'na.'

'Fyddai o'n ffonio'n aml o'ch lle chi?'

'Na fyddai,' meddai. 'Ddim yn aml. Jest nawr ac yn y man.'

Gwthiodd y fowlen siwgr yn nes ati. Sylwodd ei bod hi

wedi cadw'i menig am ei dwylo er bod y caffi bach yn gynnes. Efallai, yn ei chyflwr cynhyrfus, iddi anghofio'u tynnu; neu efallai'i bod hi'n dal i geisio celu'i modrwy briodas, er nad oedd yna fawr o bwynt gwneud hynny bellach. Roedd hi'n ddynes gall a syber, meddyliodd, un na fyddai'n ffurfio perthynas â dyn arall ar chwarae bach; ac yn amlwg roedd hi wedi bod yn hoff iawn o Gerry Pope, er mor gyfeiliornus oedd ei syniadau hi amdano.

'Ddwedodd o i ble'r oedd o'n mynd ar ôl eich gadael chi?'

'I'w swyddfa, felly dwedodd o. Roedd o wedi trefnu i weld rhywun. Client, un newydd. Rhywbeth i'w wneud efo hel dyledion. Mi fasai Gerry wedi ennill comisiwn ar hynny. Deg y cant. Newydd ddechrau mewn busnes oedd o, 'dach chi'n gweld. Roedd o'n barod i daclo unrhyw fath o waith.'

'Ddwedodd o pryd y byddai o'n eich gweld chi nesa?'

'Bore heddiw,' meddai hi. 'Ro'n i'n arfer galw i mewn i'w weld o pan oeddwn i'n gwneud fy siopa ganol wythnos. Jest am sgwrs a phaned, wyddoch chi.'

Penderfynodd Roper beidio â phoeni rhagor arni. Gofynnodd hithau iddo pryd y byddai'r angladd yn debygol o ddigwydd; roedd hi wedi bod yn ystyried anfon blodau, yn ddi-enw, wrth gwrs, a phan na allai roi dyddiad iddi dechreuodd y dagrau gronni drachefn. Gadawodd hi'r caffi ychydig funudau o'i flaen, a sicrhaodd yntau hi na fyddai'n ei dilyn.

'Mi wnewch chi'ch gorau i drio ffeindio allan pwy laddodd o, yn gwnewch?' oedd ei geiriau olaf cyn codi ar ei thraed a chydio yn ei bag llaw. 'Mae'n rhaid i mi ofyn, achos fi ydi'r unig un sy'n malio, mae'n debyg.'

'Mi wnawn ni'n gorau,' meddai Roper, gan sefyll ac ysgwyd ei llaw. 'Fe alla i'ch sicrhau chi o hynny.'

'Diolch,' meddai.

Rhoddodd bum munud iddi, yna talodd y bil a

cherdded yn ôl i fyny'r lôn fach gul, heibio i swyddfa Pope ac yna i stryd gefn oddi ar y Stryd Fawr lle'r oedd Rodgers yn disgwyl amdano mewn car yn ymyl amserydd parcio.

'Wnest ti'i nabod hi?' gofynnodd Roper, wrth sicrhau'i wregys diogelwch.

'Mrs Barr o'r Blue Bird,' meddai Rodgers. 'Dim amheuaeth.'

Wedi cyrraedd yn ôl yn y Pencadlys aeth Roper yn syth i swyddfa'r Prif Arolygydd Brake. Roedd Brake yn llewys ei grys ac yn mynd drwy ystadegau damweiniau'r chwarter diwethaf.

'Fu Pope i ffwrdd o 'ma ar ddyletswydd arbennig yn rhywle ryw dro, Charlie?'

'Fel be?'

'Ar wyliadwriaeth gudd i fyny yn Birmingham? Rhyw ddwy flynedd yn ôl?'

'Naddo, erioed,' meddai Brake.

Pennod 9

Llungopïodd Rodgers bob tudalen o lyfr bach coch Pope, ac am yr awr nesaf bu Makins ac yntau wrthi'n brysur yn ystafell y CID yn ffonio hwnt ac yma.

Yn ei swyddfa'i hunan, bodiodd Roper drwy'r gwreiddiol rhacsiog. Roedd hi'n amlwg bod yr enwau a'r cyfeiriadau a'r rhifau ffôn wedi'u casglu dros nifer o flynyddoedd, ac roedd llawer o'r cofnodion cynnar wedi'u croesi allan â phensil neu feiro. Yn amlwg yng nghefn y llyfr roedd enw Lennie Martin, ynghyd â rhifau ffôn ei gartref a'i weithdy. Roedd rhif ffôn tŷ bwyta'r Blue Bird yno yn ogystal, ac wedi'i gromfachu ynghyd â rhif ffôn arall oddi tano, rhif ffôn cartref Mrs Barr, mae'n debyg. Roedd gan garej y Six Ways ac enw Mr Banks dudalen iddynt eu hunain.

Yno hefyd roedd nodiadau mwy cryptig i'w gweld, cofnod o lythrennau cychwynnol enwau nifer o bobl a phob un yn cael ei ddilyn gan un, ac weithiau ddau, rif ffôn. Roedd gan y rhain, hefyd, dudalen iddynt eu hunain, ac o dan bob un roedd rhestr o ddyddiadau a ychwanegwyd fesul un yn fisol, y cofnodion yn cael eu gwasgu fwyfwy at ei gilydd wrth i'r ddalen lenwi. Fe âi rhai o'r rhain yn ôl sawl blwyddyn. Ond yn fwy diddorol oedd y ffaith nad oedd yr un o'r rhestrau dyddiadau wedi'u cychwyn ar *ôl* i Pope adael yr heddlu, felly beth bynnag oedd eu hystyr a phwy bynnag oedd y bobl roeddynt yn cyfeirio atynt, roedd Pope wedi dod ar eu traws tra oedd yn dal i fod yn blismon. Roedd pum rhestr o'r fath, ond roedd llinell bensil wedi'i thynnu drwy dair ohonynt i'w canslo. Gellid tybio'n ddigon rhesymol i'r canslo hyn ddigwydd rywbryd oddeutu'r dyddiad olaf ar y ddalen dan sylw.

Un o'r rhestrau heb eu canslo oedd un yn dwyn y llythrennau MRC ar ben y tudalen, a'r dyddiad cyntaf wedi'i gofnodi oddi tanynt oedd 19 Chwefror 1990, ddwy flynedd yn ôl fwy neu lai, a thua'r adeg y cyfarfu Pope â Mrs Barr am y tro cyntaf yn Birmingham.

Yr hyn a dynnodd sylw Roper wedyn, a gwneud i'w groen bigo, oedd yr uchaf o'r ddau rif ffôn dan y llythrennau. Rhif ffôn Cwmni Craven a Helibron yn Llundain ydoedd. Roedd yn dal i grychu'i aeliau pan ymestynnodd am y ffôn a'i dynnu'n nes ato. Gofynnodd am linell allan a deialu'r ail rif.

Bu'n disgwyl am ryw hanner munud cyn i lais tawel dynes ateb, 'Helô?'

'Mae'n ddrwg gen i'ch trwblo chi, Madam,' meddai. 'Y peiriannydd o'r gyfnewidfa ffôn sy 'ma. Dw i'n cael ar ddeall i chi gwyno ynglŷn â rhyw broblem ar y lein ryw awr yn ôl?'

'Naddo,' meddai â mymryn o acen dramor. 'Nid fi.'

'Nid chi ydi Mrs Jones, felly?'

'Nage,' meddai. 'Sori. Craven yw f'enw i. Rhaid eich bod chi wedi deialu'n anghywir.'

Ymddiheurodd Roper a rhoi'r ffôn i lawr.

Felly doedd Gerry Pope ddim yn ddieithr i Craven; ond pam roedd o mor gyndyn i addef hynny?

Daeth Makins a Rodgers i mewn i'r swyddfa ychydig funudau wedi hanner dydd.

'Wel?' gofynnodd Roper.

'Pobol y bu o'n gwneud busnes â nhw oedden nhw'n benna,' meddai Rodgers.

'A dau wedi cyflawni hunanladdiad,' meddai Makins.

Cododd Roper ei ael.

Chwilotodd Makins drwy'r llungopïau ar ei lin. 'Dw i ddim wedi cael cadarnhad swyddogol i'r cynta eto,' meddai. 'Mi ffoniais i un o'r rhifau roedd Pope wedi'u croesi allan.' Daeth o hyd i'r ddalen roedd yn chwilio amdani a'i gwthio ar draws y ddesg at Roper. Un o'r tudalennau â llythrennau cyntaf enw person ar y top ydoedd, yna rhif ffôn a rhestr o ddyddiadau, y cyfan wedi'i ganslo drwyddo ag un llinell drom. DCW oedd y llythrennau ar ben y papur.

'Wn i ddim am be'r oedd y ddwy lythyren gynta'n sefyll,' meddai Makins, 'ond enw'r dyn oedd Weston. Bu farw dri mis ar ddeg yn ôl. Dwedodd y ddynes sy'n byw yn y tŷ ar hyn o bryd iddi'i brynu o gan weddw Weston. Yn ôl y cymdogion, mi aeth Weston allan yn ei gar un diwrnod a ddaeth o ddim yn ôl. Mi adawodd ei gar mewn maes parcio yn Charnmouth, mynd am dro bach a neidio oddi ar y clogwyni. Wŷr neb eto pam.'

Rhedodd Roper ewin i lawr y rhestr ddyddiadau ar y llungopi a chyfri'n ôl ar ei fysedd. Y dyddiad olaf dan y llythrennau DCW oedd bedwar mis ar ddeg yn ôl, mis fwy neu lai cyn i Mr Weston wneud amdano'i hun.

'Pwy ydi'r llall?'

'Jobling, Mrs,' meddai Rodgers. Didolodd yntau'r ffotogopïau ar ei lin a rhoi un ohonynt i Roper. 'Mary Gwendoline. Mi ges i air â'i gŵr. Mi wnaeth amdani'i hun drwy gymryd coctêl o dawelyddion a fodca. Noson cyn 'Dolig diwetha. Mae'r hen foi'n dal wedi'i ypsetio'n arw.'

Aeth Roper drwy'r rhestr ddyddiadau dan y pennawd MGJ. Roedd Mrs Jobling wedi'i dileu gan Pope rywbryd ar ôl Tachwedd 30 y llynedd, bron union fis cyn iddi lyncu'r cymysgedd marwol.

Daethai Mr Jobling yn ôl o'i waith yn y prynhawn a chanfod ei wraig ar ei hyd ar y gwely. Yn ôl y doctoriaid roedd hi'n farw ers teirawr o leiaf. Ac roedd y rheswm dros ei hunanladdiad yn dal yn ddirgelwch.

'Beth am y tri arall?' gofynnodd Roper.

'Dim byd llawer,' meddai Makins. 'Llinell wedi'i datgysylltu oedd un, un ddim yn ateb, ac mi siaradodd Peter â dynes oedd yn cytuno mai llythrennau cynta enw'i gŵr oedden nhw ond nad oedd hi erioed wedi clywed sôn am Gerry Pope.'

'Beth am yr un nad atebodd?'

'Mi ges i wybod gan y gyfnewidfa mai rhif ym mhentref Appleford oedd o,' meddai Rodgers.

'Rhif ffôn cartref Martin Craven,' meddai Makins. 'Yn ôl y gyfnewidfa.'

'Mi ffoniais i Mrs Craven fy hun,' meddai Roper. 'Rhyw awr yn ôl. Wedi mynd allan yn y cyfamser oedd hi, mae'n debyg.' A diolch am hynny. Fe fyddai Mrs Craven yn debygol o grybwyll dwy alwad ffôn anarferol wrth ei gŵr; efallai y byddai'n anghofio un.

'Beth am y llinell oedd wedi'i datgysylltu?'

'Rhywle yn Dorchester oedd y rhif hwnnw,' meddai Makins. 'JBR oedd y llythrennau. Yn ôl y gyfnewidfa, Rubery oedd ei enw. Mi ofynnodd am i'r ffôn gael ei ddatgysylltu ar y pumed o Chwefror. Dweud ei fod o'n symud tŷ.'

Ymestynnodd Roper ar draws y ddesg a chymryd gan Makins y llungopi o'r tudalen a gyfeiriai at Mr Rubery. Y dyddiad olaf dan lythrennau'i enw oedd y nawfed o Ionawr diwethaf, a hynny fis, felly, o fewn ychydig ddyddiau, cyn i Mr Rubery symud tŷ.

'Be 'di'r cam nesa?' gofynnodd Makins.

'Dw i ddim yn siŵr,' meddai Roper. Roedd angen ychydig funudau arno i feddwl. Gwelai batrwm yn dechrau datblygu o'r diwedd. Roedd llythrennau cychwynnol enwau pump o bobl wedi'u cofnodi yn llyfr nodiadau Pope, pob un â rhestr o ddyddiadau ar ei gyfer. Ac o'r pump yma roedd dau wedi cyflawni hunanladdiad, un wedi symud tŷ, ac un o'r ddau arall oedd Mr Craven, y brocer stociau; ac roedd y dyddiad olaf dan ei enw ef bron union fis yn ôl.

Crafodd ei ên a myfyrio rhagor. Fe allai'r dyddiadau gyfeirio at drefniant i gwrdd, apwyntiadau — rhwng Pope a pherchenogion y llythrennau. Ac os mai dyna oeddynt, beth oedd eu harwyddocâd? Roedd hi'n amlwg mai fesul mis y byddent yn digwydd. Ac fe olygai hynny y dylasai fod gan Martin Craven apwyntiad â Pope rywbryd yn gynharach yr wythnos hon — fel nos Lun ddiwethaf ym maes parcio'r Hanging Man ym mhentref Appleford. A chan i Pope adael ei lyfr nodiadau ar ôl yn nhŷ Mrs Barr y prynhawn hwnnw, nid oedd wedi bod yn bosibl iddo gofnodi'r ffaith.

'Ydi Dave Price yn ôl o'r llys eto?'

'Mi ffoniodd gynnau,' meddai Makins. 'Mae o'n amcangyfri y bydd o'n ôl tua hanner awr wedi hanner.'

'Iawn,' meddai Roper. 'Rŵan, dyma wnawn ni ar ôl cinio . . . '

Cerddodd Roper i fyny llwybr ffrynt y tŷ semi twt ar gyrion Weymouth. Er bod y glaw wedi peidio roedd yr awyr yn dal yn llaith a phob hyn a hyn chwythai gwynt cryf o'r de-orllewin gan ddod ag aroglau gwymon i'w ganlyn. Roedd hi'n tynnu at dri o'r gloch y prynhawn.

'Yr Uwcharolygydd Roper, Mr Jobling,' meddai, gan ddangos ei gerdyn gwarant i'r gŵr tal, gwargrwm, penfoel a atebodd ei ganiad ar gloch y drws. 'Mi ffoniais i'n gynharach.'

Cydiodd Jobling yn y sbectol ddarllen a hongiai o amgylch ei wddw ar gortyn du, a'i gosod ar ei drwyn. Yna, yn wahanol i'r mwyafrif o bobl, cymerodd olwg fanwl ar y cerdyn. 'Iawn,' meddai, wedi'i fodloni. 'Dowch i mewn.'

Roedd y cyntedd yn drewi o aroglau tybaco pibell a holl awyrgylch y lle yn ymddangos yn dywyll a phrudd yng ngolau diflas y prynhawn. Eisteddai cath ar y grisiau yn golchi'i chlustiau.

'Fasech chi'n hoffi paned o de?' gofynnodd Jobling yn obeithiol, gan hebrwng Roper i'w lolfa. Synhwyrodd Roper na fyddai'n gweld llawer o bobl a'i fod yn falch o'r cwmni ac yn benderfynol o wneud y gorau ohono. 'Wrthi'n gwneud un i mi fy hun oeddwn i rŵan.'

Aeth Jobling allan i'r gegin. Tynnodd Roper ei gôt law a'i thaenu dros gefn un o'r cadeiriau breichiau ar bwys y tân nwy. Roedd rhyw naws unig yn perthyn i'r ystafell, rhyw wacter, efallai oherwydd fod yno ormod o ddodrefn ar gyfer un dyn, a gormod o drugareddau benywaidd o gwmpas y lle nad oedd gan Jobling mo'r galon i gael gwared ohonynt.

Daeth yn ôl o'r gegin ymhen dim amser. Roedd yn amlwg wedi paratoi'r tebot a hulio'r llestri ar liain les yr hambwrdd pren ymlaen llaw. 'Steddwch,' meddai, gan wyro a gosod yr hambwrdd ar y bwrdd coffi ger y lle tân.

Eisteddodd Roper yn y gadair freichiau lle'r oedd ei gôt law. Roedd hi'n amlwg mai'r gadair a wynebai'r ffenestr, yr un fwy treuliedig yr olwg, a chyda llyfr agored ar ei braich, oedd sedd arferol Jobling. Ar y fraich arall roedd blwch llwch gwydr a chetyn yn pwyso arno.

'Siwgr?'

'Dwy lwyaid, os gwelwch yn dda, syr.'

Daeth Jobling â'r te ato, ei law grynedig yn achosi i'r cwpan ysgrytian yn swnllyd ar y soser. Roedd yn ei chwedegau diweddar, wedi ymddeol yn ôl pob tebyg, ei ddillad yn rhy fawr i'w ffrâm esgyrnog, fel petai wedi colli pwysau mewn byr amser yn ddiweddar.

Ymddiheurodd Roper am ddarfu ar ei brynhawn.

'Dim o gwbwl,' meddai Jobling, wrth ei ollwng ei hun yn ofalus i'w gadair, yn dal ei gwpan a'i soser yn ofalus ond gan golli peth o'r te i'w soser yr un fath. 'Dw i'n falch o'r cwmni. Weithiau fydda i ddim yn gweld neb i siarad ag o am ddyddiau ar y tro.' Cymerodd lwnc o'i de a gosod ei gwpan yn ôl ar ei soser yn grynedig. 'Mi ddwedsoch chi mai isio trafod rhywbeth ynglŷn â 'ngwraig roeddech chi, dw i'n meddwl.'

'Ie, syr,' meddai Roper. 'Os na wneith hynny'ch ypsetio chi'n ormodol.'

'Wneith o ddim,' meddai Jobling. 'Mae pob dim yn mynd heibio, wyddoch chi. Dyna'r drefn, yntê? Mae gen i hiraeth mawr ar ei hôl hi, wrth reswm, ond mae'n rhaid i rywun gario 'mlaen a gwneud ei orau. Na, dw i ddim yn meindio sôn amdani, dim o gwbwl. Mi fydda i'n meddwl amdani drwy'r amser. Mae rhywun yn gwneud, wyddoch chi. Fyddan nhw byth yn mynd i ffwrdd, ddim mewn gwirionedd.' Dyn tawel ei lais ydoedd, yn foneddigaidd ac yn amlwg wedi cael addysg; prifathro wedi ymddeol, efallai, neu rywbeth o'r fath.

'Ddaru'ch gwraig roi awgrym o gwbwl o'r hyn roedd hi'n bwriadu'i wneud, syr?'

'Naddo,' meddai Jobling. 'Mi wyddwn nad oedd hi ddim yn dda, wrth gwrs, ac yn isel ei hysbryd, ond wnes i ddim dychmygu am eiliad y basai hi'n gwneud peth fel'na. Naddo, erioed.'

'Roeddech chi'n dweud nad oedd hi ddim yn dda, syr. Beth oedd yn bod arni?'

'Dioddef o iselder ysbryd ofnadwy oedd hi,' meddai Jobling yn drist. 'Dod drosti'n sydyn — bron iawn dros nos. Mi lwyddais ymhen hir a hwyr i'w pherswadio hi i fynd i weld y doctor, amryw o ddoctoriaid a dweud y gwir. Mi awgrymodd un y dylai hi fynd i weld seiciatrydd, ond mi wrthododd yn bendant. Gwaethygu wnaeth hi ac yn y diwedd wnâi hi ddim mynd gam o'r tŷ hyd yn oed. Ac mi fyddai'n glanhau ac yn glanhau'r lle 'ma'n ddi-baid, dystio, hwfro, glanhau'r ffenestri. Mi driais ganddi beidio, ond doedd dim yn tycio. Fe ddaeth gwaith tŷ yn rhyw fath o obsesiwn. Mi fyddwn i'n deffro yn ystod y nos weithiau a'i ffeindio hi wedi mynd. Yn amlach na pheidio i lawr y grisiau y byddai hi, yn glanhau rhywbeth neu'i gilydd.'

Aethai pethau o ddrwg i waeth. Cawsai hi dawelyddion gan y meddyg, yna tawelyddion cryfach, yna tabledi cysgu, ond y cyfan yn ofer. Ac wrth i amser fynd heibio fe ddatblygodd agoraffobia mor ofnadwy nes i hyd yn oed mentro allan i'r ardd gefn fynd yn ormod iddi.

'Fu hi yn yr ysbyty o gwbwl?'

'Naddo,' meddai Jobling. 'Mi geision ni i gyd ei pherswadio hi i fynd, ond doedd dim symud arni. Ro'n i wedi mynd i ofni tua'r diwedd ei bod hi'n mynd yn wallgo. Misoedd ofnadwy oedd y misoedd olaf hynny, ac mi fu'n rhaid i mi ddod â 'ngwaith adre o'r swyddfa i mi gael gofalu amdani a chadw cwmni iddi. Ofnadwy iawn.' Tawodd Jobling, ei wyneb yn dynn ac yn welw, a cheisiodd guddio am ennyd y tu ôl i'w gwpan crynedig. 'Roedd hi mor hapus gynt,' meddai wedyn. 'Cyn i'r hen aflwydd 'na ddod heibio iddi.'

'Oedd hi wedi cael problemau o ryw fath? Profedigaeth? Trafferthion ariannol?'

'Nac oedd,' meddai Jobling. 'Dim byd o gwbwl.'

Dywedodd wrth Roper mai cyfreithiwr ydoedd, mewn partneriaeth yn Weymouth, ond ei fod wedi rhyw led-ymddeol ar ôl marwolaeth ei wraig a dim ond dau ddiwrnod yr wythnos y byddai'n eu treulio yn ei swyddfa bellach.

'Methu canolbwyntio, 'dach chi'n gweld. Dw i'n ystyried rhoi'r gorau iddi'n gyfan gwbwl rŵan.' Daeth gwên bell i wefusau'r hen ŵr. 'Dw i am ddechrau mynd i'r afael â'r ardd pan ddaw'r tywydd yn well. Hi fyddai'n morol am hynny. Roedd hi wrth ei bodd yn yr ardd.'

'Ddaru 'na rywbeth arbennig ddigwydd i'w hypsetio hi, Noswyl Nadolig diwetha? Rhywbeth o gwbwl y gallwch chi feddwl amdano?'

Ysgydwodd Jobling ei ben. 'Mi ofynson nhw hynny i mi ar y pryd. Doedd 'na ddim byd. Dim ond fod popeth wedi mynd yn drech na hi. Bywyd wedi mynd yn ormod o boen. *Fedrai* hi ddim cario 'mlaen.'

Gosododd Jobling ei gwpan i lawr ar garreg yr aelwyd ger y tân nwy a chodi ar ei draed. Cerddodd heibio i'r bwrdd coffi a chadair Roper a mynd at flwch gwnïo dan y ffenestr grom. Clywodd Roper ddrôr yn agor, yna'n cau. Daeth yn ôl at gadair Roper a thynnu â'i fysedd esgyrnog ddalen o bapur ysgrifennu melyn wedi'i phlygu o amlen felen. Roedd hi'n amlwg o'r ffordd ofalus a pharchus roedd yn ei thrin fod y ddalen felen yn golygu llawer iawn iddo, a dyfalodd Roper beth ydoedd cyn i'w law gyffwrdd â hi hyd yn oed.

Chwe gair truenus, dyna i gyd oedd ar y papur, yr ysgrifen grynedig, ddigyswllt yn dangos anobaith llwyr gwraig wedi cyrraedd pen ei thennyn emosiynol: Maddau i mi. Rwy'n dy garu. Gwen.

'Doedd 'na ddim byd arall?'

'Dim byd,' meddai Jobling. Cymerodd y nodyn yn ôl, ei blygu'n ofalus a'i roi yn ôl yn yr amlen. Gosododd ef yn ymyl y cloc ar y silff ben tân a dychwelyd i'w gadair.

'Dwedsoch chi i'ch gwraig fynd ar i lawr bron dros nos, syr,' meddai Roper.

'Yn llythrennol,' meddai Jobling, gan bwyso ymlaen a chodi'i gwpan oddi ar yr aelwyd. 'Ar ôl y ddamwain.'

'Damwain?'

Cymerodd Jobling sip o'i de. 'O, doedd hi'n ddim byd mawr.' Cododd ei ysgwyddau'n ymddiheurol. 'Bymper wedi plygu a tholc yn yr asgell flaen. Wnes i ddim trafferthu dweud wrth y cwmni yswiriant hyd yn oed.'

'Oedd 'na gerbyd arall yn gysylltiedig â'r ddamwain, syr?'

'Nac oedd, yn bendant. Sgidio oddi ar y ffordd yn y glaw ddaru hi un gyda'r nos a mynd i'r clawdd. Fel dwedais i, doedd hi fawr o ddamwain, a dweud y gwir. Ond mi gafodd effaith ddychrynllyd arni. Roedd hi'n poeni'n ofnadwy; Duw a ŵyr pam. Yrrodd hi byth ar ôl hynny.'

Daeth awgrym o bosibilrwydd i feddwl Roper. Gwagiodd ei gwpan, ei osod ar ei soser a phwyso ymlaen i'w ddodi ar y bwrdd coffi.

'Fedrwch chi gofio'n union pryd gafodd Mrs Jobling y ddamwain, syr?'

'Medraf,' meddai Jobling. Cododd ar ei draed drachefn, gan osod ei gwpan a'i soser ar y silff ben tân y tro hwn, a gadael yr ystafell. Clywodd Roper ddrôr pren yn cael ei agor a sŵn papur yn siffrwd. Ar ei ben ei hun am ennyd, tynnodd ei lyfr poced allan a chwilio am ddyddiad cyntaf y rhestr ar y llungopi oddi mewn. 12 Gorffennaf 1990. Rhoddodd y llungopi'n ôl yn frysiog wrth glywed y drôr yn yr ystafell nesaf yn cau a Jobling yn llusgo'n ôl yn ei slipers.

'Mi fydda i wastad yn cadw biliau,' meddai Jobling. Gwenodd wên fach drist. 'Mi fyddai Gwen yn tynnu 'nghoes i am hynny byth a hefyd. Gwneud hwyl am 'y mhen i am 'mod i'n cadw cofnod o bob un dim.'

Cymerodd Roper yr anfoneb oddi arno. Enw garej yma yn Weymouth oedd arni. Gosod bymper blaen newydd ac atgyweirio ac ailbeintio'r asgell flaen chwith am gyfanswm o £380. Y dyddiad ar yr anfoneb oedd 14 Gorffennaf 1990, ddau ddiwrnod ar ôl y dyddiad cyntaf yn llyfr nodiadau Pope dan lythrennau cychwynnol Mrs Jobling.

'Allwch chi gofio am ba hyd roedd y car yn y garej, syr?'

'Os ydi o'n bwysig, mi alla i ddweud yn union wrtha' chi.'

'Mi faswn i'n ddiolchgar iawn,' meddai Roper, ac ymlwybrodd Jobling yn ôl drachefn i'r ystafell gefn. Dychwelodd yn gyflym y tro hwn, gan ddal ei fys rhwng cloriau dyddiadur desg fel marc llyfr. Daliodd o'n agored er mwyn i Roper allu darllen y cofnod perthnasol: 'Trefnu i gael trwsio'r car yn Grace a Stokes. Dod i'w nôl Gorffennaf 8.'

Roedd y cofnod wedi'i wneud ar y chweched.

'A damwain eich gwraig, Mr Jobling, pryd oedd honno?'

'Y noson cynt,' meddai Jobling. 'Y pumed felly, yntê?'

'Mae'n ddrwg gen i ddwyn hen atgofion yn ôl, syr, ond allwch chi gofio faint o'r gloch oedd hi pan ddaeth Mrs Jobling adre y noson honno?'

'Yn hwyr iawn,' meddai Jobling. 'Roedd hi bron yn hanner nos, dw i'n meddwl.'

'Wyddoch chi lle'r oedd hi wedi bod?'

'Osmington,' meddai Jobling. 'Wedi bod yn treulio'r noson efo nith oedd hi. Mi ffoniodd fi toc wedi un ar ddeg i ddweud ei bod hi ar fin cychwyn adre — mi fyddai wastad yn gwneud hynny i mi beidio â phoeni.'

Ond roedd Jobling wedi poeni. Doedd Osmington ond ychydig filltiroedd i lawr yr arfordir ac roedd y siwrnai a ddylasai gymryd deng munud yn unig wedi cymryd yn agos i ddeugain.

Tynnodd Roper ei lyfr poced allan ac ysgrifennu: '5 Gorffennaf 90. Osmington — Weymouth tua hanner awr wedi un ar ddeg yr hwyr. Damwain car?' A diolchodd i Dduw am wŷr trefnus fel Mr Jobling a gadwai ddyddiaduron manwl.

Gwyliodd Jobling ef, braidd yn chwilfrydig a dryslyd yn awr. 'Gyda'r parch mwyaf,' meddai, 'dydach chi ddim eto wedi deud wrtha i'n iawn pam ydach chi yma, a pham fod gynnoch chi gymaint o ddiddordeb yn 'y ngwraig ar ôl yr holl amser.'

'Ymchwilio i farwolaeth cyn-blismon ydw i, syr. Na, dydi o'n ddim byd i'w wneud â'ch gwraig,' prysurodd Roper i'w sicrhau. 'Dim ond dydd Llun diwetha y digwyddodd o, ond roedd llythrennau cychwynnol enw'ch gwraig a'ch rhif ffôn chi yma mewn llyfr nodiadau o'i eiddo y daethon ni o hyd iddo.'

'Dw i ddim yn deall — '

'Na finnau chwaith, syr,' meddai Roper. 'Ddim eto. Ddaru'ch gwraig hysbysu'r heddlu ynglŷn â'r ddamwain, syr? Wyddoch chi?'

'Doedd dim angen,' meddai Jobling. Roedd yn ôl yn ei gadair yn awr ac yn cofleidio'i ddyddiadur, y dryswch yn dal ar ei wyneb. 'Fel dwedais i, doedd neb arall yn gysylltiedig â'r ddamwain. Neb ar gyfyl y lle, a dim ond wedi cael sioc oedd Gwen. Os dw i'n cofio'n iawn, aeth hi ddim at y doctor bryd hynny hyd yn oed.'

'Ylwch, syr,' meddai Roper, gan brysuro unwaith yn rhagor i'w sicrhau wrth i ddryswch Jobling ddechrau troi'n bryder dealladwy. 'Doedd gan y busnes yma ddim byd o gwbwl i'w wneud â Mrs Jobling. Dim ond un o nifer o bobol ydi hi sydd â'i henw yn ei lyfr nodiadau: falle iddi barcio'n anghyfreithlon neu rywbeth felly. Fel dwedais i, syr, plismon oedd y dyn.'

'Ie,' meddai Jobling, wedi cael rhyddhad mawr. 'Ie, wrth gwrs. Wnes i ddim meddwl am hynny. Dw i'n cofio rŵan, mi gafodd hi gwpwl o docynnau parcio.'

Aethai peth amser heibio. Roedd Roper ar ei ail gwpanaid o de a Jobling wedi tanio'i getyn. Pe byddai hi wedi byw, fe fyddai Jobling a'i wraig yn dathlu pum mlynedd a deugain o fywyd priodasol ymhen ychydig ddyddiau. Doedd ganddyn nhw ddim plant, dim ond haid o nithoedd a neiaint a phlant bedydd, un ferch fedydd yn byw ym Montréal. Haf nesaf byddai'n hedfan draw i ymweld â hi.

'Os ga i ofyn cwestiwn personol i chi, syr,' meddai Roper, oedd wedi gwrando'n amyneddgar drwy gydol sgwrs yr hen ŵr ac yn teimlo'n awr ei bod hi'n bryd dod yn ôl at y mater dan sylw. 'Oedd gan eich gwraig arian preifat? Arian y gallai'u gwario heb yn wybod i chi?'

'Wel, oedd, fel mae'n digwydd,' meddai Jobling, gan grychu'i dalcen unwaith yn rhagor. 'Rhyfedd i chi ofyn hynny.'

'Rhyfedd, syr?'

'O, swm bach oedd o,' meddai Jobling. 'Rhyw bum mlynedd yn ôl fe etifeddodd Gwen ychydig o bres ar ôl modryb oedrannus. Rhyw ddwy fil a hanner, dw i'n credu. Doedd arnon ni mo'u hangen nhw, felly mi fuddsoddodd y wraig nhw mewn cymdeithas adeiladu. Meddwl oedd hi y basai'n gelc bach wrth gefn i ni ar ôl i mi ymddeol. Fi oedd ei sgutor, wrth gwrs, ac ar wahân i ambell rodd i'n neiaint a'n nithoedd, mementos yn bennaf, fi gafodd y cyfan.'

Ond pan aethai Jobling ati'n ddiweddarach i roi trefn ar faterion ariannol ei wraig roedd wedi methu â dod o hyd i unrhyw gofnod o'r buddsoddiad yn y gymdeithas adeiladu. Roedd wedi cysylltu â'r gymdeithas dan sylw a chael ar ddeall i'r cyfrif gael ei gau y mis Tachwedd blaenorol.

'Felly roedd yr arian i gyd wedi mynd?'

'Wel, oedden,' meddai Jobling. 'Mi ddwedson nhw wrtha i'u bod nhw wedi cael eu tynnu allan yn rheolaidd, fesul canpunt a hanner fel arfer.'

'Bob mis?'

'Wel, ie,' meddai Jobling. O'r diwedd, aeth ei chwilfrydedd yn drech nag ef a dywedodd, 'Ylwch, mae'n *rhaid* i mi gael gwbod be sy tu ôl i'r holi 'ma. Petawn i'n meddwl bod fy ngwraig wedi bod yn rhan o rywbeth amheus — '

'Doedd hi ddim, syr,' meddai Roper gan dorri ar ei draws. 'Dw i'n siŵr nad oedd hi ddim. Os gallwch chi fod yn amyneddgar am ychydig yn rhagor, mi faswn i'n ddiolchgar. Mi ddwedsoch fod eich gwraig yn diodde o agoraffobia, syr. Ac i dynnu arian o'r gymdeithas adeiladu mi fyddai'n rhaid iddi fynd yno'n bersonol, oni fyddai hi?'

'Mi fedrai hi fynd allan os awn i efo hi,' meddai Jobling. 'Ac yn y car y bydden ni'n mynd er mwyn bod yn siŵr y gallen ni ddod adre ar unwaith petai hi'n cael pwl go ddrwg. Mi fydden ni'n mynd i lawr i'r dre weithiau — ac erbyn meddwl, mi fyddai hi'n 'y ngadael i am ychydig funudau bron bob tro. Mae'n debyg y gallai hi fod wedi tynnu'r arian o'i chyfri bryd hynny.'

'Ydach chi'n meddwl y gallai hi fod wedi gwario'r arian arni'i hun?'

'Os gwnaeth hi, welais i erioed arwydd o hynny. Phrynodd hi ddim dillad newydd o gwbwl yn ystod ei dwy flynedd ola, mae hynny'n sicr. Mi fasai'n dda gen i petai hi wedi gwneud. Rŵan mae'n *rhaid* i chi ddweud wrtha i pam rydach chi yma mewn gwirionedd. Dw i'n haeddu hynny, o leia.'

'Ydach, siŵr iawn, syr,' meddai Roper. 'Ac mi fasai'n dda iawn gen i petawn i'n gallu bod mor agored efo chi ag y buoch chi efo mi, ond alla i ddim, mae arna i ofn. Am y tro, beth bynnag. Dw i'n siŵr y byddwch chi'n deall. Ond pan fydda i wedi gwneud synnwyr o hyn oll, chi fydd y cynta i gael gwbod. Dw i'n addo hynny.'

Pennod 10

Am bump o'r gloch roedd yn ôl yn ei swyddfa. Price oedd yr unig un yno yn gwarchod y lle. Roedd Makins a Rodgers yn dal allan.

'Unrhyw ddatblygiadau?'

'Un neu ddau.'

Roedd ychydig o'r darnau yn dechrau disgyn i'w lle. Cawsai Price warant llys yn ystod y prynhawn i'w alluogi i ddarganfod i ba gyfeiriad yr anfonwyd bil ffôn Mr J B Rubery ar ei ymadawiad o Dorchester fis Chwefror diwethaf. Bellach roedd Rubery yn byw yn Southampton, lle'r oedd George Makins yn awr. Ac yn hwyrach y noson honno, gobeithiai Makins alw i weld Mr Rubery. Roedd eisoes wedi trefnu â ditectif sarjant o heddlu Hampshire i fynd gydag ef.

Roedd DS Rodgers wedi ffonio i mewn ryw awr yn ôl. Roedd newydd fod draw yn Beaminster yn holi cymdogion y diweddar Mr Weston, y sawl a neidiodd i'w farwolaeth oddi ar y clogwyni yn Charnmouth. Doedd yr un ohonynt yn gwybod rhyw lawer, heblaw i Weston droi'n ŵr cyfrinachgar ac oriog yn ystod y misoedd cyn ei farwolaeth. Ond roedd gweddw Weston wedi rhoi ei chyfeiriad newydd a'i rhif ffôn i un cymydog. Erbyn hyn roedd Mrs Weston yn byw gyda'i chwaer, hithau hefyd yn weddw, yn Yeovil, dros y ffin yng Ngwlad yr Haf. Roedd Rodgers wedi'i ffonio ac wedi trefnu i alw i'w gweld tua hanner awr wedi pump y noson honno.

Cawsai Price yntau lwyddiant bach hefyd. Ychydig funudau yn ôl roedd wedi llwyddo o'r diwedd i gysylltu â'r gŵr y bu Makins yn siarad â'i wraig yn gynharach yn y prynhawn, ac a gytunasai mai llythrennau cychwynnol enw'i gŵr oedd y rheiny yn llyfr Pope ond na chlywsai erioed sôn am Gerald Pope.

'RJB,' meddai Price, gan dynnu'i bad nodiadau yn nes ato. 'Mr Richard Bennett. Pedwar deg dau, Welbeck Drive, Swanage. Ac mi aeth yn flin a nerfus ar y ffôn. Tyngu nad oedd o'n nabod neb o'r enw Pope, nac erioed wedi gwneud. Mi ofynnais iddo a gawn i alw i'w weld yn nes ymlaen heno 'ma, ac mi ddwedodd yntau'i fod o'n mynd allan efo'i wraig. Pigog iawn oedd o hefyd — nes i mi ddweud wrtho fod Pope wedi marw.'

'O?'

'Ie. Wedyn prin y gallai o gadw'r llawenydd o'i lais. Dal i wadu nad oedd o erioed wedi clywed sôn amdano, cofiwch. Ond mi faswn i'n taeru'i fod o. Sut hwyl gawsoch chi efo Jobling?'

'Mi ddweda i wrtha' ti yn y munud.'

Ac yntau'n dal yn ei gôt law, brasgamodd Roper i swyddfa Brake. Roedd Brake yn ei ddillad bob dydd ac ar fin cychwyn adref.

'Wna i mo dy gadw di, Charlie,' meddai Roper. 'Mi faswn i'n licio cael manylion unrhyw ddamweiniau traffig y bu dy fechgyn di'n delio â nhw ar y pumed o Orffennaf, mil naw naw deg.'

'Y cwbwl sy gen i fan hyn ydi'r ffeithiau moel. Mae'r manylion i gyd i lawr yn yr archifau.'

'Mi wneith y ffeithiau moel am rŵan,' meddai Roper.

Rhoddodd Brake ei gôt yrru yn ôl ar y stand gotiau a chroesi at y cypyrddau ffeilio.

'Roedd 'na bedair,' meddai. 'Lorri'n troi drosodd ar yr A31 yn Winterbourne Zelston, y gyrrwr wedi'i anafu'n ddifrifol. Injan dân yn taro car preifat ar yr A354; neb wedi'i anafu'n ddifrifol. Gwrthdrawiad rhwng dau gar preifat ar yr A31 yn Bloxworth. Eto, neb wedi'i anafu'n ddifrifol. Damwain taro-a-dianc ar yr

A353, ar gyrion Osmington. Rhywun yn taro beiciwr modur oddi ar ei feic ac yn ei heglu hi. Neb wedi'i anafu'n ddifrifol. A dyna nhw i gyd.'

'Yr un ola 'na, yn Osmington,' meddai Roper. 'Faint o'r gloch ddigwyddodd honno?'

'23.20,' meddai Brake, gan droi dalen yn ôl.

Ugain munud wedi un ar ddeg mewn iaith bob dydd, a thua'r un amser ag y byddai Mrs Jobling wedi bod yn trafaelio ar hyd yr A353 ar ei ffordd yn ôl i Weymouth ar ôl treulio'r noson gyda'i nith.

'A phwy ddeliodd â'r achos?'

Rhedodd Brake ei fys ar hyd y llinell deipiedig. 'Sarjant Pope,' meddai.

'Ro'n i'n gwbod. Ro'n i'n blydi gwbod!' meddai Roper, wrth weld golau dydd yn dechrau gwawrio o'r diwedd.

Am hanner awr wedi pump, roedd y ddau ohonynt i lawr yn y basment ymysg yr archifau.

'Enw'r beiciwr oedd Darren Mark Newbold,' meddai Brake. 'Pedair ar bymtheg oed. O Osmington. Derbyniwyd yr alwad 999 am 23.20. Cyrhaeddodd Pope y llecyn am 23.27, a'r ambiwlans am 23.33. Yn ôl Pope, erbyn iddo fo gyrraedd, yr unig un ar gyfyl y lle oedd Newbold; ac roedd o'n gorwedd yn anymwybodol ar ymyl y ffordd a'i feic lathen neu ddwy oddi wrtho.'

'Rhaid fod rhywun wedi gwneud yr alwad 999,' meddai Roper.

'Dynes. Mi wrthododd roi'i henw. Dweud ei bod hi wedi taro dyn oddi ar ei fotor-beic, dweud o ble'r oedd hi'n ffonio, gofyn am ambiwlans i ddod ar frys, yna'i gwadnu hi. Yn ôl Pope, ffonio o giosg ryw hanner canllath i ffwrdd o'r fan lle digwyddodd y ddamwain ddaru hi a gadael y derbynnydd yn hongian yn rhydd ar ei hôl. Panicio wnaeth hi, mae'n debyg, a'i g'leuo hi o 'na.'

'Beth am Newbold?'

'Diodde o sioc ac effeithiau'r gnoc ar ei ben ac wedi sigo'i arddwrn.' Trodd Brake y ddalen. 'Mi arwyddodd ei hun allan o'r ysbyty drannoeth am hanner dydd.'

'Ond roedd o'n anymwybodol pan gyrhaeddodd Pope.'

'Oedd. Ar ei hyd ar ochor y lôn â'i wyneb i lawr,' meddai Brake. 'Dyna mae o'n ei ddweud yn fan'ma.'

'A dim tystion o gwbwl?'

'Dim un,' meddai Brake.

Toc wedi saith o'r gloch cyrhaeddodd DS Rodgers yn ôl o Yeovil ar ôl bod yn ymweld â gweddw Mr Weston.

Stori debyg i un Mr Jobling a gafwyd gan Mrs Weston. Roedd hi a'i gŵr wedi bod yn briod am bron ddeng mlynedd ar hugain, a'r briodas wedi bod yn un hapus dros ben. Pileri'r gymdeithas operatig leol, wedi talu'u morgais ymhell cyn yr amser penodedig, wedi magu tair merch a'r tair wedi llwyddo'n bur dda yn eu bywydau. Mewn gair, cwpl hapus ac unedig fu'r Westoniaid, a'r ddau wedi edrych ymlaen at ymddeoliad esmwyth dihelbul yng nghwmni'i gilydd.

Tan ddwy flynedd yn ôl hynny yw, pan oedd personoliaeth Mr Weston wedi newid yn sydyn. Aethai'n sarrug a swrth a chyfrinachgar fwy neu lai dros nos, fel yn hanes Mrs Jobling, ac am y tro cyntaf yn eu bywydau roedd cyfrif banc y Westoniaid yn aml wedi llithro i'r coch, nid yn ormodol, felly, ond yn ddigon i beri i'r rheolwr ysgrifennu at Mr Weston ar fwy nag un achlysur.

Yn wahanol i Mr Jobling doedd Mrs Weston ddim wedi cadw cofnodion, ond cofiai i'w gŵr fod mewn damwain car fechan tua'r adeg y dechreuodd y newid yn ei bersonoliaeth. Roedd wedi mynd ag un o'u merched adref yn y car un noson, yn eithaf hwyr, ac ar ei ffordd yn ôl roedd wedi taro yn erbyn coeden wrth drio osgoi car arall oedd yn tynnu allan yn ddiofal o lôn gefn.

Yna bu cyfres o ddigwyddiadau od, pethau nad oedd Mrs Weston erioed wedi'u deall yn iawn. Er mai ychydig o ddifrod oedd ar y car, ni chawsai'i atgyweirio. Roedd ei gŵr wedi cau drysau'r garej arno'r noson honno ac nid eisteddodd y tu ôl i'w olwyn lywio byth wedyn. Yn lle hynny, prynodd gar arall iddo'i hun. Fiat bychan y byddai'n ei gadw yn y stryd y tu allan, ac yn hwnnw y gyrasai i Charnmouth a'i barcio yn y maes parcio cyn cyflawni hunanladdiad. Roedd Mrs Weston wedi gwerthu'r ddau gerbyd ar ôl marwolaeth ei gŵr, a bu llanc ifanc i lawr y stryd yn ffodus iawn i gael gafael ar Ford Escort ail-law iddi am £400 yn unig, gyda dim ond ugain mil o filltiroedd ar y cloc a heb fawr ddim yn bod arno heblaw bod y rheiddiadur wedi plygu a'r sgrin wynt wedi cracio.

'Beth am y ddamwain?' gofynnodd Roper, wrth fyfyrio ar y tebygrwydd anhygoel rhwng yr hyn roedd Rodgers wedi'i ddweud a stori Jobling.

'Wnâi o ddim sôn amdani,' meddai Rodgers. 'Roedd hi'n amau ei fod yn celu rhywbeth, ond bob tro y byddai hi'n trio'i gael o i siarad am y peth, mi fyddai'n newid y pwnc yn syth bin.'

'Tsiecia'r dyddiad cynta dan enw Weston yn llyfr nodiadau Pope,' meddai Roper. 'Yna gofyn i swyddog o'r Adran Draffig gymryd golwg ar y ffeiliau damweiniau — y rheiny ddigwyddodd ryw bythefnos ynghynt, yn enwedig y rhai y bu Pope yn delio â nhw.'

'Am be dw i'n chwilio?'

'Damweiniau taro-a-dianc,' meddai Roper.

Roedd Rodgers yn ôl ymhen dim amser. Roedd damweiniau taro-a-dianc yn fendithiol o brin, ond roedd un wedi digwydd cyn y dyddiad cyntaf dan lythrennau cychwynnol Mr Weston yn llyfr nodiadau Pope. Digwyddasai yn hwyr y nos a Sarjant Pope oedd y swyddog a aeth i ddelio â hi. Cawsai'r dioddefwr, beiciwr, ei daro oddi ar ei feic — doedd ganddo ddim goleuadau — gan ddioddef anafiadau i'w ben a'i wyneb yn ogystal â thorri'i fys a dadleoli'i ysgwydd. Roedd yn ôl wrth ei waith ymhen wythnos.

'Ble'n union ddigwyddodd hi?' gofynnodd Roper.

'Ar y B3163,' meddai Rodgers. 'Cwpwl o filltiroedd i'r dwyrain o Beaminster, lle'r oedd Mr a Mrs Weston yn arfer byw.'

Blacmêl oedd y gair a neidiai i'r meddwl. Dihiryn y ddrama oedd Pope, a'r llythrennau cychwynnol yn ei lyfr bach coch yn dynodi'i ddioddefwyr a'r dyddiadau dan y llythrennau yn nodi pryd y byddent yn ei gyfarfod i dalu'u dyledion, er yn achos Mrs Jobling, gan ei bod hi'n dioddef o agoraffobia, efallai y byddai'n galw yn y tŷ pan oedd ei gŵr allan. Doedd dim rhyfedd iddi fynd yn niwrotig a dioddef nosweithiau di-gwsg, a hithau'n gwybod yn iawn y byddai'i phoenydiwr yn ôl toc i'w harteithio. A'r diwedd fu iddi wneud amdani'i hun yn hytrach na dioddef rhagor. Ac, yn ôl pob golwg, dyna fu hanes Mr Weston yn ogystal. Ar hyn o bryd, damcaniaeth yn unig oedd hyn oll, wrth reswm, ond roedd hi'n anodd credu bod Pope Taro-a-Dianc wedi ennill ei lysenw'n deg ac yn onest; yn wir, fwy na thebyg iddo'i ennill iddo'i hun yn fwriadol ac oeraidd.

Am naw o'r gloch penderfynodd roi'r gorau iddi am y diwrnod, ac roedd ar fin tynnu'i goesau oddi tan y ddesg pan ganodd y ffôn.

'Roper,' meddai.

George Makins oedd yn galw, o Southampton. Roedd Mr Rubery, gynt o Dorchester, newydd gyrraedd adref o'i waith a Makins yn ffonio o fflat Rubery.

'Mae arno fo isio siarad â rhywun,' meddai Makins. 'Ynglŷn â damwain ffordd ddigwyddodd ryw ddwy flynedd yn ôl. Damwain taro-a-dianc, meddai fo. Mae'n meddwl mai hogan ysgol oedd hi a'i fod wedi'i lladd. Isio cyfadde'r cyfan.'

'Pa mor fuan y medri di'i gael o yma?'

'Mi alla i fod yna ymhen yr awr,' meddai Makins.

'Mi ddisgwylia i amdano,' meddai Roper.

Ei enw llawn oedd James Bernard Rubery, deuddeg ar hugain oed, plastrwr wrth ei alwedigaeth. Roedd ei ben wedi'i eillio a'i arddyrnau wedi'u haddurno â thatŵs ecsotig, a gwisgai siaced ledr dros ei ysgwyddau llydain. Edrychai fel petai ar binnau ac yn awyddus i gyfaddef rhywbeth ofnadwy. Eisteddai ar ymyl cadair ymwelydd Roper, ei wyneb fel y galchen, ei ddwylo wedi'u plethu'n dynn rhwng ei benliniau, a'r coffi roedd Makins wedi'i nôl iddo o'i flaen heb ei gyffwrdd. Roedd un o fechgyn Brake yno hefyd ac wedi'i rybuddio'n ffurfiol, ond roedd Rubery ar dân i gael dweud ei bwt ac wedi diystyru'r rhybudd.

'Mis Ionawr oedd hi,' meddai. 'Dwy flynedd yn ôl. Ro'n i ar y ffordd adre o 'ngwaith. Yn hwyr. Tua naw o'r gloch. A dyma'r eneth 'ma ar gefn beic yn dod o rywle, jest yn dod allan yn syth o lôn gefn neu rywbeth. Ac mi trawais i hi. Mi ddaeth dros ben foned y car, taro'r sgrin a rholio i ffwrdd. Mi alla i glywed y glec rŵan. Roedd o'n ofnadwy.'

'Allwch chi gofio'n union ble digwyddodd y ddamwain, syr?' gofynnodd y sarjant o dîm Brake.

'Ar y ffordd rhwng Tincleton a Stinsford,' meddai Rubery.

'Ac mi rydach chi'n sicr ynglŷn â'r amser?'

'Naw o'r gloch, fel deudais i. O gwmpas naw, beth bynnag. Alla i ddim cofio'n union.'

'Pa fath o gar oeddech chi'n ei yrru, Mr Rubery?' gofynnodd Roper.

'Ford Capri,' meddai. 'Ond nid hen groc na dim byd felly oedd o, cofiwch. Roedd pob un dim yn gweithio'n iawn. Newydd basio'i MOT ddeuddydd ynghynt. Ro'n i wedi cael sbio'r brêcs a phob un dim. Dw i'n dal i'w redeg o rŵan. Mi allwch chi gymryd golwg arno fo, os liciwch chi.'

'Pa mor gyflym oeddech chi'n trafaelio? Ydach chi'n cofio?'

'Rhyw ugain, mae'n debyg. Wir,' protestiodd, gan edrych i fyw llygaid Roper a'r sarjant. 'Roedden nhw'n trwsio'r ffordd ac roedd ei hanner hi wedi'i chau â chôns, ac roedd hi'n pluo eira'n drwm ar y pryd. Mi fedrwch chi tsecio os 'dach chi isio.'

'Gawsoch chi gyfle i ddefnyddio'ch brêcs?'

'Fawr ddim. Ugain troedfedd, deg troedfedd ar hugain hyd y galla i gofio. Roedd hi jest yno o 'mlaen i, yng ngolau'r car. Ac wrth bod y côns 'na yna a hithau'n eira a phopeth — ac roedd 'na ryw Jac Codi Baw neu rywbeth tebyg wedi'i barcio ar ymyl y ffordd, hefyd — doedd gen i unman i fynd, yn nac oedd? Heblaw syth yn 'y mlaen. Arni hi roedd y bai, wir, giaffar, ar 'y marw. Doedd hi jest ddim yn edrych lle'r oedd hi'n mynd.'

'Pa mor bell ddaru chi drafaelio ar ôl ei tharo hi, 'dach chi'n meddwl?'

'Ddim yn bell,' meddai Rubery. 'Mi bwysais hynny fedrwn ar y brêcs. Rhyw ugain troedfedd, mae'n debyg. Yna mi stopiais ac mi lithrodd hithau oddi ar y boned.' Caeodd ei lygaid a dechreuodd grynu drosto. 'Dw i'n dal i gael hunllefau am y peth.'

'Beth wnaethoch chi wedyn?'

Cododd Rubery ei ddwylo a'i gofleidio'i hun, ei ddwylo dan geseiliau ei siaced ledr. 'Dim byd,' meddai. 'Fedrwn i ddim meddwl am funud bach. Yna mi feddyliais am ei g'leuo hi am adre, ro'n i wedi cael gymaint o fraw, 'dach chi'n gweld. Yna dyma'r car 'ma'n dod o'r tu ôl imi a stopio o 'mlaen i, yna bacio'n ôl fel na fedrwn i fynd i unman. Wedyn dyma'r dyn 'ma'n dod allan a mynd at yr hogan. Mi wyrodd drosti am ychydig, yna dod yn ôl at 'y nghar i a churo ar y to. Mi agorais innau'r ffenest a dyma fo'n stwffio'r cerdyn 'ma dan 'y nhrwyn i. A beth oedd o ond blydi copar oddi ar ddyletswydd. Deud wrtha i fod yr hogan wedi marw. Gofyn i mi wedyn os o'n i wedi bod yn yfed. Mi ddeudais innau nad o'n i ddim, ac mi wnaeth i mi anadlu reit i fyny'i drwyn o, a deud fod 'na ogla diod arna i a basa fo'n mynd â fi i'r orsaf a rhoi prawf anadl i mi.'

'Oeddech chi wedi bod yn yfed?'

'Un. Jest un. Un peint. Efo'r hogia ar ôl gorffen gweithio. A dyna'r gwir. Ond roedd o'n deud ei fod o'n ogleuo fel tri neu bedwar a 'mod i mewn andros o drwbwl. Wel, mi ddychrynais am 'y mywyd wedyn, achos mi all y cops ddeud be fynnon nhw pan mae hi'n fater o un yn erbyn un, yn gallan, ac alla i ddim gweithio heb gar — gwaith contract sy gen i, 'dach chi'n gweld, a dw i'n gorfod teithio o gwmpas lot yn 'y ngwaith. Wedyn dyma fo'n gofyn imi oedd gen i wraig a phlant, a minnau'n deud bod; wel, mi feddyliodd am dipyn a deud y basai'n well i mi'i bachu hi o 'na achos petai o'n f'arestio i mi faswn i'n debygol o gael tri mis yn y clinc am ddynladdiad. Mi soniais i rywbeth am ffonio am ambiwlans neu rywbeth, ac mi ddeudodd yntau y basa fo'n gneud hynny, doedd 'na ddim brys rŵan, yn nac oedd? "Jest g'leua hi o 'ma," medda fo. "Cyn imi newid 'y meddwl. Dyna'r cynnig gora rwyt ti'n debygol o'i gael yn ystod dy oes, mêt." Dyna'i union eiriau. Wir.' Edrychodd Rubery yn erfyniol ar Roper, yna ar Makins a eisteddai ar gornel y ddesg yn cymryd nodiadau. 'Dw i *yn* deud y gwir. Ar 'y marw.'

Doedd gan Roper ddim achos i'w amau. Edrychai Rubery fel y math o hogyn oedd wedi dechrau bywyd fel hwligan, yna wedi bod yn ddigon ffodus i gyfarfod merch werth ei chael ac wedi setlo i lawr i weithio hynny fedrai i'w chadw. Ac, fel arfer, roedd dynion oedd yn ysu am ddweud y gwir yn gwneud hynny heb gadw dim yn ôl.

'Felly mi aethoch chi,' meddai.

'Do,' meddai Rubery yn druenus, gan ostwng ei olwg. 'Mi es.' Roedd yn ddistaw am ychydig eiliadau. 'Dw i ddim yn meddwl 'mod i'n gwbod yn iawn be o'n i'n neud. Fore trannoeth, pan ddeffrais i, mi feddyliais am droi fy hun i mewn, ond roedd hi'n ddamwain taro-a-dianc erbyn hynny, yn doedd? Ac mi allwch chi gael dwy flynedd dan glo am y rheiny, yn gallwch? Dw i'n deud wrtha' chi, ro'n i wedi dychryn yn ofnadwy. Methu gneud 'y ngwaith yn iawn na dim byd.

'Wel, mi aeth rhyw wythnos heibio. A dyma fo'n 'yn ffonio i, y copar 'ma. Deud wrtha i fod yr hogan yn farw pan gyrhaeddodd yr ysbyty a falle y dylen ni drafod y peth. Deud wrtha i am ei gyfarfod mewn pyb; roedden ni'n dal i fyw yn Dorchester bryd hynny. Wel, mi es i'w weld o ac mi ddeudodd o'i fod o'n ei chael hi'n anodd i gadw caead ar y peth achos roedd rhyw gar wedi dod heibio jest ar ôl i mi fynd, a'r gyrrwr wedi nodi'r tair llythyren gynta a dau o'r rhifau ar fy mhlât cofrestru, felly roedd pethau'n mynd braidd yn lletchwith i'r ddau ohonon ni. Mi ofynnodd i mi am ganpunt, nid iddo fo'i hun, cil-dwrn i'r boi arall 'ma, dyna ddeudodd o. Felly mi es i'w codi nhw o'r banc drannoeth. Arian parod. Wnâi dim byd arall y tro, medda fo.'

Aethai pethau o ddrwg i waeth. Daethai'r gofyn am arian yn ddigwyddiad rheolaidd, misol. Yn Ionawr eleni fe godwyd y cil-dwrn i £150. Ond roedd Rubery wedi cael llond bol a hwnnw fyddai'i daliad olaf, oherwydd fis Hydref diwethaf, heb yn wybod i Pope, roedd wedi penderfynu dianc rhag ei boenydiwr drwy roi ei dŷ ar y farchnad a symud ei wraig a'i deulu o Dorchester i Southampton. Ac yno roeddynt yn byw bellach ers dechrau Chwefror. Nid oedd wedi rhoi'i gyfeiriad newydd i neb cyn mynd, heblaw i'r gwasanaethau cyhoeddus fel y gallai setlo'i filiau, ac o hynny ymlaen roedd wedi cadw o'r golwg orau medrai.

'Wnaeth o mo'ch ffeindio chi?'

Ysgydwodd Rubery ei ben.

'Wyddoch chi be oedd ei enw?'

'Wnaeth o 'rioed ddeud. Dim ond gwyneb oedd o i
mi. Llabwst o foi mawr efo locsyn. Wastad yn dod ar ei
fotor-beic. Roedd yn rhaid i mi'i heglu hi oddi wrtho,
'dach chi'n gweld. Ro'n i'n gorfod gweithio o fore gwyn
tan nos i dalu iddo, ac ro'dd y musus yn holi i ble'r o'dd
yr holl bres yn mynd, a minnau'n gorfod deud c'lwydda
wrthi bob gafael. Yna heno 'ma, dyma'ch mêt yn galw,'
meddai, gan godi'i ben o'r diwedd ac amneidio i
gyfeiriad Makins, 'a'r copar arall 'na, ac ro'n i'n falch o
gael deud y cwbwl wrth rywun. Heblaw fod y musus
rŵan yn gwbod 'mod i wedi lladd hogan fach.'

'Dydan ni ddim yn credu eich bod chi wedi gwneud
hynny,' meddai Roper. 'Y cyfan wnaethoch chi oedd ei
tharo i lawr a'i gwneud hi'n anymwybodol am ryw ddeng
munud a malu'i beic hi. Sy'n ei gwneud hi'n eneth fach
lwcus iawn a chithau'n ŵr bonheddig lwcus tu hwnt.'

'O, Arglwydd mawr,' mwmialodd Rubery, wrth i
syndod ac yna ryddhad ei lethu. Caeodd ei lygaid a
thaflu'i ben yn ôl, yna gwyrodd ymlaen, ei wyneb yn
dynn rhwng ei ddwylo. A thorrodd y gŵr ifanc tyff a
chryf i lawr yn gyfan gwbl wedyn, gan guddio'i wyneb â'r
naill law a chwilota ym mhoced ei jîns am lond dwrn o
hancesi papur budr â'r llaw arall. Roedd hyd yn oed y
sarjant caled o dîm Brake yn edrych yn
gydymdeimladol. Cydiodd Makins yng nghwpan coffi
oer Rubery a mynd allan i nôl un arall iddo.

Trueni, meddyliodd Roper wrth wylio Rubery, na
fyddai wedi gallu rhoi newydd cyffelyb i Gwen Jobling
ac i'r diweddar Mr Weston o Beaminster. Disgwyliodd i
Rubery ymdawelu. Tra bu Makins yn dod â Rubery o
Southampton ni fu Roper ei hunan yn segur chwaith.
Roedd hanner awr yng nghwmni'r sarjant o'r Adran

Draffig wedi dod â damwain taro-a-dianc arall i'r amlwg. Digwyddasai ar y ffordd rhwng Stinsford a Tincleton wyth diwrnod cyn y cofnod cyntaf dan enw Rubery yn llyfr nodiadau Pope. Yr hyn oedd yn ddiddorol oedd nad Sarjant Pope oedd wedi delio â hi ond y sarjant lleol yn ei gar heddlu. Roedd wedi'i alw i'r llecyn mewn ymateb i alwad naw naw naw. Gwnaed yr alwad o giosg cyhoeddus ryw filltir i fyny'r ffordd o'r fan lle digwyddodd y ddamwain. Dyn oedd wedi ffonio, ond erbyn i'r sarjant a'r ambiwlans gyrraedd y fan roedd y galwr wedi diflannu. Roedd hi'n weddol amlwg bellach mai Gerry Pope oedd y galwr diflanedig, a'i fod yntau, felly, bron yr un mor euog â Rubery, gan iddo yrru i ffwrdd a gadael yr eneth glwyfedig ar ei phen ei hun. Ac o'r hyn a ddywedasai Rubery, roedd Pope yn ei ddillad sifil ac wedi digwydd taro ar y ddamwain ar hap, ac felly wedi gallu cadw ei drwyn swyddogol allan o'r busnes yn gyfan gwbl.

Chwythodd Rubery ei drwyn, dabio'i lygaid ac eistedd i fyny yn ei gadair.

'Mae'n ddrwg gen i am hynna,' meddai, gan snwffian wrth sychu'i drwyn â'r belen hancesi. 'Ond dw i wedi bod drwy ddwy flynedd o uffern oherwydd y busnes yma. Ro'n i wedi penderfynu deud wrth rywun, p'run bynnag. Fedrwn i mo'i gadw fo i mi fy hun lawer chwaneg.'

'Mae 'na un peth arall yr hoffwn ei wbod, Mr Rubery,' meddai Roper. 'Sut oedd o'n trefnu i gwrdd â chi bob mis?'

'Ffonio'r noson cynt y bydda fo,' meddai Rubery. 'A deud lle i gyfarfod ac am faint o'r gloch. Rhyw dafarn fel arfer, rhywle allan o'r ffordd ac efo maes parcio. Mi fydden ni'n cwrdd ac mi fyddwn innau'n rhoi'r pres iddo fo, ac mi fyddai wastad yn deud wrtha i am sticio yno am sbel fach ar ôl iddo fo fynd.'

'Er mwyn i chi beidio gwbod i ble'r oedd o'n mynd?'

'Wn i ddim,' meddai Rubery. 'Ie, mae'n debyg.' Stwffiodd ei hancesi yn ôl i'w jîns ac ymsythu yn ei gadair drachefn. 'Mae'n debyg y byddwch chi'n 'y nghyhuddo i rŵan, yn byddwch?'

'Nid ar hyn o bryd ac nid yn fan'ma,' meddai Roper. 'Yr Adran Draffig fydd yn gwneud hynny.'

'Fydda i'n mynd i'r jêl?'

'Dw i ddim yn meddwl,' meddai Roper. 'Alla i addo dim, wrth reswm.' Barnwr cas a chaled fyddai'n anfon Rubery i garchar. O edrych yn ôl, Rubery oedd wedi dioddef fwyaf yn yr helynt, mwy na'r eneth yr oedd wedi'i tharo oddi ar ei beic hyd yn oed.

'Mae o wedi deud y cyfan wrtha' chi, ydi o? Y copar 'ma?'

'Mae o wedi marw, Mr Rubery,' meddai Roper, gan wylio adwaith Rubery yn ofalus.

Prin y cafwyd adwaith o gwbl. 'Alla i ddim deud ei bod hi'n ddrwg gen i,' meddai Rubery. 'Y bastad uffar.'

'Fasech chi'n malio dweud wrtha' ni lle'r oeddech chi nos Lun ddiwetha?'

'Mi gyrhaeddais adre tua wyth o'r gloch.'

'Arhosoch chi i mewn wedyn?'

'Dyna fydda i'n arfer ei neud,' meddai Rubery. 'Mi allwch chi tsecio efo'r musus, os 'dach chi isio.'

Ond penderfynodd Roper nad oedd hi'n werth y drafferth os na ddeuai rhyw wybodaeth newydd i'r amlwg, ac am un ar ddeg o'r gloch roedd Makins yn gyrru'r gŵr ifanc yn ôl i Southampton, a'r gŵr ifanc hwnnw ychydig yn fwy gobeithiol ac esmwyth ei feddwl erbyn hyn.

Roedd y Prif Arolygydd Price eisoes wedi gwneud awr o waith erbyn i Roper gyrraedd am wyth o'r gloch y bore wedyn. Eisteddai Price yn ei swyddfa'i hun gyda thâp-recordydd wedi'i fenthyg, yn gwrando ar ran olaf y tâp a dynnwyd o beiriant ateb Pope.

'Wyt ti wedi ffeindio rhywbeth?' gofynnodd Roper.

Troellodd Price y tâp yn ôl ychydig fodfeddi, yna'i ailchwarae. Daeth llais Pope yn gyntaf. ' . . . Dydi hi ddiawl o bwys gen i . . . Jest gwnewch yn siŵr y byddwch chi yno.'

' . . . Ond er mwyn y nefoedd, mae'r banciau i gyd ar gau rŵan!'

Diffoddodd Price y peiriant.

'Dw i'n credu 'mod i newydd fod yn siarad â'r llais yna gynnau fach,' meddai. 'Richard Bennett, y boi y bûm i'n siarad ag o neithiwr. Wnâi o ddim dweud rhyw lawer dros y ffôn, ond mae arno isio dod yma heno 'ma i gael gair â rhywun. Mi fasai wedi dod bore 'ma, ond mae ganddo apwyntiad yn Llundain.'

'Pwy ffoniodd bwy gynta?'

'Fi ffoniodd o,' meddai Price. 'Ro'n i'n meddwl y baswn i'n ei ddal o cyn iddo gychwyn am ei waith. Mi ofynnais iddo tybed fasai o'n licio newid ei feddwl ynglŷn â nabod Gerry Pope. Mi gymerodd funud bach i feddwl, yna penderfynu y basai o. Mae o am ddod yma heno am wyth o'r gloch. Os oeddwn i'n darllen rhwng y llinellau'n iawn, roedd o'n swnio fel petai o wedi cael cryn ryddhad.'

'Wyt ti wedi ffeindio damwain sy'n cyfateb?'

Gwthiodd Price lungopi ar draws ei ddesg. Roedd yr adroddiad, o'r archifau, yn un arall o rai Sarjant Pope. Cyfeiriai at ddamwain taro-a-dianc ar y B3390 ychydig filltiroedd i'r de o Affpuddle, ac a ddigwyddasai chwe diwrnod cyn y dyddiad cyntaf dan lythrennau cychwynnol Mr Bennett yn llyfr bach coch Pope. Cerddwr oedd y dioddefwr, wedi'i daro i'r llawr yn hanner anymwybodol a thorri'i goes mewn dau le. Gan ei fod yn rhannol ddall nid oedd ganddo'r syniad lleiaf beth oedd wedi'i daro. Ni ddaethpwyd o hyd nac i'r cerbyd na'r gyrrwr.

Gadawai hyn un yn unig o ddioddefwyr posibl Pope ar

ôl, a Martin Craven oedd hwnnw; ac am naw o'r gloch, a Brake ei hunan yn didoli'r tomennydd o bapurach, daeth Roper o'r diwedd o hyd i hanes damwain oedd yn cyfateb i'r dyddiad cyntaf dan y llythrennau MRC yn llyfr Pope.

Wythnos cyn y dyddiad cyntaf hwnnw roedd damwain wedi digwydd ar lôn gefn ychydig filltiroedd i'r gorllewin o Wareham, am ugain munud i un ar ddeg yr hwyr ar 12 Chwefror 1990. Enw'r dioddefwr oedd Sidney Arthur Manley, trigain a dwy oed. Clywyd y ddamwain gan Mrs Mavis Baxter tra oedd hi'n mynd â'i chi am dro. Ychydig eiliadau ynghynt roedd Mrs Baxter yn croesi'r ffordd dan sylw pan ddaeth pâr o oleuadau car ar ruthr gwyllt allan o'r tywyllwch, a'r gyrrwr yn canu'i gorn yn ddiamynedd. Bu ond y dim i'r cerbyd daro'i chi. Roedd hi'n dal i dynnu'i hanadl pan glywodd glec yn y pellter, ac yna sŵn breciau a rwber yn sgrechian. Doedd hi ddim, gwaetha'r modd, wedi gwneud dim ynglŷn â'r peth nes iddi weld yr arwydd roedd bechgyn Brake wedi'i osod ger y llecyn yn gofyn am dystion i'r ddamwain. Roedd hi'n fore trannoeth erbyn hynny. Lliw'r car, yr unig gar y gallai gofio'i weld ar y pryd, oedd 'llwyd ac arian', ac roedd wedi bod yn trafaelio'n 'llawer rhy gyflym'.

Dyn anhysbys oedd wedi galw'r gwasanaethau argyfwng, ac roedd amseriad y ddamwain yn yr adroddiad swyddogol wedi'i seilio ar yr amser y derbyniwyd ei alwad. Y cyfan y gallai Mrs Baxter ei ddweud oedd ei bod hi rywbryd rhwng hanner awr wedi deg a chwarter i un ar ddeg. Roedd Mr Manley'n farw cyn cyrraedd yr ysbyty. Ac, wrth gwrs, y plismon fu'n delio â'r achos oedd yr hollbresennol Sarjant Pope.

Pennod 11

Am hanner dydd roedd Roper a Makins ar eu ffordd i Appleford unwaith yn rhagor, y tro hwn i holi Mr Craven. Roedd Roper wedi rhoi caniad i Mrs Craven hanner awr ynghynt a chael ar ddeall nad oedd ei gŵr yn gweithio y diwrnod hwnnw. Roedd wedi mynd i Dorchester yn y car ac fe fyddai'n ôl toc wedi hanner dydd. O'r holl bobl roedd Roper wedi siarad â hwy hyd yma, Martin Craven oedd yn sefyll allan fel y mwyaf tebygol i'w amau. Er cymaint iddo wadu'r ffaith, *rhaid* ei fod yn adnabod Gerry Pope. Roedd yn byw o fewn tafliad carreg i'r fan lle lladdwyd Pope, ac roedd hi bron yn sicr iddo fod yn gysylltiedig â'r unig ddamwain taro-a-dianc angheuol go-iawn i Pope ei chofnodi yn ei lyfr bach coch; yn ôl y dyddiadau yn y llyfr roedd Craven i fod i gwrdd â Pope o fewn diwrnod neu ddau i ddydd Llun diwethaf. Ac fe fyddai peidio ag ymchwilio i gyfres o gyd-ddigwyddiadau fel yna fel peidio â mynd at y deintydd gyda llond pen o ddannedd poenus.

Roedd hi'n ddiwrnod llwyd a diflas arall, y rhostir yn hollol ddi-liw, yr aer llonydd yn drwm gan leithder. Yn ôl rhagolygon y tywydd, fel hyn y byddai hi tan y Pasg o leiaf, ac roedd hwnnw gryn wythnos i ffwrdd.

Wrth iddynt ddynesu at fyngalo'r Craveniaid sylwodd Roper ar Volvo hynafol Mrs Wicks wedi'i barcio ar y gwelltglas ar ymyl y ffordd, gyda char heddlu y tu ôl iddo a'i oleuadau rhybuddio'n fflachio. Roedd y ddau yn wag.

Parciodd Makins ar ochr y rhostir i'r ffordd. Doedd dim arwydd o Mallory na Mrs Wicks yn unman, gan beri i Roper ofni ar unwaith fod rhywbeth o'i le.

Roeddynt ar fin dringo'r grisiau cerrig i fyny i'r feranda pan gydiodd Makins yn llawes côt law Roper. 'Edrychwch,' meddai, gan amneidio i gyfeiriad y drws ffrynt gwydr.

Ond roedd Roper eisoes wedi'i gweld. Amlinell aneglur o law rhywun yn pwyso yn erbyn y gwydr. Ymhellach y tu ôl i'r gwydr gallent weld cysgod rhywbeth mawr du yn sythu oddi ar y llawr ac fe ddaeth yn amlwg yn y man mai silwét ydoedd.

Dringodd Roper y grisiau a churo ar y gwydr. 'Pwy sy 'na?' galwodd llais Sarjant Mallory.

'Roper, Sarjant.'

'Well i chi fynd rownd y cefn, syr,' gwaeddodd Mallory.

Cerddodd Roper a Makins heibio i'r feranda ac i gefn y tŷ. Roedd y drws i'r gegin ar agor. Yno yng nghanol llawr y gegin safai Mrs Wicks, ar ei phen ei hun, ei chorff anferth yn crynu a'i hwyneb tua'r un lliw â'r awyr y tu allan.

'Ydach chi'n iawn, Mrs Wicks?' gofynnodd Roper yn bryderus.

'Ydw,' meddai. 'Braidd yn simsan, dyna i gyd. Allan yn fan'na mae hi.'

'Hi?'

'Dagmar. Mrs Craven. Yn y cyntedd. Ar ei hyd ar lawr. Wedi cael damwain, yn ôl pob golwg.'

Aeth Roper drwodd i'r cyntedd. Daliai Mallory i sefyll dros gorff Mrs Craven oedd yn gorwedd â'i hwyneb i lawr. O gwmpas ei draed ym mhobman roedd darnau mân o wydr glas, y ffiol Emil Gallé fu'n sefyll ar y bwrdd soffa yn erbyn wal wedi'i malu'n yfflon.

'Ydi hi wedi marw?'

'Anymwybodol dw i'n meddwl, syr,' meddai Mallory.

A'r gwydr yn crensian dan ei esgidiau, aeth Roper yn ei gwrcwd yn ymyl y corff a'i archwilio drosto'i hun. Chwiliodd am bwls dan glust Mrs Craven. Canfu un, curiad egwan ac araf iawn. Roedd y gwallt melyn ar ochr dde ei phen yn waed i gyd. 'Galwodd rhywun amdanoch chi, Sarjant?'

'Pasio'r oeddwn i,' meddai Mallory wrth i Roper godi ar ei draed yn araf. 'A dyma Mrs Wicks yn chwifio arna i i stopio.'

'Pryd oedd hyn?'

'Cwpwl o funudau'n ôl,' meddai Mallory. 'Gynted ag y dois i mewn a'i gweld hi mi es i ar y radio'n syth bin i ofyn am ambiwlans.'

Roedd gwaed yn dal i dreiglo'n araf o'r clwyf. Edrychai'n ddwfn. Gorweddai â'i hwyneb i lawr, glafoerion yn diferu o ochr ei cheg, ei chorff ar ei hyd ar y carped gwyrdd, ei phen ar y mat wrth y drws a chledr un llaw yn pwyso yn erbyn gwydr y drws, ychydig fodfeddi o'r gwaelod.

'Ddaru chi'i symud hi?'

'Naddo, syr. Dim ond gwneud be wnaethoch chi. Mae'n edrych fel petai hi wedi syrthio a tharo'i phen yn erbyn cornel y bwrdd 'ma, a dyna pryd y disgynnodd y peth gwydr 'na, mae'n debyg.'

'Ddaru o ddim jest disgyn, a thorri'n deilchion fel'na,' meddai Roper. Rhedodd ei fysedd ar hyd ymyl y bwrdd. Teimlodd hollt bychan yn y pren. Edrychai'n newydd. O'u trin yn ofalus, roedd ffiolau Gallé wedi'u llunio i bara am byth, ac yn sicr ni fyddai cwymp o dair troedfedd ar garped meddal wedi achosi i ffiol o'r fath dorri'n deilchion fel yna. Ar gornel y bwrdd, y gornel agosaf at y drws ffrynt, roedd rhic arall, ond ni chyffyrddodd ynddo oherwydd edrychai fel petai yna ddarn bychan o groen a blewyn o wallt yn sownd wrtho. Oni bai am y ffiol ddrylliedig, o edrych ar yr olygfa yn y cyntedd gellid tybio'n rhwydd mai damwain oedd wedi digwydd. Ond roedd gweld y ffiol yn yfflon yn peri anesmwythyd i Roper. Yn sicr nid y ffiol oedd wedi achosi archoll Mrs Craven, y bwrdd fu'n gyfrifol am hynny, ond mewn rhyw ffordd neu'i gilydd, roedd y ffiol Gallé yn rhan o'r peth. A doedd gan Roper ddim amheuaeth nad oedd trais wedi digwydd yma, a hynny o fewn yr ychydig funudau diwethaf.

'Does gynnoch chi ddim sigarét, 'debyg?' gofynnodd Mrs Wicks yn ymbilgar, wedi iddo ymuno â hi yn y gegin. Roedd hi'n eistedd ar stôl uchel wrth y bar brecwast modern erbyn hyn, ac yn dal yn wyn fel y galchen.

'Sierŵt?'

'Beth bynnag sy gynnoch chi,' meddai hi, gan ymestyn yn ddiolchgar a chymryd un o'i becyn. 'Diolch.'

Cyneuodd ei daniwr a'i ddal wrth flaen crynedig y sierŵt. 'Sut digwyddoch chi fod yma, yn hollol?'

'Dod â'i modrwy yn ôl iddi oeddwn i,' meddai hi, gan agor ei llaw chwith i ddangos blwch carbord bychan y bu'n cydio ynddo mor dynn nes iddo adael rhigolau gwyn yng nghledr ei llaw.

'Modrwy?' meddai, gan eistedd ar y stôl wrth ei hymyl.

'Ei modrwy ddyweddïo. Roedd hi wedi gofyn i mi'i thrwsio iddi. Mi ffoniais yn gynharach i ddweud y baswn i'n picio â hi yma ar fy ffordd i Dorchester i wneud tipyn o siopa. Ond pan gyrhaeddais i . . . wel, mi wyddoch y gweddill.'

'Allwch chi gofio faint o'r gloch oedd hi pan ffonioch chi?'

'Rhyw chwarter awr yn ôl,' meddai.

Edrychodd Roper ar yr oriawr ar ei arddwrn. Roedd hi'n chwarter wedi hanner dydd yn awr. 'Ac mi rydach chi'n siŵr mai â Mrs Craven y buoch chi'n siarad?'

'Yn berffaith siŵr,' meddai. 'Fedrwch chi ddim methu'r acen 'na, yn na fedrwch?' Roedd y lliw yn graddol ddod yn ôl i'w hwyneb yn awr a hithau'n dechrau ymlacio ryw gymaint.

'Ac mi gyrhaeddoch yma pryd?'

'Funud neu ddau o'ch blaen chi, dim mwy na hynny. Mi welais y llaw yn pwyso'n erbyn gwydr y drws a throis ar fy sawdl gan feddwl rhuthro adre i ffonio am ambiwlans. Ond wrth lwc mi welais Sarjant Mallory'n pasio ac mi chwifiais arno i stopio. Mi ddigwyddodd y cwbwl mor sydyn.'

Felly roedd Mrs Craven yn iawn ac o gwmpas ei phethau am hanner dydd ac yn anymwybodol ryw ddeng munud yn ddiweddarach.

Clywyd sŵn car yn aros y tu allan i'r drws ffrynt, ac yna sŵn ei ddrws yn cau'n glep. Eiliad neu ddwy yn ddiweddarach, gwaeddodd llais Makins, 'Rownd y cefn, os gwelwch yn dda, syr,' a gellid clywed pwy bynnag oedd wedi cyrraedd yn brysio'n gyflym at y drws cefn.

Martin Craven ydoedd, yn wynepgoch a blin yr olwg dan ei gap twîd. 'Be ddiawl ydach chi i gyd yn ei wneud yn fy nhŷ i?' gwaeddodd, gan stopio ar y rhiniog wrth weld Roper a Mrs Wicks yn eistedd yn ei gegin. 'A be aflwydd sy'n mynd ymlaen yn hollol?'

'Mae arna i ofn fod damwain wedi digwydd, syr,' meddai Roper, gan godi oddi ar ei stôl, fel y gwnaeth Mrs Wicks wrth ei ochr. 'Mae'ch gwraig wedi cael codwm. Allan yn y cyntedd mae hi — ' Ond cyn iddo allu dweud rhagor roedd Craven yn y gegin, yn gwthio heibio iddo ac yn brasgamu drwodd i'r cyntedd. Brysiodd Roper ar ei ôl.

'Arglwydd, be ddiawl ddigwyddodd yn fan'ma?' meddai Craven, gan sefyll dros gorff diymadferth ei wraig. Roedd yn dal wedi gwylltio. Fe fyddai Roper wedi disgwyl iddo ddangos rhyw arwydd o sioc neu ddychryn, ond roedd Craven fel petai'n poeni mwy am y darnau gwydr o gwmpas ei draed nag am gyflwr ei wraig.

Yna aeth yn ei gwrcwd wrth ei hymyl a theimlo'n drwsgl ar ochr ei gwddw am bwls.

'Ddaru un ohonoch chi *feddwl* ffonio am ambiwlans?'

'Do, syr, mi wnaeth Sarjant Mallory,' meddai Roper. 'Mae hi ar ei ffordd. A pheidiwch â symud eich gwraig, os gwelwch yn dda, syr,' meddai, gan blygu a chydio yn arddwrn Craven wrth iddo gychwyn troi ei wraig ar ei chefn. Gellid clywed seiren yr ambiwlans yn y pellter.

'Iesu,' chwyrnodd Craven, wrth i Roper ei godi'n ôl i'w draed. 'Gollyngwch fi, wir Dduw!' Gan ysgyrnygu a thuchan, tynnodd ei arddwrn yn rhydd. 'Mi rydach chi *yn* sylweddoli bod rhywun wedi dwyn oddi arni, ydach chi?' Edrychodd yn gyhuddgar ar bob un ohonynt yn ei dro, Makins, Mallory, ac yna'n ôl at Roper. 'Mae'i modrwy ddyweddïo wedi mynd. Be ddiawl arall sy ar goll, sgwn i?'

'Gan Mrs Wicks mae'r fodrwy, syr,' meddai Roper, gan deimlo'n sicr y gallai arogleuo wisgi ar anadl Craven. 'Mi ofynnodd eich gwraig iddi'i thrwsio. Mi ddaeth â hi'n ôl y bore 'ma, a ffeindio'ch gwraig ar ei hyd fan hyn.'

'A phwy wnaeth hyn?' gofynnodd Craven, gan amneidio i lawr ar y darnau o wydr glas ar y carped.

'Does gen i ddim syniad, syr,' meddai Roper, nid wedi'i syfrdanu yn hollol, oherwydd roedd wedi bod yn y swydd yn rhy hir i hynny, ond yn sicr wedi'i synnu fod Craven yn dal i'w weld fel petai'n poeni mwy am ei eiddo nag am ei wraig oedd yn gorwedd yn anymwybodol wrth ei draed. Y funud honno cyrhaeddodd yr ambiwlans. Brysiodd Mallory i gyfeiriad y gegin i hebrwng y criw i mewn drwy'r cefn.

'Felly, be sy'n digwydd rŵan?' gofynnodd Craven.

'Wel, syr, dw i'n awgrymu eich bod chi'n mynd efo Mrs Craven i'r ysbyty. A gyda'ch caniatâd chi, mi arhosa i a Sarjant Makins yma i gymryd golwg bach sydyn o gwmpas y tŷ, yna mi'ch dilynwn ni chi.'

'Pam fy nilyn i?'

'Mi fasen ni'n licio gofyn cwpwl o gwestiynau i chi. Dyna'r drefn, wyddoch chi.'

'Ond mi ddwedsoch chi mai damwain oedd hi,' dadleuodd Craven.

'Falle, syr,' meddai Roper. 'Falle ddim. Dyna pam yr hoffen ni gymryd sbec o gwmpas.'

'Wela i,' meddai Craven yn bigog. 'Mi arhosa i yma efo chi felly, a mynd ymlaen i'r ysbyty wedyn.'

'Fel mynnoch chi, syr,' meddai Roper. Symudodd Craven ac yntau o'r neilltu wrth i staff yr ambiwlans ddod i lawr y cyntedd, y dyn yn cario stretsier, y ddynes yn cario ces cymorth cyntaf a stethosgop. 'Mi ddaethoch chi'n handi,' meddai Roper wrth y dyn, wrth i'r ddynes fynd yn ei chwrcwd yn ymyl Mrs Craven ac agor ei ches.

Edrychodd y dyn ar ei oriawr. 'Braidd yn ara, a dweud y gwir,' meddai. 'Pedwar munud ar ddeg.'

'Edrychodd Roper i lawr ar ei oriawr ei hun. 'Ydach chi'n siŵr o hynny?' gofynnodd. Dim ond un munud ar hugain wedi hanner dydd oedd hi nawr. Fe fyddai tynnu pedwar munud ar ddeg o hynny yn amseru'r alwad am saith munud wedi deuddeg.

'Yn berffaith siŵr,' meddai'r dyn ambiwlans. 'Mae'r amser wedi'i gofnodi ar y siart yn y cab. Mi allwch chi fynd i weld, os 'dach chi isio.'

Cydiodd Roper ym mhenelin Mallory a'i arwain drwodd i'r lolfa allan o glyw Craven. 'Faint o'r gloch oedd hi pan gyrhaeddoch chi yma, Sarjant? Allwch chi gofio'n union?'

'Pan chwifiodd Mrs Wicks arna i i stopio roedd hi'n un munud ar ddeg wedi deuddeg.'

'Ydach chi'n siŵr o hynny?'

'Ydw, yn berffaith siŵr,' meddai Mallory. 'Ac ro'n i ar y radio'n gofyn am ambiwlans ryw ddau funud wedyn. Newydd wneud hynny oeddwn i pan gyrhaeddoch chi.'

Roedd rhywbeth nad oedd yn taro deuddeg yma

rywsut. Yn ôl Mallory, roedd hi wedi deng munud wedi hanner dydd arno'n galw am ambiwlans. Ond roedd yr ambiwlans wedi ymateb i alwad frys a dderbyniwyd am saith munud wedi hanner dydd. Cymharodd Roper yr amser ar ei oriawr â'r amser ar un Mallory. Roeddynt o fewn hanner munud i'w gilydd.

'Pwy ddaru chi'i alw'n hollol?'

'Ein pencadlys ni, syr,' meddai Mallory. 'Dim ond un sianel radio sy gen i.'

Felly, os oedd Mallory wedi cysylltu â'r Pencadlys, mi fyddai wedi cymryd dau funud arall iddynt hwythau gysylltu â'r orsaf ambiwlans. Yn sicr ddigon, roedd rhywbeth o'i le yma . . .

'Mae arna i isio i chi wneud rhywbeth i mi, Sarjant,' meddai Roper. 'Ewch allan, mynd ar y radio i'r Pencadlys a gofyn iddyn nhw gysylltu â'r orsaf ambiwlans. Mae arna i isio gwbod faint o'r gloch yn union oedd hi pan gawson nhw'r alwad yno. A phwy wnaeth yr alwad.'

Crychodd Mallory ei aeliau, yna troi a gadael yr ystafell a mynd am y gegin. Ymunodd Roper â Makins a Craven yn y cyntedd. Roedd Mrs Craven, ei phen wedi'i lapio mewn gwlân cotwm a rhwymynnau, yn cael ei throi ar ei chefn a'i chodi ar stretsier.

'Sut mae hi?' gofynnodd Roper.

'Anodd dweud,' meddai dynes yr ambiwlans. 'Mae hi wedi cael cnoc go egr ar ei phen. Synnwn i ddim nad ydi wedi torri'i phenglog. Ond mae'i phwls yn cyflymu, ac mae hynny'n galonogol. Mi fyddwch chi'n dod efo ni, yn byddwch, Mr Craven?'

'Yn nes ymlaen,' meddai Craven. 'Mae gen i bethau i'w gwneud.'

Ni ddywedodd y ferch ddim, ond cododd ei hael mewn syndod i gyfeiriad Roper.

Roedd y byngalo yn ddistaw unwaith yn rhagor. Mrs

Craven wedi'i chludo i'r ysbyty, Mrs Wicks wedi mynd ymlaen i Dorchester i wneud ei siopa, a Sarjant Mallory wedi cysylltu â'r Pencadlys. Fel roedd Roper wedi'i amau, roedd yr orsaf ambiwlans wedi derbyn dwy alwad yn gofyn am ambiwlans i Furzecroft. Roedd un wedi'i chofnodi am 12.07, a'r ail, o Bencadlys yr Heddlu, am 12.13.

'O ble daeth yr alwad gynta?' gofynasai Roper.

'Oddi yma, syr,' atebasai Mallory. 'Yn ôl y cofnod sy ganddyn nhw, Mr Craven ei hun ffoniodd, a rhoi'r rhif ffôn yma. Dwedodd wrth y cysylltydd fod ei wraig wedi syrthio a'i bod hi'n anymwybodol ar lawr.'

Tra bu'r ddau ohonyn nhw'n siarad yn y gegin, aethai Craven, yng nghwmni George Makins, i gymryd golwg sydyn o gwmpas y byngalo i edrych a oedd rhywbeth amlwg wedi'i ddwyn. Doedd dim, a bellach roedd Roper, Makins a Mallory yn eistedd yn amyneddgar yn y lolfa hir tra arllwysai Craven wisgi mawr iddo'i hun. Roedd y cap twîd y bu'n ei wisgo wedi'i ddiosg erbyn hyn ac yn gorwedd ar y seidbord Edwardaidd nobl gerllaw'r hambwrdd arian lle'r oedd ei gasgliad diodydd.

'Diwrnod i'r brenin heddiw, Mr Craven?' gofynnodd Roper, wrth i Craven ddod i eistedd o'r diwedd a chymryd llymaid o'i wisgi.

'Penderfynu gweithio gartre wnes i. Yn ôl y radio, doedd 'na ddim trefn ar y trenau y bore 'ma.'

'Ond doeddech chi ddim yn gweithio, yn nac oeddech, syr? Allan yn eich car roeddech chi.'

Edrychodd Craven i fyny a gwgu ar Roper yn flin. 'Dw i ddim yn cofio pwy ydach chi'n hollol,' meddai.

'Roper ydi'r enw, syr. Uwcharolygydd, CID.' Roedd Craven yn ei gofio'n sicr ddigon. Ceisio'i fychanu a thorri ei grib yr oedd. Dyna'r math o ddyn ydoedd. 'Fel dwedais i, roeddech chi allan yn eich car. Fasech chi'n malio dweud i ble'r aethoch chi?'

'Mi fu'n rhaid i mi bicio i Dorchester.'

'Achos . . . ?'

'Ro'n i wedi rhedeg allan o bapur i 'nghyfrifiadur.'

'Ac fe brynsoch beth?'

Fel ateb, estynnodd Craven i boced fewnol ei gôt yrru a thynnu'i waled allan. Estynnodd dderbynneb blygedig ohoni a'i dal hyd braich oddi wrtho. Cododd Roper ar ei draed a'i chymryd hi oddi arno. Daethai'r dderbynneb o siop offer swyddfa yn Dorchester a dyddiad heddiw oedd arni. Gwnaeth Roper nodyn o enw'r siop yn ei feddwl a'i rhoi'n ôl iddo, yna dychwelodd i'w gadair.

'Faint o'r gloch oedd hi pan adawsoch chi am Dorchester, syr?'

'Newydd droi deg oedd hi. Mi allwch chi gadarnhau hynny, os liciwch chi. Pan adewais i, roedd yr hogan sy'n dod yma i llnau allan yn y cyntedd yn derbyn ei chyflog. Mi welodd hi fi'n mynd.'

'Ydi enw a chyfeiriad yr hogan 'ma gynnoch chi, syr?' gofynnodd Makins, oedd eisoes wedi estyn ei lyfr poced.

'Donna rhywbeth neu'i gilydd,' atebodd Craven. 'Mae hi'n byw yn y pentre. Mi gewch chi hyd i'w manylion hi yn llyfr cyfeiriad fy ngwraig. Mae o yn y drôr yn y bwrdd yn y cyntedd.'

Cododd Makins a mynd allan. Synhwyrai Roper fod Mr Craven yn hynod o awyddus i brofi'n lle yn union y bu yn ddiweddar. Pobl â rhywbeth ar eu meddyliau fyddai'n gwneud hynny gan amlaf — dihirod neu wŷr yn twyllo'u gwragedd, pobl fel yna.

'Ydach chi'n meddwl y gallai'r ferch 'ma fod wedi aros yma am sbel ar ôl i chi fynd?' gofynnodd Roper.

'Go brin,' meddai Craven, gan wagio'i wydryn wisgi, a'i oslef yn datgan na fyddai'i wraig yn debygol o gymdeithasu â rhyw bwt o forwyn.

'Donna Bracewell, syr?' gofynnodd Makins, oedd newydd ddychwelyd ac yn troi tudalennau'r llyfr cyfeiriadau. 'Ydi'r enw yna'n canu cloch?'

'Ydi. Ie, dyna hi.'

Gwnaeth Makins nodyn o fanylion Ms Bracewell yn ei lyfr poced.

'Oedd eich gwraig yn cymryd moddion o ryw fath, syr?' gofynnodd Roper. 'Rhywbeth a allasai'i gwneud hi'n benysgafn?'

'Nac oedd, dim byd. Ddim hyd y gwn i, beth bynnag.'

'Alwodd Mrs Chance yma'r bore 'ma?' gofynnodd Roper, gan gofio fod Mrs Chance yn cael coffi gyda Mrs Craven pan fu Makins ac yntau yma fore Mawrth, a meddwl tybed oedd cwrdd am goffi boreol yn rhywbeth dyddiol. Cofiodd hefyd am y cleber a glywsai yn yr Hanging Man ynglŷn â Craven a Mrs Chance yn cael eu gweld fraich ym mraich yn Dorchester, a gofynnodd iddo'i hun tybed oedd hynny'n wir — a pha gysylltiad allai fod rhwng hynny a'r ffaith fod Mrs Craven wedi'i chanfod yn anymwybodol yn y cyntedd.

Ond ni wyddai Craven a fu Mrs Chance yno y bore hwnnw ai peidio, a doedd o ddim i'w weld yn malio rhyw lawer. Cododd o'i gadair freichiau a mynd i ail-lenwi'i wydryn.

'Oeddech chi wedi bod yn yfed cyn mynd allan, Mr Craven?' gofynnodd Roper, i gefn Craven. 'Ta wedyn fuoch chi wrthi?'

'Ydach chi'n awgrymu mai fi wnaeth hynna iddi?' gofynnodd Craven, gan ganolbwyntio ar dywallt ei wisgi.

'Wel, ai chi wnaeth, syr?' gofynnodd Roper, gan ddal i siarad i'w gefn.

Rhoddodd Craven y caead yn ôl ar y botel yn ofalus cyn ateb. 'Ro'n i'n meddwl ichi ddweud mai damwain oedd hi.'

'Y ffiol Gallé 'na sy gynnoch chi yn y cyntedd sy'n fy mhoeni i, syr. Dw i'n synnu iddi dorri'n deilchion fel 'na.'

'Ydach chi'n trio awgrymu 'mod i wedi'i tharo â hi, yn enw'r nefoedd?' Dim ond bryd hynny y trodd Craven ac edrych i lygaid Roper. Cymerodd lymaid o'i wisgi.

'Nac ydw, syr, ddim yn hollol,' meddai Roper. 'Meddwl oeddwn i tybed oedd hi wedi trio'i hamddiffyn ei hun.'

'Dweud ydach chi fod rhywun arall yn gysylltiedig â'r peth?'

'Awgrymu, syr, dyna'r cwbwl. Faint o'r gloch gyrhaeddoch chi'n ôl o Dorchester, Mr Craven?'

Gwnaeth Craven lygaid bach. 'Mi welsoch chi fi'n cyrraedd, neno'r dyn!'

'Do, syr,' cytunodd Roper yn dawel. 'Do, yn-y-wir. Ond y tro cynta ro'n i'n ei feddwl. Pan alwoch chi 999 am ambiwlans i'ch gwraig.'

Oedodd gwydryn Craven fodfeddi o'i enau. 'Peidiwch â siarad yn wirion,' meddai. 'Wnes i ddim byd o'r fath.'

'Fe dderbyniwyd yr alwad am saith munud wedi hanner dydd, syr. Ac fe roddodd y galwr eich enw chi a'ch rhif ffôn yma.'

'Wel, nid fi oedd o, myn diawl i,' meddai Craven. Dychwelodd i'w gadair, gan eistedd ar ei braich y tro hwn.

'Felly lle'r oeddech chi, syr, am saith munud wedi deuddeg?'

'Yn y Cherry Tree, fwy na thebyg,' meddai Craven. 'Mi stopiais yno am lymaid.'

'A pha mor bell ydi'r Cherry Tree oddi yma?'

'Rhyw filltir,' meddai Craven. Amneidiodd ei ben i gyfeiriad cyffredinol Dorchester.

'Oes gan y dafarn 'ma ffôn cyhoeddus?'

'Dim syniad,' meddai Craven. 'Ches i 'rioed achos i holi.'

'Neu falle bod gynnoch chi ffôn yn y car?' Oherwydd pwy allai ddweud o ble daethai'r alwad frys mewn gwirionedd? Na phwy oedd wedi'i gwneud hi, chwaith. Fe allai Craven fod wedi dod adre, ffraeo â'i wraig, efallai ceisio'i lladd hi hyd yn oed, a gwneud smonach o bethau, yna gyrru'n gyflym i'r Cherry Tree i sefydlu alibi. Fe allasai wneud y cyfan yn rhwydd yn yr ychydig funudau rhwng deuddeg o'r gloch, pan oedd Mrs Wicks wedi ffonio, a saith munud wedi pan gafodd yr alwad frys ei gwneud. A pha dafarnwr a allai ddweud i'r funud pa bryd roedd cwsmer arbennig wedi cerdded i mewn i'w far?

'Oes, mae gen i ffôn yn y car, fel mae'n digwydd. Ond dydw i ddim wedi'i ddefnyddio ers wythnos neu fwy.'

'Ddaru chi ddim digwydd ei ddefnyddio rhwng yma a'r Cherry Tree?'

'Ylwch,' cyfarthodd Craven, gan godi'i fys bach oddi ar ei wydryn a'i anelu fel pistol bychan at Roper. 'Peidiwch chi â meddwl nad ydw i'n deall be 'dach chi'n ei awgrymu. Doedd gen i ddim byd o gwbwl i'w wneud â be ddigwyddodd i 'ngwraig allan yn fan'na.'

'Dw i ddim yn awgrymu fod gynnoch chi, syr,' meddai Roper. 'Ond dydan ni ddim yn credu erbyn hyn mai jest damwain gafodd Mrs Craven. Mae pethau'n fwy cymhleth. 'Dach chi'n gweld, fe gafodd yr alwad 999 ei gwneud am saith munud wedi deuddeg, a dyn oedd y galwr. Felly roedd yn rhaid i bwy bynnag oedd o fod yn gwbod fod rhywbeth wedi digwydd yma, ac i wbod hynny fe fyddai'n rhaid iddo fod wedi dod i mewn i'r tŷ i ffeindio allan. Chyrhaeddodd Sarjant Mallory ddim yma tan ddeuddeng munud wedi hanner dydd, felly fedrai o ddim bod wedi gwneud yr alwad, ac mi rydach chi'n dweud nad oeddech chithau yma chwaith.'

'Ac rydach chi'n f'amau i.'

'Nac ydw, syr,' meddai Roper. 'Ond mi fasai'n fanteisiol i ni, yn ogystal ag i chithau, pe gallen ni'ch dileu chi o unrhyw ymchwiliad yn y dyfodol.'

'Wel, does 'na ddim problem mewn gwirionedd.

Mae'n ddigon syml,' meddai Craven, fel petai'n siarad â phlentyn disynnwyr. 'Y cyfan sy angen ei wneud ydi aros i 'ngwraig ddod ati'i hun.'

'Ie, syr,' cytunodd Roper. 'Mi allen ni wneud hynny. Ond fe allai Mrs Craven fod yn anymwybodol am ddyddiau. Ac erbyn hynny, fe allai'r dihiryn, os oedd 'na un, fod filltiroedd i ffwrdd.'

Ystyriodd Craven hyn am ysbaid hir. Roedd yn llai ymosodol a chynhyrfus yn awr ac i'w weld fel petai'n gwerthfawrogi'r apêl am ei gydweithrediad. Gwagiodd ei wydryn, yna'i osod ar ei liniau a'i droi'n ôl ac ymlaen rhwng cledrau'i ddwylo. 'Ie,' cytunodd o'r diwedd. 'Dw i'n gweld be sy gynnoch chi. A falle y galla i'ch helpu chi hefyd. Mae'n bosib 'mod i'n gwbod rhywbeth. Rhywbeth . . . wel . . . annymunol.'

'Annymunol, syr?'

Eisteddai Craven yn dawel am rai eiliadau gan edrych fel rhywun yn ymladd â'i gydwybod, yna edrychodd ar Roper a dweud, 'Fasai hi'n bosib i ni'n dau gael munud neu ddau ar ein pennau'n hunain, Uwcharolygydd? Mae'n fater preifat. Faswn i byth yn gofyn fel arall.'

Am y tro cyntaf roedd tinc o ddiffuantrwydd yn ei lais. Amneidiodd Roper ar Makins a Mallory. Cododd y ddau a gadael yr ystafell gan gau'r drws y tu ôl iddynt.

Daliai'r gwydryn i droi yn ôl ac ymlaen rhwng dwylo Craven. Yna stopiodd ac meddai Craven yn swta: 'Dw i'n credu fod gan fy ngwraig gariad. Mae gen i dystiolaeth. Dw i wedi bod yn meddwl tybed fuodd o yma'r bore 'ma.'

Roedd y peth yn swnio'n annhebygol, ond nid yn amhosibl. Ond, os oedd gwirionedd yn y peth, roedd yn esbonio diffyg pryder Craven am ei wraig, i ryw raddau, beth bynnag.

'Rydach chi'n dweud fod gynnoch chi dystiolaeth, syr?'

Cododd Craven ar ei draed a gosod ei wydryn ar y silff

ben tân. Gadawodd yr ystafell, gan adael y drws yn agored ar ei ôl. Daeth yn ôl, heb ei gôt yrru yn awr ac yn dal rhywbeth sgleiniog yn ei law. Caeodd y drws yn ddistaw a dod at gadair Roper. Oriawr dyn oedd y peth yn ei law, un aur ar strapen ledr ddu. Gosododd hi ar gledr llaw Roper.

'Mi ffeindiais hi ar y silff y tu ôl i gyrten y gawod, ryw dair wythnos yn ôl,' meddai. 'Ac nid fi bia hi, mae hynny'n saff.'

Avia oedd ei gwneuthuriad. Oriawr ddrudfawr yr olwg gydag wyneb ac ymyl aur a chefn dur di-staen. Fe fyddai pwy bynnag oedd wedi'i gadael hi ar ôl yn sicr o fod wedi'i cholli erbyn hyn.

'Sonioch chi ddim wrth eich gwraig eich bod chi wedi'i ffeindio hi?'

'Naddo, siŵr,' meddai Craven.

'A dydi hithau ddim wedi sôn amdani wrtha' chithau, wrth gwrs?'

'Nac ydi, wrth reswm,' meddai Craven. 'A phetai hi wedi gwneud, mi fasai wedi gorfod meddwl am gythraul o stori dda i f'argyhoeddi i.'

Roedd Craven yn sicr yn swnio fel petai'n dweud y gwir, ac os felly roedd hynny'n rhoi agwedd wahanol hollol i'r mater o'r ymosodiad ar ei wraig. Os oedd yna ddyn arall ym mywyd Mrs Craven, efallai iddi fynd yn ffrae rhwng cariadon ac efallai mai'r cariad newydd oedd wedi gwneud yr alwad 999 gyntaf cyn ffoi o'r tŷ. Ac os mai dyna oedd wedi digwydd mi fuasai i fyny i Mrs Craven i ddwyn cwyn yn ei erbyn ar ôl iddi ddod ati'i hun.

Wrth i Roper drosglwyddo'r oriawr yn ôl i Craven canodd y ffôn yn y cyntedd. 'A dweud y gwir, syr,' meddai, 'galw yma i gael gair arall am Gerald Pope wnaethon ni. Ac mi liciwn i ddod yn ôl yn nes ymlaen heno 'ma i wneud hynny, os ydi hynny'n iawn efo chi?'

Newidiodd tymer Craven ar unwaith ac aeth yn

elyniaethus drachefn. 'Sawl gwaith sy raid i mi ddweud wrtha' chi? Do'n i erioed wedi clywed sôn am y blydi dyn cyn i chi alw yma'r noson o'r blaen.'

'Dw i'n credu'ch bod chi, syr,' meddai Roper, gan godi o'i gadair freichiau. 'Wn i ddim sut na pham, ond dw i'n bwriadu ffeindio allan. Fydd wyth o'r gloch yn gyfleus?'

'Unrhyw bryd liciwch chi,' meddai Craven. 'Ond petaech chi'n gofyn tan Sul y pys, yr un ateb gaech chi. Do'n i ddim yn ei nabod.'

Daeth cnoc ar y drws. George Makins oedd yno. Yr ysbyty oedd ar y ffôn.

'Mi fasen nhw'n licio gair â chi, Mr Craven. Mae angen llawdriniaeth frys ar eich gwraig.'

'Mi'ch gwela i chi am wyth o'r gloch, Mr Craven,' meddai Roper. 'Ac os byddwch chi'n penderfynu mynd draw i'r ysbyty, ga i awgrymu eich bod chi'n cymryd tacsi.'

'Dyna o'n i'n fwriadu'i wneud,' meddai Craven.

'Da iawn, syr,' meddai Roper. 'Tan wyth o'r gloch felly.'

Pennod 12

'O, Mam bach,' gwaeddodd Mrs Chance, gan godi'i dwylo i'w hwyneb mewn dychryn wrth i Roper dorri'r newydd iddi. A newydd ydoedd, roedd hynny'n sicr, oherwydd ni allasai'r actores orau yn y byd roi perfformiad cyffelyb heb lawer iawn, iawn o ymarfer. 'Dydi hi ddim wedi marw, ydi hi?'

'Nac ydi, ond mae hi'n anymwybodol. Mae hi'n cael llawdriniaeth frys ar hyn o bryd.'

Roedd dwylo Mrs Chance yn dal ar ei bochau, a'i llygaid yn llydan agored.

'Damwain car, ie?'

'Gartre'r oedd hi. Wedi cael codwm, yn ôl pob golwg. Meddwl oedden ni tybed oeddech chi wedi'i gweld neu wedi cysylltu â hi y bore 'ma. Os gwnaethoch chi, mi fasai'n ein helpu ni i sefydlu'r amser.'

Rhythodd arno, ei llygaid tywyll yn culhau a'i gwedd yn troi'n llym a chraff yn sydyn. 'Sefydlu amser? Pam fasech chi isio gwneud hynny? Mae Martin gartre heddiw, ydi o ddim? Pam na ofynnwch chi iddo fo?'

'Roedd Mr Craven allan, Mrs Chance.'

Cymylodd ei gwep am ennyd. Edrychai fel petai'n amau'r gosodiad, ond aeth yr ennyd heibio mor sydyn fel na allai Roper fod yn sicr. Yna trodd hi at y blwch sigarennau ar y bwrdd coffi, agor ei gaead, gwthio sigarét i'w cheg ac estyn taniwr oddi ar y silff ben tân. Llwyddodd o'r diwedd i reoli'i dwylo crynedig a dod â'r fflam at flaen y sigarét. Tynnodd yn ddwfn ar y sigarét a chwythu mwg, yna codi'i phen yn sydyn a syllu ar Roper yn wysg ei hochr.

'Mae 'na rywbeth yn mynd ymlaen, yn does?' meddai. 'Neu fasech chi ddim yma, yn na fasech? Nid damwain oedd hi, nage?'

'Dydan ni ddim yn siŵr eto, Mrs Chance,' meddai Roper. 'Ond mae 'na bosibilrwydd fod rhywun arall yn y tŷ efo Mrs Craven pan ddigwyddodd y peth.'

'Bwrgler?'

'Falle. Er does 'na ddim byd i'w weld wedi'i ddwyn, yn ôl Mr Craven. Pryd gwelsoch chi Mrs Craven ddiwetha, Mrs Chance?'

'Ddoe,' meddai. 'Yn y pnawn. Mi aethon ni am dro i Dorchester efo'n gilydd.'

'Ond nid heddiw?'

'Na. Mi ffoniodd Dagmar fi tua hanner awr wedi naw.'

'Be oedd ganddi i'w ddweud?'

'Dim byd llawer. Ffonio oedd hi i ddweud wrtha i fod Martin gartre heddiw ac y basai'n well i mi beidio â mynd yno am goffi bore 'ma.'

'Oes gan Mrs Craven lawer o ffrindiau?'

'Dim ond y fi, dw i'n meddwl. Mae bywyd cymdeithasol yn rhywbeth prin ar y naw ffordd hyn, rywsut.'

'Beth am ffrindiau o ddynion? Oedd ganddi rywfaint o'r rheiny?'

Deallodd yr hyn oedd ganddo ar unwaith. 'Cariad, ydach chi'n feddwl? Nac oedd, dw i ddim yn meddwl . . . Er . . . ' Tawodd yn sydyn, gan grychu'i haeliau ac ysgwyd ei phen. 'Nac oedd, wrth gwrs nad oedd . . . mae'r peth yn rhy wirion.'

'Be sy'n rhy wirion, Mrs Chance?' gofynnodd Roper ar ôl ennyd neu ddau, o'i gweld hi'n gyndyn i barhau.

'Ylwch,' meddai hi. 'Mae'n debyg nad ydi o'n ddim byd o gwbwl. Jest rhywbeth dw i wedi sylwi arno.' A'r hyn roedd Mrs Chance wedi sylwi arno oedd fod Mrs Craven wedi cymryd at fynd allan yn y car yn ddiweddar, yn gynnar yn y prynhawn ddwywaith neu deirgwaith yr wythnos.

'Ers pryd mae hyn wedi bod yn mynd ymlaen?'

Cododd ei hysgwyddau. 'O, ers rhyw dair neu bedair wythnos, mae'n debyg.' Ac fe fuasai hynny tua'r un adeg ag y canfu Craven yr oriawr y tu ôl i gyrten ei gawod.

'Ond welsoch chi erioed moni efo neb chwaith?'

'Naddo,' meddai. 'Erioed.'

'A wnaeth hi erioed adael i ddim byd lithro, rhywbeth i awgrymu y gallai hi fod yn gweld rhywun?'

'Naddo. Dydi hi mo'r teip.'

'Ond pan oedden ni'n sgwrsio y dydd o'r blaen, Mrs Chance, roeddech chi'n dweud pa mor dda roedd Mr a Mrs Chance yn dod ymlaen â'i gilydd.'

'Wel, oeddwn,' cytunodd. 'Ac maen nhw, cyn belled ag y gwn i. Ond pwy a ŵyr be sy'n mynd ymlaen y tu mewn i bennau pobol eraill? Dw i'n siŵr ei bod hi'n diflasu ar fod ar ei phen ei hun yn y tŷ 'na weithiau — mi fydda innau hefyd, 'tasai'n mynd i hynny. Ac mi wn i sicrwydd fod Martin yn gweithio o fore gwyn tan nos. O leia mae gen i wastad rywun i dorri gair ag o, hyd yn oed petai o'n neb amgenach nag un o weithwyr Nicholas yn dod i'r buarth i lenwi bwced. Does gan Dagmar druan neb.'

Felly efallai fod yna sylwedd i amheuon Craven mai cariad ei wraig oedd wedi gadael yr oriawr yn y stafell ymolchi. Ond doedd hynny'n ddim o fusnes yr heddlu, oni bai bod Mrs Craven yn marw o'i chlwyfau. Fe ddeuai'r cyfan i'r amlwg maes o law, mae'n debyg, dim ond i Mrs Craven wella.

Cadwodd Roper ei gwestiynau olaf, sef prif bwrpas ei ymweliad â Downlands Farm, nes bod Makins ac yntau yn botymu eu cotiau yn barod i adael.

'Ydach chi'n digwydd gwbod a fu Mrs Craven mewn

damwain car o gwbl yn ystod y ddwy flynedd diwetha, Mrs Chance?'

Ystyriodd am funud, yna ysgwyd ei phen. 'Naddo,' meddai. 'Meddwl am Martin oedd pwy bynnag ddwedodd hynny wrtha' chi, mae'n debyg. Mi gafodd o un yn sicr. Dw i'n cofio Dagmar yn sôn wrtha i.'

'Ydach chi'n digwydd cofio pryd oedd hynny?'

'Rhyw ddwy flynedd yn ôl,' meddai.

'Ddwedodd Mrs Craven be'n union ddigwyddodd?'

'Dw i ddim yn meddwl y gwyddai hi'n iawn, os o gwbwl,' meddai. 'Sylwi nad oedd Martin yn defnyddio'i gar wnaeth hi a'i fod o'n ei adael yn y garej ac yn defnyddio'i char hi. Roedd 'na dolc mawr ym mhen blaen ei gar o. Yna mi aeth i ffwrdd ynddo un bore, a thrannoeth roedd ganddo gar newydd.'

'Pa fath o gar oedd o? Allwch chi gofio?'

'Mercedes,' meddai. 'Dyna'r unig fath y bydd o'n ei yrru.'

'Beth am y lliw?'

'Llwyd golau o ryw fath,' meddai. 'Rhywbeth yn debyg i'r un sy ganddo fo rŵan.'

Roedd Donna Bracewell, merch lanhau foreol Mrs Craven, yn dal dan yr annwyd. Roedd hi'n byw gyda'i mam weddw mewn tŷ teras bychan nid nepell o'r Hanging Man.

Gwelsai Donna Mrs Craven ddiwethaf am oddeutu deg o'r gloch y bore hwnnw. Aethai i'r siop fferyllydd yn y pentref i nôl rhywbeth at yr annwyd, yna cerdded ymlaen i Furzecroft i nôl ei chyflog. Ar ddydd Iau y byddai hi'n cael ei thalu fel arfer, ond doedd gan Mrs Craven ddim arian parod ddoe nes iddi fynd i'r banc yn Dorchester yn y prynhawn. Fore heddiw cawsai Donna bunt yn ychwanegol yn ei chyflog i wneud iawn am yr oedi.

'Ond un fel'na ydi hi. Ffeind, wyddoch chi.'

'Oedd Mr Craven yn y tŷ?'

'Cychwyn allan oedd o. Mi aeth tra o'n i yno.'

Doedd hi ddim wedi aros yn hir, deng munud ar y mwyaf. Clywsai gar Craven yn gyrru i ffwrdd.

'Fyddwch chi ddim yn gweithio ar ddydd Gwener, felly?'

'Mi fydda i fel arfer,' meddai. 'Ond mi ffoniodd Mrs Craven fi'n gynnar a dweud wrtha i am beidio trafferthu heddiw achos bod Mr Craven gartre. All o ddim diodde sŵn yr hwfer.'

'Sut ydach chi'n dod ymlaen efo fo?'

Crychodd ei thrwyn coch, dolurus. 'Fydda i byth yn gweld rhyw lawer ohono fo. Jest weithiau ar ddydd Gwener.'

Roedd yn amlwg wrth ei llais nad oedd yn or-hoff o Martin Craven ac o ddarllen rhwng y llinellau roedd hi fel petai'n cydymdeimlo'n arw â Mrs Craven am fod yn briod ag o.

'Ond mae hi braidd yn ddi-glem,' ychwanegodd. 'Jest dipyn bach.'

'Di-glem?'

'Ansicr,' eglurodd. 'Braidd yn llywaeth. Y fo sy wedi'i gwneud hi fel'na, mae'n debyg.'

'Sut felly?'

'Y ffordd mae o'n siarad â hi drwy'r amser. Wastad yn ei bychanu hi. Edrych i lawr arni, wyddoch chi; fel petai hi'n ddarn o faw dan ei draed. Alla i ddim meddwl pam mae hi'n ei ddiodde.'

'Ydi o'n un gwyllt?'

'O, ydi,' atebodd yn bendant. 'Mae ganddo fo dempar yn ol-reit.'

'Fydd o'n gas iawn wrth Mrs Craven, Donna? Yn ei churo hi, dw i'n feddwl?'

'O, na fydd,' meddai, gan ysgwyd ei phen cyn claddu'i thrwyn mewn hances bapur arall. 'Dw i ddim yn credu'i fod o mor ddrwg â *hynny*. Jest hen foi ffiaidd ac annymunol.'

'Glywsoch chi nhw'n ffraeo erioed?'

Chwythodd ei thrwyn yn swnllyd. 'Dw i wedi gwneud o bryd i'w gilydd. Fel dwedais i, anamal y bydd o yno pan fydda i yno.'

'Beth am bore 'ma?'

'Naddo,' meddai. 'Dim bore 'ma.' Snwffiodd yn ffiaidd a chlirio'i gwddw. Tynnodd hances bapur arall o'i blwch yn barod ar gyfer y tro nesaf. 'Ddwedodd o ddim byd wrthi wrth fynd heibio i ni yn y cyntedd. Ddim hyd yn oed "wela i di toc", na dim byd arall. Mae'n codi lot ar ei fys bach hefyd. Dw i'n gwbod, achos fi sy'n golchi'r gwydrau oddi ar y seidbord ar ei ôl o — ac mi fydda i'n sylwi sut mae'r stwff yn y poteli'n mynd i lawr o un diwrnod i'r llall. A dw i'n gwbod nad hi sy wrthi achos y cwbwl mae hi'n ei yfed ydi coffi. O leia, dyna'r cwbwl i mi'i gweld hi'n yfed erioed.'

Eisteddai Tasker Hobday dros hanner peint o chwerw ym mar salŵn yr Hanging Man. Anaml y byddai'n mynychu'r salŵn — roedd y cwrw ddwy geiniog yn ddrutach yno nag yn y bar cyhoeddus — ond fe wyddai y byddai'r ditectifs yn gwneud, a gobeithiai y gwnaent eto heddiw. Oherwydd roedd Tasker yn ŵr â rhywbeth yn pwyso ar ei feddwl. Roedd llawer wedi bod yn digwydd yn y pentref yn ddiweddar, a rhagor eto y bore 'ma, ac fe wyddai iddo weld yr hyn a welsai ac y dylai rhywun pwysig gael clywed amdano rhag blaen.

'Falle nad ydi o'n ddim o'n busnes ni,' meddai George Makins. 'Be 'dach chi'n feddwl?'

'Fe allai fod,' meddai Roper. 'Mae'n dibynnu ar be fydd gan Mrs Craven i'w ddweud pan fydd hi'n *compos mentis* unwaith eto.'

Eisteddai'r ddau ger y lle tân ym mar salŵn yr Hanging Man. Roedd hi'n tynnu at hanner awr wedi un.

Am chwarter wedi roeddent wedi galw yn y Cherry Tree. Cofiai'r tafarnwr rywun oedd yn ateb disgrifiad Craven yn galw i mewn tua phum munud i hanner dydd. Yn sicr fe allai gofio rhywun oedd yn gwisgo cap twîd ac yn gyrru Mercedes. Cofiai iddo archebu wisgi mawr. Rhyw funud neu ddau ar ôl i Craven gyrraedd bu'n rhaid i'r tafarnwr fynd i lawr i'r seler i dderbyn ei gyflenwad wythnosol o gwrw drafft. Bu i lawr yno am ryw chwarter awr, gan adael i'r ferch a ofalai am y bar cyhoeddus gadw llygad orau medrai hi ar y bar salŵn drwy'r agoriad yn y wal. Gan ei bod hi'n brysur, rhwng un peth a'r llall, doedd hi ddim wedi sylwi ar Craven yn gadael y lle. Yr unig beth y gellid ei ddweud i sicrwydd oedd nad oedd Craven yn eistedd wrth gownter y bar salŵn pan ddaeth y landlord yn ôl i'r bar am oddeutu deng munud wedi hanner dydd.

Doedd hyn yn profi dim lle'r oedd Martin Craven a'r ymosodiad ar Mrs Craven yn y cwestiwn, ac os na ddeuai tystiolaeth o rywle i gysylltu anafiadau Mrs Craven â llofruddiaeth Gerry Pope, doedd y busnes yn Furzecroft yn ddim o fusnes Roper p'run bynnag, a bod yn fanwl gywir. Er hynny roeddynt o leiaf wedi llwyddo i ddarganfod i Martin Craven fod mewn damwain ffordd ryw ddwy flynedd yn ôl, ac fe fuasai hynny tua'r un adeg â'r cofnod cyntaf dan enw Craven yn llyfr bach Pope.

'Dydan ni ddim eto wedi profi'r cysylltiad,' meddai Makins. 'Mi fydd yn rhaid gwneud hynny.'

'Ffydd, George, ffydd,' meddai Roper, ond roedd Makins yn llygad ei le. Un peth oedd amau neu wybod rhywbeth, peth arall oedd ei brofi, os na ellid gorfodi Craven rywsut neu'i gilydd i gyfaddef y ffaith. A doedd o ddim yn debygol o wneud hynny ar chwarae bach. Roedd angen tystiolaeth gadarn o rywle i'w herio â hi.

'Esgusodwch fi, giaffar,' sibrydodd llais gwichlyd wrth ysgwydd Roper. 'Oes gynnoch chi funud?'

Cododd Roper ei ben. Tasker Hobday oedd yno, yn

edrych yn llechwraidd iawn dan ei gap gwau.

'Mae wastad digon o amser gen i i chi, Mr Hobday. Ga i brynu peint i chi?'

Ysgydwodd Hobday ei ben, ei lygaid yn gwibio i bobman. 'Mi'ch gwela i chi allan wrth y lle dynion,' sibrydodd yn gryglyd. 'Mae'n bwysig.' A chyda hynny sleifiodd i ffwrdd i gyfeiriad y drws a arweiniai i'r maes parcio.

Crychodd Roper ei aeliau a thaflu cipolwg sydyn ar Makins. Yna cododd ar ei draed a mynd allan drwy'r drws ffrynt ac yna heibio i dalcen yr adeilad gan wasgu heibio i bentwr o gratiau o boteli cwrw gweigion i gyrraedd y cefn. Roedd Hobday yn llercian rhwng y toiledau a fen fawr wen. Symudodd yn ôl a chadw o'r golwg cyn gynted ag yr oedd yn sicr fod Roper wedi'i weld.

'Does arna i ddim isio i neb wbod 'mod i wedi dweud wrtha' chi,' sibrydodd, pan oedd Roper ac yntau yn ddiogel allan o olwg ffenestri'r bar. 'Achos falle nad ydi o'n ddim byd wedi'r cwbwl. Ond mi welais i rywbeth bore 'ma, ac mi ddwedodd Elsie wrtha i am y Mrs Craven 'na'n cael damwain a'r ambiwlans yn dod ati a phopeth.' Taflodd gipolwg heibio i Roper, ac yna dros ei ysgwydd. 'Mi fydda i'n llnau ffenestri Elsie ar ddydd Gwener, 'dach chi'n gweld. Welodd o mono i, wrth gwrs.'

'Pwy welodd monoch chi, Mr Hobday?'

'Mr Chance. Hwnnw sy bia Downlands Farm. Sleifio drwy gefn gardd Elsie oedd o, fel petai o ddim isio i neb ei weld o. Felly dyma fi'n ei ddilyn am dipyn, a phan ddaeth o at 'y nghaban i mi aeth heibio'i dalcen o a rownd y cefn — does gen i ddim ffenestri yn y cefn, 'dach chi'n gweld — wedyn mi aeth yn ei flaen i gyfeiriad lle Mr Craven. Rhyw fynd yn llechwraidd oedd o, ac yn edrych yn amheus iawn, yn 'y marn i. Yna pan ddaeth Elsie'n ôl o Dorchester mi ddwedodd wrtha i am helynt

Mrs Craven. Dim ond rhoi dau a dau wrth ei gilydd ydw i, cofiwch.'

'Ydach chi'n cofio faint o'r gloch oedd hi, Mr Hobday?'

'Nac ydw, ddim yn hollol. Rhyw ddeng munud cyn i Elsie fynd i wneud ei siopa, mae'n debyg.'

'Pa mor bell ddaru chi ddilyn Mr Chance?'

'Ddim yn bell. Rhyw ddau ganllath hwyrach. Jest isio gwneud yn siŵr nad oedd o'n mynd i mewn i 'nghaban i oeddwn i.'

'Felly welsoch chi mono fo'n croesi drosodd i libart Mr Craven?'

'Wel, naddo,' meddai Hobday. 'Alla i ddim dweud 'y mod i. Ond, diawch, mae'n edrych yn amheus hefyd, yn tydi?'

Ac efallai'i fod. Fe fyddai hi tua deuddeg o'r gloch bryd hynny, digon o amser i Chance gyrraedd byngalo'r Craveniaid, cael ffrae a mynd i'r afael â Mrs Craven, ffonio am ambiwlans a'i gwadnu hi oddi yno cyn i Mrs Wicks a Sarjant Mallory droi i fyny. Ac os mai felly y digwyddodd pethau mewn gwirionedd, fe fyddai'n rhaid aros nes y byddai Mrs Craven wedi dod ati'i hun i ganfod pam y gwnaethai hynny. Ac os oedd y senario'n gywir, yna'n sicr fe fyddai Mr Chance yn chwysu gryn dipyn yn ystod yr oriau nesaf.

'Welsoch chi Mr Chance yn dod yn ôl wedyn?'

Ysgydwodd Hobday ei ben. 'Do'n i ddim yn gwylio,' meddai. 'Roedd Elsie wedi gofyn i mi orffen y ffenestri erbyn iddi ddod yn ôl. A wnes i ddim meddwl cymaint â hynny am y peth, a dweud y gwir. Ddim nes iddi hi ddweud wrtha i am helbul Mrs Craven.'

'Welsoch chi Mr Chance yn mynd ffordd yna o'r blaen ryw dro?'

Ysgydwodd Hobday ei ben drachefn. 'Naddo,' meddai. 'Erioed o'r blaen. Dyna pam ro'n i'n gweld y peth yn od, 'dach chi'n gweld. A'i weld o'n sleifio fel'na, fel petai o ar ryw berwyl drwg. Wrth gwrs, mi allwn i fod yn hollol anghywir, cofiwch, a doedd gen i ddim isio creu helynt i neb — dyna pam nad o'n i isio dweud dim yn y bar.'

'Mi wnaethoch yn iawn, Mr Hobday,' meddai Roper. 'Diolch am adael i mi wbod, ac mi gadwa i o mewn co. Ond peidiwch â sôn gair wrth neb arall, iawn?'

'Faswn i ddim yn meiddio,' meddai Hobday. 'Ddwedais i ddim byd wrth 'rhen Elsie hyd yn oed.'

'Doeth iawn,' meddai Roper.

'Wel, be oedd ganddo fo ar ei feddwl?' gofynnodd Makins, wedi i Roper ddychwelyd i'r bar.

'Isio dweud ei fod o wedi gweld Chance yn sleifio drwy'r llwyni i gyfeiriad byngalo Mr a Mrs Craven y bore 'ma oedd o. Tua hanner dydd oedd hi, meddai. Falle nad ydi o'n golygu dim, wrth gwrs.'

'Ond, mi rydach chi'n meddwl ei fod o?'

'Gad i ni obeithio y gall Mrs Craven ein goleuo ni,' meddai Roper. Cymerodd lwnc o'i gwrw a gorffen bwyta'i rôl gaws, gan ddal i gnoi cil ar yr hyn roedd Hobday wedi'i ddweud wrtho a gofyn iddo'i hun tybed oedd yna gysylltiad o gwbl rhwng helynt Mr Craven a marwolaeth Gerry Pope.

Mae'n rhaid bod Martin Craven, waeth beth a ddywedai, yn adnabod Gerry Pope. Ac o adwaith ei wraig ddydd Mawrth, roedd hithau hefyd yn ei adnabod. A beth am Chance a Hughie Lee? Roedd eu hadwaith nhw hefyd wedi awgrymu nad oedd Pope yn ddieithr iddynt hwythau. Gwnâi hynny griw bach dethol o bedwar o bobl, y cyfan fwy neu lai yn byw o fewn tafliad carreg i'w gilydd, oedd yn adnabod neu'n cael eu hamau o fod yn adnabod un oedd wedi'i lofruddio o fewn chwarter milltir i'w cartrefi. Ac yn awr, heddiw'r bore, roedd un o'r pedwar hyn, Mrs Craven, wedi dioddef trais ei hunan, ac un arall wedi'i weld yn gwneud ei ffordd i gyfeiriad ei thŷ dan amgylchiadau amheus. Pam roedd Chance wedi dewis mynd y ffordd honno, gyda glan yr afon? Os oedd arno eisiau mynd i weld Mrs Craven ar fusnes gonest pam nad aethai ar hyd y ffordd yn hytrach na sleifio yno drwy'r llwyni? Dyn oedd wedi galw am ambiwlans. Pa ddyn? Nicholas Chance ynteu Martin Craven? A chymryd am funud mai Chance oedd wedi gwneud yr alwad, ai yntau hefyd oedd wedi hanner lladd Mrs Craven? Ai mynd yno gyda'r bwriad o'i lladd hi a wnaethai? Ac os felly, pam?

Ynteu ai Craven ei hunan oedd wedi ffonio? Er ei fod wedi'i weld yn galw yn nhafarn y Cherry Tree, doedd neb wedi'i weld yn oedi yno. Felly, doedd ganddo ddim alibi am yr amser tyngedfennol. Roedd ei ddiffyg diddordeb a'r ffaith nad aeth gyda'i wraig yn yr ambiwlans i'r ysbyty yn dangos dideimladrwydd a dweud y lleiaf. Oedd o wedi bwriadu'i lladd hi oherwydd y gallai hi ei gysylltu â Gerald Pope? Oedd hi wedi synhwyro rhywbeth am ddigwyddiadau nos Lun ddiwethaf?

Fe fyddai Mrs Craven yn dod ati'i hun ac yn gwella, gobeithio, ond hyd nes y byddai wedi gwneud fe fyddai'r cwestiynau hyn yn aros yn rhai o ddirgelion mawr bywyd.

Yr unig weithred ymarferol i Roper ei gwneud yn ystod y prynhawn oedd anfon plismones i eistedd y tu allan i ystafell Mrs Craven. Ffoniodd hithau am bedwar o'r gloch i ddweud eu bod yn credu i'r llawdriniaeth frys fod yn llwyddiant a bod cyflwr Mrs Craven yn 'gyfforddus'. Roedd Craven ei hunan wedi galw yn yr ysbyty ychydig wedi un o'r gloch y prynhawn hwnnw ac wedi arwyddo'r ffurflenni caniatâd angenrheidiol. Gadawsai yn fuan wedyn ac nid oedd wedi cysylltu oddi ar hynny. Roedd blodau wedi cyrraedd o siop flodau am chwarter i bedwar. Rhywun o'r enw Mrs Chance oedd wedi'u hanfon.

Penderfynodd Roper fynd adref am swper cynnar am unwaith. Roedd yn ôl yn ei swyddfa am hanner awr wedi saith. Ymysg y negeseuon ar ei bad nodiadau, roedd nodyn yn dweud fod Mrs Chance yn ffonio'r ysbyty bob hanner awr i holi ynglŷn â chyflwr Mrs Craven. Unwaith yn unig yr oedd Craven wedi ffonio, a hynny am saith o'r gloch. Roedd neges hefyd oddi wrth Dave Price. Fe fyddai Mr Richard Bennett, perchennog y llythrennau cychwynnol RJB yn llyfr nodiadau Pope, yn dod i'r Pencadlys i gael ei gyf-weld am wyth o'r gloch. Price fyddai'n cynnal y cyfweliad, yng nghwmni'r Prif Arolygydd Brake.

Am ddeng munud i wyth roedd Roper a Makins ar eu ffordd yn ôl i Appleford.

Nid oedd Craven fymryn yn fwy dymunol yn sobr nag ydoedd â chwpl o wisgis y tu mewn iddo. Os rhywbeth, roedd ei wadu ffyrnig nad oedd erioed wedi adnabod Pope yn fwy taer nag erioed.

'Dw i'n mynnu cael gwbod be 'di'ch blydi gêm chi,' taranodd. ' 'Dach chi'n galw yma fel fynnoch chi ac yn gofyn yr un blydi cwestiwn drosodd a throsodd.'

'Nid gêm ydi hi, syr,' sicrhaodd Roper ef. Agorodd ei friffces ac estyn y llungopi o dudalen Craven yn llyfr nodiadau Pope. 'Dw i'n awgrymu eich bod chi'n cymryd golwg ar hwn cyn ichi ddweud rhagor.'

Cipiodd Craven y ddalen oddi arno'n ddiamynedd. 'Jest rhestr o ddyddiadau ydi hwn,' meddai, ar ôl taflu cipolwg brysiog dros y papur a'i roi yn ôl.

'Efo'ch llythrennau cychwynnol a'ch rhifau ffôn chi ar frig y ddalen, Mr Craven. Ydach chi am wadu hynny hefyd, syr?'

'Wrth gwrs nad ydw i ddim, siŵr Dduw,' cyfarthodd Craven. 'Dweud ydw i nad oes gen i ddim syniad sut y daethon nhw i fod yna na pha gysylltiad posib all 'na fod rhyngof fi a'r boi sgwennodd nhw.'

'Plismon oedd o, syr,' meddai Roper. 'Sarjant. Yn perthyn i'r Adran Draffig. Ar fotor-beic roedd o gan amla, sy'n golygu y byddai'n gweithio ar ei ben ei hun y rhan fwya o'r amser.'

'Ac mae hynna i fod i olygu rhywbeth i mi, ydi o?'

'Ydi, syr, dw i'n credu y dylai o olygu rhywbeth i chi,' meddai Roper. 'Mae gynnon ni dystiolaeth gan dri thyst annibynnol sy'n honni fod Sarjant Pope yn euog o drosedd ddifrifol, sef hawlio arian drwy fygwth. Maen nhw i gyd yn ymwneud â damweiniau taro-a-dianc.'

'Bobol annwyl, ddyn,' brygawthodd Craven. ' 'Dach chi erioed yn meddwl y gallwn i fod yn gysylltiedig ag un o'r *rheiny* 'debyg. Faswn i byth yn gallu byw yn 'y nghroen.'

Agorodd Roper ei friffces drachefn. Y tro hwn tynnodd lungopi o adroddiad am ddamwain ffordd allan.

'Gray's Lane, Mr Craven,' meddai, gan ddarllen o'r adroddiad. 'Lôn sy'n cysylltu pen deheuol yr A351 â'r A352 ydi hi. Ydach chi wedi'i defnyddio hi erioed?'

'Dw i ddim yn meddwl 'mod i'n gwbod am ei bodolaeth, hyd yn oed. Ond mi fydda i'n defnyddio'r ddwy ffordd arall grybwylloch. chi, nos a bore.'

'Fyddwch chi'n gweithio'n hwyr?'

'Bydda,' meddai Craven. 'Tan wyth neu naw o'r gloch yn amal, weithiau'n hwyrach.'

'Beth am y deuddegfed o Chwefror, mil naw naw deg, syr? Ddaru chi'u defnyddio nhw y noson honno?'

'Arglwydd!' gwaeddodd Craven wedi'i gythruddo. ' 'Dach chi 'rioed yn disgwyl i mi gofio hynny!'

'Fe all mai dyna'r unig dro yn ystod y tair blynedd diwetha i chi ddefnyddio Gray's Lane, syr,' meddai Roper, gan edrych ar y nodiadau o'r gwaith ymchwil roedd Brake a'i dîm wedi'i wneud iddo yn ystod y prynhawn. 'Dydd Llun oedd hi, a rhwng deg ac un ar ddeg o'r gloch y noson honno roedd lôn ddeheuol yr A351 ar gau. Lorri wedi colli'i llwyth. Mi fu'n rhaid i bawb ddefnyddio Gray's Lane yn ystod yr awr honno. Ydi hynny'n canu cloch, syr?'

Ydoedd, yn ddiau. Roedd yn canu cloch mor uchel fel y gallai Roper ei hun ei chlywed bron iawn. Gwybu Craven drwy'r amser beth oedd y tu ôl i'r ymweliadau cyson yma, ac er y gallai fynd i'w fedd gan ddal i wadu hynny, roedd i'w weld yn amlwg yn ei lygaid, yn wir, ei holl gorff, ond roedd ar Roper eisiau'i glywed o enau'r dyn ei hun. Os oedd yn gywir, roedd Martin Craven wedi lladd gŵr o'r enw Sidney Manley, nid dyn yn ei flodau ond un â dwsin neu ragor o flynyddoedd da o'i flaen. Ac roedd pethau'n waeth na hynny mewn gwirionedd. Roedd Craven wedi dewis ffoi a gadael y gŵr truan yn ei glwyfau ar fin y ffordd yn y modd mwyaf ffiaidd. Rhywbeth oedd yn waeth, os rhywbeth, na llofruddiaeth mewn gwaed oer.

'Does gen i ddim syniad am be 'dach chi'n sôn,' meddai Craven, ond aethai gormod o amser heibio rhwng y cwestiwn a'r ateb ac roedd Roper wedi bod yn ei wylio â llygaid barcud. Roedd Craven wedi lladd Sidney Manley yn ddiamheuol. Dweud celwydd yr oedd, ac mi fyddai'n parhau i ddweud celwydd. Roedd dynion fel Rubery a Weston wedi methu â dal pwysau eu camweddau, ac roedd yr un peth yn wir am Mrs Jobling druan. Ond mi fedrai Craven, ac fe wnâi, a'r unig ffordd y câi Roper y gwirionedd ohono oedd drwy'i gornelu rywfodd neu'i gilydd a'i orfodi i gyfaddef. Dywedasai Mrs Chance i gar Craven fod mewn damwain ryw ddwy flynedd yn ôl. Cawsai'r car dan sylw ei werthu wedyn gan Craven. Gan i Mrs Chance ddweud nad oedd y car ond ychydig wythnosau oed ar y pryd, yna gellid tybio'n ddigon rhesymol fod y car yn dal ar y ffordd. Fe fyddai wedi'i gofnodi ar gyfrifiadur y DVLA yn Abertawe. O gael ei rif cofrestu ac enw'i berchennog presennol, fe ellid ei olrhain yn ôl i'r dyddiad y cafodd ei brynu yn newydd sbon.

Ond, wrth gwrs, ac yn gyfleus iawn, ni allai Craven gofio'r rhif, na rhif unrhyw gar fu yn ei feddiant yn y gorffennol. Ni allai gofio ond rhif y car roedd yn ei yrru ar hyn o bryd.

'Ond mi fyddwch chi wastad yn gyrru Mercedes, syr. Mae hynny'n gywir, ydi o ddim?'

'Wel, ydi. Ers pymtheng mlynedd bellach,' meddai Craven. Roedd yn gyndyn iawn i gyfaddef hynny, a gellid gweld y rhyddhad ar ei wyneb pan glywodd y ffôn yn canu allan yn y cyntedd. 'Dw i'n cymryd y galla i ateb hwnna?' meddai.

'Alla i ddim gweld pam lai, syr,' meddai Roper.

Sgwrs fer fu'r sgwrs yn y cyntedd. 'I chi mae o,' meddai Craven wrth Roper pan ddaeth yn ôl. 'Ditectif Sarjant Rodgers.'

'Helô, Peter,' meddai Roper allan yn y cyntedd. 'Be sy gen ti?'

'Newydd gael galwad gan y WPC o'r ysbyty,' meddai Rodgers. 'Mi ddaeth Mrs Craven allan o'r anesthetig ryw hanner awr yn ôl. Mae hi'n dal braidd yn gymysglyd, ond mae hi newydd ddweud wrth y nyrs staff nad oedd ganddi isio i Craven ddod ar ei chyfyl.'

'Ddwedodd hi pam?'

'Naddo, mae'n debyg. Ond mae'r nyrs yn cael yr argraff bod arni'i ofn o.'

'Gawn ni'i holi hi rŵan?'

'Mi fasai'n well gan y doctor petaen ni'n aros tan fory.'

Roedd y rheswm pam nad oedd ar Mrs Craven eisiau ei gŵr ar ei chyfyl i'w weld yn ddigon amlwg i Roper. 'Ffeindia rywun i gymryd lle Docherty dros nos,' meddai. 'Does arna i ddim isio i neb gael cyfle i ddylanwadu arni cyn i ni ei holi hi. Ac os daw rhywun i'w gweld hi, mae arna i isio i'r WPC fod yno yn y stafell efo nhw. A diolch am adael i mi wbod.'

Dychwelodd i'r lolfa. Daliai Craven i sefyll ger y lle tân.

'Neges oddi wrth y plismon yn yr ysbyty oedd hwnna, Mr Craven. Dw i'n awgrymu eich bod chi'n rhoi caniad iddyn nhw.'

'Dydi hi ddim . . . '

'Nac ydi, syr. Mae'n dechrau dod ati'i hun, fel dw i'n deall.'

'Da iawn,' meddai Craven, gan synnu Roper, oherwydd nid dyna'r adwaith roedd o wedi'i ddisgwyl ganddo o gwbl. 'Felly os ydach chi wedi darfod yma — a dw i'n cymryd eich bod chi — mi a' i draw yno i'w gweld hi.'

'Yn ôl y wybodaeth sy gen i, syr, mae'ch gwraig wedi dweud nad oes arni isio'ch gweld chi.'

Rhythodd Craven arno, ei lygaid yn fflachio'n wyllt. 'Eich syniad chi ydi hynny, yntê? Peidiwch â meddwl na chlywais i monoch chi'n sisial dros y ffôn allan yn fan'na. Mae hyn eto'n rhan o'ch gêm chi, yn tydi? Eich hen gêm ffiaidd o drio'n nal i am rywbeth neu'i gilydd am ryw reswm. Pope yn gynta, yna 'ngwraig i. Rydach chi'n benderfynol o 'nghael i am rywbeth, yn tydach?'

'Dod o hyd i'r gwirionedd ydi 'ngwaith i, syr,' meddai Roper. 'A chyn sicred â 'mod i'n sefyll yn fan'ma, mi wn nad oedd Gerry Pope yn ddiarth i chi a mi dw i'n benderfynol o ddod o hyd i'r cysylltiad.' Cododd ei friffces a bwclo'r fflap. Doedd dim rhagor y gallai'i wneud yma heno. Ac roedd adwaith Craven i'r newydd fod ei wraig yn gwella ar ôl ei thriniaeth yn peri dryswch iddo hefyd. Roedd y ffaith i Mrs Craven wahardd ei gŵr rhag mynd i'w gweld yn yr ysbyty wedi arwain Roper at yr unig gasgliad posibl, yn ei dyb ef. Ond eiliadau yn ddiweddarach roedd y sicrwydd wedi'i chwalu gan ddifaterwch ymddangosiadol Craven ynglŷn â'r newydd y byddai'i wraig yn ddigon da, toc, i wneud datganiad.

Gwyliai Craven o â llygaid cul a'i geg yn un llinell fain.

'Mi gewch chi glywed mwy am hyn, gyfaill,' bygythiodd.
'Mi rydach chi wedi pigo ar y boi rong i'w hambygio.'

Pennod 13

Amheuthun o beth oedd gweld y Prif Gwnstabl Cynorthwyol (Troseddau) yn eistedd y tu ôl i'w ddesg anferth am naw o'r gloch ar nos Wener. Nid oedd Martin Craven wedi gwastraffu dim amser cyn taro'n ôl. Mae'n rhaid ei fod wedi ffonio'r PGC o fewn eiliadau i Roper a Makins adael Furzecroft.

'Cwyno mae o dy fod ti â dy gyllell ynddo, yn ei boeni o bob munud. Ydi hynny'n wir?'

'Ydi, syr, dw i'n ei boeni o, yn sicr ddigon,' cytunodd Roper. 'Dw i'n gwbod yn iawn fod Craven wedi lladd rhywun mewn damwain ffordd ryw ddwy flynedd yn ôl. Mi wyddai Pope hynny hefyd ac roedd o'n ei flacmelio fo.'

'Pa brawf sy gen ti?'

'Llyfr nodiadau Pope.'

'Crychodd y PGC ei drwyn yn amheus. 'Ddim yn ddigon.'

'Rydan ni wedi llwyddo i ddod o hyd i dri achos cyffelyb — pedwar, efallai. Mae un o'r gyrwyr yn cyfadde'r cyfan wrth Dave Price a Charlie Brake ar hyn o bryd. Yr hyn sy'i angen arnon ni rŵan ydi ffeindio rhyw ffordd i berswadio Craven i gyfadde.'

'Falle nad oes ganddo ddim i'w gyfadde.'

'O, oes, mae ganddo, dw i'n bur sicr o hynny, syr,' meddai Roper. 'Dw i'n meddwl y gallai Craven fod wedi cwrdd â Pope yn yr Hanging Man yn Appleford nos Lun ddiwetha. Mae'n bosib ei fod o wedi talu arian iddo hyd yn oed, a'r unig reswm nad oedd taliad Craven wedi'i gofnodi yn llyfr Pope oedd achos bod Pope wedi gadael y llyfr bach ar ôl yn nhŷ ei gariad.'

'Dyfalu pur ydi peth fel'na, Douglas, gyda phob parch.'

'Yn ôl Mrs Chance, mi wnaeth Craven ddifrod i'w gar ryw ddwy flynedd yn ôl. Ar ôl cael ei drwsio mi werthodd y car yn syth bin. Ac mi roedd o'n gar newydd sbon, bron iawn.'

'A'r Mrs Chance 'ma, all hi brofi hyn?'

'Mi wna i,' meddai Roper. 'Cyn y bydda i wedi darfod.'

'Dw i'n edmygu dy gyndynrwydd, Douglas,' meddai'r PGC. 'Ond cymer di bwyll, dyna'r cwbwl ddweda i.' Wedi gwneud ei bwynt, eisteddodd yn ôl yn ei gadair swifl ac ymestyn ei goesau o dan y ddesg. 'Beth am wraig Craven? Oes gen ti syniadau ynglŷn â'r busnes hwnnw?'

'Dw i ddim yn siŵr,' meddai Roper. 'Mae'n bosib mai Craven ei hun oedd yn gyfrifol, er mae o'n ddigyffro iawn ynglŷn â'r peth.'

'Beth am Chance yn cael ei weld gan Hobday?'

'Welodd o mono fo'n croesi i libart Craven, gwaetha'r modd.'

'Pam gwaetha'r modd?' gofynnodd y PGC, gan wgu.

'Dw i'n meddwl fod Chance yn nabod Pope hefyd.'

'Gormod o feddwl, Douglas, a dim digon o wbod,' meddai'r PGC. 'Does arna i ddim isio dy gyfyngu di, ond mi fasai'n well gen i petait ti'n cadw draw oddi wrth Craven nes bydd naill ai Mrs Craven yn ei gyhuddo o ymosod arni neu nes y byddi di wedi dod o hyd i gysylltiad pendant rhyngddo fo a Gerald Pope. A gorchymyn pendant ydi hynna, Douglas. Mae'n ddrwg gen i.'

Safai Roper wrth ffenestr ei swyddfa gan sipian coffi o gwpan plastig a gwylio'r glaw yn pistyllio i lawr i'r maes parco llifoleuedig islaw. Ychydig funudau yn ôl aethai i ystafell y CID a sbecian i mewn drwy fleind slatiau ffenestr swyddfa Dave Price. Roedd Mr Richard Bennett, y pedwerydd o ddioddefwyr Pope, yn dal i gael ei holi ac yn edrych yn flinedig a phryderus.

Ond y gŵr yr oedd ar Roper ei eisiau oedd Craven. Yn wahanol i Weston, Rubery, Mrs Jobling a Richard Bennett, roedd popeth yn cyfeirio at y ffaith fod Martin Craven wedi lladd rhywun o ddifrif, efallai dau erbyn hyn. A'r unig berson arall oedd yn gwybod am un ohonyn nhw oedd Gerald Pope. Ac roedd Pope, yn unol â'i gymeriad, wedi mynd ati i'w flacmelio. Pe gellid profi'r cysylltiad hwnnw y tu hwnt i amheuaeth, yna fe ellid tybio i sicrwydd fwy neu lai i Pope a Craven gwrdd ym maes parcio'r Hanging Man nos Lun ddiwethaf. Ac roedd yn rhaid i bwy bynnag oedd wedi lladd Pope fod yn gwybod i ba gyfeiriad y byddai'r cyn-blismon yn trafaelio yn ystod yr ychydig funudau dilynol. Dyna, mewn gwirionedd, oedd cnewyllyn yr holl fusnes, y gwybod ymlaen llaw a'r amseru manwl.

A'r cyfan fyddai'n cael ei adael ar ôl yn y gogr, yn sgleinio'n ddisglair fel cnepyn o aur, fyddai Martin Craven, y sawl nad oedd ei gyfarfod â Pope nos Lun wedi'i gofnodi ar bapur oherwydd i Pope adael ei lyfr nodiadau ar ôl yn nhŷ Mrs Barr — ac fe fyddai'n hen gyfarwydd â'r darn yna o'r ffordd hefyd ac yn ei hadnabod bron cystal â'r wyneb y byddai'n edrych arno yn y drych bob bore.

Trodd oddi wrth y ffenestr wrth i Price ddod i mewn ar ôl cnoc ysgafn ar y drws. Roedd Mr Bennett wedi agor ei galon a bellach roedd ar ei ffordd adref.

Yn ôl Bennett, roedd wedi taro gŵr oedrannus i lawr ar lôn wledig ychydig filltiroedd i'r de o Affpuddle yn hwyr un noswaith, ychydig funudau wedi un ar ddeg o'r gloch. Trafaeliwr i gwmni masnachol oedd Bennett, a'r noson honno roedd wedi bod â darpar glient allan am bryd o fwyd. Addefodd iddo yfed tri gwydraid o win gwyn ac un brandi yn ystod y teirawr flaenorol. Cyfaddefodd hefyd ei fod yn gyrru'n bur gyflym ar y pryd. Ychydig eiliadau cyn y ddamwain roedd wedi sylwi yn nrych y car fod beic modur â'i olau glas yn fflachio yn ei ddilyn yn gyflym. Roedd wedi arafu ar unwaith, cymryd cipolwg arall yn ei ddrych, edrych yn ôl drwy'r sgrin wynt ac, er mawr ddychryn iddo, wedi gweld, yng ngoleuni disglair ei oleuadau blaen, ddyn mewn côt law yn pwyso ar ffon.

Roedd Bennett yn dal yn barod i dyngu nad oedd ond wedi rhyw led-gyffwrdd â'r dyn a'i fwrw oddi ar ei draed. Ond roedd y plismon ar y beic modur, sarjant barfog, wedi datgan yn wahanol. Ar ôl cymryd golwg sydyn ar yr henwr dywedasai wrth Bennett ei fod wedi'i ladd a bod Bennett druan mewn helynt dychrynllyd. Fel y gwnaethai Rubery, roedd Bennett wedi erfyn ar y sarjant i alw am ambiwlans, rhag ofn fod yna ryw obaith i'r dyn wedi'r cwbl, ond roedd y sarjant wedi dweud ei bod hi'n rhy hwyr i hynny a'i fod o'n mynd i'w erlyn am yrru'n ddiofal a gyrru dan ddylanwad alcohol, ymysg pethau eraill. Cawsai'r gair dynladdiad ei grybwyll hefyd.

Roedd Bennett, erbyn hyn yn dioddef o sioc ac wedi dychryn am ei fywyd, wedi cynnig cynnwys ei waled i'r heddwas, ac er mawr ryddhad iddo fe dderbyniwyd y cynnig. Rhoddwyd hanner munud iddo adael y llecyn. Gwnaeth hynny ar unwaith. Cyn belled ag y gwyddai doedd yr heddwas ddim wedi nodi rhif ei gar hyd yn oed.

Ond wrth gwrs roedd y sarjant *wedi* gwneud hynny. Wythnos yn ddiweddarach, yn hwyr y nos, cawsai Bennett alwad ffôn. Roedd problem wedi codi. Pan oedd Bennett yn gyrru i ffwrdd roedd plismon arall wedi cyrraedd y fan ac wedi sylwi ar wneuthuriad car Bennett a nodi rhif a dwy o'r llythrennau ar ei blât cofrestru.

Felly roedd yna rywun arall i'w gadw'n ddistaw yn awr. Ac, fel Rubery, roedd Bennett wedi talu a thalu a dal i dalu.

'Faint?' gofynnodd Roper.

'Wyth deg punt y mis,' meddai Price. 'Cododd Pope o i gant fis Ionawr diwetha. Chwyddiant, meddai fo.'

Roedd Bennett wedi talu'i daliad olaf i Pope ddydd Iau diwetha, pan oedd Pope wedi recordio'r sgwrs ffôn a gawsant yn hwyr yn y prynhawn, y sgwrs y bu Roper a Makins yn gwrando arni ar beiriant ateb Pope. Roedd Bennett wedi talu i Pope y noson honno allan o flwch arian mân ei gwmni, wedi talu'r arian 'nôl fore Gwener gynted ag roedd y banciau wedi agor. Eto fel Rubery, roedd Bennett wedi hen sylweddoli mai'r unig ffordd allan o'r trap yr oedd wedi'i wneud iddo'i hun oedd cyfaddef i'r ddamwain. Ond yn achos Bennett, roedd yn benderfynol y byddai'r sarjant hefyd yn cael ei gosbi; ond y cyfan roedd ganddo i'w adnabod oedd rhif y beic modur roedd yn ei reidio ar hyn o bryd. Yna, ryw bythefnos yn ôl, roedd ffrind i ffrind i ffrind — dyna'r cyfan roedd Bennett yn barod i'w ddweud — wedi perswadio ffrind arall oedd yn aelod o'r heddlu i gael enw a chyfeiriad Pope oddi ar gyfrifiadur y DVLA yn Abertawe. Fe allai plismon roi'i swydd yn y fantol wrth wneud cymwynas o'r fath, ond roedd wastad un neu ddau oedd yn barod i gymryd y siawns.

Daethai'r wybodaeth am Pope i law Bennett fore Mercher diwethaf. A'r noson honno, yn gwbl annisgwyl, roedd Price wedi ffonio i ddweud wrtho fod Pope wedi marw, a dim ond heno ddiwethaf y clywsai Bennett nad oedd wedi lladd neb mewn gwirionedd wedi'r cwbl.

'Ble'r oedd o nos Lun?' gofynnodd Roper.

'Ym Mryste,' meddai Price. 'Wedi mynd â chwsmer allan i swper. Roedd hi tua deng munud wedi un ar ddeg arno'n cychwyn am adre. Mae'n dweud y gall y cwsmer 'ma gadarnhau hynny.'

Felly gellid anghofio am Bennett fel llofrudd posibl. Os oedd ym Mryste am un ar ddeg o'r gloch ni allasai fod yn agos i Appleford am o leiaf awr ar ôl i Pope gael ei ladd.

'Ble byddai o'n cwrdd â Pope i dalu iddo?'

'Y tu allan i dafarnau gan amla. Yn y maes parcio. Wastad ar ôl iddi dywyllu. A chyn mynd mi fyddai Pope yn siarsio Bennett bob tro i aros yno am bum munud arall ar ôl iddo fo fynd — neu gwae iddo fo.'

Roedd hyn yn cyd-fynd mor berffaith â stori Rubery fel na allai fod yn ddim byd ond y gwirionedd.

'Doedd Pope ddim yn wirion, Dave,' meddai Roper, pan alwodd Price i mewn i'r Pencadlys yn hwyr fore Sadwrn i weld sut roedd pethau'n datblygu, er mai'r unig ddatblygiad tebygol y diwrnod hwnnw fyddai George Makins yn holi Mrs Craven yn yr ysbyty, ac ni fyddai hynny'n digwydd cyn diwedd y prynhawn. Roedd hi'n ddiwrnod rhydd i Price a dim ond wedi galw i mewn wrth fynd heibio ydoedd. Yn ei jîns a'i siwmper wlanog goch roedd ar ei ffordd i nôl ei ddwy ferch o'u gwersi bale. 'Jest eu gwasgu nhw ddigon oedd o, wyddost ti, jest digon i gael y sudd i gyd allan a gadael y cerrig ar ôl.'

'Ond doedd o ddim yn dod yn gyfoethog iawn ar hynny, yn nac oedd?'

'Wyddon ni ddim eto be oedd Craven yn ei dalu iddo, yn na wyddon? Mae gan foi sy'n prynu crochenwaith Gallé ac sy'n gallu fforddio hongian Lowry go-iawn dros ei le tân fwy o bres na mae o'n gwbod be i'w wneud â nhw, mae'n debyg. Falle mai oddi wrth Craven roedd pres go-*iawn* Pope yn dod.'

'Ond allwn ni brofi hynny?'

'Ddim eto,' meddai Roper.

'Wel, 'ta,' meddai Price, gan godi'i ysgwyddau'n ddiamynedd. Doedd Price ddim yn enwog am ei optimistiaeth ond yn hytrach am ei fyrbwylledd, rhywbeth oedd yn dueddol o lethu'i ddychymyg o bryd i'w gilydd. 'Dydi Craven mo'r teip i ddod yma i gyffesu, yn nac ydi? Rhaid ichi gofio, fe allai *wir* fod wedi lladd rhywun.'

'Mae 'na ffordd,' meddai Roper. 'Rhaid fod 'na.'

Treuliodd Roper y prynhawn yn Poole, gan geisio gwthio'r broblem o'i feddwl am y tro. Roedd yno, braidd yn anfodlon ei fyd, yn dilyn ei wraig, Sheila, o gwmpas y siopau, a hithau fel arfer yn gwybod yn union beth roedd arni ei eisiau ac yn fodlon chwilio ym mhob twll a chornel i gael gafael arno. Y diwrnod hwnnw roedd hi ar ôl siwt o liw llwyd arbennig ac o doriad arbennig. Roedd hi bron yn dri o'r gloch pan ddaeth hi allan o'r ystafell newid o'r diwedd gyda rhywbeth hollol wahanol.

'Nid llwyd ydi honna,' cwynodd Roper. 'Du ydi hi.'

'Ie,' meddai hi. 'Ond am fargen. Mae'r pris wedi'i ostwng gryn dipyn.

'I faint?'

'Naw deg pump.'

'Nefoedd yr adar,' mwmialodd ei gŵr. 'Be aflwydd roedd hi'n ei gostio fel arall? Na, paid â dweud wrtha i.'

Am bedwar o'r gloch daeth Martin Craven yn ôl i'w feddwl yn sydyn, wedi'i wthio yno'n gwbl annisgwyl gan weinyddes famol yr olwg a ddaeth i gymryd eu harcheb am de a rhywbeth i'w fwyta. Roedd ganddi acen Birmingham y gellid ei thorri â chyllell. Ac i glust Roper y prynhawn hwnnw swniai fel miwsig nefolaidd.

'A beth amdanoch chi, syr?' gofynnodd hi, ei beiro'n hofran dros ei phad.

'Sut beth ydi'r marmalêd blas wisgi 'ma?' gofynnodd, gan graffu ar y fwydlen.

'Mae hwnna'n fendigedig,' meddai. 'Wir. Mae yna wisgi go-iawn ynddo fo. Mae 'ngŵr i'n ei fyta fesul llwyaid.'

'Mi dria i o felly, os gwelwch chi'n dda,' meddai Roper. 'A dwy dafell o dost.'

'Iawn,' meddai'r wraig, gan sgriblan rhywbeth tebyg i ddwy hieroglyff ar ei phad.

'Dydach chi ddim yn dod o'r parthau yma yn ôl eich acen,' meddai Roper.

'Bromsgrove,' meddai hi.

'Birmingham?'

'Ie, dyna chi,' meddai.

Eisteddodd yn ôl yn ei gadair yn fyfyrgar a'i gwylio'n cilio tua'r gegin.

'Be sy'n bod?' gofynnodd Sheila Roper.

'O Birmingham mae hi'n dod.'

'Wel?'

'Mae wedi bod yn digwydd i mi drwy'r wythnos. Dw i byth a hefyd yn taro ar bobol sy â chysylltiadau â Birmingham mewn rhyw ffordd neu'i gilydd.'

'Wel, dydi o ddim yn ben draw'r byd, yn nac ydi?'

'Wyt ti'n ffansïo bwyta allan heno 'ma?' gofynnodd Roper, gan newid y pwnc yn sydyn.

'Ro'n i'n meddwl dy fod ti'n dweud nad oedd gynnon ni ddim pres.'

'Dim pres i brynu ffrogiau ro'n i'n ei feddwl. Wnes i ddim dweud na fedren ni ddim bwyta.'

'Wel, iawn 'ta, mi ga i sbario golchi llestri am unwaith,' meddai hithau.

Roedd Roper yn cael cawod pan ffoniodd George Makins am hanner awr wedi chwech. Bu Mrs Craven yn cysgu drwy'r prynhawn a doedd Makins a'r WPC ddim wedi cael mynd i mewn i'w hystafell nes iddi ddeffro am chwech o'r gloch, a hyd yn oed wedyn chawson nhw ddim caniatâd i'w holi, dim ond i gymryd datganiad ganddi.

'Mae hi'n dweud mai Craven oedd yn gyfrifol,' meddai Makins. 'Mi ddaeth yn ôl pan oedd hi newydd orffen siarad â Mrs Wicks ar y ffôn. Mi aeth yn dipyn o ffrae rhyngddyn nhw fel dw i'n deall. Roedd hi wedi gofyn iddo fo alw mewn siop yn Dorchester i gasglu dillad oedd wedi bod yn cael eu glanhau, ac roedd yntau wedi anghofio. Mi ddechreuson nhw ddadlau ac mi slapiodd hi o ar draws ei wyneb, wedyn mi roddodd yntau hergwd iddi hi a dyna'r cyfan mae hi'n ei gofio. Mae o'n gallu bod yn wyllt a chas weithiau, dyna ddwedodd hi.'

'Sut gafodd y ffiol Gallé ei thorri?'

'Ddwedodd hi ddim, a fedrwn innau ddim gofyn,' meddai Makins. 'Mae hi'n dal yn ansicr ynglŷn â phopeth.'

'Bechod,' meddai Roper. 'Ddwedodd hi rywbeth ynglŷn â dwyn cwyn yn erbyn ei gŵr?'

'Does arni ddim isio gwneud hynny,' meddai Makins. 'Gwneud pethau'n waeth fasai hynny, meddai hi. Ond mae hi'n benderfynol nad yw i gael ymweld â hi, a wneith hi ddim siarad ar y ffôn efo fo chwaith. Yr unig un sy'n cael mynd i mewn ganddi ydi Mrs Chance; mi fu hi yma ryw ddeng munud yn ôl efo llond trol arall o flodau, ond aeth hi ddim i mewn. Be sy arnoch chi isio i mi'i wneud rŵan?'

'Dim byd,' meddai Roper, wedi'i siomi'n ddirfawr. Roedd Craven fel petai'n llwyddo i'w osgoi'n braf bob gafael. 'Dim ond teipio'r datganiad a mynd adre.'

Tŷ bwyta bach hardd a dethol oedd y Blue Bird yn Dorchester, er, fel y sylwodd Sheila Roper yn dreiddgar ar ôl cymryd cip ar y fwydlen, efallai ei fod yn *très chic* ond roedd hefyd yn *très cher*. Roedd rhan ôl y tŷ bwyta wedi'i haddurno â gwydr oren Victoraidd yr olwg ac â'r hyn a edrychai fel haearnwaith patrymog gwyn, ond plastig yr ugeinfed ganrif oedd y cyfan fwy na thebyg. Roedd sgriniau dellt yn gwahanu'r byrddau oddi wrth ei gilydd a'r rhain wedi'u haddurno â *mimosas* plastig yn eu blodau, ond roedd y bwyd yn flasus ac roedd digon ohono. Er hynny, ni allai Roper ganolbwyntio ar ei bryd oherwydd roedd Mrs Barr ar ddyletswydd yma heno eto.

'Ydach chi'ch dau'n nabod eich gilydd?' gofynnodd Sheila Roper, gan godi tamaid arall o'r *sole meunière*.

'Pwy, felly?'

'Y weinyddes 'na. Yr un bryd tywyll. Mae hi'n sbio'n arw arnat ti bob hyn a hyn.'

'Cariad y diweddar Gerry Pope ydi hi,' meddai Roper.

'O, wela i,' meddai'i wraig yn graff. 'A minnau'n meddwl ein bod ni'n cael nos Sadwrn fach dawel allan efo'n gilydd am unwaith. A thithau drwy'r amser â dy feddwl ar fusnes.'

'Ddim yn hollol,' meddai Roper. 'Mae'n dibynnu ar ba mor chwilfrydig ydi hi. Os bydda i'n lwcus, mi ddaw hi draw yma i ofyn sut hwyl dw i'n ei gael ar yr ymchwiliad.'

'Ac os na ddaw hi?'

'Yna mi smaliwn ni na welson ni moni hi.'

'Felly, yma ar ddamwain ydan ni?'

'Ie, dyna ti,' meddai.

Roedd hi bron yn hanner awr wedi naw, a'r ddau ohonynt ar eu caws a'u bisgedi, pan ddaeth Mrs Barr atynt, yn methu ymatal rhàgor.

'Mae'n ddrwg gen i darfu arnoch chi,' meddai, braidd yn nerfus, 'ond dw i'n siŵr mai chi ydi'r gŵr bonheddig y bûm i'n siarad ag o y dydd o'r blaen — am Gerry. Mr Roper ydach chi, yntê?'

'Ie, dyna chi,' meddai, gan wenu i fyny arni fel petai wedi synnu ei gweld. Kathleen oedd ei henw bedydd. Roedd wedi'i argraffu ar fathodyn plastig ar ei ffrog. 'Dyma'r wraig.'

Cyfarchodd y ddwy wraig ei gilydd.

'Gobeithio nad ydach chi'n malio i mi dorri ar eich

traws,' meddai Mrs Barr, gan ddal i edrych o'i chwmpas yn bryderus. 'Ond meddwl oeddwn i tybed sut oeddech chi'n dod ymlaen. Efo achos Gerry, wyddoch chi.'

'Dydan ni'n cael fawr o hwyl arni, a dweud y gwir,' meddai Roper. 'Mae 'na ormod sy'n dal yn ddirgelwch i ni. Fel y trip 'na wnaeth o i Birmingham, er enghraifft. Mi wnes i feddwl falle y gallech chi'n helpu ni'n fan'na, ond wydden ni ddim lle i ddod o hyd i chi.'

Tynnodd cwsmer arall ei sylw. 'Mae'n ddrwg gen i,' meddai. 'Mae'n rhaid i mi fynd.'

'Dau funud,' meddai o. 'Dyna'r cyfan sy arna'i isio. Dau funud o'ch amser.'

'Mi fydda i'n cael hoe ymhen deng munud,' meddai Mrs Barr. 'Mi dria i ddod yn ôl.'

'Mi fyddwn ni yma,' meddai yntau.

Gorffenasant eu caws a'u bisgedi, a chymryd cwpanaid arall o goffi i basio'r amser. Roedd hi bron yn ddeng munud i ddeg cyn iddi lwyddo i ymuno â nhw. Ceisiodd Roper ei pherswadio i gymryd coffi gyda hwy o leiaf, ond roedd hyd yn oed eistedd gyda chwsmeriaid yn torri rheolau'r tŷ a doedd fiw iddi gymryd coffi hefyd. Roedd y rheolwr wedi rhoi caniatâd iddi dreulio ychydig funudau yn eu cwmni oherwydd iddi ddweud wrtho eu bod yn adnabod ei gilydd yn Birmingham gynt.

'Y diwrnod y daeth Gerry i Birmingham. Allwch chi gofio'n union pryd oedd hynny?'

Crychodd ei haeliau ac ystyried yn hir. 'Na alla,' addefodd o'r diwedd. 'Alla i ddim, wir. Ychydig wythnosau ar ôl 'Dolig oedd hi. Dyna'r cwbwl y galla i gofio.'

'Beth am y flwyddyn?'

'Dwy flynedd yn ôl oedd hi. Y flwyddyn y gadawson ni Birmingham.'

'Mi ddwedsoch chi fod 'na garej neu weithdy o ryw fath gyferbyn â'ch caffi. Lle trwsio ceir.'

'Oedd, mi oedd 'na,' meddai hi. 'Iard oedd hi, a

dweud y gwir.'

'Ydach chi'n cofio pwy oedd bia'r iard 'ma?'

'Dyn o'r enw Harry Pierce. Mi fyddai'n galw yn y caffi'n weddol gyson.'

Estynnodd Roper ei ddyddiadur a nodi'r enw. Roedd Mrs Barr yn weddol sicr mai Pierce gydag 'i', ac nid Pearce ydoedd. Fel Harry y câi ei adnabod gan bawb, ond efallai mai Henry neu Harold oedd ei enw cywir. Gallai gofio'r iard atgyweirio fel rhyw le a llawer o ddirgelwch yn perthyn iddo. Doedd dim arwydd ar giatiau'r iard, ac fe'u cedwid ar gau y rhan fwyaf o'r amser. Roedd Mr Barr wastad wedi amau Pierce o fod yn grwc. Ac roeddent wedi gweld yr heddlu'n galw yno ar fwy nag un achlysur.

'Pan adawodd Gerry'r caffi, mi ddwedsoch chi mai croesi'r ffordd ddaru o.'

'Do,' meddai hi. 'Yna mi ddiflannodd rywsut. Mi aeth y tu ôl i ryw lorri. Welais i mono fo'n mynd wedyn.'

Roedd y pwt am y lorri yn newydd. Y cyfan roedd hi wedi'i awgrymu y tro diwethaf oedd ei fod fwy neu lai wedi diflannu o flaen ei llygaid.

'Falle iddo fynd i ffwrdd yn y lorri?'

'Ie, hwyrach,' cytunodd. 'Falle mai dyna wnaeth o.' Os oedd hi'n cofio'n iawn, roedd y lorri wedi'i pharcio ar draws giatiau'r iard. Mi fyddai'r lorri — gallai gofio mai rhyw lorri fudr, las golau ydoedd — yn galw yn yr iard unwaith neu ddwy yr wythnos. Gallai gofio'r gyrrwr yn iawn.

'Rhyw fath o ddyn rag-a-bôn oedd o,' meddai. 'Mi fyddai'n galw yn yr iard i gasglu'u sbwriel. Teiars a darnau o hen geir, y math yna o beth, wyddoch chi. Mi fyddai'n galw i mewn i'r caffi weithiau hefyd. Wastad isio i mi lenwi'i thermos iddo fo. Mi fyddai 'na ferch ifanc efo fo weithiau. Dw i ddim yn credu i mi'u gweld nhw ar ôl hynny.'

Naddo, meddyliodd Roper, fasech chi ddim, nid os

oedd Gerry Pope wedi cael ei grafangau ynddyn nhw. Roedd yn dal i gofio sut roedd bysedd Hughie Lee wedi rhewi'n stond dros y blwch matsys pan glywodd yr enw Pope yn cael ei grybwyll. Ac roedd Lee a'i chwaer wedi treulio amser yn Birmingham hefyd.

'Allwch chi gofio sut un oedd gyrrwr y lorri?'

'Jest ei fod o'n un go fyr ac yn bryd tywyll. Un tawedog oedd o. Wastad yn talu mewn ceiniogau a dwygeiniogau, fel petai o wedi gorfod mynd i'w gadw-mi-gei.'

'Beth am y ferch?'

'O, alla i ddim cofio, wir. Welais i erioed moni'n dod allan o'r lorri.' Edrychodd Mrs Barr yn anniddig ar yr oriawr ar ei harddwrn. 'Mae'n rhaid i mi fynd yn ôl at 'y ngwaith rŵan neu mi fydd y genod eraill yn fflamio.'

'Y dyn 'ma, gyrrwr y lorri,' meddai Roper, gan ymestyn drosti a rhoi ei law ar ei harddwrn i'w hatal rhag codi, 'allasai o fod yn sipsi?'

'Digon posib,' meddai hi, gan ryddhau ei llaw. 'Ie, dw i'n meddwl mai dyna oedd o. Mae'n rhaid i mi fynd rŵan, wir.'

'Wyt ti'n fodlon?' gofynnodd Sheila Roper, wrth iddo daro'r dyddiadur yn ôl yn ei boced. 'Hwnna oedd y cyfweliad druta i ti'i gynnal erioed, mi wranta.'

'Ac yn werth pob ceiniog,' meddai Roper.

Pennod 14

Fore Sul, ar ei ben ei hun ac wedi'i wisgo'n anffurfiol, gyrrodd Roper allan i gyfeiriad pentref Bloxworth a chyrion gogleddol Wareham Forest. Rhyw hanner milltir i'r de o'r pentref, tynnodd i fyny y tu ôl i'r car heddlu oedd yn disgwyl amdano. Dringodd y gyrrwr ifanc allan, gan osod ei gap yn ofalus am ei ben a'i sythu.

Agorodd Roper ei ffenestr. 'Cwnstabl Stokes, ie, 'machgen i?'

'Ie, syr,' meddai Stokes, gan ei saliwtio fel milwr balch. 'Rhyw ddau ganllath i fyny'r ffordd maen nhw. Mae o newydd ddod yn ôl o'r pentre ar ôl bod yn prynu llefrith, felly does ganddyn nhw ddim bwriad i symud o 'na heddiw, yn ôl pob tebyg.'

'Ydyn nhw'n bihafio'u hunain?'

'Siort ora, syr. Fasai neb yn gwbod eu bod nhw yno. Dw i'n meddwl fod ganddo fo faglau cwningod wedi'u gosod yma ac acw o gwmpas y lle, ond peidio â phoeni am bethau felly oedd orau, dybiais i.'

'Cytuno'n llwyr, Cwnstabl,' meddai Roper, gan resynu na fuasai Sarjant Mallory wedi gwneud yr un fath.

'Tu ôl i'r rhododendrons 'cw maen nhw,' meddai'r cwnstabl bachgennaidd yr olwg, gan gyfeirio â'i fys. 'Tua decllath ar hugain tu draw iddyn nhw. Oes arnoch chi isio i mi aros, syr?'

'Nac oes,' meddai Roper. 'Rhag ofn i'r iwnifform 'na ddychryn Lee. Does arna i ddim isio iddo fo'i heglu hi eto. Ond diolch 'run fath, a da iawn.'

Dychwelodd Stokes i'w gar. Wedi iddo yrru i ffwrdd, dringodd Roper allan o'i gar ei hun, cau a chloi'r drws a chychwyn cerdded. Roedd hi'n fore ffres a ias y gwanwyn yn dal yn yr awyr, ond roedd yr haul wedi dangos ei wyneb o'r diwedd a'r cennin Pedr wedi dechrau agor. Clywodd Annie Lee yn chwerthin ymhell cyn iddo'i gweld. Roedd hi'n chwarae gyda chi bach, adargi bychan melyn oedd yn sboncio ar goesau ansad ar ôl pêl yr oedd hi'n ei rholio o'i flaen. Roedd hi'n olygfa dlos a pharadwysaidd, bron yn rhy baradwysaidd i darfu arni, ac arhosodd Roper ar ymyl y llannerch nes i Annie Lee edrych i fyny a'i weld. Y tro hwn ni ddangosodd unrhyw bryder o fath yn y byd. Cododd y ci bach a dod ag o i'w ddangos iddo'n hyderus.

'Hughie brynodd o i mi,' meddai â balchder, gan wthio'i thrwyn i lawr a chusanu clustiau melfedaidd y ci bach yn gariadus. 'Presant pen blwydd ydi o.'

'Oes gen ti enw arno fo eto?' gofynnodd Roper, gan gosi dan ên y ci bach. Drwy gil un llygad gallai weld Lee yn sefyll yn nrws y bws.

'Sam,' meddai hi. 'Ond pan fydd o wedi tyfu mae'n debyg mai Samuel y bydda i'n ei alw fo.'

'Mae Sam yn enw da,' meddai Roper. 'Enw neis iawn.'

'Wedi'i brynu mae o,' meddai Lee, wrth ddod i lawr o'r bws. 'Wedi'i brynu'n gyfreithlon. Mae gen i dderbynneb a phopeth.'

'Dw i ddim yn amau hynny am funud, Mr Lee,' meddai Roper.

'Felly, be 'dach chi isio'r tro hwn 'ta?'

'Dim ond sgwrs fach.'

'Sgwrs am be?'

'Am bethau'n gyffredinol,' meddai Roper, gan dynnu bys o geg y ci bach chwareus. 'Dim byd i chi boeni ynglŷn ag o.'

'Wnewch chi'r cops byth adael llonydd i neb, yn na

wnewch? Unwaith 'dach chi'n dechrau, 'dach chi ar ôl rhywun byth a hefyd.'

'Dw i ddim ar eich ôl chi am ddim byd, Hughie,' meddai Roper yn amyneddgar. 'Petawn i, mi faswn i wedi dod â'r trŵps efo mi.'

'Sut gwn i na ddaru chi ddim?'

'Edrychwch o'ch cwmpas,' meddai Roper.

Ond nid edrychodd Lee i unman. 'Well ichi ddod i mewn, 'debyg,' grwgnachodd, gan droi ar ei sawdl.

Dilynodd Roper o i fyny'r ddau ris pren ac i mewn i'r bws. Eisteddodd Lee ar y soffa dreuliedig a Roper ar gadair wrth y bwrdd.

'Sierŵt?' gofynnodd Roper, gan gynnig ei becyn wrth i Lee ymestyn am ei bwrs baco ar ben arall y soffa.

Cymerodd Lee un yn anfoddog, dweud dim, a gwthio'i wyneb ymlaen wrth i Roper gynnau ei daniwr.

'Mi adawsoch chi Appleford yn rhyw swta iawn, ddaru chi ddim?' meddai Roper, gan danio'i sierŵt ei hunan.

'Ro'dd hi'n bryd inni symud 'mlaen,' meddai Lee yn ddrwg ei hwyl, gan edrych draw.

'Nac oedd, doedd hi ddim,' meddai Roper.

Trodd Lee i'w wynebu drachefn a syllu arno â'i lygaid tywyll craff, gan chwythu mwg rhwng ei ddannedd. 'Y Sarjant Mallory 'na oedd y drwg,' meddai'n chwerw. 'Ro'dd o'n dychryn Annie. Mi faswn i fy hun wedi aros, ond dydi hi ddim yn licio trwbwl. Mae'n ei hypsetio hi'n lân.'

'Sut oedd o'n ei dychryn hi, Hughie?'

'Mi ddeudais wrtha' chi tro dwytha. Troi i fyny yn y nos a gofyn lle'r o'n i. Ddwywaith neu dair mewn un noson, weithiau. Fel petai o ar f'ôl i am rywbeth. Pan ddois i'n ôl y noson o'r blaen, roedd o'n ista lle'r ydach chi'n ista rŵan. Deud ei fod o wedi cael cwyn ffurfiol am y llanast oedd gynnon ni. Deud wrtha' ni am symud 'mlaen neu mi fasai o'n 'y nghyhuddo i o botsian yno yn y fan a'r lle. Ac mi fyddai'n cael gorchymyn llys i fynd ag Annie o 'ma a'i rhoi hi mewn seilam neu rywle tebyg.

Gorchymyn er diogelwch yr unigolyn neu rywbeth ro'dd o'n ei alw fo. Felly wnes i ddim dadla. Mi god'son ni'n pac a mynd. Ro'dd Annie'n licio Appleford hefyd, wrth ei bodd yno. A'r Mrs Wicks 'na, hen galon iawn oedd hi. Ac ro'n innau wedi dechrau busnes garddio bach reit ddel yno. Doedden ni'n ddim trwbwl i neb. Ond ni sy'n cael y bai am bob un dim. Bob tro y bydd 'na rywbeth yn digwydd yn rhywle, ni sy'n ei chael hi gan y cops bob gafael.'

'Pryd oedd y tro diwetha?'

'Cyn i ni ddod i lawr i'r cyffiniau yma,' meddai Lee. 'I fyny yn Henffordd.'

'Oeddech chi mewn trwbwl yno?'

'Cododd Lee ei ben ac edrych i fyw llygaid Roper yn ddirmygus. 'Alla i ddim fforddio bod mewn trwbwl, yn na alla? Petawn i'n cael fy hun yn y clinc fasai 'na neb i edrych ar ôl Annie wedyn, yn na fasai? Mi aethon nhw ag Annie i mewn hefyd. Cadw'r ddau ohonon ni yno dros nos.'

'Allan nhw mo'ch cloi chi i fyny am ddim byd, Hughie. Mae'n rhaid bod ganddyn nhw reswm.'

Ysgydwodd Lee ei ben. 'Doedd 'na ddim rheswm. Wel, dim un go-iawn, beth bynnag. Annie oedd wedi ffeindio plentyn bach yn crwydro yn y coed yn ymyl lle'r oedden ni'n campio. Tua chwech oed oedd hi. Crio dros bob man. Ar goll oedd hi, 'dach chi'n gweld. Mi aeth Annie ati a'i chysuro — mae hi'n dda iawn efo plant — a dyma'r hogan fach yn deud y byddai hi'n iawn petai Annie'n gallu dangos y ffordd yn ôl i'r lôn fawr iddi, achos ro'dd hi'n gwbod y ffordd adre o fan'no. Felly dyma Annie'n ei harwain yn ôl i'r lôn, a dyma'r copar 'ma mewn car yn dod a gofyn iddi be oedd hi'n neud efo'r fechan — achos ro'dd o wedi nabod y plentyn, merch i gymydog iddo oedd hi. Mi drodd yn reit gas hefyd, ac wrth gwrs dydi Annie fawr o un am egluro petha. Ta waeth, mi aeth y cop â'r hogan fach adre yn ei gar. Wythnos yn ddiweddarach ro'dd y plentyn ar goll unwaith eto, a'r tro yna ddaeth hi ddim yn ôl. Ac, wrth gwrs, aton ni y daethon nhw gynta, a gofyn yr holl gwestiyna 'ma. Ac yn sydyn dyma Annie'n deud fod yr hogan fach wedi mynd i'r afon i nofio. A dyna lle cawson nhw hyd iddi fore trannoeth. Yn farw ers dyddia, medden nhw. Felly dyma nhw'n ôl aton ni a mynd â'r ddau ohonon ni i mewn i'r ddalfa ar ein penna. Yna'r bore wedyn, mi gerddodd rhyw hen go i mewn i'r stesion a chyfadde mai fo oedd wedi lladd y fechan. Felly mi fu'n rhaid iddyn nhw'n rhyddhau ni, doedd ganddyn nhw ddim dewis.'

'Ond allwch chi mo'u beio nhw, chwaith, Hughie. Yr amgylchiadau oedd ar fai. Dan yr un amgylchiadau, mae'n bosib mai fel yna y baswn innau wedi gweithredu.'

'Ie . . . wel,' grwgnachodd Lee. 'Dydi hi ddiawl o ots be sy'n digwydd i ni, yn nac'di? Jest blydi sipsiwn ydan ni, yntê?'

'Lle'r oeddech chi cyn Henffordd?'

'Yn Birmingham,' meddai Lee.

'Gawsoch chi drwbwl efo'r heddlu yno hefyd?'

'Do'n i ddim yn gneud dim byd anghyfreithlon yn fan'no chwaith,' meddai Lee, gan adael i'r mwg droelli o ochr ei geg. 'Ro'dd ein tad ni'n fyw bryd hynny a fasai o byth wedi caniatáu dim byd felly. Mi fasai wedi rhoi cweir iawn i mi, hen ŵr neu beidio.'

'Felly be oeddech chi'n wneud?'

'Casglu,' meddai Lee. 'Metel sgrap yn benna.'

'Ceir?'

'Ie, ceir gan amla. Ond stwff arall hefyd. Boeleri a'r math yna o beth. Mae 'na lot o gopor yn rhai o'r hen foeleri 'na, wyddoch chi.'

Roedd y ferch wedi dod i ymuno â hwy, ac yn eistedd

ar y llawr wrth y drws agored yn heulwen y bore, gan ddal i gofleidio'i thegan newydd. Os oedd hi'n gwrando ar eu sgwrs, doedd hynny ddim yn amlwg.

'Ddaethoch chi ar draws gŵr o'r enw Harry Pierce o gwbwl?'

Culhaodd llygaid Lee, gan bwyso a mesur Roper yn fanwl. 'Falle i mi neud.'

'Falle 'ta do?'

Rhythodd Lee arno am ennyd neu ddwy arall, yna gostwng ei olwg a chanolbwyntio ar y sierŵt rhwng ei fysedd. 'O'n,' meddai. 'Ro'n i'n nabod Harry Pierce.'

'Roedd ganddo fusnes trwsio ceir.'

'Oedd, mi oedd. Mi fyddwn i'n hel ei sgrap o.'

'A dyna lle daethoch chi ar draws Sarjant Pope.'

Distawrwydd. Sïai pryf yng ngheg y drws.

'Dowch rŵan, Hughie,' pwysodd Roper. 'Mi wnes i synhwyro'ch bod chi'n nabod Pope y tro diwetha ro'n i'n eistedd yma. Y cwbwl sy arna i isio'i wbod ydi sut y daethoch chi i'w nabod o.'

Tynnodd Lee yn ddwfn ar ei sierŵt. 'Hen fastad diawl oedd y Pope 'na,' meddai.

'Roedden ni ar ei ôl o'n hunain,' meddai Roper. 'Does neb yn licio plismyn llwgr. Ddim hyd yn oed plismyn eraill.'

Gorffwysodd Lee ei arddwrn ar ei ben-lin ac astudio'i sierŵt. Roedd y pryf wedi mentro ymhellach i mewn i'r bws erbyn hyn, a glaniodd ar y bwrdd.

'Un diwrnod, ro'n i newydd ddod â stwff allan o iard Harry Pierce,' meddai Lee. 'A dyma'r boi 'ma'n dod ata i. Deud wrtha i am yrru i lawr y ffordd dipyn. Deud 'mod i dros 'y mhen a 'nghlustia mewn trwbwl.'

'Ddaeth o i mewn i'r lorri atoch chi?'

'Do. Mi yrrais y lorri i lawr y ffordd a rownd y gornel at glwt o dir diffaith a stopio. Yna mi ddringodd o allan a dechrau chwilota drwy'r stwff yn y cefn.'

'Ffeindiodd o rywbeth?'

'Do, mi ddaru. Bymper car, a gril rheiddiadur. Mi ddechreuodd o 'mygwth i wedyn. Troi'n gas iawn a deud ei fod o'n mynd i f'arestio i am gynllwynio.'

'Cynllwynio? Cynllwynio efo pwy? Harry Pierce?'

'Ddeudodd o ddim. Deud wrtha i fod be'r oedd o wedi'i ffeindio yn dystiolaeth o ddamwain ddifrifol roedd rhywun yn trio'i chelu. Deud fod gen i lot o esbonio i'w wneud.'

'A doedd gynnoch chi ddim syniad am be'r oedd o'n sôn?'

'Nac oedd. Nac oedd, siŵr iawn. Ro'n i ar goll yn llwyr, a bron â glychu 'nhrôns, coeliwch fi.' Tynnodd Lee yn ddwfn ar ei sierŵt unwaith yn rhagor. Roedd y llaw a'i daliai yn crynu nawr. Roedd Pope yn amlwg wedi dychryn Lee mor ofnadwy fel nad oedd erioed wedi anghofio'r profiad.

'Felly be ddigwyddodd? Arestiodd o monoch chi beth bynnag, mae hynny'n amlwg.'

Cododd Lee y blwch llwch wrth ei ymyl a'i ddal allan i Roper gael tapio'r llwch oddi ar flaen ei sierŵt iddo. 'Mi sadiodd mewn dipyn a deud petaswn i'n chwarae 'nghardia'n iawn y basa fynta fwy na thebyg yn gallu cadw f'enw i allan o betha. Yna dyma fo'n tynnu camera allan ac ar ôl sortio drwy'r geriach roedd o wedi'i dynnu o'r lorri a thaenu pethau ar y ddaear, mi dynnodd gwpwl o luniau. Ro'n i jest yn sefyll yno. Wedyn dyma fo'n gofyn i mi oedd gen i sbaners.'

'Sbaners? Pam?'

'Ro'dd arno isio'r plât cofrestru, yr un ar y bymper. Deud ei fod o isio mynd â fo i ffwrdd efo fo. Tystiolaeth, medda fo. Mi wnaeth i mi'i ddatsgriwio fo iddo. Wedyn mi lapiodd o'r plât mewn papur newydd. Yna deud wrtha i am ei bachu hi o 'no, a deud petai o'n 'y ngweld i neu fy lorri o gwmpas Birmingham eto y baswn i'n difaru f'enaid.'

'Ddwedsoch chi wrth Harry Pierce be oedd wedi

digwydd?'

'Dim ffiars,' meddai Lee. 'Des i ddim yn ôl yno wedyn. Mi wnes i'n union fel deudodd o. Mae'n gas gen i drwbwl.'

'Dydach chi ddim yn digwydd cofio dim o'r manylion oddi ar y plât cofrestru, mae'n debyg?'

'O, ydw,' meddai Lee. 'Mi sgwennais i'r rhif i lawr. Rhag ofn iddo fo drio 'nghael i am rywbeth arall.'

Roedd hyn yn llawer mwy nag yr oedd Roper wedi'i obeithio amdano. 'Ydi o'n dal gynnoch chi?' gofynnodd, gan deimlo'r adrenalin yn dechrau llifo o'r diwedd.

Gwyrodd Lee ymlaen rhwng ei benliniau a theimlo dan y soffa â'i law chwith. Daeth â hen dun Oxo i'r golwg a'i osod ar ei lin. Tynnodd y caead, chwilota drwy'r pentwr blêr o bapurau oddi mewn ac estyn darn o bapur crychlyd a edrychai fel darn o fag papur brown. Pasiodd o i Roper.

'Ga i gadw hwn?'

'Dim ffiars,' meddai Lee. 'Dyna'r cwbwl sy gen i.'

Copïodd Roper y rhif cofrestru i lawr yn ei lyfr poced. Roedd llythyren y flwyddyn yn gywir beth bynnag. 'Welsoch chi'r car roedd hwn yn perthyn iddo?'

'Do. Merc oedd o. Mi welais i Harry a'i fab yn gweithio arno yn y cwt yn y cefn.'

'Beth am y lliw?'

'Alla i ddim cofio. Heblaw ei fod o'n lliw gola. Llwyd, hwyrach.'

Roedd y disgrifiad yn cyd-fynd i'r dim â disgrifiad Mrs Chance o'r lliw.

'A phryd digwyddodd hyn oll?'

'Cwpwl o flynyddoedd yn ôl,' meddai Lee. 'Rhyw ddeufis ar ôl 'Dolig oedd hi, dw i'n siŵr.'

'Ddwedodd Pope ei enw wrtha' chi?'

'Mi ddeudodd mai Ditectif Sarjant Pope oedd o. Yn aelod o'r CID, medda fo — CID Birmingham. Fflachio

cerdyn fel hwnna sy gynnoch chi o flaen 'yn llygaid i.
Efo'i lun arno a phopeth.'

'Welsoch chi o ar ôl hynny o gwbwl?'

'Do, ddwywaith,' meddai Lee. 'Teirgwaith os ydach
chi am gyfri'r noson o'r blaen. Heblaw na wnes i mo'i
nabod o bryd hynny.'

Teimlai Roper y blew ar gefnau'i ddwylo yn codi.

'Dwedwch wrtha i am y ddau dro arall, Hughie. Yn
ddiweddar oedd rheiny?'

Y tro cyntaf oedd yn Dorchester. Rhyw fis yn ôl.
Roedd Pope yng nghwmni dynes bryd tywyll, y ddau
ohonynt yn sefyll wrth arhosfan bws. Roedd Lee wedi'i
adnabod ar unwaith. Ac roedd wedi hanner adnabod y
ddynes hefyd rywsut.

' — Ro'n i'n teimlo'n siŵr 'mod i wedi'i gweld hi'n
rhywle o'r blaen.'

'Mi roeddech chi, yn ôl pob tebyg,' meddai Roper.
'Roedd hi a'i gŵr yn arfer cadw'r caffi hwnnw gyferbyn â
iard Harry Pierce.'

'Wel, myn diawch i, oedd, debyg iawn. Sut oeddech
chi'n gwbod hynny?'

'O, mi fasech chi'n synnu, Hughie,' meddai Roper.
'Beth am yr eildro ichi'i weld?'

'Draw yn Appleford oedd hynny. Ar y rhostir.
Wythnos cyn wythnos dwytha. Pnawn oedd hi. Dydd
Mawrth, dw i'n meddwl. Gwylio adar oedd o.'

'Be sy'n gwneud i chi feddwl mai gwylio adar oedd o?'

'Ro'dd ganddo bâr o finocwlars. Rhai mawr. A
chamera efo clamp o diwb ar ei blaen. Ac ro'dd o'n
gwisgo un o'r siacedi armi 'na, *camouflage*, wyddoch
chi.'

'Ble'n union ar y rhostir oedd o?'

'Rhyw chwarter milltir o lle'r oedden ni'n arfer bod.
Yn ymyl y byngalo crand 'na. Ro'dd o a'i fotor-beic yn
llechu yn y llwyni. Ar ei hyd ar y glaswellt oedd o. Bron
iawn i mi faglu dros y diawl.'

'Ydach chi'n siŵr mai fo oedd o?'

'O, ydw, yn berffaith siŵr. Ro'n i'n sefyll o fewn llathen iddo fo, ac mi edrychodd i fyny arna i. Yr un boi, yr un locsyn, yr un pob un dim. Mae'i lun o gen i fan hyn,' meddai Lee, gan daro'i arlais yn ysgafn. 'Dw i ddim yn credu iddo fo fy nabod i chwaith, ond fasai ganddo fo ddim rheswm i neud, yn na fasai? Ond dw i'n ei gofio fo'n ol-reit. Anghofia i byth mo'r diawl.'

'I ba gyfeiriad oedd o'n edrych?'

'I gyfeiriad y ffordd. I gyfeiriad y byngalo.'

O bwyso a mesur yr wybodaeth oedd ganddo am Gerry Pope bellach, ni allai Roper ei ddychmygu fel gwyliwr adar rywsut. Ymysg pethau amheus eraill, ditectif preifat oedd Pope, a'r hyn roedd ditectifs preifat yn ei wneud y rhan fwyaf o'r amser oedd gwylio pobl eraill, nid adar. Gwragedd cyfeiliornus, gwŷr yn twyllo'u gwragedd, y math yna o greaduriaid. A phwy oedd Pope wedi bod yn ei wylio y diwrnod hwnnw? Yr unig fyngalo ar y rhan yna o'r ffordd oedd byngalo Martin Craven. Felly, yn ôl pob tebyg, wedi bod yn gwylio Furzecroft yr oedd Pope. Ac fe fyddai yna reswm da dros wneud hynny yn sicr ddigon.

Cerddodd Lee gydag ef yn ôl i'r ffordd, a'i chwaer yn eu dilyn, gan ddal i anwesu'i chi bach.

Wedi iddynt gyrraedd ymyl y coed a dod allan i'r heulwen, mwmialodd Lee yn isel, 'Allwch chi neud rhywbeth i ni rŵan?'

'Os galla i,' meddai Roper. 'Mae'n dibynnu.'

Amneidiodd Lee i gyfeiriad ei chwaer oedd wedi stopio ryw ddwylath y tu ôl iddynt. 'Mae hi'n gofyn o hyd am gael mynd yn ôl i Appleford. Ro'dd hi wedi setlo'n iawn yn fan'no. Ond mae'r Mallory 'na â'i gyllell ynon ni.'

'Dydi o ddim i fyny i mi, Hughie,' meddai Roper. 'Ac mae gan Sarjant Mallory ei waith i'w wneud, wrth reswm. Ond os na fyddwch chi'n camfihafio, ddaw o ddim i ymweld â chi eto, fe alla i addo cymaint â hynny i chi. Jest cadwch y lle'n daclus a pheidiwch â gadael iddo fo'ch dal chi'n gosod maglau. Iawn?'

Amneidiodd Lee.

'Iawn,' meddai Roper. Trodd i fynd, ond yna trodd yn ôl drachefn. Tynnodd ei waled o boced ôl ei drowsus a thynnu papur decpunt allan.

Gwrthododd Lee ei gymryd. 'Does arna i ddim isio cardod,' meddai. 'Nid un fel'na ydw i.'

'Nid i chi mae o, i'r ci mae o. Mae angen coler a thennyn arno.'

'Un goch sy arno'i hisio,' meddai Annie Lee, gan roi'i phig i mewn. 'Mae o wedi deud wrtha i.'

'Mi fydd coler goch yn gweddu i'r dim iddo,' meddai Roper.

'Mi fydd yn rhaid iddi hi roi rhywbeth i chi rŵan,' meddai Lee. 'Dyna'r drefn.'

Teimlodd Annie Lee o gwmpas ym mhocedi ei jîns. O'u canfod yn wag, heblaw am hances boced grychlyd, penderfynodd ar glip o'i gwallt. Derbyniodd Roper ef yn ddifrifol a'i glipio'n sownd wrth ei waled. 'Diolch,' meddai.

Bu distawrwydd am ysbaid tra daliai'r ferch i syllu arno â'i llygaid tywyll, disglair. Os oedd hi'n wan a dryslyd ei meddwl, roedd ei llygaid mor ddoeth a hen ag amser. 'Beth bynnag rwyt ti'n chwilio amdano,' meddai hi, 'yn ymyl dŵr yn rhywle mae o. Jest cofia di hynny.'

'Gwna, mi wna i, Annie,' meddai Roper. 'Diolch.'

Gwyliodd hi ef yn cerdded yr holl ffordd yn ôl i'w gar, a'i wylio'n gwneud tro triphwynt yn y lôn gul, ac wrth iddo yrru i ffwrdd gallai weld ei hadlewyrchiad yn y drych, yn dal i sefyll yno.

Am hanner dydd roedd yn ôl mewn siwt a choler a thei unwaith yn rhagor ac yn eistedd wrth ei ddesg yn y

Pencadlys. Gyferbyn ag ef, ei wep yn sarrug a blin, eisteddai Sarjant Mallory. Roedd George Makins yn ystafell y CID yn olrhain lleoliad presennol y car y cawsai Martin Craven ei atgyweirio yn Birmingham, ac fe fyddai'r Prif Arolygydd Brake yn ôl ar ddyletswydd ymhen yr awr.

' — Felly, rydach chi'n gwadu hyn oll, Sarjant?' gofynnodd Roper yn llym.

'Ydw, syr,' atebodd Mallory. 'Ymateb i gwynion oeddwn i, dyna'r cwbwl.'

'Pwy gwynodd?'

'Sawl un, syr.'

'Ac mi nodoch chi bob un o'r cwynion 'ma ar bapur, wrth gwrs. A hefyd eich ymweliadau â Lee.'

Gwingodd Mallory yn anghyfforddus yn ei gadair, ond nid atebodd.

'Felly wnaethoch chi ddim?'

'Naddo, syr. Ddim yn hollol,' addefodd Mallory o'r diwedd. 'Do'n i ddim yn meddwl ei bod hi'n werth trafferthu efo'r gwaith papur jest ar gyfer hynna. Ac mae'r Lee 'na'n dweud celwydd hefyd. Ddwedais i ddim y baswn i'n trefnu i roi'i chwaer yng ngofal yr awdurdodau.'

'O, do, mi wnaethoch,' meddai Roper. 'Mi snioch am orchymyn er diogelwch yr unigolyn. Dydi Lee mo'r teip i bigo rhyw jargon fel'na i fyny wrth fynd heibio. Dim ond oddi wrtha' chi y gallai o fod wedi dod.'

'Os ydach chi'n mynd i goelio — '

'Y gwir, Sarjant. Neu mi fydda i'n gwneud cofnod swyddogol o'r sgwrs hon yn eich llyfr poced — ac fe allech chi golli'r streipiau neis 'na oddi ar eich braich mewn chwinciad.'

'Roedd 'na lot o siarad yn y pentre.'

'Does gen i ddim diddordeb mewn mân siarad, Sarjant. Isio clywed am y cwynion sy arna i.'

'Un gŵyn oedd 'na,' cyfaddefodd Mallory'n

lletchwith o'r diwedd.

'Gan bwy?'

'Mr Chance. Gweld Mrs Chance yn y pentre bnawn dydd Mawrth diwetha wnes i. Mi ddwedodd hithau wrtha i fod ar ei gŵr isio 'ngweld i ynglŷn â'r holl sbwriel oedd yn cael ei chwythu drosodd i'w dir o lle'r oedd Lee wedi parcio'i fws. Mi ddwedais innau y baswn i'n gwneud rhywbeth ynglŷn â'r peth.'

'Welsoch chi'r sbwriel 'ma drosoch eich hun?'

'Naddo, syr. Jest cymryd gair Mr Chance wnes i. Ac mi ddaru Lee a'i chwaer adael dau lond sach o sbwriel ar eu hôl wedi iddyn nhw fynd, hefyd.'

'Falle am na roesoch chi ddigon o amser iddyn nhw gael gwared ohonyn nhw.'

Cododd Mallory ei ysgwyddau. 'Falle.'

'Mi rydach chi wedi rhwystro dyn rhag ennill ei grystyn, Sarjant.'

'Roedd o'n trapio cwningod ar y rhostir, does 'na ddim dwywaith am hynny.'

'Ydach chi am ei rwystro rhag ei fwydo'i hun yn ogystal?'

'Nac ydw, syr.'

'Felly, jest canolbwyntiwch chi ar wneud eich gwaith,' meddai Roper. 'Ac os clywa i'r awgrym lleia eich bod chi'n trin rhywun yn llai na theg, mi fydda i lawr arnoch chi fel tunnell o frics. Ydan ni'n deall ein gilydd?'

Treuliodd Mallory ennyd arall mewn myfyrdod sarrug. 'Ydan, syr,' meddai.

'O'r gorau. Yn ôl â chi at eich gwaith felly, Sarjant,' meddai Roper. 'Dw i eisoes yn ymchwilio i un plismon amheus a does gen i ddim isio ffeindio fy hun yn ymchwilio i un arall.'

'Nac oes, syr,' meddai Mallory, gan edrych fel petai wedi cael rhyddhad na fu'n rhaid iddo ddioddef cosb lymach na'r cerydd a gawsai. Cododd ar ei draed, ei gap yn ei law, a symud ei gadair yn ôl i'w le arferol.

'A fydda i byth yn dal dig, Sarjant,' meddai Roper. 'Felly, oni bai'ch bod chi'n dweud wrth rywun, ddigwyddodd y sgwrs yma ddim. Iawn?'

'Diolch, syr,' meddai Mallory. Trodd i gyfeiriad y drws ac wedi iddo fynd allan daeth Makins i mewn â'i bad nodiadau yn ei law.

'Unrhyw lwc, George?' gofynnodd Roper wedi i Makins gau'r drws.

'Dw i'n credu ein bod ni wedi ei gael o,' meddai Makins. 'Mi lwyddais i gael gafael ar berchennog presennol y Merc 'na oedd gan Craven. Boi o'r enw Watson. Mae'n byw yn Brierly Hill, ger Birmingham. Mi brynodd o fo gan werthwr ceir ail-law yn Walsall gwpwl o ddiwrnodau ar ôl i Craven ei werthu iddo. Ac mae o'n gwbod i sicrwydd mai ein Craven *ni* oedd o, achos, fel mae'n digwydd, mi wnaeth lungopi o'r ddogfen drosglwyddo swyddogol cyn anfon yr un wreiddiol i'r DVLA. Mae o am bicio â'r copi i'w orsaf leol. Dw i wedi'u ffonio nhw'n barod ac mi ddwedson y basen nhw'n ei ffacsio i ni yn syth bin ar ôl i Watson gyrraedd.'

'Gwych,' meddai Roper.

'Mae 'na well i ddod,' meddai Makins, gan ddangos mwy o frwdfrydedd nag a wnaethai ers diwrnodau. 'Mecanic ydi Watson wrth ei alwedigaeth ac mae ganddo'i fusnes ei hun. Ychydig ddyddiau ar ôl iddo gael y car, mi feddyliodd ei fod yn clywed twrw yn yr egsôst. Felly dyma godi'r car ar y ramp a chymryd golwg iawn oddi tano. Mi ffeindiodd fod 'na ddolc mawr yn y tawelydd a bod ei flaen o'n rhydd — fel petai o wedi cael ei yrru dros rywbeth.'

Ac nid dyna'r cyfan. Gosododd Mr Watson egsôst newydd ar y car ei hun, ac yn sownd wrth un o'r bracedi y bu'n rhaid iddo'u datsgriwio i dynnu'r bibell wreiddiol, roedd wedi dod o hyd i ddarn o frethyn dulas â bwcl metel wedi'i wnïo ar un pen iddo. O ddisgrifiad Watson o'r peth, daethai Makins i'r casgliad y gallasai'r darn brethyn dulas fod yn rhan o strap arddwrn côt law.

Ac, yn ôl yr adroddiad swyddogol ar y ddamwain, roedd y diweddar Mr Sidney Arthur Manley yn gwisgo côt law ddulas â strapiau ar odre'r llewys y noson y cafodd ei ladd. Ac yn ôl cofnodion y mortiwari, roedd un strap ar goll ac wedi'i rwygo ymaith.

'Ydi Watson yn barod i dyngu i hyn mewn llys barn?'

'Ydi, yn berffaith barod,' meddai Makins.

Pennod 15

Parciodd Makins y car y tu allan i Furzecroft a stopiodd Land Rover gwyn Brake wrth ei gwt. Roedd hi'n ddau o'r gloch ar yr un prynhawn Sul. Roedd y ffacs oddi wrth Mr Watson wedi glanio ar ddesg Roper toc wedi un o'r gloch a Brake wedi'i hysbysu o'r datblygiad annisgwyl erbyn hanner awr wedi. Roedd y dystiolaeth newydd wedi newid y sefyllfa'n llwyr a chafwyd bendith y PGC i fynd ar ôl Martin Craven.

Roedd Craven yn dal yn ei ŵn gwisgo, ei wallt yn flêr a heb ei gribo. Yr hyn oedd i'w weld yn ei boeni fwyaf oedd iwnifform Brake a'r rhes o sêr metel ar ei ysgwyddau, ynghyd â'r sarjant cydnerth o'r Adran Draffig a safai wrth ei ochr. Cyflwynodd Roper hwynt i'w gilydd.

'Yma ynglŷn â'r wraig ydach chi, ie?'

'Nage, syr,' meddai Brake. 'O'r Adran Draffig ydw i. Dw i'n meddwl falle y gallwch chi'n helpu ni gydag un ymchwiliad arbennig rydan ni'n gweithio arno.' Fel y sylwodd Makins yn ddiweddarach, oni bai bod y llawr yno i'w hatal, fe fuasai gên Craven wedi disgyn o'r golwg. Ond i roi i'r gŵr ei haeddiant, roedd yn rhaid bod yn sydyn a chraff i sylwi. 'Damwain ffordd, syr. Un angheuol. Dwy flynedd yn ôl.'

'Wn i ddim byd amdani felly,' meddai Craven. 'Sori.' Ceisiodd wenu ond methiant fu'r ymdrech ac edrychai'n hytrach fel pe bai deintydd wedi gwthio rhywbeth i'w geg cyn dechrau ar ei driniaeth.

'Mae gynnon ni dystiolaeth newydd, syr,' meddai Roper. 'Ac mi hoffen ni fynd dros un neu ddau o bethau efo chi. Mi gewch chi wisgo amdanoch os liciwch chi ac mi awn ni draw i'r Pencadlys. Ond mae i fyny i chi, syr.'

Ond roedd hi'n amlwg mai ymweliad â'r Pencadlys oedd y peth diwethaf roedd ar Craven ei eisiau.

'All hyn ddim aros tan fory?'

'Na all, syr,' meddai Brake.

Hebryngodd Craven hwy drwodd i'r lolfa. Yn ystod y ddau ddiwrnod ers i'w wraig fynd i'r ysbyty roedd wedi llwyddo i wneud cwt mochyn o'r lle. Fe fuasai meidrolyn mwy cyffredin wedi ymddiheuro am y llanast, ond nid Craven. Y cyfan a wnaeth oedd hel cyflenwad deuddydd a mwy o bapurau newydd oddi ar y cadeiriau a'u lluchio'n ddiseremoni ar fwrdd coffi ymysg nifer o blatiau budron a mygiau a gwydrau. Ar y bwrdd hefyd roedd potel wisgi wag agored.

'Rhywun sy wedi cynnig f'enw i fel tyst mewn camgymeriad, mae'n rhaid,' meddai, gan aros ar ei draed tra eisteddai'r lleill yn y cadeiriau yr oedd newydd eu clirio.

Nid atebodd neb. Gwnaeth Brake gryn sioe o agor ei friffces a chwilota drwy'r papurau oddi mewn cyn tynnu un allan o'r diwedd.

'Chi ydi Martin Ryall Craven, syr?' gofynnodd Brake. Roedd Makins wedi copïo enw canol Craven oddi ar y copi ffacs o'r ddogfen drosglwyddo a ddaethai i law yn gynharach. Fe'i llefarwyd gan Brake fel petai'n ei ddarllen yn syth o'r adroddiad ddamwain ar ei lin.

'Ie,' meddai Craven. 'Ond, ylwch —'

'Os gwnewch chi fod yn amyneddgar am funud bach, syr,' meddai Roper, gan dorri ar ei draws.

'Fe ddigwyddodd y ddamwain ryw ddwy filltir i'r gorllewin o Wareham, syr,' meddai Brake, gan ganolbwyntio ar yr adroddiad nawr. 'Chwefror y deuddegfed, mil naw naw dim. Tua hanner awr wedi deg yr hwyr. Enw'r dioddefwr oedd Sidney Arthur Manley. Roedd o wedi marw erbyn cyrraedd yr ysbyty.'

Ni ddywedodd Craven ddim y tro hwn, dim ond agor a chau'i ddwylo'n nerfus ym mhocedi'i ŵn gwisgo.

'Mae gynnon ni le i gredu mai Mercedes llwyd oedd y car, syr,' meddai Brake. 'Ac mi rydach chithau'n gyrru un o'r rheiny, ydach chi ddim, Mr Craven?'

'Mi ydw i rŵan,' meddai Craven.

'A'r pryd hynny hefyd, syr,' meddai Roper. 'Mercedes fuoch chi'n ei yrru ers blynyddoedd. Mi ddwedsoch chi hynny wrtha i o'r blaen.'

'Ydach chi'n trio dweud mai 'nghar i a'i trawodd o i lawr?' Doedd dicter Craven ddim mymryn mwy llwyddiannus nag y bu ei wên yn gynharach. 'Nefoedd, mae'r peth yn wrthun.'

'Rydan ni hefyd wedi llwyddo i olrhain y cerbyd dan sylw, syr,' pwysodd Brake ymlaen yn benderfynol. 'Fe'i gwerthwyd o gan werthwr ceir ail-law yn Walsall ychydig ar ôl y ddamwain. Cwta bythefnos ar ôl i'r perchennog presennol ei brynu, mi feddyliodd fod 'na rywbeth o'i le ar yr egsôst ac mi edrychodd dan y car. Ac yn sownd wrth un o'r bracedi oedd yn dal y beipen yn ei lle, mi gafodd hyd i ddarn o gôt law Mr Manley — strap oddi ar odre'r llawes. Ac mae'r gŵr hwnnw'n barod i dyngu i hynny mewn llys barn.'

'Ac mi rydach chi'n dal i ddweud mai 'nghar i oedd o?'

Estynnodd Brake y copi o'r ddogfen trosglwyddo cerbyd o'i friffces. Daliodd hi allan. Camodd Craven ymlaen a'i chymryd oddi arno a'i dal tuag at y ffenestr.

'Ond dim ond gair y boi 'ma sy gynnoch chi, yn enw'r nefoedd!'

'Nage, syr, mae gynnon ni fwy na hynny,' meddai Roper, gan beri i Craven wingo a rhythu arno. 'Mi dynnodd Sarjant Pope nifer o luniau —'

'Pwy ddiawl ydi Sarjant Pope?'

'Fuon ni drwy hynny i gyd o'r blaen, Mr Craven,'

atebodd Roper.

'Lluniau o be, yn hollol?' gofynnodd Craven yn herfeiddiol a blin. Ond bygwth gwag oedd y cyfan bellach.

'Ffotograffau o rannau o'r Mercedes hwnnw, Mr Craven. Y bymper blaen, gan gynnwys y plât cofrestru, a gril y rheiddiadur. Roedd 'na glwt bach o dir diffaith jest rownd y gornel o iard Harry Pierce ac yno y tynnodd Pope y lluniau 'ma. Mi aeth â'r plât cofrestru i ffwrdd efo fo hefyd. Mi wyddoch chi pwy ydi Harry Pierce, yn gwyddoch, syr?'

Hyd yn oed nawr, petai Craven yn gwadu hyn yn yr un modd ag yr oedd wedi gwadu popeth hyd yma, ni fuasai ganddynt y gobaith lleiaf o'i brofi mewn gwirionedd. Yn ystod yr ychydig funudau nesaf fe fyddai popeth yn dibynnu ar dwyll, nid ar yr hyn roedd Roper a Brake yn ei wybod, ond ar yr hyn roedd Craven yn dychmygu eu bod yn ei wybod. Eisoes roedd yn dangos arwyddion o fod wedi llyncu'r abwyd: roedd ei wyneb yn chwys, ei lygadrythu herfeiddiol yn diflannu, a'i ddwylo'n ddyrnau ym mhocedi'i ŵn gwisgo.

'Gwn,' meddai, gan edrych i lawr. 'At Pierce yr es i.'

'Diolch, Mr Craven,' meddai Roper.

'Oes gan rywun sigarét?' gofynnodd Craven, ar ôl i Brake ei rybuddio'n ffurfiol. Edrychai Craven yn ddifrifol a hagr yr olwg nawr, a phob arwydd o ryfyg wedi diflannu'n llwyr. Teimlai Roper biti drosto braidd, nes iddo'i atgoffa'i hun fod Craven wedi taro dyn i lawr ychydig flynyddoedd ynghynt ac wedi bod yn ormod o gachgi i aros i'w helpu.

Dim ond Brake oedd â sigarennau. Tynnodd Craven un o'r pecyn yn drwsgl a chyneuodd Brake ei daniwr iddo.

Am ychydig Brake oedd biau'r llwyfan. Roedd y ddamwain yn dal yn eithriadol o fyw yng nghof Craven;

ac yntau wedi'i gornelu, roedd yn fwy na pharod — fel y bu'r lleill — i gyffesu'r cyfan, gan gynnwys y manylyn lleiaf. Cyfaddefodd iddo yfed yn drwm drwy'r rhan fwyaf o'r prynhawn cyn y ddamwain ac nad oedd wedi bod mewn cyflwr i yrru car o gwbl. Gallai gofio'r ddynes a'r ci hyd yn oed, ac fel y bu'n rhaid iddo droi i'r ochr yn sydyn i'w hosgoi. Ychydig eiliadau yn ddiweddarach roedd wedi taro Manley a gyrru drosto.

'Mi stopiais a mynd allan o'r car. Roedd un ochor o'i wyneb yn — Arglwydd, roedd y peth yn ofnadwy . . . allwn i ddim meddwl be i'w wneud . . . ro'n i'n meddwl ei fod o wedi marw . . . Yna mi welais ei fysedd yn symud . . . ac roedd y synau 'ma'n dod allan o'i geg o — geiriau, mae'n debyg, ond fedrai o mo'u cael nhw allan.' Disgynnodd llwch sigarét ar lin Craven ond roedd yn rhy brysur yn ail-fyw ei brofiad i sylwi arno. 'Ro'n i'n gwbod nad oedd gen i ddim gobaith lle'r oedd y gyfraith yn y cwestiwn, ac ystyried 'y nghyflwr. Mi feddyliais mai'r peth doetha i'w wneud oedd galw am ambiwlans a'i heglu hi oddi yno cyn iddi gyrraedd. A dyna wnes i. Ffonio o giosg ryw hanner milltir i lawr y ffordd. Rois i mo f'enw, wrth gwrs.'

'Oes gynnoch chi ryw syniad pa mor gyflym roeddech chi'n trafaelio pan drawoch chi Mr Manley, syr?'

'Nac oes, dim syniad,' meddai Craven. 'Deugain i hanner can milltir yr awr, mae'n debyg.'

'Yn agosach at bedwar ugain,' cywirodd Brake o. 'Mi fesuron ni'r marciau sgid.'

'Mae'n ddrwg gen i,' meddai Craven.

'Braidd yn hwyr i hynny rŵan, yn tydi, syr?' meddai Brake.

Aethai peth amser heibio. A'r llyfr Adroddiadau Damweiniau clawr melyn yn pwyso ar fraich ei gadair, roedd Craven wedi gwneud diagram o'r olygfa fel roedd yn ei chofio ac yna wedi ysgrifennu disgrifiad o'r ddamwain yn ei eiriau ei hun. Wedi iddo orffen, arwyddodd a dyddiodd y datganiad ar y gwaelod yn flinedig. Rhoddodd y llyfr a'r feiro yn ôl i Brake, a chydarwyddodd Brake y datganiad dan lofnod Craven. Gwnaeth y sarjant cydnerth yr un fath.

'Pwy ddwedodd wrtha' chi am Harry Pierce, Mr Craven?' gofynnodd Roper.

'Rhywun dw i'n ei nabod yn Llundain,' meddai Craven. 'Soniais wrtho fod angen trwsio'r car arna i a 'mod i'n awyddus i gael rhywun na fyddai'n gofyn gormod o gwestiynau i wneud y job.'

'A Pope? Sut cafodd o'i big i mewn?'

'Dod o'r cyfeiriad arall oedd o pan o'n i'n gyrru i ffwrdd o'r ddamwain, a nododd rif 'y nghar i. Wyddwn i mo hynny ar y pryd, wrth gwrs. Mae gen i go gweld plismon ar fotor-beic ond mi basion ni'n gilydd mor gyflym, a wnes i ddim meddwl ei fod o wedi sylwi arna i hyd yn oed.

'Wel, ymhen rhyw dridiau, mi ffoniodd y boi 'ma a dweud wrtha i fod ganddo hanes rhywun yn Birmingham oedd yn fodlon gwneud y joben i mi, ond y basai'n rhaid i mi dalu ag arian parod. A phetawn i'n mynd â'r car i fyny yno erbyn naw o'r gloch y bore mi fasai'n barod i mi erbyn amser cinio. Ac mi gytunais innau'n syth bin.'

'Faint?'

'Pymtheg cant,' meddai Craven. 'Ac roedd hynny'n cynnwys mynd â'r hen bartiau i'r malwr.'

'Ddaru chi ddim gofyn iddo edrych dan y car?'

'Wnes i ddim meddwl am hynny.'

Am rai dyddiau wedi'r trip i Birmingham, roedd Craven yn meddwl yn siŵr ei fod wedi llwyddo i ddod allan ohoni. Yna, yn hwyr un noswaith, derbyniasai alwad ffôn gan ŵr a wrthodai roi'i enw. Roedd y gŵr anhysbys wedi dweud mai plismon ydoedd a'i fod yn ymchwilio i farwolaeth un Sidney Arthur Manley.

Dywedasai hefyd fod plât cofrestru plygedig Mercedes Craven ganddo yn ei feddiant. Roedd gwaeth i ddod. Aethai'r dyn yn ei flaen i ddweud wrth Craven fod archwiliad labordy o'r plât wedi dangos olion gwaed oedd yn cyfateb yn union i waed Manley, prawf pendant felly mai car Craven oedd yn gyfrifol am ei daro a'i ladd; ond pe byddai Craven yn dod i'w gyfarfod drannoeth fe gâi glywed sut y byddai modd iddo gadw'i enw allan o'r holl helynt.

Roeddent wedi cwrdd mewn tafarn yn Llundain y diwrnod canlynol yn ystod yr awr ginio. Yn unol â gorchymyn y gŵr, gwisgasai Craven siwt lwyd olau ar gyfer yr achlysur a chariai gopi o *The Independent* dan ei fraich. Fe'i cyfarchwyd gan ŵr barfog wedi'i wisgo mewn siaced ledr ddu a jîns ac yn cario parsel hir, fflat wedi'i lapio mewn papur llwyd dan ei fraich.

Y plât cofrestru oedd yn y papur llwyd.

'Mi ddwedodd fod 'na ddyn arall yn y bwti, technegwr yn y labordy oedd yn cadw'r gwaith papur yn ôl. A phetawn i'n fodlon talu swm teg o arian, fe allai'r gwaith papur gael ei golli o'r system yr un mor rhwydd â'r plât cofrestru oedd ganddo yn y papur llwyd.'

'Faint?' gofynnodd Roper.

'Dwy fil,' meddai Craven. 'Arian parod. Mi es i'r banc i'w codi nhw tra oedd o'n disgwyl amdana i'r tu allan.'

'Ac roeddech chi'n dal ddim yn gwbod pwy oedd o?'

'Mi ofynnais iddo am ryw fath o brawf mai plismon oedd o. Mi ddangosodd yntau'i gerdyn gwarant i mi. Cadw'i fawd dros ei enw, wrth gwrs. Ond mi welais i'r arwyddlun arno'n glir ac mi wyddwn i mai un o blismyn ffordd hyn oedd o.'

Unwaith eto, roedd Craven wedi meddwl mai dyna ddiwedd ar bethau. Ond wrth gwrs nid felly y bu. Fis yn ddiweddarach cafodd alwad i gwrdd â'r gŵr barfog unwaith yn rhagor. Roedd y technegwr yn y labordy fforensig wedi dechrau troi'n lletchwith, ac yn gofyn am ragor o arian. Roedd y gwaith papur yn dal yn ei feddiant ac roedd yn bwriadu'i gadw, ac wrth gwrs fe fyddai'n rhaid talu iddo am gadw'n ddistaw.

'Faint?' gofynnodd Roper am y trydydd tro.

'Chwe chant,' meddai Craven. 'Y mis.'

'Aeth y pris i fyny o gwbwl?'

'Naddo,' meddai Craven. 'Mi arhosodd yn chwe chant. Faswn i ddim wedi medru talu chwaneg. Mi ddwedais i hynny wrtho.'

'Pryd oedd y tro diwetha i chi dalu iddo fo?'

'Dydd Llun,' meddai Craven.

'Ym maes parcio'r Hanging Man?'

'Ie,' meddai Craven. 'Mi es i'r banc amser cinio a chodi'r chwe chant. Ond, fel ro'n i wiriona, ro'n i wedi gwario tocyn go lew ohonyn nhw cyn gadael Llundain, a'r cyfan oedd gen i i'w rhoi iddo oedd ychydig dros bum cant. Mi ddwedodd wrtha i am gael y cant arall iddo erbyn dydd Gwener, neu gwae fi. Ac mi fasai'r pris yn codi hefyd.'

O ystyried yr hyn roeddynt wedi'i ddysgu am Pope, roedd stori Craven yn ffitio patrwm y saga i'r dim, ac ni allai fod yn ddim ond y gwirionedd. Roedd Pope wedi sylwi ar Craven yn gyrru heibio iddo, wedi cofio rhif ei gar a rhoi dau a dau at ei gilydd. A chan ddefnyddio'i awdurdod fel sarjant yn yr Adran Draffig, digon rhwydd fuasai iddo gael enw a chyfeiriad Craven oddi ar gyfrifiadur y DVLA yn Abertawe. Fe allai fod wedi treulio ychydig ddyddiau wedyn yn gwylio tŷ Craven, efallai'n cymryd gwyliau o'i waith i'w alluogi i wneud hynny. P'run bynnag, roedd wedi dilyn Craven i Birmingham, eistedd yng nghaffi Mrs Barr am deirawr nes gweld Hughie Lee yn paratoi i gychwyn o'r iard â'i lwyth wythnosol o sgrap Pierce, yna rhuthro allan i daclo Lee a meddiannu'r plât cofrestru. Fe ellid dweud i Pope fod yn hynod o lwcus yn ei erledigaeth o Craven; ond, ar y llaw arall, pan oedd Pope yn blismon, doedd neb erioed wedi cwyno am ei ddiffyg diwydrwydd.

'Beth wnaethoch chi â'r plât cofrestru, Mr Craven?' gofynnodd George Makins.

'Ei guddio yn y garej,' meddai Craven yn druenus. 'Allwn i ddim meddwl be arall i'w wneud â fo.'

Aethant i'r garej a disgwyliodd Roper a Brake wrth i Craven, oedd yn dal yn ei ŵn gwisgo, osod ysgol rhwng car ei wraig a'i gar ei hun a'i dringo ac ymestyn i fyny a thynnu pecyn wedi'i lapio mewn papur llwyd o'r tu ôl i un o'r trawstiau. Chwythodd y llwch oddi arno cyn dod ag ef i lawr a'i roi i Brake. Rhwygodd Brake y papur oddi ar un pen i'r pecyn.

Y plât cofrestru ydoedd, yn gam a tholciog ar ôl taro Sidney Manley. Byddai dyn mwy ymarferol na Craven wedi'i lifio'n ddarnau mân yn syth bin.

'Ai chi laddodd Pope nos lun, Mr Craven?' gofynnodd Roper.

'Nage,' meddai Craven, gan hel llwch oddi ar ei ŵn gwisgo du. 'Mi feddyliais am wneud fwy nag unwaith, ond nid fi wnaeth.'

'Faint o'r gloch oedd hi pan gyrhaeddoch chi'r Hanging Man nos Lun?' gofynnodd Roper, wedi iddynt ddychwelyd i'r tŷ ac eistedd drachefn.

'Wn i ddim yn iawn,' meddai Craven. 'Ychydig cyn un ar ddeg, mae'n debyg.'

'Ac roedd Pope yno'n disgwyl amdanoch chi, oedd o?'

'Oedd. Mi fyddai o wastad yno o 'mlaen i.'

'A'r tu allan i'r Hanging Man y byddech chi wastad yn cwrdd, ie?'

'Nage, nid yr Hanging Man bob tro, ond mewn rhyw faes parcio neu'i gilydd. Maes parcio aml lawr yn Dorchester oedd hi y tro diwetha ond un. Fo oedd yn penderfynu ar y lle. Mi fyddai'n arfer fy ffonio i yn fy swyddfa i roi'r manylion i mi. Wastad ar yr ail ddydd Llun yn y mis.'

'Beth am yr amser?'

'Chwarter i un ar ddeg.'

'Bob tro?'

'Yn ddi-feth. Dydd Llun oedd y tro cynta erioed i mi fod ychydig funudau'n hwyr. Roedd o bron iawn mor flin ar gownt hynny ag roedd o am nad oedd yr arian i gyd gen i.'

'Pwy adawodd y maes parcio gynta, chi 'ta fo?'

'Fi,' meddai Craven.

Cododd Roper ael ar hynny. Yn ôl Rubery a Bennett, Pope fyddai'n gadael gyntaf bob tro.

'Ac roedd hynny hefyd yn dilyn y patrwm arferol, oedd o?'

Ysgydwodd Craven ei ben. 'Nac oedd,' meddai. 'Dyna'r tro cynta iddo ddweud wrtha i am fynd gynta. Fel arfer ro'n i fod i aros yno am bum munud ar ôl iddo fo fynd.'

'Felly nos Lun mi fasech chi wedi medru stopio a chuddio i ddisgwyl amdano.'

'Baswn, ond wyddwn i ddim i ba gyfeiriad roedd o am fynd, yn na wyddwn?'

'Am ba hyd y buoch chi yn y maes parcio efo fo?'

Cododd Craven ei ysgwyddau. 'Munudau. Pum munud, hwyrach.'

'Felly roeddech chi'n ôl yma yn y tŷ erbyn toc wedi un ar ddeg?'

'Oeddwn, mae'n debyg,' meddai Craven. 'Roedd y wraig yn ei gwely pan gyrhaeddais i adre, ond falle'i bod hi wedi 'nghlywed i'n dod mewn.'

'Os oedd hi yn ei gwely, fe allech chi fod wedi mynd allan wedyn heb iddi hi'ch clywed chi.'

'Ond des i ddim,' meddai Craven. 'Cyn gynted ag y dois i mewn mi drois i'r teledu ymlaen i gael y newyddion hwyr. Mi fûm i'n gwylio hwnnw am sbel cyn syrthio i gysgu ar y soffa. Roedd hi'n un o'r gloch y bore arna i'n deffro. Wedyn mi es i 'ngwely.'

'Tydi o fawr o alibi, yn nac ydi, syr?'

'Oes angen un arna i?'

'Oes yn-y-wir, syr,' meddai Roper, 'gan mai chi, mae'n ymddangos, oedd y person ola i weld Pope ar dir y byw. Ac rydach chi newydd gyfadde gynnau fach ei bod hi wedi mynd yn dipyn o ffrae rhyngoch chi.'

'Allwn i ddim fod wedi'i ladd o,' meddai Craven.

'Pam?'

'Achos ro'n i'n rhy feddw i ladd neb,' cyfaddefodd Craven. 'Ro'n i wedi bod yn yfed yn drwm yn Llundain cyn dal y trên. Dyna pam nad oedd yr arian i gyd gen i. Ro'n i'n dal yn reit chwil wrth i mi gadw'r car. Dyna pam nad es i 'ngwely'n syth wedi dod i mewn. Mi fasai 'nghyflwr i wedi dechrau ffrae arall.'

'Fyddwch chi'n ffraeo llawer, syr, chi a'ch gwraig?'

'Ydi hynny o unrhyw fusnes i chi?'

'Dan yr amgylchiadau presennol, ydi, syr.'

'Ydi, 'debyg,' cytunodd Craven yn flinedig. 'Byddwn, mi fyddwn ni'n ffraeo lot. Ychydig fyddwn ni'n ei ddweud wrth ein gilydd o un dydd i'r llall a dweud y gwir, ond pan fyddwn ni'n siarad, i gael cythraul o ffrae fydd hynny gan amla.'

'Fydd y ffraeo geiriol 'ma'n troi'n gorfforol weithiau, syr?'

'Na fydd,' meddai Craven, gan ysgwyd ei ben yn gadarn. 'Byth.'

'Beth am fore dydd Gwener diwetha?'

'Dw i wedi dweud wrtha' chi'n barod. Do'n i ddim yma pan ddigwyddodd hynny. Mi allwch chi ofyn i landlord y Cherry Tree.'

'Mi wnaethon ni, syr,' meddai Roper. 'Mae o'n cofio'ch gweld chi'n cyrraedd, ond nid yn gadael.'

'Roedd 'na ferch y tu ôl i'r bar . . . ' cofiodd Craven yn obeithiol.

'Welodd hithau monoch chi'n gadael chwaith, Mr Craven,' meddai Roper yn swta. 'A neithiwr, mi aeth

Sarjant Makins i weld eich gwraig a chael datganiad ganddi. Mi fyddwch chi'n falch o glywed nad ydi hi ddim am ddod â chyhuddiadau yn eich erbyn.'

'Cyhuddiadau am be?' gofynnodd Craven, gan wneud llygaid bach ac edrych yn ddryslyd. A dyna pryd y dechreuodd Roper gael ei amheuon cyntaf. Amser cinio ddydd Gwener diwethaf, pan oedd Craven wedi herio Roper dros gorff anymwybodol ei wraig, roedd Roper yn sicr mai blyffio oedd Craven. Bellach nid oedd yr un mor sicr. 'Arglwydd, dydach chi ddim yn credu o ddifri mai fi wnaeth hynny, ydach chi?'

'Mae'ch gwraig yn dweud mai chi wnaeth.'

'Dweud celwydd mae hi,' meddai Craven yn wyllt. 'Dweud blydi celwydd.'

'Mi fasai'n anodd iddi ddweud celwydd, Mr Craven,' meddai Roper. 'Mae hi'n gwbod o fewn munud neu ddau pryd yr ymosodoch chi arni. Roedd hi newydd roi'r ffôn i lawr ar ôl bod yn siarad â Mrs Wicks. Ac roedd hynny yn y munudau na fedrwch chi roi cyfri amdanyn nhw, os 'dach chi'n gweld be sy gen i, syr. Be dw i'n ei ddweud ydi nad oedd 'na ddim modd i Mrs Craven fod yn gwbod nad oedd gynnoch chi alibi am yr ychydig funudau cyn ac ar ôl yr ymosodiad. Felly, mae'n rhaid ei bod hi wedi'ch gweld chi yno, yn do?'

'Mae'n bosib bod rhywun wedi sôn wrthi amdana i'n cyrraedd yn fuan wedyn,' awgrymodd Craven, wedi gwylltio.

'Doedd neb wedi cael mynd i weld eich gwraig cyn i mi siarad â hi ddoe, syr,' meddai Makins. 'Doedd hi ddim wedi siarad â neb ar y ffôn, a'i hunig gysylltiad â'r byd y tu allan oedd drwy'r nyrsys. A'r unig neges y gofynnwyd iddyn nhw'i phasio ymlaen oedd nad oedd gan Mrs Craven isio'ch gweld chi ar gyfyl y lle. Heblaw am eich hysbysu o gyflwr ei hiechyd, wrth gwrs.'

Gostyngodd llid Craven cyn gyflymed ag y codasai. Edrychai'n ddryslyd unwaith eto ac ar goll yn llwyr erbyn hyn.

'Ar 'y marw,' meddai, gan syllu i fyw llygaid Roper.
'Ar 'y marw, wnes i erioed — erioed yn fy mywyd —
daro 'ngwraig. Ac os ydi hi'n dweud 'mod i wedi
gwneud, mae hi'n dweud celwydd.'

'Mi wnaeth rhywun, syr,' atgoffodd Roper o.

'Wel, nid fi,' meddai Craven. 'Myn Duw, nid fi oedd
o.'

Ac wrth wylio'i wyneb a gwrando ar oslef ei lais, bron
nad oedd Roper yn cael ei demtio i'w gredu. Ond os
oedd Craven yn dweud y gwir, yna mae'n rhaid bod ei
wraig wedi dweud celwydd wrth Makins yn yr ysbyty
neithiwr. Fe allai mai dweud celwydd i fod yn faleisus a
wnaeth, wrth gwrs. Ar y llaw arall, er braidd yn
annhebygol, hwyrach, fe allai fod wedi dweud celwydd
er mwyn achub cam y gwir droseddwr.

Ei chariad efallai . . . ?

'Pan oeddwn i yma'r diwrnod o'r blaen, Mr Craven,
mi ddwedsoch eich bod yn amau fod gan eich gwraig
gariad.'

'Nid amau ydw i,' meddai Craven. 'Gwbod.'

'Ar sail y wats y daethoch chi o hyd iddi, 'ta oes
gynnoch chi brawf arall?'

'Yr ail beth i mi'i ffeindio oedd y wats, a wnes i ddim
sôn am honno o gwbwl wrth y wraig. Cwpwl o
wythnosau cyn hynny mi ddois i o hyd i bâr o fenig. Mi
ddwedodd hi mai rhai Mrs Chance oedden nhw, ond
roedden nhw'n rhy fawr i mi, hyd yn oed. Menig dyn
oedden nhw. Dyna pryd y dechreuais i amau rhywbeth.'

'Ydi'r menig yn dal gynnoch chi?'

'Nac ydyn, dydyn nhw ddim,' meddai Craven. 'Mi
ddwedodd hi y basai hi'n eu rhoi nhw'n ôl i Mrs Chance.
Dyna'r tro ola i mi'u gweld nhw. Menig gyrru oedden
nhw, rhai duon trwchus efo strapiau melyn ar yr
arddyrnau. Does 'na ddim dwywaith nad rhai dyn
oedden nhw.'

'Pa mor ddifrifol ydach chi'n ystyried hyn oll?'

'Difrifol iawn,' meddai Craven. 'Mi es draw i Dorchester fore Gwener diwetha a galw i weld dyn o'r enw Jordan. Ditectif preifat ydi o. Mae ganddo swyddfa yn ymyl yr orsaf. Mi dalais i flaendal o bum cant o bunnoedd iddo.'

'I gadw llygad ar Mrs Craven?'

'Yn hollol,' meddai Craven. 'A phan gyrhaeddais i adre, mi ffeindiais i chi a'ch criw yma a 'ngwraig yn anymwybodol ar y llawr.'

'Dyn ffoniodd am ambiwlans.'

'Wel, nid fi oedd o.'

Yn sydyn daeth llun i feddwl Roper o Nicholas Chance yn sleifio drwy'r llwyni i gyfeiriad byngalo'r Craveniaid; daeth y llun ar amrantiad — ac arhosodd yno.

'Mi rydach chi wedi dweud llawer o gelwyddau hyd yma, Mr Craven.'

Rhythodd Craven yn oeraidd arno, ond ni ddywedodd yr un gair.

'Pan gwrddoch chi â Pope am y tro cynta, mi ddwedsoch chi ei fod wedi cadw'i fawd dros ei enw ar ei gerdyn gwarant.'

'Do, mi wnaeth,' meddai Craven.

'Ond maes o law mi ddaethoch chi i wbod ei enw. Sut?'

'Rhywun ddwedodd wrtha i,' meddai Craven. 'Nicholas Chance.'

Llamodd calon Roper wrth glywed y newydd rhyfeddol ac annisgwyl hwn. 'Mr Chance o Downlands Farm ydi hwnnw, ie?' gofynnodd, er mwyn gwneud yn siŵr eu bod yn sôn am yr un Nicholas Chance. Roedd wedi amau o'r cychwyn cyntaf nad oedd Pope yn ddieithr i Chance — erbyn hyn roedd yn dechrau amau tybed oedd yna rywun o gwbl yn y cyffiniau nad oedd yn adnabod Pope.

'Ie,' meddai Craven, fel pe na bai wedi sylwi ar y saib fu yn y sgwrs. 'Nick Chance. Mi welais i nhw efo'i gilydd mewn tafarn yn Dorchester. Bore Sadwrn oedd hi. Rhyw bythefnos yn ôl. Roedd hi'n amlwg bod Chance yn ei nabod.'

'Aethoch chi atyn nhw i gael gair?'

'Go brin,' meddai Craven. 'Troi ar fy sawdl a mynd drwodd i'r bar arall wnes i. Wedyn holais Chance amdano yr un noson, draw yn yr Hanging Man.'

'A beth ddwedodd o wrtha' chi?'

'Dweud mai ditectif preifat oedd o. Roedd Chance wedi bod yn colli lot o stwff o'r fferm. Offer a geriach o bob math. Roedd Pope yn mynd i edrych i mewn i'r peth.'

Os oedd hyn yn gywir — ac fe allai fod yn wir pob gair, wrth reswm — pam felly, meddyliodd Roper, nad oedd Nicholas Chance wedi dweud hynny wrtho yr wythnos ddiwethaf? Ac roedd y ffaith nad oedd wedi gwneud, yn rhoi agwedd gwbl newydd ar bethau.

'Pwy wyt ti'n feddwl bia hi, George?' gofynnodd Roper, wrth i Makins archwilio'r oriawr Avia roedd Craven wedi'i rhoi yn gyndyn iawn iddynt. Newydd ddod allan o Furzecroft oeddynt ac yn eistedd yn Sierra Roper. Roedd hi'n tynnu at bedwar o'r gloch y prynhawn. Roedd Brake a'i sarjant wedi cychwyn yn ôl i'r Pencadlys eisoes, i ymgodymu â'r gwaith papur angenrheidiol ar gyfer cau'r ffeil ar farwolaeth Sidney Manley. Aethent â Craven gyda hwy i'w gyhuddo'n ffurfiol, a chyn belled ag yr oedd y busnes arbennig hwnnw yn y cwestiwn, mater i'r llys a'r cyfreithwyr oedd hi yn awr i wneud eu rhan.

'A pheth arall, pwy mae Mrs Craven yn ei gysgodi?' gofynnodd Makins.

'Beth am Chance?'

Rhoddodd Makins yr oriawr yn ôl yn llaw Roper.

'Ydach chi'n meddwl mai fo ydi'i chariad hi?'

'Wel, mae ganddi un, yn bendant,' meddai Roper. 'Go brin fod Craven yn dweud celwydd yn fan'na. Ac mi allwn ni wastad holi'r ditectif preifat 'ma ddaru o'i logi, yn gallwn? Gofyn i hwnnw be'n union roedd Craven wedi'i ddweud wrtho.'

'Ond, a bod yn fanwl, dydi hynny ddim yn fater i ni, yn nac ydi?'

'Mae hynny'n ddigon gwir,' cytunodd Roper. A hyd yn oed pe bai Mrs Craven yn dwyn cyhuddiadau yn erbyn ei gŵr, ni fyddai hynny'n ddim o'u busnes nhw, chwaith — oni bai eu bod yn gallu sefydlu rhyw gysylltiad rhwng yr hyn a ddigwyddodd iddi hi a marwolaeth Gerry Pope. Drwy'r sgrin wynt, yn y pellter, gwelsant ŵr blêr yr olwg yn dod ar gefn beic o gyfeiriad y pentref. Disgynnodd oddi arno ger tŷ Mrs Wicks a'i wthio i mewn i'r coed. Roedd hi'n amlwg fod Lee a'i chwaer wedi cymryd Roper ar ei air ac wedi dychwelyd i'r safle lle buont yn gwersyllu gynt.

Ar ôl oedi am ychydig i feddwl, estynnodd Roper am allwedd danio'r car. 'Dos 'nôl i dy gar, George,' meddai wrth Makins, 'a dilyna fi. Mae'n bryd i ni gael gair arall â'r hen Hobday.'

Galwasant yn nhŷ Mrs Wicks a chyfeiriodd hithau hwynt at y llwybr a arweiniai i gaban Hobday. 'Allwch chi mo'i fethu,' meddai. 'Jest dilynwch yr oglau baco.'

Ond bu bron iddynt â'i fethu. Wedi'i beintio â'r un paent gwyrdd annymunol â drws ffrynt Mrs Wicks, roedd y caban to sinc bron o'r golwg y tu ôl i lwyn anferth o rododendrons.

Roedd Hobday yn gwneud y gorau o haul y gwanwyn. Ymlaciai mewn hen gadair wellt yr un mor fregus ei golwg â'i gaban, ei draed yn gorffwyso ar glustog ar flwch pren. Ar ei lin roedd pellen o edafedd pinc ac roedd yr hen ŵr wrthi'n gwau hosan yn ddeheuig. Er gwaethaf yr heulwen, gwisgai'i gap gwlanog carpiog. Cododd ei olwg o'i orchwyl ac edrych dros ei weill wrth i frigau mân glecian dan draed Roper a Makins, ond dim ond hanner agor ei lygaid wnaeth ei hen gi defaid wrth ei draed ac yna'u cau'n gysglyd drachefn.

'Dw i'n gweld eich bod chi'n ŵr amryddawn, Mr Hobday,' meddai Roper.

'Sanau i'w gwisgo'n y gwely,' meddai Hobday, gan osod y tiwb pinc llachar ar ei lin. 'Os bydd 'y nhraed i'n gynnes, mi fydda i'n gynnes drosta i. Mae hi'n gallu bod yn ddigon iasoer yma yn y nos. Rhywbeth y galla i'i wneud i chi, gyfeillion?'

'Isio gair bach ydan ni, Mr Hobday,' meddai Roper. 'Mae'n ddrwg gen i darfu arnoch chi ar bnawn Sul fel hyn, ond mae'n o bwysig. Mi hoffwn i ofyn un neu ddau o bethau i chi ynglŷn â bore dydd Gwener diwetha.'

'O, iawn,' meddai Hobday, gyda difrifoldeb addas i'r achlysur. 'Deall yn iawn. Tyrd â dy law i mi, 'machgen i,' meddai wrth Makins, gan gydio yn ei wau â'i bellen edafedd yn y naill law a chynnig y llall i Makins i gael ei dynnu o'i gadair. Gadawodd yr ymdrech o'n ymladd am ei anadl. Gwnaeth arwydd arnynt i'w ddilyn i'w gaban, cynnig ei wely bync iddynt i eistedd arno ac eistedd ei hunan ar stôl fechan i gael ei wynt ato. Fel oedd yn gweddu i hen longwr, roedd y lle'n dwt a phopeth yn ei le. Roedd yr ystafell yn gyfyng, a thraed Roper a Hobday bron â chyffwrdd wrth iddynt eistedd gyferbyn â'i gilydd, ond ychydig o eiddo oedd gan Hobday, ac roedd ei bethau naill ai wedi'u stwffio dan ei wely neu wedi'u pentyrru ar silffoedd pren uwch ei ben. Safai gwresogydd olew Valor henffasiwn yn un gornel, yr unig elfen o foethusrwydd a ganiatâi'r hen ŵr iddo'i hun, yn ôl pob golwg. Ymhen ychydig, dilynodd y ci defaid hwy i mewn a mynd i orwedd â'i ên yn gorffwys ar draed Hobday.

'Colli 'ngwynt ydw i braidd wrth godi a straffaglio,'

ymddiheurodd Hobday. 'Tydi'r hen fegin ddim cystal y dyddiau yma. Ond does gen i ddim lle i gwyno, chwaith. Mi fydda i'n ddwy a phedwar ugain mewn pythefnos.' Ond megin ddrwg ai peidio, wnaeth hynny mo'i rwystro rhag estyn cetyn anghynnes iawn yr olwg o boced ei grys a'i stwffio i'r bwlch yn ei farf lle'r oedd ei geg, ac yna sugno arno'n fyfyrgar ddwywaith neu dair cyn ei dynnu allan drachefn a'i osod ar ei lin. 'Dydd Gwener, ddwedsoch chi.'

'Roeddech chi'n glanhau ffenestri Mrs Wicks.'

'O'n.'

'Ac mi welsoch Mr Chance.'

'Do,' meddai Hobday. 'Yn llercian mynd.'

'Ydach chi'n siŵr mai fo oedd o?'

'Falle 'mod i'n dechrau ffaelu ond mae gen i lygaid yn 'y mhen o hyd. P'run bynnag, dw i'n ei gofio fo'n cael ei eni. Wedi'i weld o'n tyfu i fyny ac yna'n etifeddu'r fferm ar ôl ei dad, yr hen Jack Chance. Dw i'n berffaith siŵr mai fo oedd o. Dim amheuaeth. Ac roedd o ar ryw berwyl drwg hefyd, os 'dach chi'n gofyn i mi.'

'Ydach chi'n cofio be oedd o'n ei wisgo, Mr Hobday?' gofynnodd Makins.

'Oferôls,' meddai Hobday. 'Gwyrdd. A welingtons. A chap pig. Dillad gwaith, felly. Mae'n rhaid ei fod o wedi dod ffordd hyn dros y ffens 'na roeddech chi'n holi yn ei chylch y diwrnod o'r blaen.'

'Oedd o'n cario rhywbeth?'

Ysgydwodd Hobday ei ben. 'Welais i ddim byd.'

'Fasech chi'n malio dangos y ffordd ddaeth o i ni?'

Pwysodd Hobday ei law ar y bwrdd bychan yn ei ymyl a'i dynnu'i hun i'w draed. Dilynasant hwythau o allan, ac arweiniodd yntau hwy yn ôl ar hyd y llwybr i olwg byngalo Mrs Wicks. 'Wrthi'n golchi'r ffenest acw o'n i, honna wrth y drws ffrynt,' meddai, gan gyfeirio â'i fys. 'A dyma fi'n rhyw droi i wasgu 'nghlwt dros 'y mwced, a dyna pryd gwelais i o gynta. Roedd o tua lle'r ydan ni'n sefyll rŵan. Ffordd acw roedd o'n mynd.' Pwyntiodd i'r cyfeiriad roeddynt newydd ddod ohono, yna trodd, ac unwaith eto dilynasant ef yn ôl ar hyd y llwybr blêr. Pan ddaeth i olwg ei gaban arhosodd yn sydyn.

'Mi stopiodd yn fan'ma a chymryd sbec iawn o'i gwmpas. Roedd golwg slei iawn arno yn 'y marn i — dyna pryd y meddyliais i mai mynd i 'nghaban i roedd o. Ond yna dyma fo'n troi a thorri drwy ffordd hyn.' Gwnaeth Hobday arwydd arall arnynt i'w ddilyn a chychwyn cerdded drachefn. Dilynasant hwythau ef, i ffwrdd oddi ar y llwybr yn awr, i mewn i'r llwyni a rhwng y coed, yna heibio i gefn caban Hobday ac yna, rhyw ugain neu ddecllath ar hugain ymhellach ymlaen, yn ôl ar y llwybr drachefn.

'Mi stopiais i'n fan'ma,' meddai Hobday. 'Cuddio, felly, a chadw llygad arno. Ar ôl gwneud yn siŵr nad oedd o'n mynd i 'nghaban i, mi drois yn ôl a mynd i orffen llnau ffenestri Elsie.'

'Petaen ni'n dal i gerdded ffordd hyn, i ble delen ni?'

'I unman, a dweud y gwir,' meddai Hobday. 'Heblaw i gefn lle Craven. Mi ddangosa i i chi.'

Gan honcian o'u blaenau, arweiniodd Hobday hwy ymlaen drwy'r coed. Gallai Roper glywed murmur dŵr yn awr, a draw ar y dde sŵn ceir yn mynd heibio ar y ffordd i'r pentref.

Dechreuodd y tir godi, ac ychydig gannoedd o droedfeddi yn nes ymlaen cyraeddasant ffens newydd o byst a gwifrau ar ffin orllewinol libart Craven. Yr ochr arall i'r ffens roedd llwyni lliwgar yn ymyl lawnt hardd.

Roedd pob ffenestr a drws yng nghefn Furzecroft wedi'u cau'n dynn a doedd dim arwydd o fywyd yn unman.

Tynnodd Roper yn un o wifrau tyn y ffens a gwneud iddi atseinio fel tant bas dwbl. 'Ers pryd mae hon yma, Mr Hobday?'

'Newydd gael ei gosod mae hi. Ers rhyw chwe neu

saith wythnos bellach, mae'n siŵr.'

'Craven ei hun wnaeth y job?'

'Dydi o mo'r teip. Rhyw gwmni o Dorchester wnaeth y joben iddo. Roedd ei fen nhw wedi'i pharcio tu allan am bron i bythefnos.'

'Mi fedrai dyn go heini fynd dros hon yn rhwydd,' sylwodd Makins.

Ac fe allai dyn main nad oedd mor heini fod wedi llithro rhwng y gwifrau, cadw y tu ôl i'r llwyni a gwneud ei ffordd i gefn y byngalo heb gael ei weld. Ac amser cinio ddydd Gwener diwethaf, roedd Sarjant Mallory wedi canfod drws y gegin heb ei gloi.

'Ydach chi'n cofio'r enw ar y fen, Mr Hobday?' gofynnodd Makins, yn amlwg wedi synhwyro beth oedd yn mynd drwy feddwl Roper pan drawsai'r wifren. Fe allai'r contractiwr ffensio fod wedi gadael rhywfaint o'r wifren ar ôl . . .

'Nac'dw, dydw i ddim, 'machgen i,' meddai Hobday. 'Sori. Ond rhif ffôn Dorchester oedd ar ei hochor hi.'

. . . ac fe allai Craven fod wedi defnyddio'r darn gwifren yna i ladd Gerry Pope. Ac roedd Craven yn dal i fod o dan amheuaeth o fod wedi cyflawni'r drosedd honno, er gwaethaf mân amheuon Roper i'r gwrthwyneb.

'Un cwestiwn bach arall, Mr Hobday,' meddai, pan oeddent ar eu ffordd yn ôl i'r caban. 'Ble baswn i'n cael gafael ar fforman Mr Chance, os oes ganddo un?'

'Harry Cutler,' meddai Hobday. 'Boi tal, barfog. Mi fydd yn yr Hanging Man am saith o'r gloch. Fydd o byth yn methu ar nos Sul.'

Pennod 16

Nid oedd Nicholas Chance yn falch o'u gweld. Tybiodd Roper iddo weld ofn yn cymylu'i wyneb am ennyd.

'A be ddiawl 'dach chi'ch dau'n ei wneud yn ffureta o gwmpas y lle 'ma?' gofynnodd yn flin, gan aros lle'r oedd wrth y tractor melyn y bu'n golchi'i deiars pan gerddasai Roper a Makins i mewn i'r buarth yng nghefn y tŷ. Roedd y bibell ddŵr yn dal yn ei law.

'Mi hoffen ni gael gair â chi, Mr Chance,' meddai Roper. 'Mae'n ddrwg gen i os dychrynon ni chi, ond mi fethon ni â chael ateb i gloch y drws.'

'Na, chaech chi ddim,' meddai Chance yn ddrwg ei dymer. Gosododd flaen y bibell ddŵr dros gwter a cherdded draw at y garej sinc i gau'r tap. 'Mae'r wraig wedi picio i'r ysbyty i weld Dagmar Craven. Am be'n union 'dach chi isio 'ngweld i?'

'Jest gwneud ychydig rhagor o ymchwiliadau ydan ni, Mr Chance. Gawn ni fynd i'r tŷ?'

Roedd hi'n amlwg y byddai wedi bod yn well gan Chance aros allan yn y buarth, ond cododd ei ysgwyddau a mwmial, 'Cawn, 'debyg, os oes raid.'

Tynnodd ei welingtons gwyrdd ar riniog drws y gegin ac arwain y ddau dditectif yn nhraed ei sanau drwodd i'r lolfa yn ffrynt y tŷ. Ni chynigiodd iddynt eistedd. Ac os oedd Roper yn dehongli ei dymer a'i osgo'n gywir, roedd Chance yn anesmwyth iawn ei fyd wrth iddo groesi'r ystafell a mynd i sefyll â'i gefn at y lle tân cerrig a disgwyl i rywun ddweud rhywbeth.

Gadawodd Roper i'r distawrwydd lusgo ymlaen yn fwriadol, ac aros nes i Chance edrych i fyny a'i wynebu o'r diwedd.

'Isio trafod Gerald Pope sy arna i'n gynta, Mr Chance,' meddai Roper. 'Achos mi ddwedsoch chi anwiredd wrtha i y diwrnod o'r blaen, yn do, syr?'

'Ynglŷn â be?'

'Ynglŷn â nabod Pope, syr. Fe ddwedsoch chi nad oeddech chi ddim yn ei nabod.'

'Dydi o'n ddim o'ch blydi busnes chi p'un ai o'n i'n ei nabod ai peidio,' atebodd Chance yn flin. 'Dw i ddim yn gweld pam bod yn rhaid i mi'i drafod o efo chi. Mater preifat oedd o, rhyngddo fo a fi. Ac yn sicr doedd o'n ddim byd i'w wneud â'i farwolaeth. Gwneud joben i mi wnaeth o. Cwpwl o wythnosau o waith, dyna'r cwbwl.'

'Digon teg, syr,' cytunodd Roper. 'Felly pam na ddwedsoch chi hynny wrtha i y diwrnod o'r blaen? Beth yn union oedd natur y gwaith 'ma wnaeth o i chi?'

'Colli pethau o'r fferm o'n i. Pethau'n diflannu o'r cytiau. Mi ofynnais i Pope edrych i mewn i'r busnes i mi.'

'Ddaliodd o pwy bynnag oedd yn gyfrifol?'

'Naddo,' meddai Chance. 'Ddim i sicrwydd. Ond rhwng y ddau ohonon ni roedd gynnon ni syniad go lew pwy oedd y lleidr — ac mi ges i wared o'r boi dan sylw yr wythnos ddiwetha.'

Cofiodd Roper am y drafodaeth boeth fu rhwng gweithwyr Chance yn yr Hanging Man y dydd o'r blaen.

'Ddaru chi'i gyhuddo fo, syr?'

'Dweud wrtho nad oedd 'na ddigon o waith i'w gadw fo 'mlaen wnes i,' meddai Chance. 'Roedd hi'n saffach felly. Yn well na chael cyfreithwyr yr Undeb yn 'y mygwth i.'

'Beth wnaeth i chi ddewis Pope? Pam na ddaru chi alw'r heddlu?'

'Mae'r heddlu'n rhy ddiawledig o brysur, yn tydyn?' meddai Chance. 'Ac fel roedd hi'n digwydd ro'n i wedi gweld yr hysbyseb 'ma gan Pope yn y papur lleol.'

'Mi fasech chi wedi gallu dweud hynna wrtha i y dydd o'r blaen. Pam na wnaethoch chi?' gofynnodd Roper drachefn.

'Dw i wedi dweud wrtha' chi'n barod,' meddai Chance. 'Do'n i ddim isio dod â'r heddlu i mewn i'r busnes. A ph'run bynnag, ro'n i wedi sortio'r cwbwl allan erbyn hynny.'

Roedd hi'n swnio'n stori ddigon tebygol a chredadwy, ond, fel y dysgasai Roper dros y blynyddoedd, doedd adnabod y gwirionedd ddim yn hawdd hyd yn oed pan oedd yn syllu i fyw llygaid rhywun, fel roedd Chance yn ei wneud nawr.

'Fasech chi'n malio dweud wrtha' ni ble'r oeddech chi nos Lun ddiwetha, Mr Chance?'

'Allan o'n i.'

'Ie, syr, mi ddwedsoch chi hynny wrtha i'r tro diwetha. Ond mi faswn i'n licio gwbod yn *union* lle'r oeddech chi, jest er mwyn cael y pictiwr yn glir.'

'Efo ffrind o'n i,' meddai Chance, gan edrych yn ochelgar unwaith yn rhagor.

'O ba bryd tan ba bryd?'

'Mi adewais i fan'ma toc wedi naw o'r gloch. A chyrraedd yn ôl tua hanner awr wedi un ar ddeg.'

'A'r cyfaill 'ma,' gofynnodd Roper, gan ddewis y rhyw yn ofalus, 'mi wneith o gadarnhau hynny, wneith o?'

'Gwneith, mae'n debyg. Os ydi hynny'n gwbwl angenrheidiol.'

'Ond fedrai o ddim ond cadarnhau pryd y gadawsoch chi o. Nid pryd y cyrhaeddoch chi adre.'

'Wel, na fedrai,' cytunodd Chance. 'Ond rhyw chwe munud o siwrne yn y car ydi hi o'i dŷ o yma.'

'Mi allwch chi roi'i enw a'i gyfeiriad i ni, allwch chi, Mr Chance?' gofynnodd Makins, gan roi'i big i mewn.

'Dynes ydi hi,' cyfaddefodd Chance o'r diwedd. 'Ac

mae hi'n briod. Mi alla i ofyn iddi hi'ch ffonio chi, os ydi o'n bwysig iawn.'

'Mi faswn i'n ddiolchgar iawn,' meddai Roper. Rhoddodd Makins rif ffôn y Pencadlys i Chance a sgriblodd yntau ef i lawr ar ymyl papur newydd, yna rhwygo'r darn tudalen ymaith a'i stwffio i boced ei oferôls gwyrdd. 'Mi ofynna i iddi hi'ch ffonio chi yn nes ymlaen heno 'ma,' meddai.

Ond ni fyddai hynny'n profi dim chwaith. Yn y cyfamser, fe allai Chance berswadio'r ddynes i ddweud unrhyw beth wrth yr heddlu, beth bynnag oedd yn ei siwtio orau.

'Pryd oedd y tro diwetha i chi weld Pope i siarad ag o, Mr Chance?' gofynnodd Roper.

'Wythnos i ddydd Gwener diwetha,' meddai Chance. 'Amser cinio oedd hi. Mi es i'w gwrdd yn y Red Lion yn Dorchester. Mi ges i ganlyniadau'r ymchwiliad ganddo. Ac mi ddwedodd wrtha i nad oedd 'na ddim byd arall y gallai o'i wneud i fy helpu a dweud y basai'n postio'r bil i mi y pnawn hwnnw.'

'Oedd manylion y gwaith wedi'u rhestru ar y bil?'

'Yr unig beth ar y bil oedd y geiriau: am gynnal ymchwiliadau.'

'Yn ôl llygad-dyst, tra oedd o'n gweithio i chi fe welwyd Pope draw ar y rhostir efo binocwlars a chamera. Gwylio lle Craven oedd o.'

Llonyddodd llygaid Chance. Ac oedodd fymryn yn rhy hir cyn dweud dim. 'Mae'n rhaid ei fod o'n gweithio i rywun arall ar yr un pryd, felly,' meddai.

'Dynnodd Pope luniau i chi? Rhai du a gwyn?'

'Naddo, ddaru o ddim,' atebodd Chance, yn llawer yn rhy gyflym y tro hwn, gan beri i Roper ddod yn fwyfwy sicr ei fod yn dweud celwydd.

'Beth oeddech chi'n ei wneud fore dydd Gwener diwetha, syr?' gofynnodd Roper, gan newid cyfeiriad yn sydyn. 'O gwmpas hanner dydd.'

'Fan'ma ro'n i.'

'Nac oeddech, doeddech chi ddim, Mr Chance. Roeddech chi'n gwneud eich ffordd drwy ardd gefn Mrs Wicks.'

'Nonsens!'

'Fe'ch gwelwyd chi, Mr Chance. Ac fe gawsoch eich dilyn hefyd. Fe'ch gwelwyd chi'n gwneud eich ffordd i gyfeiriad byngalo Mr Craven.'

Ysgydwodd Chance ei ben yn ffyrnig. 'Celwydd ydi peth fel'na. Fan'ma ro'n i. Yn gweithio. Yn y swyddfa.'

'Roeddech chi'n gwisgo oferôls gwyrdd, welingtons gwyrdd a chap pig.'

'Fel'na y bydda i wastad yn gwisgo pan fydda i'n gweithio,' atebodd Chance yn flin. 'Mi allai unrhyw un fod wedi dweud hynna wrtha' chi.'

'Llais dyn oedd y llais ar y ffôn.'

'Ffôn?' protestiodd Chance. Ond fe wyddai'n iawn am beth roedd Roper yn sôn, roedd yn amlwg yn ôl y ffordd roedd yn llygadrythu ac yn ceisio sefyll yn llonydd a didaro, ond yn methu. A thrwy'r amser roedd yn ceisio'i orau glas i ddyfalu beth roedd Roper yn ei wybod, neu'n meddwl ei fod yn ei wybod. 'Pa blydi ffôn?'

'Ffôn Mr Craven,' meddai Roper. 'Llais dyn alwodd am ambiwlans i Mrs Craven.'

'Wn i ddim am be ddiawl 'dach chi'n sôn.'

Ond â phob gwadiad roedd Chance yn syrthio'n ddyfnach ac yn ddyfnach i'r twll roedd Roper yn ei gloddio ar ei gyfer. 'Ffraeo wnaethoch chi, ie, chi a Mrs Craven? Mynd fymryn yn rhy bell ddaru chi, ie? Wedyn galw am ambiwlans a'i heglu hi oddi yno?'

'Arglwydd!' poerodd Chance yn ôl. 'O be ddiawl ydach chi'n 'y nghyhuddo i rŵan?'

'Dw i ddim yn eich cyhuddo chi o ddim byd, Mr Chance. Jest awgrymu un neu ddau o bethau ydw i. Fe'ch gwelwyd chi'n mynd ar hyd y llwybr cefn i gyfeiriad byngalo'r Craveniaid tua'r un amser ag y cafodd Mrs Craven ei hanafu. Llais dyn alwodd am ambiwlans. A dweud mai Mr Craven oedd o —'

'Falle *mai* Mr blydi Craven oedd o,' glaswenodd Chance, gan dorri ar draws.

'Mae o'n dweud nad oedd o ddim yno.'

'All o brofi hynny?' cyfarthodd Chance yn ôl. Roedd ei wrychyn wedi'i godi o ddifrif nawr a'i ddwylo wedi'u cau yn ddyrnau tyn wrth ei ochrau. 'Os nad damwain gafodd Dagmar Craven fore Gwener diwetha mi allwch chi fentro'n saff mai Craven sy'n gyfrifol. Bastad cyfrwys ydi'r Craven 'na, coeliwch chi fi.'

'Rydan ni wedi cael gair â Mrs Craven, syr,' meddai Makins.

'Wel, mae'r atebion i gyd gynnoch chi felly, yn tydyn?' bytheiriodd Chance, ond serch hynny roedd yr hyn a ddywedasai Makins wedi'i fwrw oddi ar ei echel — ac edrychai fel anifail yn cael ei erlid ac yn gwbl ddiymadferth unwaith eto. 'Mae hi'n siŵr o fod yn gwbod yn *iawn* nad o'n i ddim yno.'

'Gadewch i ni fynd yn ôl at Gerald Pope am funud, syr,' meddai Roper.

Aethai hanner awr arall heibio. Roeddynt yn sefyll yng ngwyll y sièd frics lle cadwai Chance ei gyflenwad o wifrau ymysg offer fferm a pheiriannau eraill.

'Be 'di hon?' gofynnodd Roper, gan osod ei fys ar ymyl sbŵl anferth o wifren alfanedig a hongiai ar echel ddur rydlyd.

'Weiren ffensio,' meddai Chance. 'Dim ond ers dydd Iau diwetha mae hi yma. Mi alla i ddangos yr anfoneb i chi.'

Edrychodd Roper arno'n sydyn. 'Pam 'dach chi'n dweud hynna?'

'Jest meddwl y basech chi'n licio gwbod,' meddai Chance. Edrychai'n fwy anesmwyth allan yn y fan yma nag a wnaethai yn y tŷ.

'Beth am hon?'

'Nid weiren ydi hwnna,' meddai Chance yn ddiamynedd. 'Cortyn ydi o.' Estynnodd ei law a rhwygo ymaith ddarn o'r papur cŵyr oedd amdano i ddangos iddynt. Roedd y symudiad yn un gwyllt a dicllon, gan beri i Roper feddwl tybed a oedd Chance o'r diwedd ar fin cyrraedd pen ei dennyn dan yr holl holi di-baid.

'A pha fath o weiren ydi hon fan hyn?'

'Weiren clymu byrnau,' meddai Chance. Roedd dau sbŵl o'r wifren honno yno, y naill wedi'i ddechrau a'r llall yn dal heb ei agor. Gorffwysai'r ddau sbŵl y naill ar ben y llall ar y llawr llychlyd, y ddau yn rhy drwm i'w codi heb lawer iawn o ymdrech. Gwifren fain oedd gwifren fyrnu. Gwifren alfanedig a hawdd ei thrin. Ac ar wyth deg milltir yr awr fe fyddai'n torri pen dyn ymaith mor rhwydd ag y byddai'n sleisio moronen.

'Ydi hi'n weiren gry?' gofynnodd Roper.

'Digon cry i glymu byrnau,' meddai Chance.

'Pryd cafodd yr ucha 'ma'i dechrau?'

'Sut ddiawl wn i?' cyfarthodd Chance. 'Mae'r stwff yna'n cael ei iwsio drwy'r amser.'

Ac yna'n sydyn daliodd rhywbeth lygad Roper ar y sbŵl oedd heb ei ddechrau. Darn o ffurel plastig gwyrdd yn ymwthio allan drwy'r papur lapio seimlyd rhwygedig. Roedd wedi gweld ei debyg o'r blaen . . . cipolwg sydyn . . . allan ar y ffordd fore Llun diwethaf . . . roedd Charlie Brake wedi'i luchio o'r neilltu yr union eiliad y daethai Roper i fyny y tu ôl iddo. Doedd neb wedi'i ystyried fel tystiolaeth bryd hynny, wrth gwrs, oherwydd ar y pryd doedd gan neb y syniad lleiaf sut y cyfarfu Pope â'i dranc . . .

Aeth i lawr yn ei gwrcwd, cydio yn y ffurel a'i dynnu ymaith. Cododd ar ei draed drachefn a'i roi i Makins. 'Rho dderbynneb i Mr Chance am hwn, wnei di, Sarjant?'

'I be ddiawl 'dach chi isio hwnna?' gofynnodd Chance.

'Tystiolaeth, syr,' meddai Roper heb ymhelaethu, gan roi rhywbeth arall i Chance boeni amdano. Roedd ar fin rhoi'r gorau iddi yma nawr, gan deimlo'n hyderus ei fod wedi agor nyth cacwn o ryw fath. Wnâi hi ddim drwg gadael i Chance chwysu am ychydig oriau eto. Roedd Chance wedi dweud un anwiredd, roedd hynny'n sicr. Efallai nad oedd megin Tasker Hobday cystal ag y byddai hi ond doedd dim byd o'i le ar olwg yr hen ŵr. Waeth beth ddywedai Chance, doedd o ddim yma yn y ffermdy am hanner dydd ddydd Gwener diwethaf. Ac os nad oedd y ffurel gwyrdd yna yn un o filiynau oedd yn gorwedd o gwmpas y lle, roedd yna bosibilrwydd y gallai llofruddiaeth Gerry Pope gael ei holrhain yn ôl i'r sièd lychlyd, dywyll hon. Roedd y cymhelliad yn ddirgelwch, ond dywedai greddf Roper wrtho fod Chance â'i fys yn y briwes yn rhywle, ac efallai Craven yn ogystal, ac mae'n bosib bod ill dau yn y busnes gyda'i gilydd er gwaethaf y ffaith fod Chance wedi disgrifio Craven fel bastad cyfrwys.

'Mi wnewch chi'n siŵr y bydd eich cyfeilles yn fy ffonio i yn fy swyddfa heno 'ma, yn gwnewch, syr?' meddai Roper, wedi iddynt ddychwelyd i'r tŷ ac i Makins ac yntau baratoi i gychwyn oddi yno.

'A phan *fydd* hi'n eich ffonio chi, mi fydda i'n disgwyl i chi gadw'r peth yn gyfrinachol, wrth gwrs.'

Dyna fyddai twyllwyr yn ei ofyn bob tro, meddyliodd Roper — gofyn am gadw'u camweddau'n gyfrinach pan oedd eu cyfrinachau'n dechrau dod i'r amlwg ac yn creu trafferthion iddynt.

'Dydi'ch bywyd preifat chi o ddim diddordeb i mi, syr,' meddai, gan fethu â chadw'r dirmyg o'i lais. Gofynnodd iddo'i hun tybed a oedd gan Martin Craven ddynes sbâr hefyd. Roeddynt yn debyg iawn i'w gilydd, y Meistri Craven a Chance.

Wrth i Chance symud heibio iddo i'w hebrwng allan clywyd sŵn allwedd yn troi yng nghlo'r drws ffrynt, ac eiliadau'n ddiweddarach sŵn y drws yn cau'n glep drachefn. Yna sŵn traed yn cerdded yn gyflym ar hyd y cyntedd a llais blin Mrs Chance wrth weld ei gŵr yn sefyll yn nrws y lolfa:

' . . . Blydi olwyn fflat. Ers dwy filltir. O . . . !' dilynwyd yr ebychiad gan wên lydan wrth iddi ymwthio heibio i Chance a gweld Roper a Makins yn sefyll yn yr ystafell. ' . . . Ga i wneud paned o de neu rywbeth i chi? Dw i bron â marw isio un fy hun.'

'Dim diolch, Mrs Chance,' meddai Roper. 'Ar gychwyn ydan ni.' Drwy gil ei lygad sylwodd fod y rhyddhad ar wyneb Chance o'u gweld yn cychwyn oddi yno wedi diflannu. Roedd ymddangosiad ei wraig wedi dod â'r pryder yn ôl i'w wep. 'Wedi bod yn gweld Mrs Craven ydach chi, dw i'n deall. Ydi hi'n dod ymlaen yn iawn?'

'Go lew. Mae golwg go symol arni o hyd, wyddoch chi, ond yn ôl be ddwedodd hi maen nhw'n ei stwffio hi'n llawn o gyffuriau ac ati. Mae hi'n gobeithio cael dod allan ddydd Gwener. Dw i'n credu y dylet ti fynd i gael golwg ar y teiar 'na, Nick,' meddai, gan droi at ei gŵr a thaflu allweddi'r Range Rover tuag ato. 'Mae o bron iawn yn crafu'r metel rŵan, ac mi fydd ei angen o arna i eto bore fory i fynd i Dorchester. Dw i wedi'i adael o yn y ffrynt.'

Rhythodd Chance yn ôl arni am ennyd â chasineb yn ei lygaid, yna trodd a gwneud ei ffordd at y drws ffrynt, gwthio'i draed i bâr o esgidiau wrth y stand gotiau a mynd allan at y car gan gau'r drws yn glep y tu ôl iddo.

'Mi ddwedodd Dagmar eich bod chi wedi cael sgwrs â hi,' meddai Mrs Chance, wedi i'w gŵr fynd allan o glyw. Cydiodd yn llawes côt Roper a'i dywys yn gyfrinachol yn ôl i'r lolfa. Roedd hi'n gwisgo jîns a siwmper eto heddiw, ei gwallt wedi'i glymu'n ôl ar ei gwegil.

'Mi fu Sarjant Makins yn ei gweld hi neithiwr.'

'Do, felly roedd hi'n dweud. Mi wyddoch mai Martin oedd yn gyfrifol, felly? Ei gwthio hi i'r llawr ddaru o, mae'n debyg.' Safai yn agos iawn at Roper yn awr, ei llaw yn dal ar ei lawes. Ac yntau'n dal ag ychydig o gelloedd coch yn llifo drwy'i wythiennau, meddyliodd Roper — ac nid am y tro cyntaf — pa mor anhygoel o hardd yr oedd hi, a gofynnodd iddo'i hun beth ddiawl oedd ar ben Nicholas Chance yn chwilio am gysur yn rhywle arall. Ond ar y llaw arall, mae'n siŵr ei bod hithau'n gwneud yr un fath, ac efallai ar garreg ei drws ei hunan gyda Martin Craven.

'Dyna'r honiad, Mrs Chance,' meddai'n bwyllog.

Tynnodd ei llaw oddi ar ei lawes. 'Dwedodd hi nad ydi hi ddim yn bwriadu dod â chŵyn yn ei erbyn. Mi ddwedais wrthi'i bod hi'n wirion. Wel, mi allai o wneud yr un peth eto, yn gallai? Beth petai o'n mynd yn lloerig *go-iawn*? Allwch chi ddim gwneud rhywbeth ynglŷn â'r peth?'

'Ddim os nad ydi Mrs Craven yn dymuno i ni wneud, Mrs Chance. A dydi hi ddim, yn ôl pob golwg. Fuoch chi efo hi'n hir?'

'Naddo,' meddai. 'Dim ond munud neu ddau.'

'Ond roeddech chi wedi siarad â Mrs Craven ar y ffôn, oeddech? Cyn ichi ymweld â hi, dw i'n feddwl.'

'Ddim yn uniongyrchol, nac oeddwn,' meddai hi. 'Ddim tan y bore 'ma. Jest anfon negeseuon. Ond heddiw mi ffoniodd Dagmar fi ar ôl brecwast.'

Roedd hyn yn drysu unrhyw amheuon oedd gan Roper y gallasai rhywun arall heblaw Craven fod yn gyfrifol am yr anafiadau i'w wraig. Oherwydd os nad oedd neb wedi cysylltu â Mrs Craven rhwng yr amser y cyraeddasai Sarjant Mallory y byngalo ac ymweliad Makins â hi yn yr ysbyty neithiwr, yna doedd dim posib iddi hi wybod am yr ychydig funudau o fwlch yn alibi'i gŵr. Felly, roedd hi'n rhesymol credu ei bod hi'n dweud y gwir a Craven yn dweud celwydd. Ac roedd Mrs Craven wedi clywed am Pope — neu o leiaf roedd ei enw'n gyfarwydd iddi — pan grybwyllodd Roper ef yn y byngalo y bore hwnnw. Rhwng yma a Furzecroft y cyfarfu Pope â'i dranc erchyll a rhwng yma a Furzecroft yn rhywle oedd yr atebion i pam a sut ac i bob cwestiwn arall.

Erbyn hyn roedd Chance yn dod yn ôl i mewn drwy'r drws ffrynt, ei lygaid gwibiog yn sylwi'n bryderus fod Roper a Makins yn dal yno. 'Blydi hoelen oedd hi,' meddai.

'Rhaid 'mod i wedi'i chodi hi ym maes parcio'r ysbyty,' meddai hi. 'Mae 'na ddynion yn gweithio yno. Sgaffaldiau a phob math o geriach ym mhobman.'

'Wel, mi awn ni a'ch gadael chi i fynd ymlaen â'ch gwaith, Mr Chance,' meddai Roper. 'Diolch am eich help. A'ch help chithau hefyd, Mrs Chance,' ychwanegodd yn bwrpasol, a gwibiodd llygaid miniog Chance i gwrdd â llygaid ei wraig, cyn gwibio'n ôl drachefn. Gallai Roper deimlo'r tyndra rhyngddynt, mor dynn â thant telyn.

'Mi a' i â chi at y drws,' rhochiodd Chance. Trodd ac arwain y ffordd yn ôl ar hyd y cyntedd, lle tynnwyd sylw Roper gan bâr o fenig gyrru duon, gyda strapiau melyn ar yr arddyrnau. Roeddent wedi'u stwffio i mewn i gap twîd fflat ar y stand gotiau.

'Eich menig chi ydi'r rhain, Mr Chance?'

'Ie.' Daeth drwgdybiaeth i gymylu llygaid Chance drachefn.

'Ddaru chi'u colli nhw'n ddiweddar?'

'Naddo, dw i ddim yn credu.'

'Iawn, syr,' meddai Roper, gan wneud yn siŵr fod Chance yn deall nad oedd hi'n iawn o bell ffordd a chan ei adael i chwysu ar hynny hefyd, wrth iddo gau'r drws ffrynt arnynt a dychwelyd at ei wraig.

Disgleiriai Hughie Lee ei fflachlamp ar hyd y llwybr ar y rhostir, gan droi o bryd i'w gilydd i oleuo'r ffordd i Roper. Roedd hi bron yn saith o'r gloch, ac yn dywyll erbyn hyn.

'Cymerwch bwyll,' meddai Lee, gan fflachio'i dortsh y tu ôl iddo drachefn i rybuddio Roper rhag iddo syrthio dros ben pram plentyn a luchiwyd i'r llwyni gan rywun ac a oedd yn gorwedd ar draws y llwybr. Camodd Roper drosto, yna dros fag plastig Safeway yn llawn tuniau gweigion. Gwelodd bâr o oleuadau bach disglair, a'r rheiny'n fferru am eiliad yng ngolau'r tortsh; neidiodd y gwningen yn sydyn a ffoi'n gyflym o'r golwg i mewn i ragor o lwyni.

'Fu Sarjant Mallory'n eich gweld chi eto?'

'Mi ddaeth draw jest cyn iddi dywyllu. Jest sbio ddaru o. Ddaeth o ddim allan o'i gar.'

Aethant ymlaen ar hyd y llwybr llawn tyfiant gwyllt. Daeth y lleuad i'r golwg am ysbaid ond yna diflannodd yn fuan drachefn y tu ôl i ragor o gymylau.

'Fan'ma roedd o,' meddai Lee. Roedd wedi arwain y ffordd i mewn i ganol clwstwr o lwyni rhododendrons. Roedd canol y clwstwr yn anweladwy o'r ffordd — ac o fyngalo Craven yn union gyferbyn — ac yn lle gwych i lechu a gwylio.

''Dach chi'n siŵr?'

'Ydw, yn berffaith siŵr,' meddai Lee. Cyfeiriodd ei fflachlamp i lawr ar y gwelltglas, mynd yn ei gwrcwd a chasglu rhyw ddwsin o stympiau sigarennau â phennau corc ac amryw o fatsys pennau duon. 'Mae'r ffags 'ma i gyd yr un fath, 'dach chi'n gweld?' meddai, gan godi ar ei draed drachefn a disgleirio'r tortsh ar y casgliad stympiau. 'Mi fasai'n rhaid i rywun fod yma'n o hir i smocio gymaint â hyn o ffags, yn basai?'

'Copar ddylech chi fod, Hughie,' meddai Roper.

'Nid fi, giaffar,' meddai Lee, gan grychu'i aeliau ac ysgwyd ei ben yng ngolau'r fflachlamp. 'Dim ffiars o beryg.'

Estynnodd Roper amlen blastig o'i boced, ei hagor a'i dal allan i Lee arllwys y stympiau sigarennau a'r matsys i mewn oddi ar gledr ei law. Gwasgodd y cwdyn ynghau i'w selio, a'i stwffio i'w boced. O boced arall tynnodd allan bâr o finocwlars bychain a'u hanelu at fyngalo Craven.

Roedd rhywun gartref. Craven. Yn dod i'r golwg i gau llenni'r lolfa.

'Gorwedd i lawr roedd Pope,' meddai Lee, gan oleuo'r mwsog a'r gwelltglas. 'Ar ei hyd yn fan'na oedd o.'

Botymodd Roper ei gôt law a mynd ar ei hyd ar ei fol ar y ddaear laith. Ar ôl symud fymryn i'r naill ochr a'r llall canfu lecyn rhwng y dail a'r brigau lle gallai gael golwg clir o Furzecroft, ac roedd llecyn o fewn hanner hyd braich i'r fan lle codasai Lee y stympiau sigarennau a'r matsys pennau duon gynnau fach. Daeth yr olygfa'n fwy clir fyth wedi i rywun gynnau'r lamp goets ger drws ffrynt Craven. Ychydig eiliadau'n ddiweddarach daeth Craven allan a gwneud ei ffordd yn gyflym i gyfeiriad y garej.

Cododd Roper ar ei draed drachefn a brwsio'r llaid oddi ar ei gôt law.

'Ga i gymryd sbec?' gofynnodd Lee.

'Â chroeso,' meddai Roper, gan gynnig ei finocwlars iddo. Cododd Lee hwy i'w lygaid, chwarae â'r olwyn-ffocysu a throi'n araf yn ei unfan i gymryd i mewn beth bynnag y gallai'i weld ar y rhostir. 'Ew,' meddai'n ganmoliaethus. 'Mae'r rhain yn rhai da, a chysidro'u bod nhw mor fach.' Estynnodd ei law i'w rhoi nhw'n ôl.

'Cadwch nhw,' meddai Roper. 'Mi fydda i'n cael pâr newydd toc.'

'Do'n i ddim yn hintio,' meddai Lee yn swta.

'Wnes i ddim meddwl eich bod chi.'

'Mi fydd yn rhaid i mi roi rhywbeth i chi amdanyn nhw

rŵan.'

'Rydach chi newydd wneud, Hughie,' meddai Roper. 'Mwy na fasech chi'n feddwl.'

Ganllath i ffwrdd, roedd Craven wedi symud ei gar allan i'r ffordd ac yn cerdded yn ôl i gau ei giât ffrynt. Roedd hi'n ymddangos ei fod ar fin gyrru i ffwrdd i gyfeiriad Dorchester, lle byddai Roper ei hun yn mynd, ag egin syniad yn ei ben o'r diwedd, ben bore yfory.

Roedd hi ychydig funudau cyn hanner awr wedi saith a Roper yn eistedd uwchben gwydraid o gwrw yn nistawrwydd nos Sul yr Hanging Man. Ym mhen pellaf y bar cyhoeddus roedd dau o weithwyr Chance yr oedd wedi'u hadnabod o'r wythnos ddiwethaf yn chwarae pŵl, a draw wrth y lle tân eisteddai Tasker Hobday yng nghwmni gŵr oedrannus arall yn chwarae cribais. Hyd yn hyn doedd dim arwydd o Harry Cutler yn unman.

Y nesaf i gyrraedd oedd y llanc ifanc a ddiswyddwyd gan Chance yr wythnos ddiwethaf, y sawl roedd y lleill wedi'i alw'n Jacko. Tynnodd Mrs Hapgood siandi chwerw iddo. Cymerodd lymaid o'i ddiod wrth godi'i newid oddi ar y bar, yna mynd i ymuno â'r ddau arall wrth y bwrdd pŵl.

Roedd hi bron yn chwarter i wyth cyn i Cutler ddod i mewn, a Mrs Hapgood erbyn hyn yn tynnu'r ail hanner peint i Roper.

'Ac un i'r gŵr bonheddig yma,' meddai Roper, gan wthio papur pumpunt ar draws y cownter.

'Fydda i ddim yn yfed efo pobol ddiarth,' meddai Cutler. 'Diolch, 'run fath.'

'Mr Cutler, ie?'

'Ie, dyna pwy ydw i,' rhochiodd Cutler. 'Be 'di o i chi?'

Tynnodd Roper ei gerdyn gwarant allan a'i ddal o flaen wyneb Cutler. 'Roper ydi'r enw, Mr Cutler.'

'O ie,' meddai Cutler yn ddidaro, ar ôl astudio'r

cerdyn am ychydig. 'Mi gym'ra i beint o lager felly.'

Tynnodd Mrs Hapgood beint o lager iddo. Talodd Roper amdano ac am ei ddiod ei hun a chodi oddi ar ei stôl wrth bocedu'i newid. Dilynodd Cutler ef at y bwrdd yn y gornel yn ymyl y drws allan.

'Iechyd da,' meddai Cutler, gan gymryd llymaid o'i lager ac yna sychu'r ewyn oddi ar ei fwstás â chefn ei law. Llygadai Roper yn ddrwgdybus dan ei aeliau trwchus duon a smotiau o wyn ynddynt. Roedd yn ŵr cydnerth, tua phump a deugain mlwydd oed, ac yn meddu ar lygaid craff a ddangosai nad oedd yn ŵr i'w gymryd yn ysgafn. 'Felly, be sy ar eich meddwl? Pam 'dach chi isio 'ngweld i?'

'Dw i'n deall mai chi ydi fforman Mr Chance.'

'Wel?'

'Cyd-dynnu'n iawn efo fo, ydach chi?'

Cododd Cutler ei ysgwyddau a chymryd llwnc arall o'i lager. 'Mae hi'n joben o waith. A gwaith ydi gwaith. Ac mae hwnnw'n beth prin ar y naw y dyddia yma.'

'Faint sy 'na ers pan 'dach chi efo fo?'

'Wyth mlynedd. Bron i naw, erbyn meddwl.' Cydiodd llaw Cutler yn y gwydryn drachefn.

'Felly rydach chi'n hen gyfarwydd â'r lle, ac yn gwbod be-'di-be yno.'

Cododd Cutler ei wydryn ac yfed ohono, ei lygaid yn dal i wylio Roper dros ymyl y gwydryn. Roedd Cutler a lager yn amlwg yn hen, hen ffrindiau. 'Mi allech chi ddweud hynny,' cytunodd, gan roi'i wydryn i lawr a sychu'r ewyn oddi ar ei fwstás unwaith eto.

'Fyddwch chi'n sgwrsio a thrafod pethau efo fo?'

'Dim ond pan fydd raid.'

Cymerodd Roper lymaid arall o'i gwrw a Cutler lwnc anferth o'i lager.

'Ydach chi wedi clywed am unrhyw offer neu geriach yn diflannu o'r fferm?'

Rhythodd Cutler arno a gwgu. 'Pwy ddwedodd hynna

wrtha' chi?'

'Deryn bach,' meddai Roper. 'Peiriannau, tŵls, geriach o'r fath.'

'Wedi bod yn gwrando ar y deryn bach rong ydach chi felly,' chwyrnodd Cutler. Claddodd ei drwyn yn ei wydryn drachefn, ei lygaid tywyll yn dal yn ddiysgog.

''Dach chi'n siŵr?'

'Mae pethau fel'na i gyd yn cael eu cadw dan glo. A dim ond y fo a fi sy â goriadau.'

'Pam ddaru o sacio Jacko?'

'Os 'dach chi'n awgrymu —'

'Dydw i ddim,' meddai Roper. 'Dim ond gofyn ydw i pam ddaru Chance roi'r sac iddo fo.'

'Prinder arian, medda fo. Mwy'n mynd allan na sy'n dod i mewn ar y funud. Ond dydi hynny ddim yn ei rwystro rhag prynu Range Rover newydd bob blydi blwyddyn chwaith, cofiwch.'

'Felly does 'na ddim byd wedi'i ddwyn?'

'Nac oes, yn bendant,' meddai Cutler. 'Dweud blydi celwydd mae pwy bynnag sy'n dweud hynna wrtha' chi.'

'Welsoch chi rywun diarth yn prowlan o gwmpas y lle ryw dro? Boi mawr tal, efo locsyn, rhywbeth yn debyg i chi?'

Ysgydwodd Cutler ei ben. 'Os ydi Chance yn dweud fod rhywbeth ar goll, gofynnwch iddo fo ddangos y rhestr eiddo i chi. Ffeindiwch allan os ydi o wedi dweud wrth y cwmni yswiriant, ac os ydi o wedi gwneud, dowch chi i 'ngweld i eto ac mi sortiwn ni'r peth rhyngon ni. Iawn?'

'Iawn,' meddai Roper. 'Falle mai dyna wna i.'

Daeth pedwar o lafnau ifanc i mewn i'r bar yn swnllyd. Aeth tri ohonynt at y peiriant *Space Invaders* yn y gornel bellaf tra aeth y llall at y cownter i archebu'r diodydd.

'Sut ydach chi'n dod ymlaen â'i wraig?'

'Be sy gan hynna i'w wneud â'r peth?'

'A'r ddau ohonyn nhw, dod ymlaen yn iawn efo'i

gilydd, ydyn nhw?'

'Mi fydd yn rhaid i chi ffeindio allan drosoch eich hun, yn bydd?' rhochiodd Cutler, gan oedi am ennyd i wagio'i wydryn. 'Dydi hynna'n ddim o 'musnes i.'

Pennod 17

Dim ond hanner y goleuadau yn stafell y CID oedd ynghynn, a George Makins yno ar ei ben ei hun. Edrychai fel pe bai'n dosbarthu llythyrau o amgylch y desgiau gweigion. Roedd hi bron yn hanner awr wedi wyth o'r gloch yr hwyr.

'Ro'n i'n meddwl dy fod ti wedi hen fynd adre, George,' meddai Roper o geg y drws.

Chwyrlïodd Makins i'w wynebu fel lleidr euog wedi'i ddal â'i fysedd yn y til. Diflannodd y bwndel amlenni gwynion y tu ôl i'w gefn ar unwaith. 'Wedi ffeirio efo Peter Rodgers ydw i, syr,' meddai. 'Dêt go arbennig ganddo fo heno 'ma. Mi gawson ni ganiatâd Dave Price.'

'Be 'di'r rheina sy gen ti? Rhagor o femos gan y PGC ynglŷn ag arbed arian?' holodd Roper.

'Nage,' meddai Makins, gan ddal i edrych yn euog. 'Ddim yn hollol.' Yna, gan benderfynu cyfaddef y cyfan, daeth â'r amlenni mawr allan o'u cuddfan y tu ôl i'w gefn, edrych drwyddynt, dewis un, a cherdded yn lletchwith tuag at Roper i'w rhoi iddo. 'Gwahoddiadau priodas ydyn nhw,' eglurodd.

'Priodas pwy?' gofynnodd Roper.

'F'un i,' meddai Makins.

Crychodd Roper ei dalcen mewn syndod. Er gwaethaf sibrydion y cantîn, doedd neb wedi credu o ddifrif y buasai 'rhen George yn cymryd y fath gam mewn gwirionedd. 'Tynnu 'nghoes i wyt ti,' meddai. 'Dwyt ti ddim o ddifri:'

'Fûm i erioed yn fwy o ddifri,' meddai Makins, y sawl y daethai'i enw fel Lothario'r Pencadlys yn chwedlonol dros y blynyddoedd. Y farn gyffredinol oedd bod George Makins yn denu haid o ferched addolgar fel pot jam agored yn denu gwenyn, ond hyd yn hyn roedd y gŵr ifanc golygus a heini wedi llwyddo i osgoi crafangau pob un ohonynt.

Rhedodd Roper ei fys a'i fawd ar hyd ymyl yr amlen, gan deimlo'r cerdyn oddi mewn. Roedd yn mesur tua wyth modfedd wrth chwech, os nad mwy. 'Mae'n teimlo fel gwahoddiad go fawr.'

'Mae hi'n briodas go fawr.'

'Unrhyw un 'dan ni'n ei nabod?'

'Cyfreithwraig ydi hi,' meddai Makins. 'Mae ganddi bractis yn Dorchester. Cwrdd â hi yn y llys ryw chwe mis yn ôl wnes i.'

'Ac mi all hi dy gadw di yn y dull y baset ti'n licio cael dy gadw, all hi?'

Gwnaeth gwydraid o wisgi o'r seler breifat yn nrôr gwaelod desg Roper lawer i leddfu digalondid Makins o wybod fod y ffaith ei fod yn dwyllwr yn mynd i fod yn hysbys i bawb o'r diwedd. Siaradai'n farddonol. Ei henw oedd Fiona. Deuddeg ar hugain oed. Ac roedd hi nid yn unig yn beniog iawn ond hefyd yn hyfryd a phrydferth ac yn ddigon o ryfeddod.

'Gobeithio'i bod hi'n deilwng ohonot ti, George,' meddai Roper yn ddwys, gan godi'i wydryn i'r paragon hwn ymhlith merched.

'Ie . . . wel . . . ' mwmialodd Makins druan, gan godi'i ysgwyddau a gwenu'n swil. Ond nawr bod y gyfrinach dywyll wedi'i datgelu o'r diwedd, roedd yn ôl yn ei hwyliau arferol ymhen dim amser. 'Sut hwyl gawsoch chi efo Hughie Lee?'

'Does 'na ddim dwywaith na fu Pope yn gwylio lle Craven. Ac mi fu o wrthi'n o hir hefyd, yn ôl pob golwg.'

'I bwy roedd o'n gwneud hynny?'

'I Nicholas Chance, dw i'n meddwl,' meddai Roper, er mawr syndod i Makins. 'Dw i ddim yn siŵr, cofia. Ond doedd o ddim yn ei wneud o i Craven, dw i'n sicr o hynny, neu mi fyddai Craven siŵr o fod wedi dweud wrtha' ni, ac ystyried yr hwyliau oedd arno. Dw i ddim yn credu mai Craven loriodd ei wraig chwaith.'

'Ond mae'n rhaid mai fo wnaeth,' meddai Makins. 'Yn un peth, mae hi wedi dweud hynny wrtha' ni; ac yn ail, mi ddigwyddodd y peth yn ystod yr ychydig funudau na all Craven roi cyfri amdanyn nhw. A doedd 'na ddim posib iddi hi wbod nad oedd ganddo fo alibi, achos i bob pwrpas fu ganddi hi ddim cysylltiad o gwbwl â'r byd tu allan yn ystod ei phedair awr ar hugain cynta yn yr ysbyty. Roedd hi ar ei phen ei hun, yn doedd? Mi tsceiais i efo'r nyrsys. Y cyfan wnaethon nhw oedd trosglwyddo negeseuon, a doedd 'na ddim byd amheus ynglŷn â'r un o'r rheiny. Os nad dyfalu oedd hi wrth gwrs, a digwydd bod yn lwcus.'

'Dw i ddim yn meddwl mai dyfalu oedd hi, George. Dw i'n meddwl ei bod hi'n gwbod. Wn i ddim sut, ond mi dw i'n siŵr ei bod hi.'

'Achub cam Chance a chreu helynt i'w gŵr yr un pryd?'

Ond doedd Roper ddim mor siŵr ynglŷn â hynny. Os oedd ar Mrs Craven eisiau gweld ei gŵr yn dioddef o ddifrif, ei dewis gorau fuasai dod â chŵyn swyddogol yn ei erbyn. Roedd hi eisoes wedi dweud wrth Makins nad damwain oedd yr hyn ddigwyddodd yng nghyntedd ei thŷ amser cinio ddydd Gwener diwethaf. Felly pam nad oedd hi wedi mynd yr holl ffordd a dwyn cwyn ffurfiol yn ei erbyn? A pha reswm fyddai ganddi dros gysgodi Nicholas Chance — os yn wir yr oedd hi'n gwneud hynny — os nad ei chariad hi ydoedd? Ac a oedd gan hyn oll, neu unrhyw ran ohono, unrhyw beth o gwbl i'w wneud â llofruddiaeth Gerry Pope —

Estynnodd ar draws y ddesg wrth i'r ffôn ganu.

'Roper,' meddai.

'Galwad i chi, syr. Dynes. Mae hi'n gwrthod rhoi'i henw i mi ond mae hi'n dweud y gwneith hi'i roi o i chi. O giosg mae hi'n ffonio. Be wna i, ei chysylltu hi?'

Gwnaeth Roper arwydd ar Makins i godi'r estyniad. 'Rhowch hi drwodd,' meddai.

Daeth clic, ac yna saib hir.

'Yr Uwcharolygydd Roper yma,' meddai. Gallai glywed swn anadlu, ac nid Makins oedd wrthi oherwydd roedd ei law ef dros geg y ffôn. 'Galw ynglŷn â Mr Chance ydach chi?'

'Ie,' meddai'r ddynes. Yna, ar ôl saib arall. 'Os rho i f'enw i chi, wnewch chi gadw'r peth yn gyfrinachol?'

'Mi wna i, os medra i,' meddai Roper. 'Ond mae'n dibynnu, wrth gwrs.'

'Quick ydi f'enw i,' meddai hi. 'Caroline Quick. Fi sy'n cadw Siop Flodau Quick yn Dorchester. Mae'r rhif yn y Tudalennau Melyn. Os bydd angen i chi ddod i 'ngweld i — i siarad â mi — wnewch chi gysylltu â fi yno ac nid gartre . . . '

'Iawn, Mrs Quick,' meddai Roper. 'Be'n union ddwedodd Mr Chance wrtha' chi am ei ddweud yn hollol?'

'Ddaru o ddim *dweud* wrtha i am ddweud dim byd,' atebodd, â fflach o ddicter yn ei llais. Roedd yn llais dymunol, dwfn i ferch, wedi arfer â rhoi gorchmynion, a heb arlliw o acen leol yn perthyn iddo. Roedd yna ryw dinc gwag o'i gwmpas, fel pe bai hi'n galw o ystafell wedi'i leinio â theils, ei siop efallai. 'Dweud wnaeth o fod yr heddlu'n ei amau o rywbeth go ddifrifol a'u bod nhw isio gwbod lle'r oedd o fwy neu lai bob munud o nos Lun ddiwetha.'

'Nid pob munud, Mrs Quick. Jest o naw o'r gloch ymlaen.'

'Wel, tua hanner awr wedi naw roedden ni yn yr Yellow Dragon. Tŷ bwyta Chineaidd yn ymyl Cofgolofn

Hardy yn Dorchester.'

'A phryd gadawsoch chi fan'no?'

'Tua hanner awr wedi deg.'

'Ac ar ôl hynny?'

Saib arall. 'Mi aethon ni draw i'r siop. Aros yno am ryw hanner awr. Wedyn mi es i i nôl y fen o'r iard gefn ac mi yrron ni gyda'n gilydd cyn belled ag East Knighton, Nicholas yn arwain a minnau'n dilyn. Stopio'n fan'no a sgwrsio am ychydig — deng munud hwyrach. Yna aeth Nicholas yn ôl i'w gar a chychwyn am adre. Ac mi wnes innau'r un fath. Doedden ni ddim yn mynd yr un ffordd.'

'Ydach chi'n cofio faint o'r gloch oedd hi pan gyrhaeddoch chi adre, Mrs Quick?'

'Rhyw hanner awr wedi un ar ddeg, mae'n debyg.'

'A pha mor bell ydach chi'n byw o dŷ Mr Chance?'

'Ychydig funudau yn y car,' meddai hi. 'Pum munud falle. Ydach chi'n hapus rŵan?'

'Ydw. Diolch, Mrs Quick. Ond mae gen i un cwestiwn arall, a gobeithio na fydd ots gynnoch chi'i ateb. Faint yn hollol sy 'na ers pan ydach chi a Mr Chance wedi bod yn mynd gyda'ch gilydd?'

'Ydi hynny'n bwysig? Ydi hynny'n rhywfaint o'ch busnes chi mewn gwirionedd?' gofynnodd hithau'n bigog. ''Ta jest blydi busnesa ydach chi rŵan?'

'Mae o *yn* fusnes i mi, Mrs Quick.'

'Wel, alla i ddim meddwl pam, yn enw'r nefoedd,' atebodd Mrs Quick. 'Ond rhyw bum wythnos sy 'na, os oes raid i chi gael gwbod.'

'Diolch,' meddai Roper.

'Dyna'r cwbwl?' gofynnodd hithau, wedi'i synnu.

'Dyna'r cwbwl, Mrs Quick,' meddai. 'Diolch.'

'Mae honna'n swnio fel ladi go tyff i mi,' sylwodd Makins, wrth osod yr estyniad yn ôl ar ei grud.

'Ond roedd hi'n swnio fel petai hi'n dweud y gwir hefyd,' meddai Roper, gan eistedd yn ôl yn ei gadair a thanio sierŵt iddo'i hun yn feddylgar. Ni ellid dweud dim i sicrwydd eto, ond os oedd Mrs Quick yn dweud y gwir, yna roedd yr egin syniad a gawsai Roper tra oedd allan ar y rhostir yng nghwmni Hughie Lee yn dechrau tyfu'n sylweddol.

'Pwy ydi'r WDS sy ar ddyletswydd bore fory, George?'

'Penny Wilmott,' meddai Makins.

'Wel, os gweli di hi cyn i mi wneud, dwed wrthi 'mod i am iddi ddod i'r ysbyty efo mi yn gynnar bore fory.'

'Mrs Craven?'

'Ie.'

'Ond mae hi wedi rhoi datganiad i ni.'

'Dw i ddim yn meddwl ei bod hi'n dweud y gwir wrtha' ni, George. Ac mae gen i ryw deimlad 'mod i'n gwbod pam.'

Roedd hi'n fore Llun a newydd droi naw o'r gloch pan gymerodd y Ditectif Sarjant Penny Wilmott a Roper y lifft i fyny i'r ail lawr lle'r oedd Mrs Craven yn ei gwely mewn ystafell breifat yn estyniad yr ysbyty.

Wedi i Roper ddangos ei gerdyn gwarant i'r nyrs staff ac yna i brif nyrs y ward, fe'u cyfeiriwyd o'r diwedd at y cofrestrydd oedd â gofal dros Mrs Craven. Roedd y cofrestrydd, gŵr ifanc tal, bryd golau ac yn gwisgo côt wen wedi'i llunio ar gyfer rhywun hanner ei daldra gan wneud iddo edrych yn goesau ac yn addyrnau i gyd, yn groesawgar ond yn wyliadwrus.

'Fe gewch chi ddeng munud,' meddai. 'Mae effaith y sioc yn dal yna. Mae hi'n dal braidd yn ofnus a nerfus ac mae angen gorffwys arni. Felly dim gormod o gwestiynau. Iawn?'

Aeth y nyrs i mewn yn gyntaf i ddweud wrth Mrs Craven fod ganddi ymwelwyr, ac wrth iddi ddod allan drachefn aeth Roper a Wilmott i mewn. Roedd yr ystafell yn flodau i gyd. Roedd Mrs Craven ar ei heistedd yn y gwely, hanner ei phen wedi'i eillio ac yn drwch o rwymynnau gwynion. Pwysai'n ôl ar dri chlustog y tu ôl i'w chefn. Roedd y cimono lliwgar roedd hi'n ei wisgo dros ei phyjamas a'r pâr o slipers coch ar y llawr yn ymyl y gwely yn tystio i'r ffaith ei bod hi'n awr yn gallu codi a mynd o gwmpas y ward. Ar wahân i ychydig o finlliw pinc roedd ei hwyneb yn ddigolur. Ond yr hyn a dynnodd sylw Roper yn fwyaf arbennig oedd ei llygaid gleision pefriol, llygaid llydan agored, gwyliadwrus. Cydiai'n dynn yn y llyfr y bu'n ei ddarllen, ond yr argraff a gafodd Roper oedd mai wedi'i godi'n sydyn er mwyn cael rhywbeth i afael ynddo a wnaethai.

'Dw i'n clywed eich bod chi'n gwella, Mrs Craven,' meddai â gwên.

'Ydw, diolch,' meddai hi, gan swnio fel petai wedi ceisio llyncu carreg a honno wedi glynu yn ei gwddw.

Cyflwynodd Roper Sarjant Wilmott iddi, a synhwyrai fod presenoldeb main a benywaidd y blismones yn anesmwytho Mrs Craven yn fwy na'i un ef. 'Pam ydych chi wedi dod eto?' gofynnodd, ei hacen Lychlynaidd yn fwy amlwg nag y tro diwethaf iddo siarad â hi. 'Mi ddaeth dyn a dynes arall yma i 'ngweld i ddydd Sadwrn. Mi ddwedais y cyfan wrthyn nhw.'

'Mi hoffen ni gael ychydig rhagor o fanylion, Mrs Craven. Ydi hi'n iawn i ni eistedd?'

Amneidiodd, a dweud dim. Os mai'r llygaid yn wir yw drychau'r enaid, yna roedd hi'n amlwg bod ysbryd Mrs Craven yn un terfysglyd iawn. Eisteddodd Wilmott yn un o'r cadeiriau breichiau ar gyfer ymwelwyr, Roper ar fraich bren y llall. Roedd yna fasged sbwriel wrth ei droed chwith, a darnau o bapur seloffên a phapur pinc a gwyn wedi'u gwasgu'n beli oddi mewn iddi. Edrychai fel y math o bapur lapio y byddai gwerthwyr blodau yn ei ddefnyddio. Felly roedd cyflenwad arall o flodau eisoes wedi cyrraedd y bore hwn. Gofynnodd iddo'i hun tybed oedd Martin Craven wedi anfon rhai. Roedd yn amau hynny rywsut.

'Dwyf i ddim yn mynd i ddod â chyhuddiadau yn ei erbyn, wyddoch chi,' mynnodd Mrs Craven, gan wylio Wilmott yn codi'i briffces ar ei glin ac yn tynnu ei llyfr poced allan.

'Yn erbyn eich gŵr, hynny yw?' meddai Roper.

'Wrth gwrs yn erbyn fy ngŵr,' meddai hi ar ôl saib pwyllog, gan edrych arno drachefn.

'Mae'ch gŵr yn dweud nad oedd o yno, Mrs Craven.'

'Dweud celwydd mae e,' atebodd hithau'n ôl. 'Roedd e yno.'

Gan ddwyn i gof rybudd y cofrestrydd, rhoddodd Roper funud iddi i ymdawelu. 'Dw i ddim yma i'ch bwlio chi, Mrs Craven,' meddai'n dawel wedyn. 'Jest isio gwbod yn union be ddigwyddodd sy arna i.'

'Dod adre wnaeth e,' meddai hi drachefn.

'Ac roeddech chithau newydd roi'r ffôn i lawr ar ôl bod yn siarad â Mrs Wicks?'

Arhosodd yn dawel y tro hwn.

'Ydach chi'n cofio p'un ai drwy'r cefn 'ta drwy'r ffrynt y daeth eich gŵr i mewn?'

'Drwy'r cefn. Fe drois fy mhen ac roedd e yno. Chlywais i mono fe'n dod i mewn.'

'A be ddigwyddodd wedyn?'

'Dwedais y cyfan wrth y dyn ddydd Sadwrn,' protestiodd. 'Dwyf i ddim yn cofio. Dwyf i ddim yn cofio dim byd bron iawn.'

'Mi ddwedsoch chi wrtho fod Mr Craven wedi anghofio galw yn y siop i gasglu rhywbeth roeddech chi wedi'i anfon i'w lanhau.'

'Na, nid *casglu* dim byd. *Mynd* â rhywbeth i'w lanhau. Côt oedd hi.'

'Casglu rhywbeth o'r siop ddwedsoch chi wrth Sarjant Makins.'

'Mynd â rhywbeth! Dyna ddwedais i wrtho fe yn ddigon clir. Mynd . . . Yr holl gwestiyne 'ma. Maen nhw'n fy nrysu i.'

Ond yr hyn roedd hi wedi'i ddweud wrth Makins yn *ddigon clir* oedd mai wedi anghofio *casglu'*r dilledyn yr oedd ei gŵr. Ni fyddai George Makins byth yn gwneud camgymeriad o'r fath. Ac roedd p'run ai oedd y dilledyn i'w gludo yno ynteu i'w gasglu oddi yno wedi bod yn amherthnasol i'r mater, hyd yma.

'Ac mi aeth hi'n ffrae rhyngoch chi ar gownt hynny?'

'Roedd e wedi bod yn yfed.'

'Ac mi drawodd o chi?'

'Do, rwy'n meddwl.'

'Ond dydach chi ddim yn siŵr?'

Cododd y llyfr yn ei llaw a'i daro'n galed yn erbyn ei choesau. Edrychai'n agos at ddagrau. 'Dwyf i ddim yn cofio. Rwy'n dweud a dweud wrth bawb. Dwyf i ddim yn cofio!'

'Felly mi ddaeth eich gŵr adre, a dyma chithau'n gofyn iddo oedd o wedi cofio mynd i'r siop i gasglu'r . . .'

'Nage,' meddai, gan dorri ar ei draws. 'Nid *casglu*. Mynd. *Mynd!*'

'Mae'n ddrwg gen i,' meddai Roper. Roedd hi'n afresymol o awyddus i sicrhau ei fod e'n cael y manylyn ymddangosiadol ddibwys hwn yn gywir. 'Anghofio ydw i. Mi ofynsoch iddo fo oedd o wedi cofio mynd â'ch côt i'r siop, mi ddwedodd yntau nad oedd o ddim ac mi aeth yn gweryl rhyngoch chi.'

'Do,' meddai hi. 'Dyna'n union beth ddigwyddodd.'

'Pwy drawodd bwy gynta?'

'Rhoi hergwd i mi wnaeth e.'

'A dyma chi'n syrthio a tharo'ch pen ar y bwrdd yn y cyntedd.'

'Do, mi wnes. Fe geisiais i godi ond allwn i ddim. Wedyn roeddwn i'n anymwybodol.'

'A sut cafodd y ffiol ei thorri?'

Roedd golwg ar goll arni'n sydyn, a chrychodd ei thalcen. 'Pa ffiol?'

'Y ffiol Gallé las; ar y bwrdd yn y cyntedd.'

Gallai Roper weld ei bod mewn penbleth nawr, ei meddwl yn gwibio wrth iddi ymdrechu'n ofer i ddod o hyd i ateb i hynny. Efallai oherwydd na wyddai hi ddim fod y ffiol wedi'i thorri, neu efallai am ei bod hi'n pendroni ynglŷn â pha mor bwysig oedd y ffaith y dylai hi fod yn gwybod sut y digwyddodd y peth — a pham. Gwyddai nad oedd ei gŵr ymhell i ffwrdd pan ddigwyddodd yr helynt a'i fod wedi bod yn yfed cyn cyrraedd adref, ond wyddai hi ddim fod y ffiol Gallé wedi'i thorri. Ac i Roper roedd hynny'n awgrymu un peth yn unig. Doedd pwy bynnag oedd wedi'i phorthi hi â gweddill y stori ddim yn gwybod am y ffiol chwaith.

'Disgyn wnaeth hi,' meddai hi'n sydyn, wrth i ysbrydoliaeth drwsgl ddod i'w hachub o'r diwedd. 'Ie, disgyn. Rwy'n cofio'n awr. Rhaid ei bod hi wedi disgyn pan drawais i'r bwrdd. Rwy'n cofio clywed sŵn gwydr yn torri.'

'Disgyn ar y carped ddaru hi, ie?' gofynnodd Roper. 'Ie, mae'n debyg.'

''Ta allai Mr Craven fod wedi'ch taro chi â hi?'

Am eiliad neu ddau trodd ei llygaid yn graff a miniog, fel pe bai hi'n gresynu'n wirioneddol nad oedd wedi meddwl dweud hynny ei hunan. 'Na,' meddai o'r diwedd. 'Dwyf i ddim yn meddwl.'

'Welsoch chi Mr Chance y bore hwnnw?'

'Naddo,' meddai, ei llygaid yn culhau'n ddrwgdybus. 'Pam dylwn i fod wedi gwneud?'

'Ddaru o ddim galw i'ch gweld chi? Tua'r adeg roeddech chi ar y ffôn efo Mrs Wicks?'

Ysgydwodd ei phen.

'Oeddech chi'n gwbod fod eich tŷ'n cael ei wylio?'

Disgynnodd ei gên fymryn a daeth braw i'w llygaid gleision. Pe byddai'n rhaid i Dagmar Craven roi tystiolaeth mewn llys barn rywbryd, fe fyddai hyd yn oed cyw o fargyfreithiwr dibrofiad yn gallu'i thynnu hi'n gareiau.

'Dydd Gwener?' gofynnodd hi.

'Ychydig wythnosau'n ôl. Dyn o'r enw Gerald Pope. Fo oedd y gŵr gafodd ei ladd ar y ffordd yn ymyl eich tŷ chi nos Lun ddiwetha. Os cofiwch chi, mi alwais i'ch gweld efo Sarjant Makins i wneud ymholiadau ynglŷn â'r achos. Roedd Mrs Chance efo chi ar y pryd.'

Cymerodd arni ei bod hi wedi anghofio hynny hefyd, gan feio'i meddwl dryslyd unwaith yn rhagor; ond os oedd Roper yn dehongli'i hymarweddiad yn gywir roedd hi'n ymddangos fel petai hi wedi cael rhyddhad mawr o glywed nad oedd ei thŷ dan wyliadwriaeth ddydd Gwener diwethaf, ac yn pryderu llai ei fod yn cael ei wylio ychydig wythnosau cyn hynny.

'Rwyf wedi dweud wrthych o'r blaen, dwyf i ddim yn nabod y dyn. Does gen i ddim syniad pam roedd e'n gwylio'n tŷ ni.'

'Wedi cael ei dalu i wneud oedd o, Mrs Craven.'

Culhaodd ei llygaid ar unwaith ac roedd hi'n wyliadwrus drachefn. 'Gan fy ngŵr?'

'Pam 'dach chi'n dweud hynny? Oes 'na ryw reswm pam y byddai'ch gŵr yn trefnu i gael rhywun i wylio'ch tŷ yn ystod y dydd?'

'Nac oes, siŵr iawn.' Trodd ei hwyneb tua'r pared fel plentyn piwis. 'A plîs, mae arna i isio i chi fynd nawr. Rydych chi wedi 'ngwneud i'n flinedig iawn.'

'Un peth bach arall, Mrs Craven,' meddai Roper, 'wedyn mi awn ni. Wnewch chi ddangos y wats i Mrs Craven, Sarjant?'

Ar glywed y gair wats yn cael ei grybwyll, trodd Mrs Craven ei hwyneb yn ôl tuag atynt yn sydyn, a chlywodd Roper hi'n dal ei hanadl.

Estynnodd Wilmott yr oriawr Avia o'i briffces a'i chynnig iddi, ond gwrthododd Mrs Craven gyffwrdd â hi, a phrin yr edrychodd arni hyd yn oed. 'Welais i erioed mohoni o'r blaen. Pam dylwn i fod wedi gwneud?'

'All hi fod yn perthyn i Mr Chance?' gofynnodd Roper.

'Rwyf wedi dweud wrthych,' protestiodd. 'Dwyf i ddim yn gwybod. Dwyf i ddim yn gwybod pa fath o wats sy ganddo fe. Pam *dylwn* i?'

'Jest gofyn rhag ofn, Mrs Craven.' Cododd Roper ar ei draed a botymu'i siaced, gan gicio'r fasged sbwriel drosodd wrth wneud hynny; yna aeth yn ei gwrcwd a'i gosod yn ei lle, gan gadw un o'r peli crychlyd o bapur sidan oedd wedi disgyn ohoni ynghudd yn ei ddwrn yn ddeheuig.

Disgwyliai yn y car am Wilmott. Roedd y dynion tywydd wedi addo cawodydd heddiw ond hyd yn hyn roeddynt wedi cadw draw. Draw ar y dde roedd yr adran famolaeth ar ganol cael ei hail-doi, a'i muriau'n sgaffaldiau i gyd; a hanner dwsin o dowyr yn gweithio ar ben y to mor ddidaro â phetaent â'u traed ar y ddaear yn hytrach na hanner can troedfedd yn yr awyr.

Ar ei lin o'i flaen roedd y darn papur lapio blodau roedd wedi'i ddwyn o fasged sbwriel Mrs Craven, wedi'i sythu'n awr a'i blygu'n dwt. Roedd pwy bynnag oedd wedi anfon blodau i Mrs Craven heddiw'r bore wedi'u prynu yn Siop Flodau Quick yn Dorchester, a pherchennog y siop honno oedd cariad cyfredol Nicholas Chance. Cyd-ddigwyddiad yn wir. Roedd y cylch i'w weld yn cau'n dynnach o amgylch y teuluoedd Craven a Chance, ac efallai y byddai ymweliad â Mrs Quick yn cau'r cylch yn dynnach fyth hyd yn oed.

Daeth Wilmott allan o'r dderbynfa a gwneud ei ffordd yn gyflym at y car. Pwysodd Roper drosodd i agor drws y gyrrwr iddi. Gollyngodd ei briffces ar y sedd gefn.

'Unrhyw lwc?' gofynnodd Roper, wrth iddi swingio'i

choesau i mewn a thynnu'r drws ynghau ar ei hôl.

'Dim byd nad oedden ni'n ei wbod eisoes, syr,' meddai hi. 'Mae'r switsfwrdd yn cofnodi pob galwad ffôn sy'n mynd allan er mwyn codi amdanyn nhw. Dim ond un alwad mae hi wedi'i gwneud. A ddoe oedd hynny.'

'Beth am alwadau'n dod i mewn?'

'Mae'i gŵr hi'n ffonio bob bore a nos i holi sut mae hi — ond dydi o ddim yn cael siarad â hi. Yr unig un arall sy wedi galw ydi Mrs Chance, ond doedd hi ddim wedi siarad yn uniongyrchol â hi nes i Mrs Craven ei ffonio hi ddoe. A'r unig ymwelwyr sy wedi bod yma ydi Mrs Chance a ninnau, ond doedd ymweliad cynta Mrs Chance ddim tan *ar ôl* i George Makins gymryd datganiad Mrs Craven nos Sadwrn. O, ac fe alwodd Mr Craven i mewn neithiwr, ond dim ond i ofyn i'r nyrs a oedd angen rhywbeth ar ei wraig — ac i ddod â rhagor o ddillad nos a'r cimono 'na oedd ganddi amdani heddiw. Mrs Craven ofynnodd iddo ddod â'r rheiny — ond un o'r nyrsys basiodd y neges ymlaen. Felly does 'na ddim modd o gwbwl iddi fod wedi gwbod lle'r oedd ei gŵr amer cinio ddydd Gwener diwetha os nad oedd hi wedi'i weld drosti'i hun.'

Ond roedd modd, ac roedd hi'n fwy na thebygol fod yr allwedd i'r modd hwnnw i'w ganfod ar lin Roper yn awr. Darn o bapur sidan streipiog pinc a gwyn gyda *Siop Flodau Quick, Dorchester,* wedi'i argraffu arno mewn llythrennau breision.

'Rhaid ei bod hi wedi newid ei meddwl felly,' meddai George Makins. 'Dweud wrtha i fod Craven wedi anghofio *nôl* rhywbeth o'r siop lanhau ddaru hi. Dw i'n sicr o hynny.'

'Alla i ddim gweld pam fod hynny'n bwysig, p'un bynnag,' meddai Dave Price, wrth i Makins wthio'i lyfr poced ar draws y ddesg i Roper gyda'r ddalen berthnasol ar agor.

'Mae o *yn* bwysig, yn *blydi* pwysig,' meddai Roper yn ddiamynedd a blin. Fe allai Price fod yn hynod o ddiddeall weithiau. 'Achos os oedd o wedi mynd yno i gasglu rhywbeth iddi, ac wedi anghofio, yna mi fyddai'r peth hwnnw yn dal yn y siop, yn byddai?'

'Mae'n bosib mai llithriad tafod ar ei rhan hi yn y lle cynta oedd o,' meddai Price. 'Wedi'r cwbwl, rhaid cofio mai tramorwraig ydi hi, a hefyd, pan welodd George hi, roedd hi'n siŵr o fod yn swrth efo'r holl gyffuriau lladd poen 'na roedden nhw wedi'u pwmpio iddi. Fe allai fod wedi defnyddio'r gair anghywir yn ddigon rhwydd.'

'Doedd hi ddim mor swrth â *hynny*,' meddai Makins. 'Mi ges i'r argraff ei bod hi'n adrodd ei stori'n dwt ac yn drefnus, gam wrth gam.'

'Achos ei bod hi wedi'i bwydo â'r stori honno,' dadleuodd Roper. 'Ond doedd pwy bynnag oedd wedi dweud wrthi beth i'w ddweud ddim yn gwbod yr holl stori. I ddechrau cychwyn, wydden nhw ddim am y ffiol Gallé'n cael ei thorri. A dw i ddim yn meddwl eu bod nhw wedi dweud wrth Mrs Craven am beth roedd hi a'i gŵr i fod wedi ffraeo ynglŷn ag o chwaith; dw i'n credu'u bod nhw wedi dweud wrthi am roi'r bai ar ei gŵr, gan adael iddi hi ddyfeisio'r rheswm pam iddo ymosod arni, ond mi wnaeth hi gamgymeriad drwy ddweud mai anghofio mynd i nôl y gôt o'r siop yn hytrach na mynd â hi yno wnaeth ei gŵr.'

'A dyma hi'n cywiro hynny'r bore 'ma,' meddai llais tawelach Wilmott. 'Yn daer iawn.'

Eisteddai Roper wrth ei ddesg, Makins gyferbyn, Wilmott wrth y drws a Price ar sil y ffenestr a edrychai allan dros y maes parcio. Roedd hi'n un ar ddeg o'r gloch ar yr un bore Llun. Daeth DS Rodgers i mewn i'r swyddfa yn wysg ei gefn gyda phum cwpanaid o goffi chwilboeth mewn cwpanau plastig ar hambwrdd tun, ac yna'u rhannu.

'Yn daer iawn, fel dwedodd Penny,' cytunodd Roper. 'Achos ers i George fod yn siarad â hi nos Sadwrn, roedd rhywun wedi dweud wrthi'i bod hi wedi rhoi'i throed ynddi pan ddwedodd fod Craven wedi anghofio casglu rhywbeth o'r siop. Achos os na fyddai o wedi'i gasglu, mi fyddai'r dilledyn hwnnw yn dal yn y siop. A phetaen ninnau wedyn yn mynd i chwilio amdano ac yn methu dod o hyd iddo, mi fydden ni'n gwbod yn syth bin mai dweud celwydd oedd hi. A phe gwydden ni ei bod hi wedi dweud un celwydd, mi fydden ni'n busnesa ac yn chwilota o gwmpas am ragor.'

'A does arni hi ddim isio i ni fynd i chwilota o gwmpas,' mentrodd Price. 'A dyna pam mae hi'n trio cadw'r busnes dydd Gwener diwetha 'na yn y teulu.'

'Ie, fel'na dw i'n gweld pethau,' meddai Roper.

'A chyn i chi'i gweld hi'r bore 'ma, yr unig un roedd hi wedi siarad â hi ers i mi'i gweld hi nos Sadwrn,' meddai Makins dros ymyl ei gwpan coffi, 'oedd Vanessa Chance.'

'Yn hollol,' meddai Roper.

'Ond sut gwyddai Dagmar Craven y gallasai'i gŵr fod o gwmpas amser cinio dydd Gwener diwetha a'i fod wedi bod yn yfed hefyd?' gofynnodd Price.

'Achos fod rhywun wedi dweud hynny wrthi cyn i George siarad â hi.'

'Dydi hynny ddim yn bosib,' meddai Price.

'O, ydi,' meddai Roper. 'Mi anfonodd rhywun lythyr ati.'

'Doedd hi ddim wedi derbyn dim byd drwy'r post,' meddai Makins. 'Mi ofynnais i. A doedd 'na ddim digon o amser i ddim byd fynd drwy'r post, p'un bynnag, yn nac oedd?'

'Nac oedd, mae'n debyg,' cytunodd Roper. 'Ond mi yrrodd rhywun flodau iddi, yn do?'

Ochneidiodd Caroline Quick wrth i Roper roi ei gerdyn

gwarant yn ôl yn ei boced. 'Ro'n i'n amau, rywsut, y byddech chi'n dod. Unwaith y byddwch chi a'ch tebyg yn cael eich crafangau yn rhywun, wnewch chi jest ddim gollwng, yn na wnewch? Mi ddwedais i'r cwbwl dw i'n ei wbod wrtha' chi neithiwr ar y ffôn.'

'Does gan hyn ddim byd i'w wneud â'r sgwrs gawson ni neithiwr, Mrs Quick,' meddai Roper. 'Mae hyn yn ymwneud â'ch busnes.' Roedd DS Wilmott ac yntau yn sefyll yn awyrgylch laith a pheraroglus siop flodau Mrs Quick yng nghanol Dorchester. 'Fyddwch chi'n cadw cofnodion o'r cwsmeriaid sy'n gofyn am gael danfon blodau?'

'Bydda, wrth gwrs,' meddai hi. 'Mi fasai'n draed moch arna i fel arall.'

'Mi fyddech wedi danfon y rhain sy gen i dan sylw rywbryd ddydd Sadwrn diwetha. I'r ysbyty lleol. I glaf o'r enw Mrs Craven.'

Doedd dim angen dweud rhagor. 'Mrs Chance yrrodd nhw,' meddai Mrs Quick, oedd yn ddynes fer, gref ac ymarferol, yn ei deugeiniau cynnar a'i thraed yn amlwg yn solet ar y ddaear. Mor wahanol ydoedd i'r Mrs Chance brydferth, hudolus. Roedd yn amlwg fod Nicholas Chance wedi mynd i chwilio am rywbeth gwahanol iawn i'r chwilen oedd wedi'i frathu y tro cyntaf. 'Mi archebodd hi ddau dusw arall i'w danfon ymlaen y bore 'ma.'

'Ydi Mrs Chance yn eich nabod?'

Ysgydwodd ei phen. 'Do'n innau ddim yn ei nabod hithau chwaith; o leiaf, nid tan fore Sadwrn diwetha. Mi ddaeth fel tipyn o sioc, a dweud y gwir.'

'Galw i mewn ddaru hi? Nid ffonio, ie?'

'Galw yma yn y siop. Do'n i erioed wedi'i gweld hi o'r blaen.'

Aeth Mrs Quick drwodd i swyddfa fach gyfyng yng nghefn y siop a dychwelyd gyda llyfr archebion. Dangosai tudalen copi carbon bod Mrs Chance wedi

archebu gwerth hanner canpunt o flodau cymysg i gael
eu danfon i un Mrs Dagmar Craven erbyn canol dydd
ddydd Sadwrn diwethaf. Derbyniwyd archeb gyffelyb
fore heddiw, er mai dros y ffôn y rhoddodd Mrs Chance
honno a hynny o fewn ychydig funudau i Mrs Quick agor
y siop am wyth o'r gloch. Cawsent eu danfon am hanner
awr wedi wyth.

'Ddaru Mrs Chance anfon rhywbeth efo'r blodau
ddydd Sadwrn?'

'Do, mi ddaru. Llythyr wedi'i selio. Mi ofynnodd i
mi'i lapio efo un o'r sypiau blodau, ac mi roddodd un o'n
cardiau ni efo nhw.'

'Ydach chi'n cofio be sgwennodd hi ar y cerdyn?'

'Fedrwn i mo'i ddeall. Roedd o mewn iaith arall.
Almaeneg neu Isalmaeneg neu rywbeth felly.'

'Neu Norwyeg?' cynigiodd Roper. 'Allai o fod wedi'i
sgwennu mewn Norwyeg?'

'Digon posib,' meddai Mrs Quick. 'Petawn i'n gwbod
sut beth ydi Norwyeg.'

A barclod lledr amdani, a chyda sbectol ddiogelwch yn
hongian ar strapen lastig o amgylch ei gwddw, roedd
Elsie Wicks yn ei gweithdy pan alwodd Roper a Makins
i'w gweld ychydig funudau i hanner dydd.

'Es i ddim pellach i mewn i'r byngalo na'r gegin,'
meddai hi mewn ateb i gwestiwn Roper. 'Mi ddwedodd
Sarjant Mallory wrtha i am aros yno tra byddai o'n mynd
drwodd i'r cyntedd.'

'Aethoch chi ddim drwodd i weld be'n union oedd
wedi digwydd, felly?'

'Naddo, des i ddim,' meddai hi. 'Y cwbwl welais i
oedd gwadnau sgidiau Dagmar.'

'Roedd 'na lot o wydr wedi torri ar lawr yno.'

'Wnes i ddim sylwi.'

'Soniodd Sarjant Mallory ddim am y peth wrtha' chi?'

'Naddo. Ddwedodd o ddim byd llawer, heblaw bod

Dagmar yn anymwybodol a'i fod o'n mynd i ffonio am ambiwlans.'

'Wrth bwy fuoch chi'n sôn am y peth wedyn? Allwch chi gofio?'

'Wel . . . 'rhen Tasker. Roedd o'n dal yma pan ddois i'n ôl o Dorchester. Ac yn ddiweddarach yn y pnawn mi alwodd Vanessa Chance i 'ngweld ac mi gawson ni baned efo'n gilydd. Mi ddwedais i wrthi hi be oedd wedi digwydd, wrth gwrs, ond roedd hi'n gwbod yn barod achos roeddech chi wedi bod draw i'w gweld.'

'Ond fe roesoch chi ragor o fanylion iddi?'

'Wel, do, mi wnes, fel mae'n digwydd. Mae hi a Dagmar yn ffrindiau mawr, felly ddwedais i ddim byd wrthi na fasai hi ddim wedi gallu'i ffeindio allan drosti'i hun. Oeddwn i ar fai?'

'Nac oeddech, ddim mewn gwirionedd, Mrs Wicks. Ddwedsoch chi wrthi fod Mr Craven wedi cyrraedd tra oeddech chi a minnau'n siarad yn y gegin? A'i fod o wedi bod yn yfed?'

'Do, mi wnes, mae arna i ofn. Ond wedyn, mae pawb sy'n nabod Martin Craven yn gwbod ei fod o'n hoff o'i ddiferyn.'

'Ofynnodd hi i chi faint o'r gloch y cyrhaeddodd o?'

Crychodd Mrs Wicks ei thalcen. 'Do, mi wnaeth.'

'Oedd hi'n holi llawer?'

'Wel, oedd, wrth gwrs. Roedd ganddi ddiddordeb, yn doedd?'

'Ond sonioch chi ddim byd am y gwydr wedi torri yn y cyntedd?'

'Naddo,' meddai. 'Fel dwedais i, wyddwn i ddim byd am hynny.'

'Dw i'n dal ddim yn siŵr i ble mae hyn i gyd yn arwain, syr,' meddai Makins, wrth iddynt ymlwybro'n ôl i fyny'r dreif serth i gyfeiriad y car.

'At gariad Mrs Craven,' meddai Roper. 'Serch,

cariad, galw di o be fynnot ti, dyna sy wrth wraidd y cyfan mewn gwirionedd — pam y bu i Nicholas Chance logi Gerry Pope i gadw llygad ar Furzecroft, pam y bu i Craven gyflogi ditectif preifat i gadw llygad ar ei wraig, pam y bu i Mrs Craven gael ei cholbio yng nghyntedd ei thŷ a pham y cyfarfu Pope Taro-a-Dianc â'i dranc ar y ffordd i Dorchester.'

'Mi rydach chi wedi gweithio allan pwy ydi'r boi, felly?' gofynnodd Makins, wedi iddynt gyrraedd y ffordd ac yntau'n chwilota yn ei boced am allweddi'r car.

'Boi?' meddai Roper, gan guchio arno dros do'r car. 'Pwy sy'n dweud mai dyn ydi o?'

Pennod 18

Arweiniodd Nicholas Chance hwy i'w swyddfa a gollwng y menig rwber trwchus y bu'n eu gwisgo ar ei ddesg. Roedd hi'n ddesg dwt, sylwodd Roper, yr ail bost yn dal heb ei agor arni, tri hambwrdd ffeilio wedi'u labelu yn ôl eu cynnwys, teipiadur, cyfrifiannell fodern iawn yr olwg, a ffôn gwyrdd. Dangosai hysbysfwrdd corc ar y pared yr wybodaeth ddiweddaraf o'r Weinyddiaeth Amaeth. Yn ei fywyd busnes, o leiaf, roedd Mr Chance yn ŵr trefnus iawn.

Un gadair yn unig oedd yna. Cynigiodd Chance hi i Roper, ond gwrthododd yr uwcharolygydd hi. Gan dybio efallai y byddai dan anfantais pe defnyddiai hi ei hunan, eisteddodd Chance ar gornel y ddesg, gan adael un droed i swingio'n araf. Edrychai'n anesmwyth iawn ei fyd, ond wedyn roedd ganddo achos i fod.

'Wel?' cyfarthodd, gan edrych i fyw llygaid Roper. 'Be ydi o'r tro hwn?'

'Gerald Pope, syr,' meddai Roper.

'Dw i wedi dweud y cyfan wn i amdano wrtha' chi,' atebodd Chance yn biwis.

'Naddo, syr,' meddai Roper.

'Do, syr. Do, myn diawl, syr,' meddai Chance, wedi gwylltio. Ond doedd o ddim wedi gwylltio o ddifrif, nid mewn gwirionedd. Poeni ydoedd ac eisiau cyfle i anadlu. Eisiau amser i hel ei feddyliau at ei gilydd. 'Ta 'dach chi'n 'y ngalw i'n gelwyddgi rŵan?'

'Mi licien ni gael gweld eich rhestr eiddo, syr,' meddai Roper. 'Yr un sy'n rhestru'ch offer a'ch peiriannau. Dw i'n cymryd yn ganiataol fod gynnoch chi un?'

Doedd Chance ddim yn ffŵl o bell ffordd. Culhaodd ei lygaid yn sydyn wrth sylweddoli'r hyn oedd y tu ôl i'r cwestiwn. 'Os oes yna, dydi o'n ddim o'ch blydi busnes chi.'

'Mi licien ni'i gweld hi, syr,' meddai Roper yn amyneddgar. 'Mi allwn ni gael gwarant os liciwch chi, ond mae hynny'n golygu lot o drafferth, ac mi fasai'n rhaid i mi adael Sarjant Makins yma tra byddwn i i ffwrdd yn trefnu'r peth. Gwastraff amser mewn gwirionedd, syr, jest i gael golwg ar bwt o bapur.'

'Oni bai'ch bod chi'n ffidlo'ch cwmni yswiriant, syr,' ychwanegodd Makins. 'Trosedd fasai peth felly, wrth gwrs. Twyll, 'dach chi'n gweld.'

'Neu, a dyma fyddai orau, syr, mi allwch chi ddweud y gwir wrtha' ni a dweud pam ddaru chi logi Gerald Pope mewn gwirionedd.'

Edrychodd Chance o'r naill i'r llall, yna i lawr ar ei welingtons gwyrdd. Pan gyraeddasai Roper a Makins y ffermdy ychydig funudau ynghynt, doedd neb yn y tŷ y tro hwn eto i ateb y drws. Daethant o hyd i Chance yn y buarth yn y cefn, hyd at ei fferau mewn dŵr ac yn ceisio agor gwter oedd wedi cau.

Daliai Chance i syllu i lawr ar ei draed. 'Fasech chi ddim yn deall,' mwmiodd o'r diwedd. 'Ddim yn nyddiau'r ddaear.'

Ymestynnodd Roper i'w boced am yr oriawr Avia yn ei hamlen blastig. Cododd Chance ei lygaid tywyll, prudd yn ddigon uchel i'w chymryd i mewn.

'Wats eich gwraig, ie, syr?'

Amneidiodd Chance ac edrych i lawr drachefn. 'Ble cawsoch chi hyd iddi?'

'Draw yn Furzecroft, syr,' meddai Roper. 'Mr Craven ddaeth ar ei thraws hi un noson y tu ôl i gyrten y gawod.'

Ni ddywedodd Chance yr un gair, na dangos unrhyw arlliw o syndod.

'Llogi Pope i wylio Mrs Chance wnaethoch chi?'

Amneidiodd Chance drachefn.

'Am eich bod chi'n meddwl ei bod hi'n gweld dyn arall?'

Ysgydwodd Chance ei ben yn araf, gan ddal i syllu ar ei draed.

'Roeddech chi'n gwbod ei bod hi wedi dechrau cyboli efo Mrs Craven?'

'Amau.'

'Gawsoch chi brawf gan Pope?'

Amneidiodd Chance drachefn, ei ysgwyddau'n grwm yn awr a'i ddwylo'n cydio'n dynn yn ymyl ei ddesg. Roedd ei droed wedi stopio swingio.

'Ffotograffau?'

Amneidiodd Chance, yna codi'i wep ac edrych i fyw llygaid Roper yn flinedig. 'Do, mi dynnodd luniau.'

'Rhai clir?'

'Na, doedden nhw ddim yn glir iawn. Roedden nhw wedi'u tynnu drwy ffenest.'

'Draw ym myngalo Craven?'

Amneidiodd Chance drachefn.

'Lluniau du a gwyn?'

Amnaid arall.

'Roddodd o'r negatifs i chi?'

'Wrth gwrs.'

'Gadwoch chi nhw?'

'Wrth gwrs.'

'Gawn ni gymryd golwg arnyn nhw? Fasech chi'n malio?'

Cododd Chance un ysgwydd yn ddi-feind. 'Pam dylwn i falio?' meddai. 'Does gen i fawr ddim i'w golli bellach, yn nac oes?' Gollyngodd ei hun i'r llawr a symud y tu ôl i'w ddesg. Gwyrodd ac agor un o'r droriau, estyn i mewn a lluchio amlen ar draws y ddesg wrth ymsythu drachefn a chau'r drôr ag ochr ei droed. Yna gollyngodd ei hun yn lluddedig i'w gadair swifl a disgwyl.

Cododd Roper yr amlen. Roedd hi o ansawdd da, papur trwchus, glas golau, yn union fel y rhai hynny y daethai Makins ac yntau ar eu traws gyda'r papur ysgrifennu personol cyfatebol yn nesg Pope fore Llun diwethaf. Roedd y pedwar ffotograff yn llwyd, aneglur a graeanllyd, a'r gwrthrychau'n gam, fel pe nad oedd Pope wedi gallu edrych drwy'r camera i dynnu'r lluniau ond wedi gorfod ei dal uwch ei ben dros waelod y ffenestr ac yna pwyso'r botwm, gan obeithio'r gorau. Roedd tri o'r ffotograffau allan o ffocws yn llwyr, ac ymyl llen rwyd oedd y streipen lwyd olau a redai i lawr eu hymyl dde, yn ôl pob tebyg. Dim ond mewn un ffotograff yn unig y gellid gweld i sicrwydd mai Dagmar Craven a Vanessa Chance oedd y ddau ffigur ym mreichiau'i gilydd ar y gwely.

Roedd y pedwar negatif yr un mor llwydaidd a gwelw. Efallai y byddai'n bosibl i dechnegwyr adran ffotograffiaeth y labordy fforensig ddatblygu lluniau gwell ohonynt, ond nid oedd Roper yn rhyw obeithiol iawn. Rhoddodd y cyfan yn ôl yn yr amlen a'i throsglwyddo i Makins i'w rhoi yn ei friffces. 'Mi rown ni dderbynneb i chi am y rhain, Mr Chance.'

Cododd Chance ei ysgwyddau, y tu hwnt i falio bellach.

'Datblygiad newydd ydi hyn, ie, Mr Chance? 'Ta ydi'ch gwraig wedi crwydro i'r cyfeiriad yna o'r blaen?'

'Dw i'n credu fod y peth wedi bod yn mynd ymlaen ers sbel go hir,' meddai Chance. 'Jest 'mod i wedi bod yn rhy ara i sylweddoli hynny.'

'Ydach chi wedi dangos y lluniau 'ma i'ch gwraig eto?'

Ffurfiodd ceg Chance wên drist a chwerw. 'Be 'dach *chi*'n feddwl?'

'Felly dydach chi ddim?'

Ysgydwodd Chance ei ben. 'Naddo,' meddai. 'Ro'n i'n eu cadw nhw ar gyfer y gwrthdaro mawr pan ddeuai.'

'Sonioch chi wrth Pope nad oeddech chi ddim yn bwriadu'u defnyddio ar unwaith?'

'Do, dw i'n credu i mi wneud,' meddai Chance. 'Mae gen i go dweud wrtho y byddai angen cwpwl o wythnosau arna i i hel fy meddyliau at ei gilydd a chnoi cil ar y peth.'

'Pam aethoch chi draw i fyngalo Mr a Mrs Craven amser cinio ddydd Gwener diwetha?'

Cododd Chance ei ysgwyddau, bron fel petai wedi disgwyl mai hwnnw fyddai'r cwestiwn nesaf ac yn barod amdano. 'Hi oedd wedi mynd draw yno. Vanessa. Roedd Dagmar wedi ffonio yma ryw ddeng munud ynghynt a'r sgwrs wedi troi'n ddadl o ryw fath. Wn i ddim am be roedden nhw'n dadlau. I mewn yn fan'ma ro'n i, a hithau'n iwsio'r ffôn yn y lolfa. Rhyw bum munud ar ôl hynny mi aeth Vanessa allan. Ro'n i'n amau mai wedi rhuthro i ffwrdd i weld Dagmar oedd hi, felly mi benderfynais ei dilyn . . . roedd gen i ryw syniad yn 'y mhen . . . rhyw feddwl y baswn i'n eu dal nhw wrthi.'

'Wrthi?' holodd Roper.

'Yn gwneud beth bynnag mae lesbiaid yn ei wneud efo'i gilydd,' meddai Chance, gan laswenu'n sbeitlyd.

'Oeddech chi'n bwriadu troi'n gas efo nhw, syr?' gofynnodd Makins. 'Defnyddio'ch dyrnau, falle?'

Edrychodd Chance i fyny drachefn, wedi gwylltio o ddifrif yn awr. 'O, oeddwn. Oeddwn, myn diawl.'

'Wnaethoch chi?'

Ysgydwodd Chance ei ben. 'Pan gyrhaeddais i dalcen y tŷ, mi allwn i'u clywed nhw'n gweiddi ac yn sgrechian ar ei gilydd. Yn y gegin oedden nhw. Roedd Vanessa'n cydio yn Dagmar ac yn trio'i chusanu hi. A Dagmar yn ei dagrau'n trio'i gwthio hi draw. Yna mi glywais y ffôn yn canu a dyma nhw'n gwahanu. Aeth Dagmar i ateb y ffôn ac mi ddilynodd Vanessa hi drwodd i'r cyntedd. Mi welais i Dagmar yn codi'r ffôn, ond ychydig eiliadau fu hi'n siarad.'

Hon oedd yr alwad gan Elsie Wicks ynglŷn â dychwelyd y fodrwy ddyweddïo, fwy na thebyg.

'Mi welais hi'n rhoi'r ffôn i lawr — ond yna'n ei godi wedyn yn syth bin. Wedyn dyma Vanessa'n trio'i rhwystro hi. Fedrwn i ddim gweld be oedd yn digwydd yn iawn, jest gweld dau gysgod yn ymrafael â'i gilydd wrth y drws ffrynt. Yna dyma Dagmar yn mynd i lawr — ac yn aros i lawr. Wedyn Vanessa'n mynd yn ei chwrcwd yn ei hymyl, aros yno am funud bach, yna'n codi ar ei thraed ac yn dod yn syth tuag ata i.'

'Welodd hi chi?'

Ysgydwodd Chance ei ben. 'Ro'n i'n gwylio drwy ffenest y gegin. Mi neidiais o'r golwg a'i bachu hi i dalcen y tŷ a 'ngwasgu fy hun yn erbyn y wal. Mi redodd hithau allan drwy ddrws y gegin, croesi'r ardd, ei gwasgu'i hun drwy'r ffens a gwneud ei ffordd tuag yma. Roedd hi'n dal i redeg nerth ei thraed. Cyn gynted ag roedd hi o'r golwg mi es innau i mewn i'r byngalo. A dyna lle'r oedd Dagmar, ar ei hyd ar lawr ar y carped. Roedd hi'n anymwybodol ac yn gwaedu — o fan'ma'n rhywle. Cododd Chance ei law a chyffwrdd ei ben ei hun union uwchben ei glust dde. 'Ro'n i'n teimlo fel ei gadael hi yno lle'r oedd hi. Cymaint ro'n i'n ei chasáu hi, 'dach chi'n gweld. Roedd gas gen i'i golwg hi. Mi feddyliais am funud bach am ei lladd hi yno yn y fan a'r lle —'

'Mae'n rhaid i ni'ch rhybuddio chi'n ffurfiol, Mr Chance,' torrodd Roper ar ei draws, cyn i Chance ddweud gormod er ei les ei hun.

'— ond wnes i ddim,' meddai Chance, gan fynd yn ei flaen heb gymryd sylw. 'Ond Iesu, mi o'n i isio gwneud. Mi gydiais yn y ffiol 'na ac ro'n i am ei waldio ar ei phen efo hi. Ond pan ddaeth hi'n fater o wneud, doedd gen i mo'r gyts.'

'Felly dyma chi'n malu'r ffiol.'

'Ie, dyma fi'n malu'r ffiol,' meddai Chance yn chwerw. 'Naill ai'i phen hi neu'r blydi ffiol, dyna oedd y dewis.'

'Ac wedyn?'

'Ffonio am ambiwlans a'i gwadnu hi o 'na. Dweud mai Craven o'n i, rhoi'r cyfeiriad iddyn nhw, a mynd.'

'Ydi'ch gwraig yn gwbod am hyn eto?'

Ysgydwodd Chance ei ben.

'All eich gwraig siarad a sgwennu Norwyeg, Mr Chance?' gofynnodd Roper.

Amneidiodd Chance a gwenu'n wyrgam. 'Dyna rywbeth arall y dysgodd hi gan y Dagmar ddiawl 'na.'

'Ddaru chi gwyno wrth eich gwraig erioed ynglŷn â'r ddau sipsi 'na sy'n gwersyllu i lawr y lôn?'

'Naddo,' meddai Chance. 'Pam dylwn i? Dydyn nhw ddim yn 'y mhoeni i a dydw innau ddim yn eu poeni nhwthau.'

'Ble mae'ch gwraig ar hyn o bryd, syr?' gofynnodd Makins.

Gwenodd Chance un arall o'i wenau gwyrgam, chwerw.

'Allwch chi ddim blydi dyfalu?' meddai.

Torrwyd ar ddistawrwydd yr ystafell gyf-weld gan glic taniwr Roper a chlinc metel wrth i Mrs Chance godi'i dwylo i dynnu'r sigarét newydd ei thanio o'i cheg.

'Os gwnewch chi addo bihafio'ch hun, fe allwn ni dynnu'r pethau 'na ac mi gewch eich dwylo'n rhydd,' meddai Roper.

Rhythodd Vanessa Chance arno'n sbeitlyd. Roedd gwaed yn dal i ddiferu'n araf o dwll yn nheits DS Wilmott ychydig dan ei phen-glin ac roedd gan Dave Price ddau gripiad dwfn ac egr yr olwg ar ei foch chwith. Doedd Mrs Chance ddim wedi dod yn dawel. Mewn ystafell gyf-weld arall, ymhellach i lawr y coridor, roedd Rodgers a Makins yn cymryd datganiad ffurfiol Nicholas Chance ac yn recordio'r cyfan ar dâp-recordydd.

'Mi wyddon ni'r cyfan, wyddoch chi, Mrs Chance,' meddai Roper.

Gwnaeth ystum dirmygus â'i cheg mewn ymateb, a synnodd Roper iddo erioed feddwl ei bod hi'n ddynes hardd. 'Felly pam na ddwedwch *chi* wrtha *i*,' poerodd yn wenwynig, 'os ydach chi mor blydi clyfar.' Cododd y sigarét i'w cheg a thynnu llond ei hysgyfaint o fwg.

Ni ddywedodd Roper yr un gair. Aeth draw at y bwrdd arall lle'r oedd y dystiolaeth brin wedi'i gosod a daeth â'r bagiau plastig bychan yn ôl at y bwrdd lle'r oedd Mrs Chance yn eistedd dros ei blwch llwch. Taenodd gynnwys y bagiau o'i blaen ac yna mynd i eistedd gyferbyn â hi.

'Ffurel ydi hwn oddi ar flaen rholyn o weiren fyrnu o sièd eich gŵr,' meddai, gan ddewis hwnnw yn gyntaf a'i wthio tuag ati. 'Fe gawson ni hyd i un tebyg gerllaw'r llecyn lle cafodd Pope ei lofruddio. A dyma ffotograffau wedi'u tynnu gan Pope drwy ffenest llofft Mrs Craven. A'ch wats chi ydi hon. Hon y gadawsoch chi ar ôl yn stafell molchi Mr a Mrs Craven.'

Ni ddangosodd hi ond y mymryn lleiaf o ddiddordeb, yna edrych draw drachefn.

'Dw i'n credu fod Pope yn eich blacmelio chi a Mrs Craven, Mrs Chance. A dw i'n credu i chi gytuno i'w gyfarfod ar amser penodol mewn lle penodol allan ar y ffordd nos Lun ddiwetha, gan ddewis llecyn rhwng eich tŷ chi a byngalo Mrs Craven; wedyn mi osod'soch ddarn o weiren fyrnu ar draws y ffordd ryw ddau can llath o'r man cyfarfod er mwyn gwneud yn siŵr y byddai Pope yn trafaelio'n o gyflym pan drawai'r weiren. Ydw i'n gywir hyd yma?'

Tynnodd Mrs Chance yn ddwfn ar ei sigarét drachefn, gan ddal i edrych o'r neilltu, ei hwyneb fel darn o garreg. Yn yr ysgarmes yn yr ysbyty roedd ei minlliw wedi cael ei rwbio oddi ar ochr dde ei cheg ac wedi'i dynnu i lawr i gyfeiriad ei gên. Edrychai fel haenen o waed. Roedd gwydr yr oriawr newydd ar ei harddwrn wedi cracio hefyd. Yn ôl Price roedd wedi cymryd Wilmott ac yntau i'w dal i lawr i osod y gefynnau am ei dwylo.

'Ac wedyn cafodd Mrs Craven draed oer, yn do? Mi ffoniodd chi fore Gwener a dweud hynny wrtha' chi, ac mi aethoch chithau draw yno yn syth bin i'w gweld hi ac i drio'i pherswadio hi i ddal ei thafod. Tra oeddech chi yno, mi ganodd y ffôn — Mrs Wicks oedd yn galw — a phan roddodd Mrs Craven y ffôn i lawr ar ôl gorffen siarad, dyma hi'n ei godi o'n syth wedyn gan fwriadu ffonio'r heddlu.' Dyfalu a dyfeisio pur oedd y rhan fwyaf o'r disgrifiad hwn o'r ddrama, wedi'i seilio ar yr hyn yr oedd Nicholas Chance wedi'i weld drwy ffenestr cegin Furzecroft. Roedd yn amlwg o'r llygadrythiad deifiol sydyn y saethodd Vanessa Chance tuag ato ei fod yn weddol agos i'w le. 'Mi geisioch chi'i stopio hi ac mi aeth yn dipyn o sgarmes rhyngoch chi. Mi faglodd Mrs Craven a tharo'i phen ar y bwrdd yn y cyntedd. Roeddech chi'n meddwl eich bod chi wedi'i lladd hi — dyfalu ydw i rŵan, wrth gwrs, achos dydw i ddim wedi clywed eich ochr chi o'r stori eto — a dyma chi'n penderfynu mai'r peth gorau i'w wneud oedd ei heglu hi o 'no.

'Yna mi ddois i draw i'ch gweld a dweud ei bod hi'n dal yn fyw wedi'r cyfan —' Gallai ddal i gofio'r gofid a'r braw ar ei hwyneb, a'r modd y bu iddi godi'i dwylo i'w bochau. Roedd hi wedi'i dwyllo'n llwyr, '— felly mi aethoch i weld Mrs Wicks i gael gwbod yn iawn beth oedd wedi digwydd yn Furzecroft ar ôl i chi adael er mwyn gallu dyfeisio rhyw stori ffug i'n twyllo ni. Ac yna roedd yn rhaid trosglwyddo'r stori honno i Mrs Craven rywfodd neu'i gilydd, heb yn wybod i ni. Felly dyma anfon llythyr ati — a cherdyn cyfarch mewn Norwyeg, fwy na thebyg yn dweud wrthi am beidio ag agor y llythyr nes byddai ar ei phen ei hun — ynghyd â blodau o Siop Flodau Quick. Mi ddwedsoch wrthi'n union sut y gallai hi osod y bai am beth oedd wedi digwydd yn y cyntedd ar ysgwyddau Martin Craven.'

Llygadrythodd Vanessa Chance arno fel neidr ar fin brathu, yna trawodd, gan wasgu'i sigarét i ddifodiant yn y blwch llwch. 'Y bitsh!' hisiodd rhwng dannedd caeedig. 'Yr hen bitsh fach wirion!' Eisteddodd yn ôl yn ei chadair galed, ei llygaid fel dwy belen o dân, ei ffroenau'n agor a chau gyda phob anadliad swnllyd. 'Mi ddwedodd gelwydd wrtha i! Dweud nad oedd hi ddim wedi agor ei cheg. Y bitsh!'

Wnaeth Roper mo'i goleuo. Roedd wedi taflu matsien i'r grât. Y cyfan roedd yn rhaid iddo'i wneud yn awr oedd disgwyl i'r tân gynnau a fflamio.

Yn sydyn, roedd hi wedi ymdawelu ac yn gwbl ddigynnwrf unwaith yn rhagor. Trodd yn ei chadair a chynnig ei harddyrnau i Wilmott. Amneidiodd Roper a datglôdd Wilmott y gefynnau. Rhwbiodd Mrs Chance ei harddyrnau. 'Ei hen syniad hi oedd o i gyd yn y lle cynta,' mwmialodd yn ddig. Ddywedodd hi ddim rhagor nes ei bod wedi stwffio sigarét i'w cheg a Roper wedi'i thanio iddi. Cysgodai'r mwg ei hwyneb am ennyd. Chwifiodd ef ymaith.

'Ffonio Dagmar wnaeth y mochyn dyn 'na ar y pnawn Gwener — wythnos i ddydd Gwener diwetha.' Un o'r galwadau roedd Pope wedi'u gwneud o dŷ Mrs Barr, yn ôl pob tebyg. 'Dweud wrthi fod ganddo luniau diddorol ohoni hi a fi efo'n gilydd. Gofyn iddi am bres amdanyn nhw. Dwy fil. Nid blacmêl oedd o, meddai fo. Busnes. Bargen fach. Ni'n talu iddo fo mewn arian parod ac yntau'n rhoi'r lluniau a'r negatifs i ni. A fasen ni byth yn clywed ganddo wedyn, dyna ddwedodd o wrthi hi.'

'Oedd hi'n ei gredu o?'

'Oedd, mi roedd hi, ond do'n i ddim. Mi wyddwn y byddai'n ôl. Mae'r teip yna i gyd yr un fath. Talwch chi unwaith ac mi fyddwch chi'n talu am oes. P'run bynnag, allen ni ddim cael ein dwylo ar swm fel'na o arian heb i

Nick a Martin ddod i wbod.'

'Felly dyma chi'n penderfynu'i ladd o?'

'Wydden i ddim be gythraul i'w wneud. Ond mi gafodd y syniad ei grybwyll fwy nag unwaith yn sicr ddigon.'

'Felly pryd ddaru chi benderfynu?'

'Y bore Llun canlynol. Mi ffoniodd Pope Dagmar eto i ffeindio allan p'un ai oedden ni'n bwriadu talu ai peidio. Ro'n i yno pan ffoniodd o'r tro hwnnw. I brynu amser i feddwl dyma ni'n dweud y bydden ni'n talu iddo ac y bydden ni'n fodlon cwrdd ag o yn rhywle gyda'r arian.'

Ond roedd Pope wedi mynnu eu bod yn cwrdd y noson honno, gan adael fawr o amser iddynt feddwl a chynllunio. Ond, wrth gwrs, doedd gan Pope ei hun fawr o amser wrth gefn gan fod llwyddiant y fenter yn dibynnu ar Nicholas Chance. Roedd Chance wedi dweud wrth Pope y byddai angen wythnos neu ddwy arno i gnoi cil ar sut i ddefnyddio'r ffotograffau a brynasai ganddo. Pe bai Chance wedi newid ei feddwl cyn i Pope daro'r fargen gyda Dagmar Craven a Vanessa Chance, fyddai yna ddim bargen i'w chael. Felly roedd amser yn brin a rhaid oedd gweithredu'n gyflym. Fe fyddai Pope yn dod drwy Appleford toc wedi un ar ddeg o'r gloch a phryd hynny y byddai'n eu cyfarfod hwy.

'Wel, mi aeth Dagmar i banig llwyr a thrio'i berswadio fo i newid ei feddwl, ond wnâi o ddim gwrando. Felly mi afaelais i yn y ffôn a dweud wrtho y baswn i'n talu ac y basai Dagmar yn disgwyl amdano allan ar y ffordd gerllaw'r byngalo. Mi ddwedais hefyd 'mod i isio bod yn siŵr y byddai'r arian yn cael eu rhoi i'r dyn cywir, ac mi ddwedodd yntau y byddai'n dod ar gefn motor-beic ac yn trafaelio o gyfeiriad y pentre. Wedyn gofynnodd i mi am ddweud wrth Dagmar am fflachio fflachlamp a dwedodd y byddai yntau'n ymateb drwy ddipio'i olau fel y byddai hithau'n gwbod mai fo oedd y dyn roedd hi'n ei ddisgwyl. Dyna pryd y penderfynais i y byddai'n rhaid i ni'i ladd o.'

'*Chi* benderfynodd ei ladd o?'

'Roedd rhaid i un ohonon ni wneud. Doedd 'na fawr o siâp ar Dagmar, roedd hi jest yn sefyll yno'n sbio'n hurt.'

'Syniad pwy oedd y weiren ar draws y ffordd?'

'Syniad Dagmar, fel mae'n digwydd,' meddai hi. Roeddent wedi ystyried pob math o syniadau gwallgof cyn clywed y byddai Pope yn cyrraedd ar feic modur. Cyllell gerfio, bar haearn, ei fygu drwy ollwng bag plastig dros ei ben a chlymu'r bag yn dynn am ei wddw. Roedd Martin Craven yn aelod o glwb saethu yn Llundain ac yn berchen ar bistol .22. Ac roedd gan Nicholas Chance wn dau faril, ond doedd y naill wraig na'r llall ddim yn rhyw siŵr iawn sut i lwytho'r gynnau, ac am un ar ddeg o'r gloch y nos fe fyddai gwn yn tanio yn sicr o ddenu sylw. Yna mi feddyliodd Dagmar Craven am y tric o osod gwifren ar draws y ffordd a'i thynnu'n dynn. Cofiai fel y byddai'i thaid yn ei diflasu a'i dychryn pan oedd hi'n blentyn â'i frolio cyson am ei wrhydri gyda'r Gwrthryfelwyr Norwyaidd yn ystod y rhyfel. Cofiai iddo sôn am y ffordd y byddent yn dymchwel negesyddion milwrol Almaenig oddi ar eu beiciau modur ar nosweithiau tywyll drwy osod gwifren dynn ar draws y ffordd.

Penderfynasant ar hynny. Beth bynnag a ddigwyddai, fe fyddai'r gwymp ar y ffordd yn golygu y byddai eu poenydiwr yn ddiymadferth yn ddigon hir iddynt fynd ati o ddifrif i orffen y job heb orfod poeni'n ormodol am y nerth corfforol y byddai'i angen arnynt fel arall. Panig llwyr a'u sbardunodd i gyflawni'r weithred. Pan ddywedodd wrthynt y byddai'n trafaelio ar fotor-beic roedd Pope fwy neu lai wedi dewis drosto'i hun y ffordd y byddai'n ymadael â'r byd hwn. Gwyddai Mrs Chance ymhle y gallai gael gafael ar ddarn o wifren addas, a'r prynhawn hwnnw roedd hi a Dagmar Craven wedi cerdded yn araf ar hyd y ffordd i geisio canfod y llecyn gorau i'w gosod. Penderfynasant ddefnyddio'r arwydd Gwartheg yn Croesi a'r fedwen arian ar ymyl y rhostir fel pyst i ddal y wifren. Yna roedd Mrs Chance wedi amcangyfrif y pellter rhwng y ddau, ac yn gynnar y noson honno, wedi mynd i sièd ei gŵr ac agor sbŵl o wifren fyrnu a thorri ymaith fesur digonol o'r wifren. Ac yna aethai yn ôl i'r tŷ a dewis y gyllell fwyaf miniog oedd ganddi yn y gegin.

Roedd ffawd o'u plaid. Roedd Nicholas Chance wedi mynd allan am y noson a Martin Craven yn gweithio'n hwyr — neu'n yfed yn hwyr — ac am ddeng munud i un ar ddeg roedd y ddwy ddynes wedi cyfarfod wrth yr arwydd Gwartheg yn Croesi. Yna aethpwyd â'r wifren ar draws y ffordd a'i chlymu wrth y fedwen arian yn gyntaf cyn croesi'n ôl, gan adael y wifren yn rhydd ar wyneb y ffordd. Yna aethai Mrs Chance i guddio yn y llwyni gerllaw i aros i Pope ymddangos o gyfeiriad y pentref.

'Roedd o'n hwyr. Yna dyma blydi Martin yn mynd heibio ar ei ffordd adre. A bu bron i hynny ddifetha'r cyfan achos roedd Dagmar mewn digon o banig fel roedd hi. Yna dyma fi'n clywed sŵn motor-beic yn dod, a bu bron i'r jolpan Dagmar 'na anghofio fflachio'i thortsh, a chael a chael oedd hi i mi allu gosod y wifren yn ei lle mewn pryd. Eiliadau'n ddiweddarach ac mi fasai wedi 'ngweld i efo 'mhliars yng ngolau'i feic. Ro'n i'n disgwyl clec, ond doedd 'na'r un. Mi aeth y beic yn syth yn ei flaen i fyny'r ffordd am sbel ac i mewn i'r llwyni. A dyma Pope, ar ôl mynd din-dros-ben yn yr awyr, yn glanio ar ymyl y lôn. Wedyn dyma rywbeth arall yn rholio ar hyd y ffordd. Ro'n i'n meddwl mai rhywbeth trwm wedi dod yn rhydd oddi ar ei fotor-beic oedd o.'

'Ond ei ben o oedd o,' meddai Roper.

'Ie,' meddai hi. Siaradai'n gwbl ddidaro, gan godi'i

hysgwyddau. 'Doedden ni ddim wedi bwriadu i hynny
ddigwydd. Dyfalu uchdwr y weiren wnes i, wrth gwrs. A
gwneud camgymeriad.'

'Wedyn dyma chi'n mynd i ddwyn oddi ar y corff.'

'Na,' meddai hi. Roedd hi'n dawel nawr, yn
hunanfeddiannol ac yn hollol ddigynnwrf. 'Torri'r
weiren i lawr yn gynta. Yna mi es at y corff a mynd drwy'i
bocedi i chwilio am y ffotograffau roedd wedi addo y
byddai'n dod â nhw. Mi ges hyd iddyn nhw o'r diwedd
wedi'u gwthio y tu mewn i'w siaced. Roedd Dagmar i
fod i ddod i roi help llaw i mi, ond ddôi hi ddim dros ei
chrogi. Pan sylweddolodd hi fod ei ben o wedi'i dorri i
ffwrdd ddôi hi ddim yn agos. Jest sefyll lle'r oedd hi'n
mwmian fel dynes o'i cho a 'ngwylio i wrthi, y bitsh fach
wirion. Mi ofynnais iddi i ble'r oedd y beic wedi mynd.
Wyddai hi ddim, meddai hi. Mi wagiais i bopeth o'i
bocedi, gan dybio y byddai hynny'n ei gwneud hi'n
anodd i neb ffeindio allan pwy oedd o. Dyna pryd y ces
wybod ei enw. Roedd ganddo gardiau busnes yn ei
waled yn dweud mai ditectif preifat oedd o.'

'Pam symud ei ben o? Pam mynd â fo oddi yno?'

'Yr un rheswm,' meddai hi, gan ddiffodd ei hail
sigarét yn y blwch llwch ac ymestyn i gyfeiriad y paced
am un arall. 'Fel na fyddai neb yn ei nabod o.' Oedodd
am ennyd tra cyneuodd Roper ei daniwr iddi drachefn.
Troellai'r mwg allan yn araf o'i genau rhwng ei dannedd
gwynion. 'Roedd y Dagmar 'na bron â chael blydi sterics
erbyn hynny. Mi atgoffais hi mai ei blydi syniad hi oedd
o yn y lle cynta a'i bod hithau fel finnau dros ei phen a'i
chlustiau yn y busnes a doedd 'na ddim troi'n ôl, ac os
oedd hi'n mynd i gracio i fyny mi fasai'n well iddi'i
gwadnu hi am adre a gadael i mi forol am y gweddill ar 'y
mhen fy hun. Wedyn mi lapiais y pen yn sgarff Dagmar,
ac mi aeth hithau adre ac mi es innau fy ffordd fy hunan.'

'Pa ffordd aethoch chi, Mrs Chance?' gofynnodd
Price.

'I lawr heibio i gefn caban Tasker Hobday. Yna dros ein ffens ni lle mae hi'n ymylu ar ardd Elsie Wicks.'

'A dyna pryd y tafloch chi'r pen i'r nant,' meddai Roper.

'Ro'n i'n meddwl y basai o'n suddo,' meddai hi. 'Ond ddaru'r diawl ddim. Jest aros lle'r oedd o.'

'Beth am sgarff Mrs Craven? A waled Pope?'

'Eu llosgi nhw yn ffwrnais y boeler,' meddai'n flin. 'Be ddiawl arall 'dach chi isio'i wbod?'

'Roedd 'na dros bum cant o bunnau yn y waled 'na, Mrs Chance.'

Crychodd ei haeliau mewn syndod. 'Sut aflwydd oeddech chi'n gwbod hynny?'

'Achos 'mod i'n gwbod pwy oedd wedi'u talu nhw iddo ryw ddeng munud ynghynt. Beth wnaethoch chi â nhw?'

'Eu llosgi,' meddai hi. 'Papurau hanner canpunt newydd sbon oedden nhw. Ro'n i'n meddwl mai'r peth calla i'w wneud oedd cael gwared ohonyn nhw, rhag ofn.'

'Ciwt iawn,' meddai Roper, gydag edmygedd cyndyn.

'Dydi'r ffaith 'mod i'n ddynes ddim yn golygu 'mod i'n blydi twp hefyd, wyddoch chi,' cyfarthodd hithau'n ôl. 'Dyna'r trwbwl efo chi'r dynion, wastad yn gwneud yr un camgymeriad.'

Yna, er mawr ofid iddi, yn ei heiliadau cynhyrfus cyntaf yn ôl yn ei chegin, canfu Mrs Chance fod y lluniau oedd gan Pope yn ei feddiant ohoni hi a Mrs Craven yn rhai amharchus yn wir — copïau o'r rhai yr oedd Pope wedi'u printio ar gyfer ei gŵr, yn ôl pob tebyg — ond doedd dim negatifs yn eu plith. A thros y ffôn, roedd Pope wedi addo dod â'r negatifs. Ond wrth gwrs roedd eisoes wedi gwerthu'r rheiny i Nicholas Chance fel rhan o'i wasanaeth fel ditectif preifat.

'Yn rhywle arall ar y corff oedden nhw, ie?' gofynnodd hi i Roper, gan amneidio i lawr ar yr amlen yn cynnwys y ffotograffau.

'Nage,' meddai Roper. 'Eich gŵr roddodd y rhain i ni. Roedd o'n amau eich bod chi'n cael affêr.'

Edrychodd arno mewn dirmyg. 'Peidiwch â dweud wrtha i,' meddai hi. 'Mi logodd Pope i sbio arnon ni.'

'Cywir,' meddai Roper.

'Wyddoch chi,' meddai hi, gydag eironi deifiol, 'feddyliais i erioed y basai Nicholas yn ddigon clyfar i feddwl am ddim byd felly. Beth am y wats? Sut cawsoch chi hyd i honno?'

'Mr Craven ffeindiodd hi yn ei stafell molchi un noson, y tu ôl i gyrten y gawod.'

'Y blydi Dagmar wirion 'na eto,' glaswenodd. 'Cyn gynted ag y cyrhaeddais i adre mi ffoniais hi i ddweud 'mod i'n credu 'mod i wedi'i gadael hi ar ôl yn y stafell molchi yn rhywle. Mi ddwedodd y jolpan na fedrai hi ddim cael hyd iddi. Ddaru hi ddim chwilio'n ddigon blydi trylwyr, yn naddo?'

'Pan gyrhaeddais i adre, roedd Nicholas yn dal allan.' Erbyn hyn roedd Vanessa Chance ar ei phedwaredd sigarét a Wilmott newydd ddod â chwpanaid o goffi iddi. 'Ac yn ôl Dagmar, pan gyrhaeddodd hi'r tŷ roedd Martin yn cysgu'n sownd ar y soffa ar ôl cael llond bol o ddiod. Felly roedd pob un dim yn gweithio'n iawn nes i Dagmar ddechrau panicio eto fore Gwener diwetha.'

'Oeddech chi'n bwriadu'i lladd hi pan aethoch chi draw yno ddydd Gwener?'

'Am gwestiwn hurt,' atebodd hithau'n flin. 'Wrth gwrs nad o'n i ddim, siŵr Dduw.'

'Ond mi feddylioch eich bod wedi gwneud?'

'Panicio wnes i,' meddai hi. 'Roedd hi wedi mynd cyn wynned â'r galchen a fedrwn innau ddim dod o hyd i bwls yn unman. Ro'n i'n credu o ddifri 'mod i wedi'i lladd hi.'

'Ac wedyn, yn nes ymlaen, roeddech chi'n ffrindiau

unwaith eto . . . wedi cymodi?'

'Doedd dim angen cymodi arnon ni. Doedden ni ddim wedi ffraeo, ddim go-iawn. O leia felly ro'n i'n meddwl tan i mi gerdded allan o'i stafell yn yr ysbyty'r bore 'ma yn syth i freichiau'ch gorila a'i fêt. Mi sylweddolais wedyn ei bod hi wedi cael traed oer unwaith eto ac wedi cyffesu popeth. A hithau i mewn 'na wedi tyngu ar ei llw nad oedd hi ddim wedi dweud un dim wrtha' chi.'

'Ddaru chi ddigwydd gadael menig gyrru eich gŵr yn nhŷ Mrs Craven ryw dro?'

'Do,' meddai. 'Unwaith. Cael hyd iddyn nhw yn y car wnes i un diwrnod a'u gwisgo nhw dros fy menig fy hun. Roedd hi'n fore oer dychrynllyd y diwrnod hwnnw.'

'A beth am Hughie Lee a'i chwaer, wnaeth eich gŵr ofyn i chi gwyno wrth Sarjant Mallory amdanyn nhw?'

'Naddo,' meddai. 'Doedd dim bwys ganddo fo amdanyn nhw, cyn belled â'u bod nhw'n cadw oddi ar ei dir. Fi oedd yn cwyno mewn gwirionedd. Clywed wnes i fod Hughie Lee wedi bod yn prowlan o gwmpas y rhostir y noson honno. Ro'n i'n poeni y gallai fod wedi gweld rhywbeth.'

Oedodd Mrs Chance am ysbaid a tharo'r llwch oddi ar ei sigarét i'r blwch llwch.

'Mae'n rhaid i chi ddweud wrtha i,' meddai hi. 'Beth yn *union* ddwedodd Dagmar wrtha' chi?'

'Ddwedodd hi ddim byd ond beth ddwedsoch chi wrthi am ei ddweud yn y llythyr 'na, Mrs Chance,' meddai Roper. 'Yr unig wendidau yn y stori oedd y ffaith na wyddai hi, fwy na chithau, am y ffiol y daethon ni o hyd iddi'n deilchion yng nghyntedd ei thŷ, a'r ffaith i chi ddweud wrthi y basai'n well iddi newid ei stori ynglŷn â chasglu'r gôt o'r siop lanhau.'

'Ie,' meddai hi, 'camgymeriad gwirion ar ei rhan hi oedd dyfeisio'r pwt yna am y gôt. Ond nid ni dorrodd y ffiol 'na roeddech chi'n holi amdani bob munud.'

'Mi wyddon ni hynny, Mrs Chance,' meddai Roper.
'Rhywun arall oedd yn gyfrifol am hynny. Roedd 'na
dyst i'r hyn ddigwyddodd ddydd Gwener diwetha,
'dach chi'n gweld. A phe na bai o wedi bod yna, mae'n
eitha posib y byddai Mrs Craven yn farw rŵan.'

Rhythodd Vanessa Chance arno'n gegagored. 'Blydi
Nicholas,' meddai. 'Mi fentra i mai blydi Nicholas oedd
o.'

Ond y tro hwn, wnaeth Roper mo'i goleuo.

Pennod 19

'Nid 'mod i wedi amau am eiliad nad oeddet ti ar y trywydd iawn o'r cychwyn cynta, Douglas,' meddai'r Prif Gwnstabl Cynorthwyol (Troseddau) o ddyfnderoedd ei gadair swifl ledr, foethus — cadair, yn ôl un wàg yn y Pencadlys, oedd wedi'i haddasu'n arbennig o sedd peilot awyren jet i alluogi'r Ysbryd Gwibiog i'w lawnsio'i hun yn syth allan i'r maes parcio rhag iddo orfod gwastraffu amser yn disgwyl am y lifft.

'Rhyfedd i chi ddweud hynna, syr,' meddai Roper yn sychlyd, gan sylweddoli fod y PGC yn ffalsio yn awr ac yn ceisio maddeuant am ei rybuddio rhag erlid Craven. 'Ro'n i'n rhyw feddwl eich bod chi.'

'Nac oeddwn, siŵr iawn. Wrth gwrs nad o'n i ddim,' protestiodd y PGC, gan godi'i law i wfftio'r syniad. Yna daeth â'r llaw i lawr a'i thynnu'n ysgafn ac araf dros wyneb ei ddesg sgleiniog, arwydd sicr naill ai ei fod yn synfyfyrio neu fod ganddo rywbeth arall ar ei feddwl ac yn cael trafferth i'w roi mewn geiriau. Roedd hi bellach yn ddeg o'r gloch ar y bore dydd Mawrth. Am un ar ddeg fe fyddai Mrs Chance yn cael ei chyhuddo'n ffurfiol yn y Llys Ynadon, a disgwylid i Mrs Craven hithau dderbyn yr un driniaeth fore Sadwrn pan fyddai wedi'i rhyddhau o'r ysbyty. Hanner awr yn ôl roedd Roper wedi gwneud ei alwad ffôn addawedig i Mr Jobling ac wedi llwyddo i ddileu unrhyw euogrwydd ym meddwl Jobling y gallasai ef ei hun fod yn rhannol gyfrifol rywsut neu'i gilydd am hunanladdiad ei wraig, teimlad digon cyffredin ymysg y rhai sy'n cael eu gadael ar ôl. Roedd Jobling wedi torri i lawr, er iddo geisio'i orau i guddio'r ffaith. Doedd dim dwywaith nad oedd Gerry Pope wedi achosi llawer o anhapusrwydd i lawer iawn o bobl.

'Mi ddwedodd 'na ryw dderyn bach wrtha i, Douglas,' mentrodd y PGC o'r diwedd, ei law yn dal i anwesu pren drudfawr ei ddesg, 'fod rhyw ferch o sipsi wedi dweud wrtha' ti y byddet ti'n dod o hyd i beth bynnag roeddet ti'n chwilio amdano yn ymyl dŵr yn rhywle. Ydi hynny'n gywir?'

'Ydi, syr,' meddai Roper.

'Ac yn ymyl dŵr oedd o hefyd,' meddai'r PGC.

'Ie, syr,' meddai Roper. 'Ond wedyn, does 'na unman ym mhentref Appleford nad ydi o yn ymyl dŵr yn rhywle. Mae'r stwff o gwmpas y lle ym mhobman.'

'Ydi,' cytunodd y PGC. 'Ydi, wrth gwrs.' Roedd yn amlwg fod ganddo ragor i'w ddweud ar bwnc pwerau posibl Annie Lee, ond cyn iddo gael cyfle i ymhelaethu daeth sŵn o'r tu allan i darfu ar heddwch y swyddfa, sŵn fel sŵn car rasio yn taranu i mewn i'r *pits* yn Brand's Hatch. Ymhen eiliad roedd y PGC ar ei draed ac yn sefyll wrth ei ffenestr, ei dalcen yn pwyso yn erbyn y gwydr i weld beth oedd yn digwydd yn y maes parcio islaw. 'Arglwydd!' ffrwydrodd yn ddicllon, 'mae o wedi dwyn llecyn parcio'r Prif Gwnstabl! Na, aros funud, dynes ydi hi. Blydi *dynes*!'

Ymunodd Roper ag o wrth y ffenestr. Lotus Elan coch llachar oedd y car, ei injan yn dal i chwyrnu'n bwerus wrth i'r wraig a'i yrrai ymestyn yn ei sedd i gofleidio'i theithiwr gwrywaidd yn hir a chariadus.

'Ac mae'r boi ifanc yn y car 'na efo hi'n edrych yn debyg iawn i George Makins i mi, Douglas.'

'Fo ydi o,' meddai Roper. Pan gyflwynasai'r gwahoddiad priodas i Sheila neithiwr roedd hithau wedi'i syfrdanu bron cymaint ag yntau gan y newydd annisgwyl. Yna roedd Roper wedi'i synnu hi ymhellach wrth estyn gwahoddiad arall. 'Mae gen i ddau ddiwrnod rhydd i ddod. Beth am i ni fynd i fyny i Lundain? Treulio noson yno a mynd i weld sioe neu rywbeth.'

'Mae'n rhaid fod y peth yn heintus.'

'Be, felly?'

'Yr holl serch a'r syniadau rhamantus 'ma.'

'A be sy o'i le ar hynny?'

'Dim byd,' atebasai hithau. 'Dim byd o gwbwl.'

O'r diwedd daeth Makins allan o'r Elan a chychwyn cerdded yn sionc i gyfeiriad yr adeilad, yna troi a gwenu a chodi'i law yn llawen ar ei gariad. Rhyddhaodd hithau'r brêc, cyflymu peiriant y cerbyd, saethu ymlaen ychydig lathenni, yna stopio drachefn, hyrddio'r drws yn agored, neidio allan a chychwyn rhedeg ar ôl Makins, a briffces y sarjant anghofus yn ei llaw. Os rhywbeth, roedd George Makins wedi bod yn rhy gynnil yn ei ganmoliaeth o'i phrydferthwch.

'Ew,' ebychodd y PGC, ei oslef yn awr yn un o edmygedd agored. 'Mae hi'n . . . '

' . . . dipyn o bisyn, a dweud y lleia, syr?' cynigiodd Roper.

'Ydi,' meddai'r PGC, gan glirio'i lwnc yn hunanymwybodol. 'Yn sicr. Oes gynnon ni ryw syniad pwy ydi hi?' gofynnodd yn obeithiol.

'Dyweddi Makins, syr,' meddai Roper. 'Fiona yw ei henw hi. Cyfreithwraig yn Dorchester. Mae ganddi'i phractis ei hun, fel dw i'n deall.'

'Oes 'na, wir? Sgwn i be 'di cyfrinach y brawd Makins?' holodd y PGC yn hiraethus, wrth i'r eneth osgeiddig, bryd tywyll ddychwelyd i'w char.

'Mi liciwn i gael gwbod hefyd, syr,' meddai Roper. 'Heblaw 'mod i wedi'i gadael hi braidd yn hwyr yn y dydd i ffeindio allan.'

'Nid ti ydi'r unig un, Douglas,' cytunodd y PGC yn ddwys a doeth wrth wylio'r Elan yn taranu i ffwrdd. 'Nid ti ydi'r unig un . . . Ta waeth, fel ro'n i'n dweud,' meddai, gan roi'r gorau i freuddwydio am ei febyd coll a throi at Roper yn chwilfrydig. 'Y sipsi 'na. Wyt ti'n credu iddi rag-weld rhywbeth neu'i gilydd, o ddifri?'

'Meddwl ei chyflogi hi ydach chi, syr? I docio rhyw buntan neu ddwy arall oddi ar y bil cyflogau?'

Daeth rhywbeth a ymdebygai i wên i ysgafnhau wyneb esgyrnog y PGC. 'Jest meddwl o'n i, Douglas. Jest meddwl.'